聯藻於日月　交彩於風雲

2013年近現代中國語文國際學術研討會論文集

國立屏東大學中國語文學系◎編

序　言

　　本系主辦之「近現代中國語文學術研討會」，已歷時多年，自 2009 年起，即將會議論文經審閱後編輯成冊正式出版，至 2013 年已有五年了。除前兩年因經費之故外，其餘皆在會後，編纂成書正式出版。

　　時代的變動，政治的遞嬗，對國家社會、民生經濟、思想學風等各方面都有直接的影響，而這些影響的現象或結果，則會反映在不同的事物上而保留下來，成為後人認識、還原或研究當時社會概況、學術風潮的線索。職是之故，本系舉辦之研討會雖然名為「語文」，但研讀討論的對象，並不僅局限語言和文字部分，舉凡近現代中之各個層面相關的議題，皆所歡迎。對於會議邀稿或徵稿的論文，這幾年來，皆不設定會議主題，一來是秉承舉辦會議的初衷，採開放立場，二來可讓各專長領域之師長可藉此機會互相交流，增進情誼。

　　2013 年本研討會因獲科技部、陸委會之經費補助，得以擴大並順利舉行。除邀請國內中研院與各大學師長外，另有來自大陸、香港、新加坡、韓國、越南及英國等境外學者與會，共計發表 22 篇論文。討論內容，辭章、義理、考據及經世之學皆有涉獵。會後經本會初步審訂並徵詢作者意願，乃選錄 9 篇論文，編輯出版。

　　本次研討會的舉辦，感謝李美燕老師主持申請經費並邀請聯繫國內外專家學者，系上各位師長之協助與籌備；而本論文集之編選，感謝王永誠老師之題字、王詩評老師之編輯及封面設計，於此一併致謝。

　　　　　　　　　　　　　　　　　　　　柯明傑　謹誌

目　次

邊緣的思想——明遺民魏禧的一種獨特經世思想/黃毓棟......175

翻譯與外交——泰祿總統〈國書〉與道光帝〈璽書〉贈答再考/楊文信......193

即事顯義與以經明經——
兼論張自超、方苞之《春秋》學

張高評[*]

[*] 國立成功大學中國文學系特聘教授

壹、前言

　　《史記‧孔子世家》稱：孔子因魯史記而作《春秋》,「筆則筆,削則削,子夏之徒不能贊一辭。」[1]據《魯春秋》(或稱魯史記,一稱《不修春秋》),孔子作成《春秋》,其中史事之筆削去取,史文之商榷潤色,由於出自一心之獨斷,多可見聖人之別識心裁,孤懷宏識,故及門高弟亦不能贊一辭。除此之外,《春秋》書法往往「推見至隱」,其中不乏「刺譏褒諱挹損之文辭,不可以書見也」,[2]故其旨不明,其義難知。稍後,有《左傳》、《公羊傳》、《穀梁傳》,各就所得解讀《春秋》,詮釋紛歧,難於歸一。歷代《春秋》學所以競秀爭流,議論蠭出者,未嘗不由於此。

　　漢董仲舒 (179 B.C.－104 B.C.)《春秋繁露‧竹林》稱:「《春秋》記天下之得失,而見所以然之故。甚幽而明,無傳而著,不可不察也。」[3]清陳澧 (1810－1882)《東塾讀書記》,明指董仲舒此說,直接影響中唐經學風氣之轉變。[4]唐韓愈 (768－824)〈贈盧仝〉詩云:「《春秋》三傳束高閣,獨抱遺經究終始」;[5]中唐啖助、趙匡研究《春秋》學,主張「棄傳從經」,影響北宋《春秋》學宗經之風潮。[6]程頤《春秋傳‧

---

[1] 〔漢〕司馬遷著,日本瀧川資言考證,《史記會注考證》(臺北:大安出版社,2011),卷 47〈孔子世家〉,頁 84 (總頁 745)。

[2] 同前註,卷 117〈司馬相如列傳‧太史公曰〉,頁 104 (總頁 1232;〈十二諸侯年表序〉,頁 7 (總頁 228)。

[3] 〔漢〕董仲舒著,〔清〕蘇輿注:《春秋繁露義證》(臺北:河洛圖書出版社,1975),卷 2〈竹林第三〉,頁 8 (總頁 39)。

[4] 〔清〕陳澧:《東塾讀書記》,收入徐德明、吳平主編:《清代學術筆記叢刊》(北京:學苑出版社,2005 年),第 53 冊,卷 10〈春秋三傳〉,頁 25 (總頁 87)。

[5] 〔唐〕韓愈著,錢仲聯注,《韓昌黎詩繫年集釋》(臺北:河洛圖書出版社,1975 年),卷 7〈贈盧仝〉,頁 341－342。

[6] 參考林慶彰‧蔣秋華主編,《啖助新春秋學派研究論集》(臺北:中央研究院中國文哲研究所,2002 年),姜義泰,《北宋《春秋》學的詮釋進路》,臺灣大學中文系博士論文,2013 年 1 月,頁 1－485。

序》謂:「《春秋》大義數十,乃易見也;惟其微辭隱義,時措從宜者為難知也。」[7]宋蘇轍《春秋集解‧引》,批評孫復等治《春秋》,盡棄《三傳》,以意傳《經》;更抨擊王安石「以宰相解經」,「漫不能通,則詆以為斷爛朝報」。[8]南宋朱熹學通四部,著述宏富,獨於《春秋》學未有專著。《朱子語類》載其言行,曾謂:「《春秋》熹所未學,不敢強為之說」。再三宣稱,《春秋》為難看、難知、難說、不可曉、自難理會。[9]其中關鍵,朱子特提:《春秋》之書,「都不說破」、「蓋有言外之意」;[10]乃呼應程子「微辭隱義,時措從宜」者為難知之見。若然,《春秋》之義,將不可解乎?《春秋》之微辭奧旨既已「推見至隱」,那麼,說解《春秋》能否「無傳而著」?若欲考求《春秋》之義,如何而能「無傳而著」?

　　《四庫全書總目》於經部《春秋》類提要云:「刪除事跡,何由知其是非;無案而斷,是《春秋》為射覆矣」;又於「史部總敘」稱:「儒者好為大言,動曰舍傳以求經,此其說必不通;其或通者,則必私求諸傳,詳稱舍傳云爾。」[11]以史事足資考證而言,理或然也。然孔子作《春秋》時,豈已逆料後有《三傳》為之疏解微言大義?否則,如何而能無傳而著?清陳澧(1810－1882)《東塾讀書記》,亦批評董仲舒《春秋繁露》「無傳而著」之語,以為「無傳何由著乎?董生之說,已不可通」。[12]為問:盡棄三《傳》,以《經》解《經》,所謂「求聖人之

---

[7]　〔宋〕程頤:《春秋傳》,《二程全書》,《四部備要》(臺北:臺灣中華書局,1981年),〈伊川經說四〉,頁1。

[8]　〔宋〕蘇轍:《春秋集解》,〔清〕錢儀吉:《經苑》(臺北:大通書局,1970年),卷首〈潁濱先生春秋集解引〉,頁1(總頁2548)。

[9]　〔宋〕黎靖德編,王星賢點校:《朱子語類》(北京:中華書局,1986年),卷83〈春秋綱領〉,頁2149、2153、2154、2155、2156、2157、2165、2175、2176。

[10]　同前註,頁2152－2153,頁2149。

[11]　〔清〕紀昀等主纂:《四庫全書總目》(臺北:藝文印書館,1974年),卷26,春秋類一,頁1(總頁536;卷45,史部總敘,頁1(總頁958)。

[12]　〔清〕陳澧:《東塾讀書記》(臺北:臺灣商務印書館,1965、1997年),卷10〈春秋三傳〉,頁177。

意於聖人手筆之書」,「專求於經」者,[13]是否可能!如何可能?筆者考
察北宋《春秋》學信經而不信傳之論著,知獨抱《麟經》亦可以求得
微辭隱義。綜覽歷代《春秋》學之說,且歸納「無傳而著」之法門有
三:或以比事見義,或以屬辭見義,或合比事屬辭而見書法。換言之,
考求《春秋》之義,或選擇其一,或體現其二,或三合一而會通之,
皆庶幾乎可行。

　　孔子據魯《史記》,以作《春秋》,筆削其事,脩飾其文,以體現
別識心裁之「取義」。所謂假魯史,寓王法,《春秋》之義立矣!其事、
其文,只作為存義之憑藉而已。此猶言與意、形與神、器與道之辯證
關係。孔子《春秋》有義,《魯春秋》、《宋春秋》、《燕春秋》、《百國春
秋》無義。《春秋》所以成一家言,所以為獨斷之歷史哲學者,在此。
漢王充(27-104)《論衡‧超奇篇》,曾論及孔子《春秋》之立義創意,
所謂「眇思自出於胸中」:

　　　　孔子得史記以作《春秋》,及其立義創意,褒貶賞誅,不復因《史
　　　　記》者,眇思自出於胸中也。凡貴通者,貴其能用之也。[14]

　　大凡著書立言,其別有二,或為述,或為作。以史乘之編纂言,
因襲舊史,中無別裁者,謂之述。孔子之於《春秋》,既「不復因《史
記》」,其中又多表現「立義、創意」與「妙思」,乃自出於胸臆,別出
一番言語,此《禮記‧樂記》所云「作者之謂聖」也。[15]由此觀之,《春

13　〔元〕汪克寬:《春秋胡傳附錄纂疏》,文淵閣《四庫全書》(臺北:臺灣商務印
　　書館,1983年),冊165,卷首,〔元〕虞集序文,頁2。

14　〔漢〕王充:《論衡》(長春:吉林大學出版社,1992年,影印明程榮纂輯《漢魏
　　叢書》本),卷13〈超奇篇〉,頁818。

15　孔子於《春秋》,究竟為「作」?或「修」?《孟子‧離婁上》稱「孔子作《春秋》」,
　　晚清今文學派如皮錫瑞《經學通論》,亦以為言。晚清古文學派如章太炎,則以為
　　孔子「修」《春秋》,見《春秋左傳讀》、《檢論‧訂孔》、《國故論衡》所云。朱維
　　錚《周予同經學史論著選集》(上海:上海人民出版社,1983、1996年),則作調

秋》所貴者在義，最與列國史乘屬性殊異。清章學誠（1738－1801）
《文史通義・答客問》，亦推崇夫子之取義，以為在成一家之言，獨斷
於一心：

> 史之大原本乎《春秋》，《春秋》之義昭乎筆削。筆削之義，不
> 僅事具始末，文成規矩已也。以夫子義則竊取之旨觀之，……
> 所以通古今之變而成一家之言者，必有……以獨斷於一心。[16]

　　章學誠論《春秋》之元素，以為由筆削之「義」、具始末之「事」、
成規矩之「文」，融合會通而成。其事、其文、其義之三元素，特別著
重夫子竊取之「義」。經由詳略、異同、重輕、忽謹之比事屬辭安排擘
劃，於是「獨斷於一心」、「成一家之言」之取義，始體現於「微茫杪
忽之際」。孔子苦心孤詣如此，胸中妙思如彼，由於其中有若干「不可
以書見」者，故不得不如《史記・司馬相如列傳》所云：「推見至隱」，
此固出於不得已。清章學誠《文史通義・言公》稱：「有志《春秋》之
業，固將惟義之求；其事與文，所以藉為存義之資也。」[17]由於聖人之
志多隱寓於文字所不載，因此，藉由屬辭比事之教，推求《春秋》之
義，成為歷代《春秋》學之重要課題。

　　《禮記・大學》謂：「物有本末，事有終始，知所先後，則近道矣」；
《孟子・告子上》云：「先立乎其大者，則其小者弗能奪也」，經由屬
辭比事以求義，乃研治《春秋》學之根本與關鍵，故值得吾人優先沉

　　和之論：「孔子時，《春秋》是現代史，是批評統治階級的史書。孔子把《春秋》
　　當作『密件』，不肯與學生講。對於孔子的『修』或者『作』，不能看死。『修』與
　　『作』有聯繫，都從一定的立場出發，『作』中有『修』，『修』內有『作』。」頁
　　923。
[16] 〔清〕章學誠：《文史通義》（臺北：華世出版社，1980 年），內篇四〈答客問上〉，
　　頁 138。
[17] 同前註，內篇四〈言公上〉，頁 107。

潛研討。考察「屬辭比事」，求其所以為研究《春秋》之鎖鑰與門徑者，原因有二：其一，《春秋》為編年體，病在事迹不連貫。編年苦於分年，比事屬辭分而合之，可以救編年之溎散。其二，比事苦於篇分，屬辭聯而合之，分者不終散也。夫子作《春秋》之取義，寓於其事、其文，故比事與屬辭相濟為用，分進合擊，遂成為解讀《春秋》之津梁。歷代《春秋》學家知而用之，務本詮釋，往往有功。

　　《史記・司馬相如列傳》稱：「《春秋》，推見至隱；《易》，本隱以之顯」；[18]《朱子語類》引此，釋之云：「《易》以形而上者，說出在那形而下者上；《春秋》以形而下者，說上那形而上者去。」[19]無論比事見義，或屬辭見義，皆「以形而下」之事、之辭，以說解那「形而上」之「義」，所謂即器以求道，藉形而傳神，因言而達義。屬辭見義，可別撰〈《春秋》修辭學與無傳而著〉一文闡發之，今但論敘事見義之書法。《四庫全書總目》稱：「治《春秋》者，不核當日之事實，即不能明聖人之褒貶。」[20]華嚴宗標榜「理事圓融無礙」，[21]顧炎武提示「於序事中寓論斷」，[22]參悟華嚴妙諦，借鏡作史能事，或有助於解讀《春秋》。

　　《春秋》書法，或稱《春秋》筆法，學界研究成果，無論單篇，[23]

---

[18] 〔漢〕司馬遷著，日本瀧川資言考證：《史記會注考證》，卷 117〈司馬相如列傳〉，「太史公曰」。頁 104（總頁 1232）。

[19] 〔宋〕黎靖德編：《朱子語類》，卷 67〈易三・綱領下・論易明人事〉，頁 1673。

[20] 〔清〕紀昀等主纂：《四庫全書總目》，卷 19，經部禮類一，惠士奇《禮說》提要，頁 36（總頁 415）。

[21] 吳言生：《禪宗思想淵源》（北京：中華書局，2011 年），第七章〈《華嚴宗》、華嚴宗與禪宗思想〉，五、禪宗的理事圓融境，頁 254－272。

[22] 〔清〕顧炎武著，〔清〕黃汝成集釋，欒保群、呂宗力校點：《日知錄集釋》（上海：上海古籍出版社，2006 年）卷 26〈史記於序事中寓論斷〉：「古人作史，有不待論斷而於序事之中即見其指，唯太史公能之。」，頁 1429。

[23] 如李洲良：〈春秋筆法的內涵外延與本質特徵〉，《文學評論》2006 年第 1 期，頁 91－98；蕭鋒：〈百年「春秋筆法」研究述評〉，《文學評論》2006 年第 2 期，頁 178－186；王基倫：〈《春秋》筆法」的詮釋與接受〉，臺灣師大《國文學報》第 39 期（2006 年 6 月），頁 1－34。

或專著，[24]兩岸三地成果不少。至於方苞《春秋》學之探討，直接而相關者有三篇：〈方苞義法與春秋書法〉一文，[25]強調以《春秋》書法詮釋古文義法。至於方苞《春秋直解》，目前只有一部碩士論文進行探論。[26]方苞《春秋直解》十二卷，為羽翼《春秋通論》而作。此書多以「屬辭比事之《春秋》教」，詮釋《春秋》之微旨隱義，故徵引之作為佐證。方苞《春秋》學，或得自張自超（1650？－1713？）之啟迪：方氏《春秋直解》、《春秋通論》說屬辭比事，頗傳承張氏《春秋宗朱辨義》之卓識，〈乾嘉漢學的前緣：方苞《春秋通論》的經義形式〉、〈朱子春秋學的衍異：方苞《春秋》學的創作意圖與意義解釋〉二文，側重《春秋通論》之經義解讀，推衍朱熹《春秋》學之流衍與發揚。〈張自超春秋宗朱辨義的解經方法〉一文，拈出以事探義、據事直書、用事示義之解經三法，頗具參考價值。[27]因此，本文兼論張、方二家之《春秋》學。

　　筆者執行科技部專題研究計畫：「方苞《春秋》學四書之會通研究」（MOST 103－2410－H－006－064－），以方苞《春秋》學為核心，近探方氏師承張自超《春秋宗朱辨義》之原委，追溯宋元以來之《春秋》研究史，以比事為研究主軸，從而可見以經明經，亦可以「無傳而著」。為便於疏解即辭顯義之命題，下分三節論證之：其一，考索事情，推校書法；其二，因事屬辭，義存乎事；其三，事具始末，文成規矩。

---

[24] 專著如張高評：《春秋書法與左傳學史》（臺北：五南圖書公司，2002 年；又，上海：上海古籍出版社，2005 年）；張高評：《春秋書法與左傳史筆》（臺北：里仁書局，2011 年）。

[25] 張高評：《春秋書法與左傳學史》，〈方苞義法與春秋書法〉，頁 255－287。

[26] 陳永順：《方苞《春秋直解》研究》，高雄師範大學經學研究所碩士論文，2012 年 7 月，頁 1－211。

[27] 丁亞傑：《生活世界與經典解釋》（臺北：臺灣學生書局，2010 年），第三章，頁 77－105；第五章，頁 171－218。附錄二，頁 375－422。

貳、考索事情，推校書法

　　敘事，或通假作「序事」，《周禮》設官分職屢見。《周禮・天官冢宰・小宰》稱：「以官府之六敘正羣吏」；敘，指尊卑上下之秩次。《周禮・春官宗伯》多作「序事」，凡三見：〈小宗伯〉：「掌四時祭祀之序事」；〈職喪〉：「掌諸侯之事，序其事」；〈樂師〉：「凡樂，掌其序事，治其樂政。」[28]大抵指處理祭祀、殯葬、樂器、演奏之先後次第，使不相淆亂。要之，有條不紊處理尊卑、上下、本末、先後之秩序、倫次，皆可謂之敘事，或序事。此敘事之原始本義，其後衍為文類之一，要不失其本義。

　　其事、其文、其義，為孔子作《春秋》三位一體之要素，此《孟子》春秋學之主張，亦敘事、史學之主體。宋吳縝（？－1060－1094？）《新唐書糾謬》，以事實、文采、褒貶，為史之三要，且云：「事實、褒貶及得失，必咨文采以行之，夫然後成史。」[29]《春秋》據魯史紀而修纂，要亦不例外。聖人經世之志，既託乎《春秋》；《春秋》之微言大義，則寓乎屬辭比事之間；蓋其事與其文，所以作為存義之憑藉。由此觀之，考求《春秋》之義，途徑有二：或重屬辭，或尚比事，要皆如方苞《春秋通論・序》所謂「參互相抵，而義出於其間」（詳後）。「即辭觀義」已別撰一文，今只就「敘事見義」論述之。

　　漢董仲舒《春秋繁露》論《春秋》之修辭，提示兩個特質：其一，〈竹林〉篇稱：「《春秋》無通辭，從變而移」；謂義之予奪，往往「移其辭以從其事」，故事情介乎辭文與取義之中介環節。其二，〈精華〉篇謂：「《春秋》無達辭，從變從義」，明指《春秋》之辭文，常從「事」

---

[28]張高評：〈即辭觀義與方苞《春秋直解》──《春秋》書法之修辭詮釋〉，三、（四）列序見義，高雄師大《經學研究集刊》第 16 期（2014 年 5 月），頁 25－28。

[29]〔宋〕吳縝：《新唐書糾謬》，《四部叢刊》三編本（上海：上海書店，1985 年），〈序〉，頁 4－5。

而變，因「義」而有不同；其中，史事亦居關鍵地位。[30]元程端學（1280
－1336）《春秋或問》所謂「《春秋》書其事以見義，不聞略其事以見
義者。」故推求《春秋》書法，不能不關注事情。

　　漢董仲舒《春秋繁露・俞序》述仲尼之作《春秋》，引孔子曰：「吾
因其行事，而加乎王心焉，以為見之空言，不如行事博深切明」；[31]司
馬遷《史記・太史公自序》演述之，亦云：「我欲載之空言，不如見之
於行事之深切著明」；[32]所謂「王心」，所謂「空言」，即孔子《春秋》
之取義；而所謂「行事」，則是《春秋》之事迹、人物之行為。徒託空
言，無案而斷，不如即器明道，藉行事以示褒貶。宋胡安國《春秋傳》
云：「空言獨能載其理，行事然後見其用。是故假魯史以寓王法，撥亂
世反之正。」[33]故胡《傳》雖闡發程頤「以義例解經」之教，亦兼採《左
傳》之歷史敘事，所謂「行事然後見其用」也。

　　唐孔穎達（574－648）《春秋左傳正義》稱：「《春秋》記事之書，
前人後人行事相類，書其行事，不得不有比例」；[34]藉比事而歸納凡例，
因凡例而考求王心，自是求義之一法。由此觀之，考據事實，以求書
法，自是治《春秋》之一大要領。孔子之後傳《春秋》者，不外三家：
《左氏》傳事不傳義，《公》、《穀》傳義不傳事，未能兼善。唐陸淳（？
741－805）《春秋集傳纂例》10卷，其書之體例，先《左氏》、次《公

---

[30]　〔漢〕董仲舒著，〔清〕蘇輿注：《春秋繁露義證》，卷2〈竹林第三〉，頁1（總頁32）；卷3〈精華第五〉，頁20（總頁66）。
[31]　〔漢〕董仲舒著，〔清〕蘇輿注：《春秋繁露義證》，卷6〈俞序第十七〉，頁9（總頁113）。
[32]　〔漢〕司馬遷著，日本瀧川資言考證：《史記會注考證》，卷130〈太史公自序〉，頁1337。又，安居香山、中村璋八輯：《緯書集成》（石家莊：河北人民出版社，1994年），《春秋緯》引子曰：「我欲載之空言，不如見之于行事之深切著明也。」頁904。
[33]　〔宋〕胡安國：《春秋傳》，《四部叢刊》初編（臺北：臺灣商務印書館，1979年），卷首〈春秋傳序〉，頁1。
[34]　〔周〕左丘明著，〔晉〕杜預注，〔唐〕孔穎達疏：《春秋左傳注疏》，《十三經注疏》（臺北：藝文印書館，1955年），卷1〈春秋序〉，頁16。

羊》、後《穀梁》，位次之斟酌，頗有深意，其言曰：

> 《左氏》傳經，多說事迹。凡先見某事，然後可以定其是非，
> 故先《左氏》焉。《公羊》之說事迹亦頗多於《穀梁》，而斷義
> 即不如《穀梁》之精。精者宜最在後結之，故《穀梁》居後焉。
> [35]

陸淳（質）集成啖助、趙匡等《春秋》學研究成果，而成《春秋集傳
纂例》等書。〈三傳得失議〉推崇《左傳》「敘事尤備，能令百代之下
頗見本末。因以求意，經文可知。」由於「先見其事」，有助於「定其
是非」，是非褒貶即寓於敘事之中。《春秋》既筆削魯史記而成書，「爰
始要終，本末悉昭」之古春秋紀事成法，《左傳》敘事最所繼承，即事
可以顯義，故陸淳等取材，以見事可以定是非之《左傳》為優先。

　　推求孔子《春秋》經之微旨隱義，堪稱《春秋》學研治之大節目。
或事按《左傳》，義參《公》《穀》，會通《三傳》，各取優長，此固解
經之一道。若欲以經解經，不假《三傳》，如之何成為可能？宋葉夢得
《春秋考》於如何能「無傳而著」，略有提示，其言曰：

> 《春秋》有可以事見者，求以事；事不可見，而可以例見者，
> 求以例。事與例，義在其中矣。有事與例俱不可見，而義獨可
> 推者，求以義。義者，理之所在也。[36]

《春秋》之文字，有事同而辭同者，可歸納為「例」；若事同而辭異，

---

[35] 〔唐〕陸淳：《春秋集傳纂例》，卷 1〈重修集傳義第七〉，頁 18，〔清〕錢儀吉編：
《經苑》本（臺北：大通書局，1970 年）（總頁 2365）。

[36] 〔宋〕葉夢得：《春秋考》，文淵閣《四庫全書》（臺北：臺灣商務印書館，1983
年），卷 1〈統論〉，頁 20－21，頁 260。

則區別為「義」。[37]由於即事可以顯義，故考求《春秋》之義，葉夢得以「求事」為先；其次「求例」，而以「求義」殿後。所以然者，朱子所謂「《春秋》以形而下者，說那形而上者去」，可作註腳。

宋葉夢得（1077－1148）《春秋傳》兼採《三傳》以治經，以為「不得於事，則考於義；不得於義，則考於事，事義更相發明；……則其為與為奪、為是為非，為生為殺者，庶幾或得而窺之矣。」[38]此治經會通《三傳》之說，謂事義相發，《春秋》之微辭隱義可得而窺之。南宋鄭樵（1103－1162）《通志‧總序》稱：「《春秋》以約文見義，若無傳釋，則善惡難明。史冊以詳文該事，善惡已彰，無待美刺。」[39]《左傳》詳文該事，具見本末。較諸《春秋》之約文見義，容易藉事求義。此與朱熹所云：「聖人作《春秋》，不過直書其事，善惡自見。」可以相發明。唯事義相發，不妨易為敘事見義，具事憑文以求義，比事屬辭可得書法，其理則一。

元程端學《春秋本義》30 卷，關注前後始末之事，提示微著輕重之積漸，有所謂大屬辭比事、小屬辭比事者，以考求《春秋》之義。屬辭與比事相較，即事觀義似乎稍勝因文取義。其〈春秋本義通論〉云：

---

[37] 〔宋〕胡安國：《春秋傳》，卷首〈明類例〉：「《春秋》之文，有事同則詞同者，後人因謂之例；然有事同而詞異，則其例變矣。」頁 2（總頁 3）。〔清〕惠士奇（1671－1741）《春秋說》亦稱：「《春秋》有事同而辭異，有事異而辭同」，各舉若干例證。見〔清〕阮元編：《皇清經解》（臺北：復興書局，1972 年），卷 120，頁 26（總頁 8110）。（日）竹添光鴻：《左氏會箋》（臺北：新文豐出版公司，1987 年），卷首〈春秋左氏傳序〉「箋曰」指錯經以合異，即屬辭比事；且釋屬辭比事云：「此事與彼事相提而論，此辭與彼辭相合而觀，或事同而辭異，或辭同而事異，而等差出焉，褒貶見焉。」頁 3。

[38] 〔宋〕葉夢得：《石林先生春秋傳》（臺北：大通書局，1970 年），卷 1〈統論〉，頁 20－21，頁 260。

[39] 〔宋〕鄭樵：《通志》，《十通》第四種（臺北：臺灣商務印書館，1987 年），第一冊《通志‧總序》，頁 2a。

　　　　所謂前後始末者，一事必有首尾，必合數十年之通而後見。或
　　　　自《春秋》之始至中，中至終而總論之，正所謂屬辭比事者也。
　　　　凡《春秋》，一事為一事者常少，一事而前後相聯者常多。其事
　　　　自微而至著，自輕而至重，始之不慎，至卒之不可救者，往往
　　　　皆是。而先儒或略之，乃於一字之間而究其義，此其穿鑿附會，
　　　　想像測度之說所由生也。[40]

程端學《春秋本義》於屬辭比事雖相提並論，然觀其指向，似較偏重
史事之聯綴，以及張本繼末、原始要終之類比推究。程氏說大屬辭比
事，所謂「合二百四十二年之事而比觀之」；說小屬辭比事，所謂「合
數十年之事而比觀之」，考索事情之源流本末，將有助於推校書法，考
求孔子於《春秋》之取義。

　　元趙汸（1319－1369）《春秋師說》，引述其師黃澤論《春秋》之
說，主張以考據行事，求聖人筆削；先曉史法，可求書法。黃澤曾言：
「說《春秋》，必須兼考史家記載之法，不可專據經文也。」[41]史家記
載之法，即是據事考史之法。可見，於敘事見義，提示最為剴切：

　　　　蓋《春秋》是事，須先考事實，而後可以求經旨。若不得其事
　　　　之實，而遽欲評論是非，則如杜（預）氏之詳密，亦不免於誤
　　　　也。[42]

　　孟子曰：「其事則齊桓晉文，其文則史」，只就史字上看，便見

---

[40]〔元〕程端學：《春秋本義》，文淵閣《四庫全書》（臺北：臺灣商務印書館，1983
　　年），卷首〈春秋本義通論〉，頁4－5，冊160，頁33－34。

[41]〔元〕趙汸：《春秋師說》，《通志堂經解》，卷上〈論魯史策書遺法〉，頁8（總頁
　　14921）。

[42]同前註，卷上〈論古注得失〉，頁24（總頁14929）。

《春秋》是紀事之書。學者須以考事為先，考事不精而欲說《春秋》，則失之疏矣。夫考事已精而經旨未得，尚多有之；未有考事不精，而能得經旨者也。又須先曉史法，然後可求書法。史法要精熟，書法要委曲，求合于中。[43]

《春秋》固是經，然本是紀事，且先從史看。所以如此說者，欲人考索事情，推校書法。事情既得，書法既明，……則《春秋》始可通。[44]

……《易》當明象，《春秋》當明書法。……唯《春秋》當據事以求書法；說者往往不察事情，而輒以己意窺聖人。由是眾說迭興，而夫子之志荒矣。[45]

黃澤（1260－1346）從源頭上看待《春秋》，論其屬性，以為本是記載之書：「《春秋》是事，須先考事實，而後可以求經旨」。〈春秋指要〉稱：「說《春秋》者，又當斟酌事情，未可直情而徑行也。」據事以求書法，察事情可以窺聖經之取義。蓋事外無理，理在事中；唯有考據事實，孔子筆削之旨，《春秋》之取義，方能求得。捨事實而求義理，猶無案而斷，未免捕風捉影，流於臆測亂談。

　　趙汸引述其師黃澤之《春秋》學，以為欲得經旨、推校書法、求聖人筆削之旨，當以考事為先。考索事情、考據事實，然後人物之得失可見，《春秋》之大義彰明。趙汸《春秋屬辭》論筆削，宗法南宋陳傅良《春秋後傳》，往往「以其所書，推見其所不書；以其所不書，推

---

[43] 同前註，〈論學春秋之要〉，頁 4（總頁 14944）。
[44] 同前註，〈論學春秋之要〉，頁 5（總頁 14945）。
[45] 同前註，卷下〈春秋指要〉，頁 28（總頁 14956）。

見其所書」[46]。而程端學《春秋或問》云:「《春秋》書其事以見義,不聞略其事以見義者。」[47]孔子作《春秋》,大抵如東晉徐邈(344－397)所云:「事仍本史,而辭有損益」。[48]因此,就《春秋》因事屬辭,約文見義,有孔子筆削觀之,兩相對照,趙汸之說較程端學周全優勝。

　　明湛若水(1466－1560)主張「隨處體認天理」,以為「萬事萬物莫非心」,屬於陸、王心學之系統。湛若水傳承陳獻章江門心學,與王守仁心學異門殊戶。[49]著有《春秋正傳》37 卷,深受黃澤考求《春秋》書法之啟發,以為研治《春秋》,「當考之於事,求之於心。事得,而後聖人之心,《春秋》之義,皆可得」。[50]其言曰:

> 夫子曰:「吾志在《春秋》」。聖人之心存乎義,聖人之義存乎事。……義取於聖人之心,事詳乎魯史之文。……是故治《春秋》者,不必泥之於《經》,而考之於事;……事得,而後聖人之心,《春秋》之義得矣。[51]

揣度聖人之心,推求《春秋》之義,為研治《春秋》之大節目;揣度推求有方,考之於行事,即器可以明道。蓋「聖人之心存乎義,聖人之義存乎事」;而其事,則「詳乎魯史之文」。憑其辭文,考其行事,《春

---

[46] 〔元〕趙汸:《春秋屬辭》,《通志堂經解》(臺北:大通書局,1970 年),卷 8〈假筆削以行權第二〉,頁 2(總頁 14801)。

[47] 〔元〕程端學:《春秋或問》,文淵閣《四庫全書》(臺北:臺灣商務印書館,1983 年),卷 6,宣公元年,頁 2,冊 160(總頁 627)。

[48] 〔晉〕徐邈:《春秋穀梁傳注義》,〔清〕馬國翰:《玉函山房輯佚書》(揚州:廣陵書社,2004 年),經編‧春秋類,頁 1408。

[49] 參考侯外廬、邱漢生、張豈之主編:《宋明理學史》(北京:人民出版社,1984 年),下卷,第七章〈湛若水對江門心學的發展與江門心學的學術歸向〉,頁 170－200。

[50] 〔清〕紀昀主纂:《四庫全書總目》,卷 28,〈經部春秋類三〉,明湛若水《春秋正傳》提要,頁 24(總頁 582)。

[51] 〔明〕湛若水:《春秋正傳》,文淵閣《四庫全書》(臺北:臺灣商務印書館,1983 年),卷首〈自序〉,頁 1－2,冊 167(總頁 39－40)。

秋》之取義可得而求。其中環節，端在其事之類比、對比與比況。故
湛若泉稱：「事得，而後聖人之心，《春秋》之義可得」。據此言之，《左
傳》說經，出之以歷史敘事，故朱熹《春秋》綱領，稱「《左氏》所傳
《春秋》事，恐八九分是」；「春秋制度大綱，《左傳》較可據，《公》
《穀》較難憑」；「《左氏》曾見國史，考事頗精」；故曰：「看《春秋》，
且須看得一部《左傳》，首尾意思通貫，方能略見聖人筆削，與當時事
之大意」。[52]從朱子之《春秋》觀、《左傳》觀，知據實、考事乃解讀《春
秋》書法之一法門，與屬辭表述可以相得益彰。《左傳》以史傳經，可
得一絕佳之之旁證。

　　清毛奇齡（1623－1716）《春秋毛氏傳》提出《春秋》四例，其二
曰事例，於名實輕重、內外小大之際，交相較量，而進退褒貶已現於
言外。所謂直書不諱，而是非功過自在其中。故解讀《春秋》之義，
據事、具事、比事是一大法門。毛奇齡《春秋傳》曾有提示：

　　《春秋》須詳審《經》文，備究其事之始末，并當時行事之首
　　從、主輔，而後可斷以義。否則，鮮有不誤者。[53]

解讀《春秋》除須詳審《麟經》之辭文，推敲「如何書」之法外，「備
究其事之本末」云云，尤不可忽。備究史事之終始，然後知積漸之勢，
非一朝一夕之故；明首從、主輔，然後知重輕、詳略、予奪、勸懲、
褒貶之所從來。故曰：即事可以顯義。

　　清張自超著《春秋宗朱辨義》，所謂「《春秋》宗朱」者，除「據
事實寫，即事而書」[54]之外，頗闡發朱子所謂「看得首尾意思通貫，方

---

[52] 〔宋〕黎靖德編：《朱子語類》，卷 83〈春秋綱領〉，頁 2151－2152、2148。

[53] 〔清〕毛奇齡：《毛檢討春秋傳》，〔清〕阮元主編：《皇清經解》，卷 127，桓公十
　　五年，〈冬十有一月，公會宋公、衛侯、陳侯于袤，伐鄭〉，頁 16（總頁 7722）。

[54] 〔宋〕朱熹著，郭齊、尹波點校：《朱熹集》（成都：四川教育出版社，1996 年），

能略見聖人筆削」之「看史樣」《春秋》觀。[55]其事、其文、其義，為
《春秋》生成之三元素，朱熹特重「其事」，凸顯「其義」，於「其文
則史」直接著墨不多。間接則以「看史樣」、「且須看得一部《左傳》
首尾通貫」；「平心看那事理、事情、事勢」，而謂「《春秋》十二公，
時各不同」，[56]則亦隱約持「屬辭比事」，以探究終始。張自超《春秋宗
朱辨義》〈總論〉稱：「凡所辨論，必反覆前後所書，比事以求其可通」，
明以比事屬辭解讀《春秋》之書法。張自超之書，持「比事屬辭」為
解經要領，大抵符合古春秋「爰始要終，本末悉昭」之記事成法。如
論「魯十二公之娶齊女」與否，最為比事屬辭之經典：

> ……《春秋》十二公，桓、莊、僖、文、宣、成，皆娶齊女；
> 襄、昭、定、哀，皆不娶齊女。娶齊女，則書「逆」、書「至」
> 獨詳；不娶齊女，則逆與至皆不書而從略。詳于書齊女者，聖
> 人惡魯之娶齊女也。……嗚呼，醴泉無源，而淫風有自。齊女
> 固善淫焉，而又好殺。通齊侯者，齊女也；通慶父者，又齊女
> 也。與殺其夫者，齊女也；與殺其子者，又齊女也。齊女世濟
> 其惡，以亂魯，魯人當一戒之、再戒之矣。[57]

張自超綜觀《春秋》十二公之婚配，考察其書「逆」、書「至」之書法，
發現辭文有詳有略。《春秋》之法，常事不書，非常則書；合禮不書，
違禮則書；獎善不盡書，貶惡必書。宋孫復等以為：《春秋》有貶無褒，

卷 60〈答潘子善（時舉）〉，頁 3141－3142。

[55] 〔宋〕黎靖德編，王星賢點校：《朱子語類》，卷 83，問「《春秋》當如何看？」
頁 2148。

[56] 同前註，「叔器問讀《左傳》法」，頁 2148。

[57] 〔清〕張自超：《春秋宗朱辨義》，文淵閣《四庫全書》（臺北：臺灣商務印書館，
1983 年），卷 8，成公十四年，〈九月，僑如以夫人婦姜氏至自齊〉，頁 34（總頁
188）。

乃孔子之刑書，[58]理或然也。如《春秋》所書魯十二公之婚娶，張自超「反覆前後所書」發現：桓公、莊公、文公、宣公、成公之夫人，皆娶齊女；而襄公、昭公、定公、哀公之夫人，皆非齊人。魯君娶齊女，《春秋》則書「逆」、書「至」，獨詳。不娶齊女之襄、昭、定、哀四公，則「逆與至，皆不書而從略」。經過「參觀前後而比其事」，《春秋宗朱辨義》由此推知孔子作《春秋》之旨義：「詳于書齊女者，聖人惡魯之娶齊女也」，從詳略、筆削之辭文，以考求孔子之好惡、予奪、褒貶、勸懲，自是比事屬辭法之發用。張自超稱：「齊女善淫，又好殺」，亦通考《春秋》所書魯十二公之夫人行徑而有此說。既已濟惡亂魯，故《春秋》再書、屢書、不一書以懲戒之。試以桓公夫人文姜為例，其善淫、無忌憚，張自超《春秋宗朱辨義》有云：

> 夫人孫齊，已自知罪矣，惟魯人不絕夫人，故夫人可歸。惟魯人不仇齊，故與夫人與齊侯可會。七八年間：主王姬、會伐衛、狩禚再會，次郎、圍郕，無非親齊。宜乎夫人齊侯無所忌憚，而淫於道塗，未有虛歲也。[59]

桓公夫人文姜，通於齊襄公。《春秋》書其淫行劣性，七八年之中，史不絕書：自桓公十八年，書「春王正月，公會齊侯于濼。公與夫人姜氏遂如齊」，「夏四月丙子，公薨于齊。丁酉，公之喪至自齊。」莊公元年，「三月，夫人孫于齊。」莊公二年，「冬十有二月，夫人姜氏會齊侯于禚。」四年，「春王二月，夫人姜氏享齊侯于祝丘。」五年，「夏，夫人姜氏如秦師。」至七年，「春，夫人姜氏會齊侯于防。冬，夫人姜

58　〔宋〕孫復：《春秋尊王發微》，《通志堂經解》（臺北：復興書局，1961、1972年），卷，頁（總頁）。

59　〔清〕張自超：《春秋宗朱辨義》，卷3，莊公二年，〈冬十有二月，姜氏會齊侯于禚〉，頁5（總頁53）。

氏會齊侯于穀。」張自超據上述《春秋》所書，比其事而屬其辭，於是而有「夫人齊侯無所忌憚，而淫於道塗，未有虛歲」之論斷。孔子於夫人文姜，再書、屢書、不一書之，所謂「反覆前後所書」而比事之，《春秋》貶惡之義可知。

　　方苞《春秋通論》之作，於《春秋直解》而言，猶如《三傳》之於《春秋》經，孔穎達《疏》之於杜預《注》，《史記》七十篇列傳之於十二篇本紀，細目之於綱領。[60]方苞作〈春秋通論序〉，頗言其著述之旨趣，故《春秋直解》可以類比：

> 凡諸經之義，可依文以采；而《春秋》之義，則隱寓於文之所不載，或筆或削，或詳或略，或同或異，參互相抵，而義出於其間。所以考世變之流極，測聖心之裁制，具在於此。非通全經而論之，末由得其閒也。[61]

方苞稱：「《春秋》之義，則隱寓於文之所不載」，此即程頤〈春秋傳序〉所云「微辭隱義，時措從宜」為難知；《朱子語類》引朱熹語，以為《春秋》「都不說破」、「蓋有言外之意」。其實，這些隱義微旨，或因比事，或緣屬辭，或統合比事屬辭，多可以憑藉津筏，即器以明道，而達求義之彼岸。《春秋》一書，取捨剪裁史料，有「或筆或削，或詳或略，或同或異」之情形；相較於《春秋》所據依之魯史記而言，孔子依違去取之際，自有義理，此即方苞〈周官析疑序〉所謂「空曲交會之中，

---

[60]〔宋〕胡安國：《春秋傳》，元代科舉取士訂為《春秋四傳》之一，於是元人汪克寬以胡《傳》為宗，裨補其闕疑，而著《春秋胡傳附錄纂疏》30卷；誠如《四庫全書總目》所云：「能於胡《傳》之說，一一考其援引所自出，如注有疏，於一家之學，亦可云詳盡矣。」由此觀之，《春秋通論》之於《春秋直解》，猶胡《傳》與汪《疏》，可以相通相融，相得益彰。〔清〕紀昀主纂：《四庫全書總目》，卷28，〈經部春秋類三〉，頁18－19（總頁579－580）。

[61]〔清〕方苞：《望溪先生文集》，《四部叢刊》初編（臺北：臺灣商務印書館，1979年），卷4〈春秋通論序〉，頁4（總頁52）。

義理寓焉」;〈春秋通論序〉所謂「參互相抵,而義出於其間。」[62]傅偉勳(1933－1996)研究大乘佛學,倡導創造的詮釋學,曾提出層面分析法,強調五大辯證層次,亦即實謂、意謂、蘊謂、當謂、創謂。[63]清章學誠《文史通義·言公》曾言:「有志《春秋》之業,固將惟義之求;」就此而言,《春秋》學者所求之「義」,自屬創造的詮釋學「蘊謂」、「當謂」、「創謂」三大最高層面上;而所謂「義」,言人人殊,亦職此之故。

　　列國史乘與孔子《春秋》,有同有異:據其事、約其文,屬辭比事以成書,此其同。然《春秋》欲表現「王心」,有孔子竊取之義,則諸史無有,此其殊異。清萬斯大《學春秋隨筆》曾略言之:

> 《春秋》之文,則史也;其義則孔子取之。諸史無義,而《春秋》有義也。義有變有因,……諸侯之策曰:「孫林父、寧殖出其君」,《春秋》書之曰:「衛侯衎出奔」,此以變為義者也。……齊史書曰:「崔杼弒其君」,《春秋》亦曰:「崔杼弒其君」,此以因為義者也。因與變相參,斯有美必著,無惡不顯,三綱以明,人道斯立。春秋之義遂與天地同功。[64]

孔子作《春秋》,其事、其文之外,尚有夫子竊取之「義」。孔子孤懷宏願,別識心裁,為諸史所無之著述旨趣,究竟如何表出,又如何破

---

[62] 〔清〕方苞:《望溪先生文集》,卷4〈春秋通論序〉,頁4(總頁52)。卷4〈春秋直解序〉,頁5(總頁52)。

[63] 「實謂」層次,探問「原典實際說了什麼?」「意謂」層次,強調依文解義,如實客觀。「蘊謂」層次,探問「原典可能蘊含什麼?」「當謂」層次,探問「原典當表達什麼?」「創謂」,原稱必謂,指突破舊有,創新發明之層次。參考傅偉勳:《從創造的詮釋學到大乘佛學——「哲學與宗教」四集》(臺北:東大圖書公司,1990年),〈創造的詮釋學及其應用——中國哲學方法論建構試論之一〉,頁1－46;傅偉勳:《學問的生命與生命的學問》(臺北:正中書局,1994年),〈大乘佛學的深層探討〉,頁137－140;〈創造的詮釋學與思維方法論〉,頁219－240。

[64] 〔清〕萬斯大:《學春秋隨筆》,《皇清經解》(臺北:復興書局,1961、1972年),卷50〈衛州吁弒其君完〉,頁14(總頁767)。

譯？義既寓乎其事與文之內，故不憑虛出現，必假「事」與「文」為
津筏，空曲交會中，而義理乃浮現。清萬斯大《學春秋隨筆》，考察《春
秋》之義有二類，或以變為義，或以因為義，其實乃統合其事其文，
比事屬辭而言之，而特重屬辭與比事之異同、重輕、主從、措置。以
研治《春秋》為志業者，多多關涉史事之筆削去取，而義在其中矣！
趙盾崔杼之弒君，齊史、晉史能以名赴告諸侯，《春秋》乃得以直載其
名，此之謂因文為義。至於星霣如雨、衛侯出奔之倫，或凸顯形象，
或化變主賓，雖辭文稍經孔子筆削損益，而史實大抵不殊。因與變相
參為用，《春秋》之義遂隱寓於其中。由此可見，史事之書或不書，固
攸關筆削，亦由於赴告而來。

　　清陳澧（1810－1882）著《東塾讀書記》，有〈春秋三傳〉一文，
於《三傳》相關論著多所評騭。強調「《公羊》亦甚重記事，以批駁孔
廣森「《春秋》重義，不重事」之說：

　　可見《公羊》亦甚重事，但所知之事少，而又有不確者耳。孔
　　巽軒（廣森）《（春秋公羊）通義·序》謂：「《春秋》重義，不
　　重事」，以宋伯姬為證。然《公羊》記伯姬事云：「宋災，伯姬
　　存焉。有司復曰：『火至矣，請出！』伯姬曰：『不可！吾聞之
　　也：婦人夜出，不見傅母不下堂。』傅至矣，母未至也。逮乎
　　火而死。」若《公羊》不詳記此事，則伯姬死於火耳，何以見
　　其賢乎？欲知其義，必知其事，斷斷然也。[65]

---

[65] 〔清〕陳澧：《東塾讀書記》，列舉《公羊傳》亦重視記事，《公羊》有記事之語，
　　但太少耳。……如隱元年春，「王正月」《傳》云：「諸大夫仮隱而立之」；「鄭伯克
　　段」《傳》云：「母欲立之」；「葬宋繆公」《傳》云：「宣公謂繆公」云云，「翬帥師」
　　《傳》：「翬諂乎隱公」云云；「衛人立晉」《傳》云：「石碏立之」；「鄭人來輸平」
　　《傳》云：「孤壤之戰，隱公獲焉」，卷10，頁163。

清孔廣森（1752－1786）著《春秋公羊通義》，其〈敘〉言以為：魯春秋為史，「君子修之，則經也。經主義，史主事，事故繫義，故文少而用廣。」進而批評世俗「莫知求《春秋》之義，徒知求《春秋》之事」。[66]若徒託空言，以義說經，則如《四庫全書總目》所謂「無案而斷，《春秋》為射覆」，故世之求《春秋》義者，往往藉事以求義。宋胡安國《春秋傳》稱：「仲尼因事屬辭，智者因辭觀義」；經既因史而作筆削，故求事可以得義，孔廣森之言值得商榷。陳澧《東塾讀書記》駁之曰：「欲知其義，必知其事」，甚得理實。

其實，《三傳》解《經》各有側重，《公羊》《穀梁》尚義，《左傳》主事。故《朱子語類》稱：「《左氏》曾見國史，考事頗精，只是不知大義。……《公》《穀》考事甚疏，然義理卻精。」[67]主體論述固然如此，然《左傳》於義理未嘗不講，《公羊》《穀梁》於敘事未嘗不兼顧。陳澧《東塾讀書記》枚舉《公羊傳》「亦甚重事」者六例，而特提《公羊傳》敘記伯姬事。《公羊傳》襄公三十年記事，採「因言語而可知」之敘事法，[68]藉言記事以表現伯姬之才行賢良。《公羊傳》若略去記事，止觀《春秋》書「宋災，伯姬卒」，但知伯姬死於火災而已。何以諡曰共（恭）？《周書・諡法解》：「執事堅固曰共」，言奉承弗失，守正不移。[69]剛烈其性、賢良之德，故《公羊傳》褒美之。由此觀之，解讀《春秋》，陳澧所云：「欲知其義，必知其事」，誠為至理名言。[70]

《左傳》以歷史敘事說《經》，是以史事求經；宋崔子方《春秋本例》，是以事例求經；《公羊》、《穀梁》二傳，多側重歷史哲學，解說

---

[66] 〔清〕孔廣森：《孔檢討公羊通義》，〔清〕阮元主編：《皇清經解》（臺北：復興書局，1972 年），卷 691〈春秋公羊經傳通義・敘〉，頁 3（總頁 9291）。

[67] 〔宋〕黎靖德編，王星賢點校：《朱子語類》，卷 83〈春秋綱領〉，頁 2151－2152。

[68] 〔唐〕劉知幾著，〔清〕浦起龍釋：《史通通釋》（臺北：里仁書局，1980 年），卷 6〈敘事之體，其別有四〉，頁 168。

[69] 汪受寬：《諡法研究》（上海：上海古籍出版社，1995 年），〈諡字集解〉，頁 391。

[70] 〔清〕陳澧：《東塾讀書記》，卷 10〈春秋三傳〉，頁 171。

其「何以書」，是以義理解經。然陳澧《東塾讀書記》已論證《公羊》解經除尚義之外，「亦甚重事」；且斷定「欲知其義，必知其事」。陳澧又稱：《穀梁傳》實因所知之事少，故述事好從簡略；因「非盡好簡略者」，故解《春秋》「專尋究經文經義」。考索事情，有助於推求書法，亦由此可見。本節所論，偏重以敘事見義，以解讀《春秋》，近《左傳》之以事解經。要之，殊途同歸，可以相得益彰。

參、因事屬辭，義存乎事

《左傳》成公十四年「君子曰」，稱述《春秋》五例，其四曰盡而不汙。晉杜預〈春秋序〉解讀之，指為「直書其事，具文見義」；唐孔穎達《春秋左傳正義》謂：「直書其事，不為之隱；具為其文，以見譏意。是其事實盡而不有汙曲也。」[71]《朱子語類》載朱熹之言：「《春秋》只是直載當時之事，要見當時治亂興衰」；「《春秋》是聖人據魯史以書其事，使人自勸之以為鑑戒」；「孔子但據直書，而善惡自著」；[72]明湛若泉《春秋正傳・自序》云：「聖人之心存乎義，聖人之義存乎事」，故據事可以求得其義，可以探知聖心之旨向。茲分二項以明之：

一、因事以立文，即事而顯義，可以見褒貶，得《經》意

宋張大亨（？－1085－1102－？）《春秋通訓》稱《左傳》：「依經

---

[71] 〔晉〕杜預注，〔唐〕孔穎達疏：《春秋左傳注疏》，卷首〈春秋序〉，頁 17（總頁 14）。

[72] 〔宋〕黎靖德編，王星賢點校：《朱子語類》，卷 83〈春秋綱領〉，頁 2144、2145、2146。

以比事,即事以顯義」;[73]後人讀《春秋》,亦猶《左傳》之解《麟經》,「即事以顯義」自為捨傳求經之一道。《四庫全書總目》論北宋《春秋》學之「棄傳從經」曰:「刪除事跡,何由知其是非?無案而斷,是《春秋》為射覆矣。」[74]可見《春秋》之是非,不能離事跡而空言;論斷必憑事案,否則說經無異捕風捉影。北宋孫復等捨傳求經,或流於臆說穿鑿,離事空談故也。

經與史之分合認知,攸關《春秋》之詮釋解讀。宋蘇洵(1009-1066)〈史論上〉曾云:「使後人不知史而觀經,則所褒莫見其善狀,所貶弗聞其惡實。吾故曰:『經不得史,無以證其褒貶。』」[75]《春秋》之作,既參考魯史記為纂修素材,《春秋》隱然而有歷史敘事之成份,後人欲解讀《春秋》,固不可離事而言義。宋葉夢得(1077-1148)《春秋傳》自序稱:「不得於事,則考於義;不得於義,則考於事,事義更相發明」。[76]微辭隱義,為《春秋》研治之主軸,「不得於義,則考之於事」,事與義可以相互發明,相得益彰。以魯隱公見弒而言,《春秋》止書「公薨」,不書葬,固由於不成喪,據實徵存,委婉表述,所謂推見至隱,而義在其中矣。如《春秋》書「天王狩于河陽」,葉夢得《春秋傳》稱:

> 葉子曰:吾何以知晉侯召王,而王以狩為之名歟?《春秋》有諱而為之辭者矣,未有諱而變其實者也。天王敗績於茅戎,可以自敗見義,不可以非敗而言敗也;天王出居於鄭,可以自出

---

[73] 〔宋〕張大亨:《春秋通訓》,文淵閣《四庫全書》(臺北:臺灣商務印書館,1983年),卷末〈春秋通訓後敘〉,頁633。

[74] 〔清〕紀昀等主纂:《四庫全書總目》,卷26,經部春秋類一,頁1(總頁536)。

[75] 〔宋〕蘇洵著,曾棗莊等箋註:《嘉祐集箋註》(上海:上海古籍出版社,1993年),卷9〈雜論·史論上〉,頁229。

[76] 〔宋〕葉夢得:《石林先生春秋傳》,〔清〕納蘭成德編:《通志堂經解》(臺北:大通書局,1970年),卷首〈石林先生春秋傳序〉,頁2(總頁11917)。

見義，不可以非出而言出也。使晉侯實召王而往，《春秋》虛假
之狩，是加王以無實之名，而免晉以當正之罪，孰有如是而可
為《春秋》乎？[77]

溫之會，晉文公召周襄王，《史記》〈晉世家〉、〈孔子世家〉皆據事直
書。[78]孔子作《春秋》，筆削舊史，於是出以曲筆諱書，而曰「天王狩
于河陽」。所謂諱書，指不沒事實，而稍稍損益辭文。史事不容變造扭
曲，而辭文可為尊者而諱飾。《春秋》以王狩、自敗、自出見義，亦職
此之故。由此可見，孔子蓋因事屬辭，讀者不妨即事觀義。

　　崔子方（？－1094－1098－？）《春秋本例》，本《公羊》、《穀梁》
之說，專以日月時例為褒貶，作為解經之主要手段。崔子方以《春秋》
為記事之書，記事或詳或略，其中即左右褒貶之「義」，所謂「詳中夏
而略外域，詳大國而略小國，詳內而略外，詳君而略臣，此《春秋》
之義，而日月之例所從生也。」[79]記事之或詳或略，與華夷、大小、內
外、君臣有關，此書事之常例。又有變例，其言曰：

然而事固有輕重矣，安可不詳所重而略所輕乎？其概所重者
日，其次者月，又其次者時，此亦易明耳。然而以事之輕重，
錯於大小、尊卑、疏戚之間，又有變例以為言者。此日月之例
至於參差不齊，而後世之論所以不能合也。[80]

---

[77]〔宋〕葉夢得：《葉氏春秋傳》，《通志堂經解》（臺北：大通書局，1970 年），卷
　　10，僖公二十八年，〈天王狩于河陽〉，頁 12－13（總頁 12016－12017）。
[78]〔漢〕司馬遷著，（日）瀧川資言考證：《史記會注考證》，卷 39〈晉世家〉，頁 61，
　　總頁 621；卷 47〈孔子世家〉，頁 84，總頁 745。
[79]〔宋〕崔子方：《西疇居士春秋本例》，《通志堂經解》（臺北：大通書局，1970 年），
　　卷首〈西疇居士春秋本例・序〉，總頁 11453。
[80] 同前註。

程頤《春秋傳》云：「《春秋》大率所書事同則辭同，後人因謂之例；然有事同而辭異者，蓋各有義，非可例拘也。」[81]此例與義之異。胡安國《春秋傳》受程子影響，其〈明類例〉亦云：「《春秋》之文，有事同則詞同者，後人因謂之例；然有事同而詞異，則其例變矣。」[82]崔子方其書，以「權事之輕重而著為之例」，此其考《春秋》之法，蓋本程頤、胡安國而恢廓之。

　　宋末元初趙鵬飛（？－1272－？）著《春秋經筌》16卷，不然世人以為「無傳則經不可曉」之說，主張「學者當以無傳明《春秋》，不可以有傳求《春秋》」。其書所以命名為「經筌」者，以此。曾云：

> 《春秋》雖因文以見義，然不稽之以事，則文不顯。苟徒訓其文，而不考其事，吾未見其得經意（義）也。……是數說者，皆泥其文而不考其事，非經意也。[83]

自中唐啖、趙學派，北宋孫復、劉敞等治《春秋》，往往信經疑傳，甚或主張捨傳求經，於是風從者眾。宋末趙鵬飛《春秋經筌》所謂「當以無傳明《春秋》」，為其中之一。試問：無三傳為佐證，如何考求經義？趙鵬飛特提「稽之以事」、「考其事」之法，再結合辭文，即可以求得經義。《孟子》述《春秋》，拈出其事、其文、其義三者，以為乃孔子作《春秋》時體用合一之三元素。或具事、或憑文，多可以求得《春秋》之義；其中尤以史事之具體可考，最足徵信。蓋仲尼作《春秋》，因事屬辭，辭文之表述，皆緣事迹而來。故曰：「不稽之以事，則文不顯」；不考其事，亦難得經義。趙鵬飛曾以《春秋》書「紀侯大

---

[81] 〔宋〕程頤：《二程全書》，《伊川經說四‧春秋傳》，頁6。

[82] 〔宋〕胡安國：《春秋胡氏傳》，《四部叢刊》初編，卷首〈明類例〉，總頁3。

[83] 〔宋〕趙鵬飛：《春秋經筌》，《通志堂經解》（臺北：大通書局，1970年），卷2，桓公三年，〈夏，齊侯衛侯胥命于蒲〉，頁12（總頁11584）。

去其國」系列書法為例，論述《春秋》如何「因事立文，褒貶自見」，
如：

> 《春秋》因事立文，而褒貶自見。紀季以酅入於齊，始隱終哀，
> 惟此而已，故其文異。凡大夫有罪者必書奔，而此不書奔；大
> 夫竊邑者必書叛，而此不書叛；大夫貶者皆斥名，而此不斥名。
> 蓋事可疑者，聖人不異其文，無以判後世之疑，此何疑哉？……
> 蓋紀侯疾齊襄之惡，不忍北面於齊。齊兵將臨紀也，……紀季
> 於是謀於君，割邑以附庸於齊，辱己以全兄之高，因邑以繼紀
> 之祀，其為迹則逆，而其謀則順。……故聖人書字，若許叔蔡
> 季之賢也。不書奔，非若邾庶其以漆閭丘來奔之惡也。不書叛，
> 非若趙鞅入於晉陽以叛之逆。其意與文自見，殆不可以迹而疑
> 其情也。[84]

宋胡安國著《春秋傳》，揣摩孔子作《春秋》、世人讀《春秋》之心路
歷程，以為「仲尼因事而屬辭」，於是「智者即辭以觀義」。《春秋》之
取義，寓存於其事、其文之中。而所謂義，即是抑揚、予奪，表現為
褒貶勸懲。故趙鵬飛強調：「《春秋》因事立文，而褒貶自見」。以《春
秋》書「紀季以酅入于齊」史事為例，紀季割讓土地，以求附庸於齊，
其投靠大國，似奔；其割地予敵，似叛；其行徑似可恥，當貶。然《春
秋》不書奔、不書叛，又不斥名貶抑。蓋考諸紀之削亡本事，趙鵬飛
說經「原其情」，以為「勢有所不能免」，故孔子《春秋》抑揚其文，
顯然隱諱其惡，必置於無罪之地而後已。[85]孔子作《春秋》，號稱「史
外傳心」，蓋有孤懷慧眼，別識心裁；方苞說義法所謂「義以為經，而

---

[84]　〔宋〕趙鵬飛：《春秋經筌》，卷3，莊公三年，〈秋，紀季以酅入于齊〉，頁7（總
頁11612）。

[85]　同前註，卷3，莊公四年，〈紀侯大去其國〉，頁10（總頁11613）。

法緯之」，義之所在，史事為之筆削，辭文為之損益，此趙鵬飛所謂：
「《春秋》因事立文，而褒貶立見」。

　　元趙汸《春秋師說》稱：「說《春秋》，當求事情」；「學者須以考
事為先；未有考事不精而能得精旨者也」；[86]孔子謂：「託之空言，不如
見諸行事」，據事可以案斷，理在事中故也。清顧炎武《日知錄》曾言：
「古人作史，有不待論斷，而於序事之中即見其指者」；此即事顯義，
以事為義之說也。孔子筆削舊史，於史事未加損益，於是《春秋》或
直書其事，因仍未改，是所謂因文見義。方苞《春秋通論·通例七章》
云：「舊史之文，有以魯君臣意向為詳略者」，孔子往往「即以舊史異
文為《春秋》之特筆」，[87]舊史之異同，《春秋》之詳略，所謂內辭曲筆
諱書者，其中即寓含孔子竊取之「義」。

　　明季本（1485－1563）《春秋私考》傳承蘇洵〈史論〉、葉夢得《春
秋傳》知史通經，考事得義之啟示，於即事顯義亦頗有發明，如：

> 不書葬，《左氏》以為不成喪，是也。不成喪，則亂賊肆為邪說，
> 不君其君，故不訃於諸侯，不以禮葬，而諸侯不來會矣。……
> 故凡不書葬者，皆據其不以禮葬之實，而義自見矣。[88]

《左傳》成公十四年引「君子曰」，有所謂「微而顯」者，為《春秋》
五例之一，乃曲筆書法之一種，謂措詞簡約，而意指明顯。《春秋》於
隱公遭弒，但書「公薨」二字，準以比事屬辭之書法，與全《經》其
他魯君正常死亡書地、書葬之書法，作比較、歸納、類推，知公薨而

---

[86]〔元〕趙汸：《春秋師說》，卷下，〈論學春秋之要〉，頁3、4（總頁14944）。
[87]〔清〕方苞：《春秋通論》，文淵閣《四庫全書》（臺北：臺灣商務印書館，1983
　　年），卷4〈通例七章〉之六，頁24，總冊178（總頁349）。
[88]〔明〕季本：《春秋私考》，《續修四庫全書》（上海：上海古籍出版社，），卷3，
　　頁22（總頁44）。

不書地、不書葬，書法特別，季本以為「欲以起問，見其有故也」；此之謂特筆見義。從其不書葬，按以全經「公薨」書例，而譏貶罪過之義，乃見於言外。季本所謂「據其實，而義自見」。《春秋》一經之不書、諱書，多近是，可以類推。

清毛奇齡著有《春秋毛氏傳》36 卷，統以四例解說孔子《春秋》之義。其二曰事例，就史事之寡多、大小、輕重，而驗是非褒貶，其言曰：

> ……公羊《疏》云：「《春秋》記人君動作之事。」而《漢史》亦云：「右史記事，為《春秋》。」是以《孟子》論《春秋》，特開一例曰：「其事，則齊桓、晉文」，謂就事而計其寡多，較其大小、輕重，而是非可驗。……重與大，則責備嚴；多則前後低仰，而未易以輕定。[89]

古有左史、右史，或記事，或記言。前賢以為事為《春秋》，言為《尚書》，實則「古人事見於言，言以為事，未嘗分事言為二物也」；「《記》曰：『疏通知遠，《書》教也』，豈曰記言之謂哉！」[90]以屬辭比事言之，確實觀辭可以見事，因事所以屬辭，事與辭本是二而一、一而二之關係。毛奇齡《春秋傳》揭櫫「事例」，以為「就事而計其寡多，較其大小輕重，而是非可驗」，此敘事足以示義之說。多少、大小、輕重之斟酌，涉及筆削損益；而筆削損益，又繫乎是非、勸懲、進退、抑揚之取義如何。義之所歸則多、則大、則重；否則，為寡、為小、為輕，此攸關「如何書」之法。

清方苞沈潛三禮，因以貫徹諸經，會通乃其主要策略，所著《春

89　〔清〕毛奇齡：《毛檢討春秋傳》，〔清〕阮元編：《春秋毛氏傳》，《皇清經解》（臺北：復興書局，1961、1972），卷 120，卷首，「二曰事例」，頁 9（總頁 7673）。
90　章學誠：《文史通義》，內篇一，〈書教上〉，頁 9。

秋通論》即本「疏通知遠」之《書》教，會通比事屬辭之《春秋》教而有其心得。《春秋通論》卷四，有〈通例七章〉，其二說書與不書，即凸顯「因事屬辭」，義存乎事之觀點，如：

> 《春秋》因事屬辭，各得其實，而是非善惡無遁情焉。豈特不以日月爵次名氏為褒貶哉！亦未嘗有特起褒貶之文也，其特文皆所以發疑耳。蓋事雖變，而義非隱，無所用特文也；惟事變而義隱，然後特文以揭之。文異然後疑生，疑生然後義見。……外此，則據事直書，以見其實而已。故以褒貶求《春秋》之文，亦說經者之誤也。[91]

方苞《周官析疑・序》云：「凡義理必載於文字，惟《春秋》、《周官》，則文字所不載，而義理寓焉。」又〈周官集注序〉稱述《周禮》亦云：「其設官分職之精意，半寓於空曲交會之中，而為文字所不載。」[92]歷代《春秋》學家，盡心致力之志業，無非在考求《春秋》之義。然通《春秋》書法觀之，「不按事作斷語」，乃其定例。「文字所不載，而義理寓焉」之《春秋》特質，究竟如何破譯解構？遂成為《春秋》學研究之焦點。破解之道有三，或以據事，或以約文，或以比屬而觀義。方苞《春秋通論・通例》論證「《春秋》因事屬辭，各得其實」；「據事直書，以見其實」，乃至於「世變而義隱」之特文，要皆闡明因事屬辭，義存乎事。是非善惡所以無遁情，以褒貶求《春秋》之文所以謬誤，蓋由於此。

---

[91] 〔清〕方苞：《春秋通論》，卷 4〈通例七章〉，頁 18、22（總頁 346、348）。

[92] 〔清〕方苞：《望溪先生文集》，卷 4〈周官析疑序〉、〈周官集注序〉，頁 1-2（總頁 51）。

二、張自超「據事直書，予奪俱見」；方苞「直書其
　　事，功罪不掩」

　　清張自超著《春秋宗朱辨義》，持比事屬辭之《春秋》教解《經》，
與以意說《經》之鉤深索隱，會當有別。〈總論〉有言：「《春秋》紀事
之書也，而義即在乎事之中。苟牿於事不得其實，則索其義有不可以
強通者矣。」[93]其書以經明經，大抵論證具文足以見其義，即事可以顯
其義。張自超於據事直書、比事見義，頗多闡發。[94]〈總論〉曾言及內
辭、諱書問題：

> 蓋聖人據魯史以作《春秋》，其會盟、侵伐、殺大夫，則統天下
> 諸侯以示義。至於朝聘、卒葬、祭祀、昏姻、立宮、城邑，一
> 切興作之類，則皆以魯事示義。事係乎一國，而義關乎天下。
> 聖人原無所顧忌於魯，諸儒⋯⋯謂皆諱之，而不知婉其文，而
> 不沒其事其實，不得謂之諱也。[95]

魯史，記宗國之事；《春秋》，示天下之公義。孔子作《春秋》，不過假
藉魯事以明撥亂返正之義。故張自超稱「統天下諸侯以示義」、「一切
興作則皆以魯事示義」，此皮錫瑞《經學通論》所謂「借事明義，是一
部《春秋》大旨」。[96]孔子固「因事為文」，讀者自可以「因文索義」。《左
傳》成公十四年揭示《春秋》五例，其三所謂「婉而成章」，孔子書魯

---

[93]　〔清〕張自超：《春秋宗朱辨義》，卷首〈總論〉，頁4。冊178（總頁4）。
[94]　丁亞傑：《生活世界與經典解釋：方苞經學研究》（臺北：臺灣學生書局，2010年），
　　　附錄二：〈張自超《春秋宗朱辨義》的解經方法〉，第三節〈據事直書：以事探義
　　　的寫作形式〉，第四節〈用事示義：聖人理想的呈現〉，頁392－421。
[95]　〔清〕張自超：《春秋宗朱辨義》，卷首〈總論〉，頁8（總頁6）。
[96]　〔清〕皮錫瑞：《經學通論》（北京：中華書局，1954、1995年），四、〈春秋・論
　　　春秋借事明義之旨⋯⋯〉，頁21。

事，往往「婉其文，而不沒其事其實」；其事其實既不隱沒，因文索義，其義可知，故與諱書之不言不書有別。

　　張自超《春秋宗朱辨義》於比事見義、即事顯義，揭示頗為明朗：「《春秋》有書事在此，而示義在彼者；有書事在前，而示義在後；書事在後，而示義在前者」，通全《經》而比其事，則彼此相形、前後相映，而義出於其間。張自超又稱《春秋》書例：「有書其事同文，而義在各著其是非者；有書其人同事，而義在分別其善惡者。有書一事而具數義者，有書數事而明一義者。」[97]或具事，或憑文，皆可以見義，此攸關事跡之筆削去取，辭文之損益修飾，所謂「是非以筆削而見，褒貶以是非而見」。張自超稱：「比事屬辭，《春秋》之教，固無待於鉤深而索隱也。」或以比事，或以屬辭，皆可以無傳而著，更不必鉤深索隱，以臆測說經。

　　孔子作《春秋》，蓋因事屬辭，進而因文以見義。由於即事可以顯義，不假外求，因此研治《春秋》，可以以經明經，無傳而著。不過，其中之推求，必藉由比事屬辭而後得。張自超《春秋宗朱辨義》於此多有發明，如云：

　　……隱公立甫數月，斬然在喪，他務未遑、宴然出國都而盟鄰君，尤《春秋》所譏也。《春秋》公與諸侯特相盟，書「及」者四；受伯主盟，書「及」者三；王臣諸侯會侵而盟，書「及」者一。桓元年，「及鄭伯盟越」，上有「會鄭伯於垂」之文；文三年，「及晉侯盟」；十三年，「及晉侯盟」；襄三年，「及晉侯盟長樗」，上有「公如晉」之文也；文十七年，「及齊侯盟穀」，上有「齊侯伐我西鄙」之文也；定四年，「及諸侯盟皋鼬」，上有「會召陵侵楚」之文也。惟隱及邾儀父盟蔑，閔及齊侯盟落姑，

97　〔清〕張自超：《春秋宗朱辨義》，卷首〈總論〉，頁8（總頁6）。

則上無所承。史氏於此而獨有異文，夫子於此而獨有異義哉？……史氏因事以為文，夫子因文以示義也。[98]

考求孔子《春秋》之取義，張自超多運以比事屬辭之《春秋》教。欲斷定孔子書「公及邾儀父盟于蔑」，其取義為「《春秋》所譏」，於是「參觀前後」而比其事，發現魯公出國會盟，依例書「及」；如桓公、文公、襄公、定公出國盟會，皆上有所承，接續文字遂有書會、書如、書伐、書侵諸事，故書「及」。隱公「及邾儀父盟于蔑」，閔公「及齊侯盟落姑」，則上無所承，無故而出國都。連屬其辭，類比其事，可見「夫子於此而獨有異義」，於是譏貶自在其中。又如：

桓書即位，桓修即位之禮也。繼弒君不書即位者，不忍於先君之弒也。桓弒君兄，而惟恐諸侯國人之討，急修禮以自定其為君也。《春秋》仍舊史以書之，而可以使後之讀者推求其故，因以知桓之忍於先君也。[99]

《春秋》書「成宋亂」，諸儒多以為聖人特筆。……然通《春秋》，不按事作斷語，即「宋災故」，亦止言其所為。……成字只作「平」字解。……平與成字不同而義相通，故兩國釋怨解兵曰講平，亦曰行成，於是史氏以「成亂」書，而夫子仍之者，因事為文，因文索義。[100]

孔子筆削魯史，有因仍、有變革。若史事辭文因仍《魯春秋》，據事實

---

[98] 同前註，卷1，隱公元年，〈三月，公及邾儀父盟于蔑〉，頁5（總頁12）。
[99] 同前註，卷2，桓公元年，〈春王正月公即位〉，頁1（總頁31）。
[100] 同前註，卷2，桓公二年，〈三月，公會齊侯、陳侯、鄭伯于稷，以成宋亂〉，頁4（總頁33）。

直書之，通全經之辭而比其事，亦足以見孔子之取義。如桓公修即位之禮，《春秋》仍魯史而書即位。據《春秋》繼弒君不書即位之例，桓書即位，是所謂魯史「獨有異文」、《春秋》「獨有異義」。魯史書「成宋亂」，孔子因仍之；通《春秋》文字觀之，例「不按事作斷語」，故平作平成、行成解，《春秋》因事為文，讀者可以因文索義。張自超又云：

> 以天王而下賵諸侯之妾，儼然以仲子而配惠公，所以示貶也。伊川以為：不天、亂倫是已。……《春秋》紀事之書，雖或閒文，必有關於前後之事。其書此者，使後人攷於惠公之寵仲子，桓公為仲子所出；而隱之所以攝位，而志存乎讓桓也。其天王來賵之非禮、宰咺稱名之非禮，魯不辭而受，公然書於國史之非禮，則因事以著而已，而豈專為天王致貶哉？[101]
> 初者，前此不然，而今始然之詞也。……書仲宮「初獻六羽」者，以譏群廟之八也。《春秋》有書事在此，而實示貶在彼者，如此之類是也。[102]

張自超說《經》強調「參觀前後，而比事可通」，故云：「《春秋》紀事之書，雖或閒文，必有關於前後之事」，如《春秋》書「天王來歸惠公仲子之賵」，雖非禮，亦因事以著而已。《春秋》有書仲子之宮「初獻六羽」，據實書事如此，譏群廟之獻八羽自在言外。「《春秋》有書事在此，而示義在彼者」，此之謂也。又如：

> 書毛伯求金，魯不供天王之葬見矣，諸侯不供天王之葬見矣；

---

[101] 同前註，卷 1，〈秋七月，天王使宰咺來歸惠公仲子之賵〉，頁 8（總頁 13）。

[102] 同前註，卷 1，〈九月，考仲子之宮初獻六羽〉，頁 25（總頁 22）。

周益衰弱，不能自供其葬見矣。天王葬事不供，至不得已而出于求，可慨也已！[103]

《春秋》有據事直書，而是非褒貶自在言外者。如《春秋》書天王來求者三：於隱公三年書「季武子來求賻」，於桓公十五年書「天王使家父來求車」；於文公九年書「毛伯來求金」。即事足以顯義，魯不供王室之葬事、時獻之禮并廢，四方貢物久絕諸言外之義，多見於求賻、求車、求金之外，宋沈棐《春秋比事》早有闡說。[104]張自超又云：

> ……楚莊果真心討賊，則徵舒既殺而陳可以無入；既殺徵舒，而又入陳，是其志在入陳矣。……《春秋》先書殺後書入，是不與楚子之能討賊也。蓋賊在國都，不入國都不可以得賊，賊楚子先入陳，而後殺徵舒；其入陳，以必討徵舒之故，據事實書，不晦于與楚子討賊之義，而何必變其文哉？《春秋》直書殺徵舒于前，是與其殺徵舒；直書入陳于後，是罪其入陳。是非不掩，而予奪俱見矣。[105]

陳夏徵舒弒君之賊，楚莊興兵討伐，《春秋》先書「楚人殺陳夏徵舒」，後書「楚子入陳」。先書後書，雖皆據事直書，卻有是非功過、予奪褒

---

[103] 〔清〕張自超：《春秋宗朱辨義》，卷6，文公九年，〈春，毛伯來求金〉，頁28（總頁137）。

[104] 〔宋〕沈棐：《春秋比事》，文淵閣《四庫全書》（臺北：臺灣商務印書館，1983年），冊153，卷1〈來求者三〉：「賦貢有制，或以供王奉，或以寵邦國。但有錫予諸侯，未有求於諸侯者。然自周室東遷，貢賦不入，帑藏蕭然，於是「雖喪紀之具，車服之用，且不能自給，切切然遣使以求之，蓋勢有不得已也。」或求賻於魯隱公，或求車於魯桓，或求金於文公，四方之貢久絕於王庭可知。」頁6（總頁11）。

[105] 〔清〕張自超：《春秋宗朱辨義》，卷7，宣公十一年，〈冬，十月，楚人殺陳夏徵舒。丁亥，楚子入陳〉，頁27（總頁164）。

譏之不同。考索《春秋》書法之取義，誠如張自超所云：「《春秋》直書殺徵舒于前，是與其殺徵舒；直書入陳于後，是罪其入陳。」此後方苞「義法」說關注先後、詳略、虛實、顯晦之道，張自超已導其先路。

　　張自超《春秋宗朱辨義》，本朱熹「據事直書」之旨，以為：「《春秋》紀事之書也，而義即在乎事之中。苟攷於事不得其實，則索其義有不可以強通者矣。」[106]孔子《春秋》之取義，既寓存於行事之中，故考察行事，可以索解孔子之取義。元程端學《春秋或問》稱：「《春秋》書其事以見義」，其此之謂也。此後方苞治《春秋》，得張自超之啟益，解說《春秋》，往往「以義視事，以事求經」，[107]此自是以經明經，不假《三傳》羽翼之一法。《春秋直解》、《春秋通論》中，多所體現，《春秋宗朱辨義》更早有發明。

　　《四庫全書總目》稱：「魯史所錄，具載一事之始末，聖人觀其始末，得其是非，而後能定以一字之褒貶」；又云：「苟不知其事蹟，雖以聖人讀《春秋》，不知所以褒貶。」[108]欲知聖人之筆削，必先考核當時之史事；察明《春秋》之載事，即事自可顯義。方苞治《春秋》，曾師事張自超，得其啟益，《春秋直解》12卷，於直書其事、直書不隱、存而不削之類，頗多論列與闡發，如：

　　　書「衛人立晉」，則知非石碏之私也。然衛之臣子可以討賊，而不可以立君。直書其事，而功罪俱不可掩矣。[109]

---

[106] 同前註，卷首〈總論〉，頁4。冊178（總頁4。

[107] 〔宋〕張大亨：《春秋通訓》，卷末〈春秋通訓後敘〉，冊148，頁633。今借用其言，以闡說《春秋》因事屬辭，以事解經之情形。

[108] 〔清〕紀昀等主纂：《四庫全書總目》，卷45「史部總敘」提要，頁1（總頁958）。

[109] 〔清〕方苞：《春秋直解》，《續修四庫全書》（上海：上海古籍出版社，2002年），卷1，隱公四年，〈衛人立晉〉，頁16。本論文徵引《春秋直解》原典，皆據此本。

舊史諱伐我，至是而不諱，何也？……是役也，霸者討貳，魯
不敢挍而聽命焉。若諱伐，是沒其事也，故直書而不隱焉。[110]

變常則書者，《春秋》之法也。故存而不削，以徵過焉。[111]

《春秋》直書「衛人立晉」，於敘事中寓論斷，於是討賊與立君之功過，
呼之欲出。諸夏伐魯，於《春秋》為內辭，當諱而不書；今直書不諱，
而褒貶自在言外，亦以敘事為議論。《春秋》之法，變常則書。魯女之
卒，非有變不書。今伯姬無變而卒，義無所處，孔子存而不削，方苞
以為乃徵舊史之過。要之，皆切合「直書其事，功罪不掩」之書法。《春
秋直解》又云：

楚至是而備君臣之辭，一同於列國，故二傳以為褒楚。……皆
非也。……《春秋》於吳、楚、徐、越，所稱之貴賤詳略，一
仍舊史，蓋因之以見事實。……而一同於列國之君，則時事可
知矣。[112]

自鄆之後，魯卿並將則並書，史以為常法矣。孔子因之，著三
家之逆萌矣。[113]

魯君屈辱之事，惟沙隨不得見，平邱不與盟，直書無隱。……
魯至成襄以後，季孫居國，威重過於君。……季孫之執，既不

---

[110] 同前註，卷3，莊公十九年，〈齊人、宋人、陳人伐我西鄙〉，頁26－27。
[111] 同前註，卷5，僖公九年，〈伯姬卒〉，頁18。
[112] 同前註，卷6，文公九年，〈楚子使椒來聘〉，頁18。
[113] 同前註，卷8，成公六年，〈仲孫蔑、叔孫僑如帥師侵宋〉，頁11。

　　得不書，則公之不得見，不與盟，亦不敢諱也。[114]

楚使聘魯，與伐鄭宋並行，蓋以遠交近攻掩其憑陵諸夏之陰謀。而《春秋》書楚使來聘，貴賤詳略，一仍舊史，則時勢陵夷可知矣。沙隨之會，諸侯不見魯成公；猶平邱之盟，成公不與盟，《春秋》亦直書不諱。斯時季孫當國專權，魯國會盟征伐已自大夫出，世道淪喪至此，而是非榮辱自見。孔子所謂「天下有道，則政不在大夫」（《論語・季氏》），此則政在大夫矣，而天下無道，國君失位可知。

　　史官記事，有曲筆，有直書。《左傳》載《春秋》五例，「盡而不汙」為其一，晉杜預（222－284）〈春秋序〉以「直書其事，具文見義」訓解之；唐孔穎達（574－648）《正義》以為：「直書其事，不為之隱；具為其文，以見譏意」，[115]據事直書，不隱不諱，而是非自見，褒貶見諸言外。方苞《春秋直解》於「直書」亦有闡說，如：

　　《春秋》於篡弒直書不諱，而大夫之主諸侯則諱之，何也？篡弒而不書，則竟沒其事之實矣。若此類文變義立，而實亦未嘗沒也。所謂微辭隱義，時措從宜者此也。[116]

　　公在會，而執者季孫，盟者季孫，晉人以公為贅疣矣。[117]

篡弒，大逆重惡，不可為天下後世訓，故《春秋》多據事直書，不隱不諱。若篡位弒君，而不據實直書，是私意隱瞞事實，姑息縱容奸慝，

114　同前註，卷8，成公十六年，〈公會晉侯、齊侯、衛侯、宋華元、邾人于沙隨，不見公〉，頁29－30。

115　〔周〕左丘明著，〔晉〕杜預注，〔唐〕孔穎達疏：《春秋左傳注疏》，卷首〈春秋序〉，卷1，頁17（總頁14）。

116　〔清〕方苞：《春秋直解》，卷5，僖公二十七年，〈公會諸侯盟于宋〉，頁46。

117　同前註，卷8，成公十六年，〈季孫行父及晉郤犨盟于扈〉，頁32。

有違《春秋》懲惡勸善之資鑑使命。據《左傳》載：季孫在魯，政令
于是乎成。魯成公時，已是陪臣執國命，政在大夫。故《春秋》成公
十六年九月書「晉人執季孫行父」，已而赦之，與之盟。《春秋》據事
直書晉魯之外交往來，「晉人以公為贅疣」，可以想見。《春秋直解》又
云：

> 戰稱人，入舉號，何也？紀事之實也。……凡入書國者，次國
> 小國也。楚地方數千里，若書入楚，無以見連戰比勝，破其國
> 都之實。不書吳人，與楚人入郢異，魯夙重楚而輕吳也。[118]

定公四年，《春秋》先書吳楚柏舉之戰，楚師敗績；後書「庚辰，吳入
郢」，敘事先後如此，方苞以為「紀事之實」。因為據《左傳》所載，
吳蔡聯軍伐楚，夫槩王大敗楚師。五戰，及郢，於是「庚辰，吳入郢」。
方苞極關注《春秋》之屬辭，以為「楚地方數千里，若書『入楚』，無
以見連戰比勝，破其國都之實」。故書「入郢」，既志客觀史事，又切
肯綮誠信修辭，此之謂信史。

　　總之，《春秋直解》之說《春秋》，藉敘事見義者，即杜預〈春秋
經傳集傳序〉所云「直書其事，具文見義」。所謂直書、不諱、實錄、
信史云云，差堪比倫。其隱義妙旨，寄寓於史事、史文之中，都不說
破。清顧炎武《日知錄》稱美此種「於序（敘）事中寓論斷」之手法，
《春秋》於敘事中見義理頗近之。華嚴宗設法界三觀，其一為「理事
無礙」觀，期使理融于事，事融于理，事理二而不二，不二而二，是
為無礙。所謂「事依理立，理假事明」，理事相資，圓融不二。[119]由於
即事可以顯義，故今借用其說，以比況於敘事中見義理之書法，當有

---

[118] 同前註，卷 11，定公四年，〈吳入郢〉，頁 9。
[119] 吳言生：《禪宗思想淵源》（北京：中華書局，2001 年），第七章〈《華嚴經》、華
　　嚴宗與禪宗思想〉，頁 254－266。

助於《春秋》經之說解。

肆、事具始末，文成規矩

古春秋記事，有其成法：「爰始要終，本末悉昭」，乃其通則。杜預〈春秋序〉所謂「原始要終，尋其枝葉，究其所窮」；《宋書·禮志》稱「張本繼末」，《春秋集傳纂例》所謂「頗見本末」；元程端學《春秋本義》謂《春秋》：「事必有首尾，必合數十年之通而後見」；元趙汸《春秋師說》論《春秋》書法：「須考究前後、異同、詳略，以見聖人筆削之旨」。[120]無論指稱《春秋》之敘事，或《左傳》之敘事，皆可見始終之安排，本末之措置，攸關《春秋》之筆削，義法之體現。

《禮記·經解》稱：「疏通知遠，《書》教也。……屬辭比事，《春秋》教也。」《尚書》、《春秋》，皆孔子經緯綱常，潤澤天下之要典，各有教化功能，而又可跨際會通。歷代《春秋》學者解讀《春秋》，詮釋書法，《書》教、《春秋》教往往兼容選用，尤其在史事之原始要終，張本繼末方面。章學誠（1738－1801）《文史通義》，有〈書教〉上中下，頗論《書》入《春秋》、《書》與《春秋》合一、《尚書》析入《春秋》、《尚書》變為《春秋》，《春秋》原合《春秋》之意。[121]通《尚書》《春秋》之本源，有助解經讀經之參考。

宋呂祖謙（1137－1181）《左氏傳說》，開宗明義揭示〈看左氏規模〉：「看《左傳》，須看一代之所以升降，一國之所以盛衰，一君之所以治亂，一人之所以變遷。」[122]這種「先立乎其大」的看法，無異「疏

---

[120] 〔元〕程端學：《春秋本義》，冊 160，卷首〈春秋本義通論〉，頁 4，頁 33；〔元〕趙汸：《春秋師說》，卷下〈論學春秋之要〉，頁 2（總頁 14943）。

[121] 〔清〕章學誠：《文史通義》，內篇一，〈書教上〉、〈書教中〉、〈書教下〉，頁 7－16。

[122] 〔宋〕呂祖謙：《左氏傳說》，收入納蘭性德編：《通志堂經解》（臺北：大通書局，1970 年），卷下，頁 2，頁 7（總頁 14943、14946）。

通知遠」之《書》教。元程端學《春秋本義》，主張《春秋》有大屬辭比事，有小屬辭比事，關鍵在前後始末：所謂「一事必有首尾，必合數十年之通而後見。或自春秋之始至中，中至終而總論之，正所謂屬辭比事者也。」[123]自始至中，中至終而考察史事，此即疏通知遠之《書》教，借鑑之以為考求《春秋》取義之法者。

　　元趙汸（1319－1369）載錄其師黃澤（1260－1346）之《春秋》學，著有《春秋師說》三卷，其〈論學春秋之要〉云：「《春秋》書法須考究前後、異同、詳略，以見聖人筆削之旨」；「《春秋》是事，卻須考事之本末而照察其情，又須推原聖人所以作《春秋》或筆或削之指，則《春秋》自然易知矣！」[124]所謂「考究前後異同詳略」，「考事之本末而照察其情」，推原筆削之指，考索前後本末之事，與疏通知遠之《書》教何異？清顧棟高（1679－1759）著《春秋大事表》，其〈讀春秋偶筆〉，亦持《尚書》知遠之教讀《春秋》：「看《春秋》，眼光須極遠，近者十年、數十年，遠者通二百四十二年。」[125]筆者以為說解《春秋》之論著，標榜「通」字者，多有得於《尚書》之教而移以讀《春秋》，如宋張大亨《春秋通訓》、黃仲炎《春秋通說》、元李廉《春秋諸傳會通》、清方苞《春秋通論》等是。

　　考求《春秋》書法，為歷代《春秋》學家盡心致力之志業。方苞《春秋通論·通例》曾提示其要領，以為「通全《經》之辭而比其事」，以疏通《春秋》之辭文與事跡為解《經》之要領，是以「疏通知遠」之《書》教解讀詮釋《春秋》。《四庫全書總目》〈春秋通論·提要〉拈出方苞解讀《春秋》之方法，所謂「案其所屬之辭，核以所比之事。」

---

[123] 〔元〕程端學：《春秋本義》，卷首〈春秋本義通論〉，頁 4－5，冊 160（總頁 33－34）。

[124] 〔元〕趙汸：《春秋師說》，卷下〈論春秋之要〉，頁 1（總頁 12585）。

[125] 〔清〕顧棟高著，吳樹平、李解民點校：《春秋大事表》（北京：中華書局，1993年），卷首〈讀春秋偶筆〉，頁 33。

亦以疏通全《經》之辭、事為主要訴求，自是以《尚書》之知遠讀《春秋》。方苞《春秋》學既師承張自超，筆者以為，《四庫提要》所稱之解《經》法，於《春秋宗朱辨義》、《春秋直解》亦一體適用。如此，《春秋》之大義微言，可以即器以求道，順指而得月。

一、張自超《春秋宗朱辨義》與「參觀前後，比事可通」

　　清康熙間張自超，以宗朱為名，參求經傳，著《春秋宗朱辨義》十二卷。《四庫全書總目》稱其書，提出兩大亮點，其一，「是書大意，本朱子據事直書之旨」；其二，「惟就《經》文前後參觀，以求其義」，可見其書以即事顯義、具文見義為《春秋》書法之原則，不斤斤於一二字求褒貶；尤其致力參觀《經》文前後之敘事，所謂「屬辭比事之旨」。[126]卷首總論二十章，即闡發比事屬辭之旨者，如云「聖人非有意以為褒貶，據其事而直書之」；「是非以筆削而見，褒貶以是非而見。比事屬辭，《春秋》之教，固無待於鉤深而索隱也。」[127]張自超《春秋》學之旅向，由此可見一斑。

　　張自超之《春秋》學論著，何以標榜「宗朱」，作為十二卷書之書名？除《四庫全書總目》所云「是書大意，本朱子據事直書之旨」外，所謂「宗朱」，張自超當有《朱子語類》〈春秋綱領〉之認知。朱熹曾言：「當時天下大亂，聖人且據實而書之，其是非得失，付諸後世公論，蓋有言外之意。」又云：「只是《春秋》卻精細，也都不說破，教後人自將義理去折衷。」[128]「言外之意」，為詩歌語言、文學語言之特質；

---

[126] 〔清〕紀昀主纂：《四庫全書總目》，卷 29，〈經部春秋類四〉，《春秋宗朱辨義》提要，頁 23（總頁 603）。

[127] 〔清〕張自超：《春秋宗朱辨義》，冊 178，卷首〈總論〉，頁 2、3（總頁 3）。

[128] 〔宋〕黎靖德編，王星賢點校：《朱子語類》，卷 83〈春秋·綱領〉，頁 2149、2153。

「都不說破」，乃禪宗繞路說禪，語忌十成之表述方法。今翻檢張自超《春秋宗朱辨義》，說《春秋》之筆削，於《春秋》「都不說破」之「言外之意」，頗有提示，如：

> 《春秋》有書事在此，而示義在彼者；有書事在前，而示義在後；書事在後，而示義在前者。……有義係乎人，而其事不必詳者；有義繫乎事，而其人不必詳者。有書其事同文，而義在各著其是非者；有書其人同事，而義在分別其善惡者。有書一事而具數義者；有書數事而明一義者。蓋是非以筆削而見，褒貶以是非而見，比事屬辭，《春秋》之教，固無待於鉤深索隱也。[129]

朱熹說《春秋》強調「孔子但據直書，而善惡自著」；「聖人只是直筆據見而書，豈有許多忉怛」；「聖人當初只直寫那事在上面，未嘗斷他罪」；「他（孔子）當初是據事如此寫在，如何見他譏與不譏？」[130]蓋《春秋》多直書其事，而予奪、褒貶自見於言外。此攸關因事屬辭，即辭見義之書法，可以簡化為事與義、器與道之辯證。張自超《春秋宗朱辨義》〈總論〉，即是關注據事如何顯義之課題，通觀十二卷書之辭文與史事，而歸納出若干《春秋》解釋法來。或就此彼、後前，以見事與義之關係；或就或詳或略，以明人、事、義之交涉；或就事、文；人、事，以示義之是非善惡；或剖析書事如何顯義。清章學誠曾言：「《春秋》之義，昭乎筆削；筆削之義，不僅事具始末，文成規矩而已」，孔子竊取之義，遂因比事屬辭而可考見，辭不屬不明，事不比不章，因此，褒貶是非遂見於言外。

---

129 〔清〕張自超：《春秋宗朱辨義》，卷首〈春秋宗朱辨義總論〉，頁 2－3（總頁 3）。
130 〔宋〕黎靖德編，王星賢點校：《朱子語類》，卷 83〈春秋・綱領〉，頁 2146、2155、2156、2162。

　　《春秋》書魯十二公之逝世，壽終正寢，正常死亡者，例書地、書葬；唯隱公、桓公、閔公見弒，事屬意外非常，故孔子《春秋》變例立法，書薨書卒。此亦「反覆前後所書而比其事」，乃有如是之論斷，張自超言之甚明：

> ……文定以為：魯史舊文，必以實書。……使舊史明書弒君之賊，以著其罪，夫子何為而諱弒，書薨、書卒？以隱其賊之名乎？……（夫子）不得已，而變例立法，書薨書卒，不地不葬于即位，不即位，及其人之或奔，或用事于國以顯目。其為弒君之人，所謂諱不終諱，而其實存也。又或有書得其實，有書不得其實，夫子因其不一，而恐疑惑後人，故立為書薨、書卒、不地、不葬之法以一之也。……得夫子書薨不地之義，可以知其見弒之實。又書奔、書孫，而賊君之賊無所逃矣。是夫子于無可如何中立法，以使其事之無可隱，而非故書「薨卒」以隱之也。[131]

《春秋》書弒，內辭與外辭有別：外辭直書「弒」，內辭曲筆諱言。孔子魯人，於宗國魯君之見弒，不忍直書，於是變易書法，但書「薨」、書「卒」，且以不地、不葬、不即位微示其義。《春秋》十二公之中，正常死亡者，有莊公、僖公、文公、宣公、成公、襄公、昭公、定公八君，慘遭弒殺者為隱公、桓公、閔公，試將此二組作比事屬辭之探論，可以知孔子「書薨、書卒，不地不葬」，書即位、不書即位之所以然。張自超所謂「變例立法」，「夫人書薨不地之義，可以知其見弒之實」；「所謂諱不終諱，而其實存也」。此種曲筆諱書，蓋「夫子無可如

---

[131] 〔清〕張自超：《春秋宗朱辨義》，卷4，閔公二年，〈秋八月辛丑，公薨〉，頁5－6（總頁82）。

何中立法」，可以避免「重得罪于魯之君臣」；唐陸淳《春秋集傳纂例》
所謂「變文以示義」、「示諱以存禮」，[132]此之謂乎！

　　《春秋》「晉趙盾弒其君」之書法，為歷代《春秋》學之核心課題。
若據《左傳》之歷史敘事，明載「趙穿殺靈公於桃園」，何以晉太史董
狐書其事，曰「趙盾弒其君」，以示於朝；而孔子竟推崇「董狐，古之
良史也，書法不隱」？趙盾非手弒其君，而《春秋》書弒，其中緣由，
張自超《春秋宗朱辨義》持原始要終，首尾通貫之「比事屬辭」法，
解讀此一弒君公案，堪稱怡然理順，足以釋疑辨惑。《易‧文言》所謂
「臣弒其君，子弒其父，非一朝一夕之故」，積漸之勢有以致之。推求
所由之漸，考辨致禍之由，非比事屬辭不為功，如：

> 蓋是時晉靈年穉，趙盾專國，目無少主。新城之盟，假君命以
> 主諸侯之盟。二扈之一盟一會，晉靈雖在，而主其事者趙盾也。
> 使《春秋》列晉靈而序諸侯，則似晉靈實能自主諸侯之盟會，
> 而趙盾之罪不著矣，故略之也。蓋晉靈在位十有四年，惟公及
> 晉侯盟一書諸侯，其他會盟、侵伐、納捷、蓄殺大夫之類事十
> 八見，皆晉靈所不與。而一盟一會晉靈既與，猶不舉爵以列於
> 諸侯之上者，以著趙盾之無君，而靈所以卒為盾弒也。[133]

秦晉令狐之役，趙盾立襁褓中之靈公為君（文公七年，620B.C.），至
晉靈公為趙穿所殺（宣公二年，607B.C.），前後十四年。由於晉靈年
幼，故趙盾專國；盾有立君之功，故目無少主。張自超探尋晉靈見弒，
趙盾坐大之積漸形勢，張本繼末，原始要終，自是屬辭比事之詮釋法：
新城之盟（文公十四年），《春秋》書曰「六月，公會宋公、陳侯、衛

---

132 〔唐〕陸淳：《春秋集傳纂例》，卷1〈趙氏損益義第五〉，頁9（總頁2361）。
133 〔清〕張自超：《春秋宗朱辨義》，卷6，文公七年，〈秋八月公會諸侯晉大夫盟于
　　扈〉，頁24（總頁135）。

侯、鄭伯、許男、曹伯、晉趙盾。癸酉，同盟于新城」；文公七年，書
曰「公會諸侯晉大夫盟于扈」；八年，書曰：「冬十月壬午，公子遂會
晉趙盾盟于衡雍」，於是張自超比其事而屬其辭，稱「新城之盟，假君
命以主諸侯之盟。二扈之一盟一會，晉靈雖在，而主其事者趙盾也」，
可見趙盾專國已非一朝一夕。依《春秋》書例，列序諸侯多正而有美；
若總言諸侯而不列序，則有所貶抑。[134]故文公七年《春秋》書「公會
諸侯晉大夫」云云，所以削略之者，誠如張自超所言：「使《春秋》列
晉靈而序諸侯，則似晉靈實能自主諸侯之盟會，而趙盾之罪不著矣，
故略之也。」由此類推，晉靈在位十四年，一切會盟、侵伐、納捷、
蓄殺之類十八見，要皆趙盾主其事，而晉靈不與。《春秋》以比事屬辭，
著「趙盾之無君，而靈所以卒為盾弒」之義，履霜堅冰至，亦情勢不
得不然，《春秋宗朱辨義》辨之甚明。

　　有漸無頓，乃歷史發展之通則，所謂積漸之勢，必其來有自。尤
其弒君之事案，絕非一朝一夕之故。宋末元初家鉉翁《春秋集傳詳說》
發現，《春秋》所載弒君之賊，皆有特殊身份：「夫弒君之賊，非其國
之大臣正卿，則貴介公子之用事而有權任者。」[135]持以衡量「趙盾弒
其君」之歷史公案，無論趙盾、趙穿，皆暗合上述身份。張自超《春
秋宗朱辨義》於《春秋》書「晉趙穿帥師侵宋」，頗有論說：

> 秦晉搆兵數十年，如武成、少梁之役，《經》或不書。侵崇之用
> 兵微矣，可以無書而書者，出趙穿也。以晉而侵弱小之崇，必
> 不用大眾，其事甚略，書晉人可矣。不書晉人，而詳書趙穿帥
> 師者，著趙穿之為卿也。蓋穿為盾之族子，穿弒君而《春秋》
> 書盾，恐後人疑穿為微者，而歸獄于盾也。夫穿為晉卿，又帥

---

[134]〔宋〕張大亨：《春秋通訓》，冊 148，卷 4〈僖公〉，頁 2－3（總頁 583－584）。

[135]〔宋〕家鉉翁：《春秋集傳詳說》，文淵閣《四庫全書》（臺北：臺灣商務印書館，
　　1983 年），卷首〈綱領・原春秋託始下〉，冊 158，頁 7。

師而主兵權，……今觀《春秋》直書「趙盾弒君」，則知穿之操刃，盾實使之也。何以見盾實使之？盾當國用事，穿為其族子，未弒君之前，則嘗使之帥師侵崇矣。穿固為盾用者也，用以帥師，即用以弒君，不誅盾而誰誅哉？[136]

……趙穿為盾而刃靈，賈充魏昭而刃髦，盾、昭其主，而穿、充其助之者也。聖人不誅主者，而誅助之者哉？……盾專國無君，弄晉靈于掌股之間，而又任穿為卿，以樹逆黨。穿既弒靈，而又使穿逆黑臀為君，其為使穿弒何疑？而猶以討穿責之耶？[137]

張自超《春秋宗朱辨義》，考求孔子之取義，多以經解經，所謂「求聖人之義於聖人手筆之書」，其方法多運用比事屬辭。如欲解釋趙穿手弒靈公，而《春秋》不書弒；趙盾非手弒晉君，而《春秋》書弒，其中緣由，張自超多「原始要終，尋其枝葉，究其所窮」，比事屬辭而見孔子書法之微辭隱義。崇，本弱小之國，晉侵崇本不必書，《春秋》為出趙穿而書；書「趙穿帥師」，所以強調趙穿「身為晉卿，又帥師主兵權」，正符合弒君之身份且必要之條件。由此觀之，穿助盾弒君而已。故《春秋》主書趙盾弒君，是所謂直書其事，書法不隱。又如：

齊商人，弒君之賊，齊人君之數年而殺之，《春秋》猶書「弒其君商人」。楚商臣，弒君之賊，宜申北面事之者十年，而謀以弒之事，成則不免弒君之罪，事不成亦難逃今將之誅。《春秋》稱國以殺，而不去其官，何也？弒械未成，形跡未見，未必非商

---

[136] 〔清〕張自超：《春秋宗朱辨義》，卷7，宣公二年，〈冬，晉趙穿帥師侵崇〉，頁4（總頁153）。

[137] 同前註，卷6，宣公二年，〈秋九月乙亥，晉趙盾弒其君夷皋〉，頁6（總頁154）。

臣忌其威望而以謀弒之說加之罪也；則商臣聲罪宜申之詞不足
聽矣。文定但曰：「《春秋》義微而不明，言其故其意，蓋以謀
殺弒君之賊，其罪可原也。然《春秋》何以不貸弒商人之齊人
乎？顧或者里克弒兩君，而書「晉殺其大夫」，宜申謀弒，亦可
以書楚殺其大夫，罪固不相掩耶？抑又不然也。克之弒兩君，
既著于冊，則書晉殺大夫，可以使人知殺非其罪之義。宜申謀
弒，事在可疑，《春秋》不以疑罪加人，則不可據以為斷也。[138]

元程端學《春秋本義・通論》稱：「大凡《春秋》一事為一事者常少，
一事而前後相聯者常多」，說已具見前節。故考求《春秋》之義，多用
比事屬辭之法。文公十四年《經》書：「齊公子商人弒其君舍」；文公
十八年《經》：「齊人弒其君商人」，此商人弒君與見弒之始末。張自超
引述之，持以類比對比楚商臣弒君（文元）、楚宜申謀弒商臣（穆王），
而《春秋》書「楚殺其大夫宜申」（文十）。事同而辭異，故張自超比
其事而屬其辭，以考求《春秋》之取義。齊商人，弒君之賊，四年而
後遭弒，《春秋》猶稱人以弒；楚商臣，亦弒君之賊，十年而後宜申謀
弒不成而見殺，《春秋》書「楚殺其大夫宜申」，稱國以殺，不去其官，
何也？張自超引胡安國《春秋傳》，以宜申謀弒其君，故稱國以殺。宜
申為楚成王之弟，而商臣弒其君楚成王，故《春秋》原其有討賊之心，
不以為罪。張自超不以為然，再援引《春秋》書「晉殺其大夫里克」
（僖十），與「楚殺其大夫宜申」作比事屬辭之探究，提出「宜申謀弒，
事在可疑，《春秋》不以疑罪加人」，故《春秋》書法如此。

　　張自超考察成公十六年《經》：「叔孫僑如出奔齊」之書法，亦類
比對比「魯奔三卿」，且張本繼末，探究終始，以觀察《春秋》之書法。
如：

---

[138] 同前註，卷6，文公十年，〈楚殺其大夫宜申〉，頁33－34（總頁139－140）。

（季孫）行父當國，魯奔三卿：文公時之叔孫敖也，宣公時之
公孫歸父也，成公時之叔孫僑如也。觀《春秋》書法，則三臣
之中，僑如為有罪。然文公用敖而敖奔，宣公用歸父而歸父奔，
成公用僑如而僑如奔，則行父忌其用事，而勢不兩立，逼之去
國，豈猶軋三臣，并弱公室矣。三臣皆奔齊者，何也？蓋三臣
托齊，而行父托於晉也。……三臣者，……皆逆臣之後，故皆
以惡行父而至於自敗也。自此以後，仲叔兩家皆聽於李氏矣。[139]

季孫行父當國，魯卿先後奔齊者三：文公八年《經》：「公孫敖……奔
莒」；宣公十八年《經》：「公孫歸父如晉。歸父還自晉，至笙遂奔齊」；
成公十六年《經》：「叔孫僑如出奔齊」。張自超說經，統合前後奔齊之
魯三卿，比事而屬辭之，以見季孫行父用事之忌刻傾軋，勢不兩立，
且以感慨魯三桓政治勢力之此消彼長。此即程端學《春秋本義‧通論》
所謂「前後始末者，一事必有首尾，必合數十年之通而後見。或自《春
秋》之始至中，中至終而總論之，正所謂屬辭比事者也。」由此觀之，
比事屬辭，通前後遠近而考察之，則孔子《春秋》之取義易明。

　　張自超《春秋宗朱辨義‧總論》所謂「《春秋》有事在此，而示義
在彼者；有書事在前，而示義在後」云云，[140]或亦得陳傅良、趙汸之
啟示。蓋元趙汸（1319－1369）著《春秋屬辭》，頗言孔子《春秋》「假
筆削以行權」之書法。同時推崇南宋陳傅良《春秋後傳》，以為「能參
考經傳，以其所書，推見其所不書；以其所不書，推見其所書」。[141]如
魯公與齊之昏姻，《春秋》或書，或不書，其中即有孔子好惡之取義，
說已見前，今再申說如下：

---

[139] 同前註，卷8，成公十六年，〈冬十月乙亥，叔孫僑如出奔齊〉，頁42（總頁192）。
[140] 同前註，卷首〈通論〉，頁2－3（總頁3）。
[141] 〔元〕趙汸：《春秋屬辭》，卷8〈假筆削以行權第二〉，頁2（總頁14801）。

說《春秋》者以為：昏姻，常事，不書。何以獨桓、莊、僖、
文、宣、成之昏姻非常事耶？又以為昏姻合禮則不書，何以獨
襄、昭、哀之昏姻合禮耶？蓋以襄、昭、定、哀之夫人非齊女。
非齊女，故從略也。略於後，以示前之詳于書逆書至者，詳于
書齊女也。詳于書齊女者，惡魯人之娶齊女也。于惡之中，又
有惡者焉，惡逆女之使逆臣也，使宗臣也，惡不親迎也；惡莊
公之親迎也，惡齊侯之送也，惡桓公之往會也，惡其娶于喪中
也，惡其緩于娶而必齊之女也。鳴呼，何用娶女必齊之姜哉？[142]

治《春秋》者歸納孔子之書例，曰「常事不書」、曰「合禮不書」，此
最為《春秋》筆削之常法。反之，書之者，皆非常事、皆不合禮，當
可以斷言。張自超據此，「反覆前後所書，比事以求其可通」，於是推
得《春秋》書法之言外之「義」。《春秋》除以書、不書示義外；或詳、
或略，亦足以見義。試翻檢《春秋》書逆、書至，即可明白：桓公三
年：「公子翬如齊逆女」；「夫人姜氏至自齊」。莊公二十四年：「夏，公
如齊逆女」；「秋，公至自齊。八月丁丑，夫人姜氏入」。文公二年：「公
子遂如齊納幣」；四年：「逆婦姜于齊」。宣公元年：「公子遂如齊逆女」；
「三月，遂以夫人婦姜至自齊」。成公十四年：「秋，叔孫僑如齊逆女」；
「九月，僑如以夫人婦姜氏至自齊」。總之，魯國十二公中，桓公、莊
公、文公、宣公、成公之昏姻，皆娶齊女，皆書逆、書至。據《春秋》
書例，常事不書，合禮亦不書，此孔子筆削之道也。今書之，則非常
事、不合禮可知。考察魯君襄公、昭公、定公、哀公之夫人，皆非齊
女，《春秋》既不書逆，又不書至，皆從略。張自超《春秋宗朱辨義》
「反覆前後所書，比事以求其可通」，然後知《春秋》之取義，在「詳

142　〔清〕張自超：《春秋宗朱辨義》，卷8，成公十四年，〈九月僑如以夫人婦姜氏至
　　自齊〉，頁35（總頁188）。

于書齊女者，惡魯人之娶齊女也」。齊女善淫，又好殺，誠惡之花、亂之首，故《春秋》嫌惡之若此！其中，使逆臣、使宗臣、不親迎，又「惡中之惡」；其餘諸惡皆直書之，以為鑑戒，所謂「何用娶女必齊之姜哉！」此《春秋》之取義，藉比事屬辭而可知者。清顧棟高《春秋大事表》，於此亦有發揮，可以參看。[143] 又如：

> 書「吳子使札來聘」，與「楚子使椒」、「秦伯使術」同，未有異義也。固無賢札讓國之義，亦無貶札辭國生亂之義。……蓋《春秋》但以著楚、秦、吳之通聘上國，其于椒、術、札之賢不賢無關也，又何褒貶于札之讓國哉？內諸侯來聘之使，名則名之，有氏則氏之，雖以公孫剽、孫林父之簒國逐君，亦不于來聘削其氏以為貶，則于札來聘，而非削公子以示貶可知矣。[144]

《春秋》書「吳子使札來聘」，胡安國《春秋傳》頗論其賢否，張自超不以為然，再次發揮「比屬觀義」之法。「反覆前後所書，比事以求可通」，強調《春秋》書此，「但以著楚、秦、吳之通聘上國」，與賢、不賢無干。其詮釋策略亦在比事屬辭：欲證明襄公二十九年「吳子使札來聘」，不過據實直書，不過外裔來聘上國而已，故觸類引申，援引文公九年：「楚子使椒來聘」；文公十二年：「秦伯使術來聘」，事同辭同；三者既未嘗有異「義」，亦不過直書其事而已，未嘗有賢否褒貶之義。《春秋》書外諸侯來聘如此，華夏諸侯來聘魯國，縱然有簒國逐君之惡，亦不于來聘削氏以示貶，從而可知《春秋》直書之義。張自超解經運用「參觀前後，比事可通」之法，故其說可信。唯南宋李廉《春秋諸傳會通》，或從「著其漸盛」，說《春秋》之取義；家鉉翁《春秋

---

[143]　〔清〕顧棟高：《春秋大事表》，卷 19〈春秋嘉禮表・逆夫人〉，頁 1641－1643。
[144]　〔清〕張自超：《春秋宗朱辨義》，卷 9，襄公二十九年，〈吳子使札來聘〉，頁 71（總頁 232）。

集傳詳說》或從「進之以漸」看荊楚之聘魯，多以屬辭比事解經，亦各有所見，可以并參。[145]

二、《春秋通論》、《春秋直解》與「按全經之辭而比其事」

　　方苞年十九，結識張自超，所作〈四君子傳〉引為志趣相近之學侶。[146]年四十九、五十，所著《春秋通論》、《春秋直解》、《春秋比事目錄》，有關《春秋》經解之取材、方法，多得其啟發。四庫館臣撰《春秋通論》提要云：「是編本《孟子》『其文則史，其義則某竊取』之意，貫穿全《經》。按所屬之辭，合其所比之事，辯其孰為舊文？孰為筆削？」[147]由此觀之，屬辭比事，固解讀《春秋》微辭隱義領之要領；方苞《春秋》學三書之詮釋闡發，比事屬辭之《春秋》教，亦居關鍵之研究視角。

　　方苞《春秋通論》運用屬辭比事，《四庫全書總目》已略作提示。方氏研治《春秋》之心得見識，綜括為 37 項 55 章，多「按所屬之辭，核以所比之事」，以見《春秋》之書法之大凡。卷四有〈通例七章〉，乃全書之精華聚焦，方氏之創見卓識，自有具體而微之展示。其中論說「比事屬辭」之《春秋》教，尤為經典與警策，如：

　　　　比事屬辭，《春秋》教也。先儒褒貶之例，多不可通。以未嘗按全《經》之辭，而比其事耳。[148]

---

[145] 同前註，卷 17 下，〈春秋賓禮表・外裔來聘〉，引李廉、家鉉翁之說，頁 1599－1600。
[146] 〔清〕方苞：《望溪先生文集》，卷 8〈四君子傳〉，頁 4（總頁 113）。
[147] 〔清〕紀昀主纂：《四庫全書總目》，《春秋通論》提要，卷 29，〈經部春秋類四〉，頁 23（總頁 603）。
[148] 〔清〕方苞：《春秋通論》，卷 4〈通例七章〉其一，頁 18（總頁 345）。

> 《春秋》微辭隱義，每于參互相抵者見之。……《春秋》之書
> 微而顯，此之謂也。[149]

方苞〈春秋通論序〉稱：「《春秋》之義，則隱寓於文之所不載。」義隱於事與辭之中，破解之道，則在「或筆或削，或詳或略，或同或異，參互相抵。」方氏〈春秋直解序〉亦云：「經文參互，及眾說淆亂而不安者，筆削之精義每出於其閒。」〈春秋通論序〉、〈春秋直解序〉二文，以及《春秋通論》〈通例〉其五，皆特提「參互相抵」、「經文參互」之解經要領，具體指陳，提供研治《春秋》、說解《春秋》一絕妙法門。參互相抵者，謂針對或筆或削、或詳或略、或同或異之史事、辭文，進行交互參透、會通觸發。其操作策略為「按全《經》之辭而比其事」，其成效將促使「隱寓於文之所不載」之《春秋》之義，得以考求。此一破解「隱寓於文之所不載」之要領，即是比事屬辭之法門。

　　《春秋直解》之於《春秋通論》，猶如宋儒葉夢得（1077－1148），既著《春秋傳》、《春秋左傳讞》，又著《春秋考》，亦相互發明也。《春秋直解》既與《春秋通論》相羽翼，於是方苞「按全《經》之辭而比其事」之法，「于參互相抵者」見「微辭隱義」之方，亦時時體現於《春秋直解》中，所謂比事屬辭之道也。如：

> 《記》曰：「屬辭比事，《春秋》教也。先儒之說，就其一節，
> 非不持之有故，言之成理也。而比以異事而同形者，則不可通
> 者十之八九矣。……若《春秋》，則孔子所自作，而義貫於全
> 《經》；譬諸人身，引其毛髮，則心必覺焉。……《春秋》之義，……
> 非通全《經》而論之，末由得其閒也。」[150]

---

[149] 同前註，卷4〈通例七章〉其五，頁23（總頁348）。
[150] 〔清〕方苞：《春秋通論》，卷4〈通例七章〉其一，頁19，冊178（總頁346）。卷4〈通例七章〉其五，頁23（總頁348）。

　　屬辭比事，本為歷史編纂學之門徑與要領。其過程注重宏觀之組
織，整體之規劃；事件之或前或後之編比，辭文或隱或顯、或詳或略、
或重或輕、或同或異之表述，多攸關系統之思維，全方位之思考。因
此，治《春秋》者，若只「就其一節」解《經》，往往此通而彼窒。孔
子作《春秋》，既然「義貫於全經」，於是學者求《春秋》之義，遂不
得不「通全《經》而論之」；方苞所謂「按全《經》之辭，而比其事」，
正指示其津筏。要之，此自是「屬辭比事」之《春秋》教。方苞《春
秋通論》作為解經之要領，《春秋直解》亦持為《經》說之法門。某氏
序《春秋直解》有云：

> （望溪方子）以比事屬辭之義，分疏其條理，俾按以全《經》，
> 而始終相貫，作《通論》九十九章。……更為《直解》，使每事
> 而求之，知舍是則義弗安，說不貫。然後曲說之蔽，不攻而自
> 破。[151]

　　「按以全《經》，而始終相貫」，即《春秋通論‧通例》所云「按
全《經》之辭，而比其事」，乃比事屬辭之治《經》法則。類比、對比
相近相反之史事，連屬上下前後之辭文，作鳥瞰式之聯結與表述，此
之謂屬辭比事。因為出於系統性思維，不作枝節片段之看待，故《春
秋》之義安而說貫。推想孔子作《春秋》，編比事跡，措注辭文之際，
必然運用比較、歸納諸功夫；其後《三傳》解經，闡釋《春秋》「何以
書」之義，以及「如何書」之法，亦多選用比較、統計、歸納、類推
諸方法。要之，屬辭比事所以為解經之道，與上述諸法之「參互相抵」、
交相運用，大有關系。

　　清咸豐、同治間，鍾文烝（1818－1877）著《春秋穀梁經傳補注》，

---

[151] 〔清〕方苞：《春秋直解》，卷首〈序〉，《續修四庫全書》，頁2。

其〈論經〉解釋「屬辭比事」有云：「屬者，屬合之。比者，比次之。《春秋》之義，是是非非，皆於其屬合、比次、異同、詳略之閒見之，是其本教也。」[152]鍾氏說《經》，直指是非褒貶之義，乃經由屬辭比事而得出；其表現手法為「屬合、比次」，其體現層面，或自異同見義，或從詳略見義。此或有得於黃澤、趙汸《春秋》學之啟發者，元趙汸述其師黃澤之說曰：「《春秋》書法，須考究前後、異同、詳略，以見聖人筆削之旨。事同而書法異，書法同而事異，正是聖人特筆處」；又云：「《春秋》是事，卻須考事之本末，而照察其情」；又稱：「說《春秋》，須要推究事情，使之詳盡，然後得失乃見」；[153]考究本末，推究事情，屬辭比事之道也，此其所同。要之，解讀《春秋》書法，可從詳略、異同、常變、彼此、是非、輕重之際，會通屬合之、次第比較之，如此，將有助於理解《春秋》之微旨隱義。

　　方苞《春秋比事目錄》，羅列比事案例，《春秋通論》側重義意之提示，《春秋直解》則凸顯屬辭之原委。合三者而一之，往往相得益彰，而其要歸，則在經由屬辭比事而見義。方苞〈讀書筆記〉論《春秋》之筆削云：「文姜去氏，以淫於同氣。又會禚，已明著姜氏，則孫齊雖去氏，而眾知其為姜也。」[154]去氏、著氏，或削或筆，參互相抵之閒，而史實大白。前後措注、法以義起，空曲交會之中，亦運之以比事屬辭。《春秋直解》云：

　　　　《春秋》之文，簡而有法，有彼此互見者：盂之會，以同執為
　　　　文，而獻捷獨楚，則知見執於楚矣。前書執宋公以伐宋，而此

---

152 〔清〕鍾文烝著，駢宇騫等點校：《春秋穀梁經傳補注》，卷首，〈論經〉，頁10。
153 〔元〕趙汸：《春秋師說》，卷下〈論學春秋之要〉，頁2（總頁14943）；頁7（總頁14946）；頁10（總頁14947）。
154 〔清〕方苞：《方望溪先生全集》，〈望溪集外文補遺〉，卷2〈讀書筆記〉，頁4（總頁429）。

書楚人獻捷，則知所獻宋捷矣。[155]

《春秋》簡約，往往詳略互見、明暗互見、輕重互見，彼此互見。欲考求義意，《四庫全書總目》提要所云：「案所屬之辭，核以所比之事」，可作津梁與指南。如同執獻捷，知見執於楚；楚人獻捷，知獻宋捷。此朱熹所謂「都不說破」之「言外之意」，多可藉由彼此互見表出，此自是比事屬辭之法。[156]又如：

> 僖文以後，凡諸侯之合，皆晉故也，未有諸侯自為會盟而晉人不與者。而文之篇，盟扈、會扈第書諸侯，則諱晉大夫之先諸侯可知矣。[157]

方苞《春秋直解》說《春秋》，大抵採行宏觀掌握、系統思維，將《春秋》242 年事迹進行比較、統計、歸納、類推，元程端學《春秋本義》所謂大屬辭比事，小屬辭比事，方苞《春秋通論》、《春秋直解》有之。「凡諸侯之合，皆為晉故」，此統合「僖文以後」《春秋》紀事而言之，所謂大屬辭比事。盟扈（文七、文十五）、會扈（文十七），晉大夫趙盾而主諸侯之盟，《論語·季氏》所謂「天下有道，則政不在大夫」；[158]因此，孔子《春秋》序列會盟，乃「諱大夫之先諸侯」。又如：

> 春秋之初，凡弒君之賊，國人皆欲致討，而赴告必有主名，故

---

[155] 〔清〕方苞：《春秋直解》，卷 5，僖公二十一年，〈楚人使宜申來獻捷〉，頁 37。

[156] 張高評：《春秋書法與左傳學史》（上海：上海古籍出版社，2005），〈史記筆法與春秋書法〉，二、3、「屬辭比事，與以互見法開創傳記文學」，頁 91－105。

[157] 〔清〕方苞：《春秋直解》，卷 5，僖公二十七年，〈公會諸侯，盟於宋〉，頁 46。

[158] 〔宋〕朱熹：《四書章句集注》（北京：中華書局，1983、2012 年），卷 8〈季氏第十六〉，頁 172。

并詳從死之臣，此孔父、仇牧、荀息所以備載於冊書也。[159]

運用屬辭比事，以說解《春秋》，經由比較、統計、歸納、類推，順理成章可以得出若干「凡例」。方苞有《春秋屬辭比事記》四卷，分類排比若干事案，此《春秋》比事之武庫。程頤《春秋傳》曾云：「《春秋》大率所書事同則辭同，後人因謂之例；然有事同而辭異者，蓋各有義」，[160]「義」與「例」之殊異，自明白可辨。方苞《春秋比事目錄·賊臣子》，列《春秋》弒殺事三十八，[161]前後綜觀稽考，乃發現《春秋》之初弒君，赴告「并詳從死之臣」，故孔父、仇牧、荀息備載於冊書。

晉趙盾弒其君事案，方苞尤其運用屬辭比事之《春秋》教，就前後、明暗、詳略、互見、輕重、主從諸書法，而考索其中之微辭隱義。清顧棟高《春秋大事表·讀春秋偶筆》徵引韓愈〈贈盧仝〉詩：「《春秋》三傳束高閣，獨抱遺經究終始」；以為「究終始」最妙，此即比事屬辭之法。[162]張本究末，原始要終，此真比事屬辭之教。如：

> 自趙盾專晉，惟十三年。公如晉，……盾無說以專之。其餘會盟侵伐，晉侯無一與者。……時靈公少長，君臣之際已成，盾之逆心已蓄矣。後二年，即身為賊。……以情事推之，而斷以聖經之義法，此二役必盾實主之決矣。[163]

> ……疑靈公陰謀除盾，欲剪其羽翼，命治舊獄，意本在穿。而

---

[159] 〔清〕方苞：《春秋直解》，卷6，文公十六年，〈宋人弒其君杵臼〉，頁33。

[160] 〔宋〕程頤：《春秋傳》，《伊川經說四》，頁6。

[161] 〔清〕方苞：《春秋比事目錄》，《四庫全書存目叢書》（臺南：莊嚴文化公司，1997年），經部一三九，卷3〈賊臣子〉，頁16−18（總頁617−619）。

[162] 〔清〕顧棟高著，吳樹平、李解民點校：《春秋大事表》，卷首〈讀春秋偶筆〉，頁47。

[163] 〔清〕方苞：《春秋直解》，卷6，文公十七年，〈諸侯會于扈〉，頁34。

盾專國政，乃擇穿而放申。故公之惡盾益深，而穿之謀亂益急，明年遂有桃園之弒也。[164]

盾自九年以後，凡侵伐皆使諸卿，今復自出。蓋弒謀益急，欲示威於眾，而假公義以服諸侯也。[165]

歷史發展，多緣漸化衍為頓變，所謂履霜堅冰至，一葉落而知天下秋者是。宋家鉉翁《春秋集傳詳說・綱領》，綜觀《春秋》之變亂，以為「弒君之賊，非其國之大臣正卿，則貴介公子之用事而有權任者」，則趙盾為晉國正卿，身份切合。清顧棟高《春秋大事表・讀春秋偶筆》亦提示：「弒君有漸，其大要在執兵權，不至弒君不止」，[166]趙盾亦執兵權矣；弒君之賊，舍盾其誰？《春秋》書「趙盾弒其君」，文見宣公二年；而方苞《春秋》學，通覽前後，比觀詳略，參互顯晦，斟酌主從，以測聖心之裁制，筆削之大凡。於文公十七年「諸侯之會」，宣公元年「大夫之放」、「帥師救陳」三條經文，案所屬之辭，核以所比之事，而得書法之奧旨隱義。要之，方苞《春秋直解》，蓋合趙盾專晉十三年「積漸之形勢」而通觀、考索、推闡、發明之，屬辭比事足以破解微辭隱義，而求得「言外之意」。

　　《春秋》書「鄭公子歸生弒其君夷」，方苞亦以屬辭比事之法解讀之。蓋連屬前後上下之文辭，類比對比相近相反之史事，微辭隱義亦可以破譯索解，如：

以《傳》考之，歸生懼譖而弒成。蓋釁起於公子宋，而弒者歸

---

[164] 同前註，卷7，宣公元年，〈晉放其大夫胥甲父于衛〉，頁2。

[165] 同前註，卷7，宣公元年，〈晉趙盾帥師救陳〉，頁4。

[166] 〔清〕顧棟高著，吳樹平、李解民點校：《春秋大事表》，卷首〈讀春秋偶筆〉，頁34。

生也。宋之譖得行於君，則嘗竈之憾已釋，而歸生懼譖，則與君相搆之隙轉萌於歸生，故知弒者歸生也。十年《傳》：鄭人討幽公之亂，斲歸生之棺而逐其族。則知宋為巧搆之謀，而弒則歸生主之矣。[167]

《春秋》經宣公二年載：「春王二月壬子，宋華元帥師及鄭公子歸生帥師戰于大棘。宋師敗績，獲宋華元。」是年公子歸生帥師，戰勝華元，兵權已在握。顧棟高所謂「弒君有漸，其大要在執兵權，不至弒君不止」；果然，二年後，「夏六月乙酉，鄭公子歸生弒其君夷」，不幸而言中。方苞《春秋直解》稱：「《春秋》之筆，莫大於斷弒君之獄；斷弒君之獄，尤莫大於微顯闡幽之二三策者。」（卷七，頁6）何以晉夷皋之弒，《春秋》舍穿而歸盾？鄭夷之弒，又為何舍宋而坐歸生？《春秋直解》往往視人所惑大，為說以明之。就鄭君之弒，所以坐實歸生者，《直解》徵引宣公十年《左傳》，述鄭人「斲歸生之棺而逐其族」，則知歸生主弒其君矣。弒君發生於宣公四年，其前年歸生帥師，已兆弒君之漸；其後六年，鄭人之斲棺逐族，更坐實歸生為弒君之主。《春秋》原始要終書寫如此，學者以屬辭比事解讀之，足以破譯言外之意，而孔子竊取之「義」可得而求。

　　《春秋》所據者魯史記，即《魯春秋》，又稱《不修春秋》。魯史記具有史事、史文二者，史事不容更張損益，然作為資材，可以去取，或筆或削。於是孔子作《春秋》，除取捨史料之外，最盡心致力處，當在史文之表述與修飾，尤其攸關刺譏褒諱挹損之文辭方面。如晉文公以臣召君，《竹書紀年》載：「周襄王會諸侯于河陽」，孔子《春秋》修訂為：「天王狩于河陽」。[168]《不修春秋》載天琴座流星雨之天文奇觀：

[167]　〔清〕方苞：《春秋直解》，卷7，宣公二年，〈鄭公子歸生弒其君夷〉，頁9。

[168]　〔宋〕蕭楚：《春秋辨疑》：「汲冢紀年書稱：『周襄王會諸侯于河陽』，今只書『天王狩于河陽』，由是知《未修春秋》，辭有本末，足以辨事善惡，仲尼得以據其實

「雨星不及地，尺而復」；孔子潤色舊文，修之曰：「星隕而雨」。此以變為義，或有關褒貶，或只涉修辭，多出孔子之手筆。

　　可見，孔子作《春秋》，對魯史舊文必有修訂潤色，唯所修者主要在「其辭」，非「其事」。錢穆以為：「由事來定辭，由辭來見事，辭與事本該合一不可分。所以說：屬辭比事，《春秋》教也。」[169]《春秋》所載經文，確由孔子修飾其文者，尚有「衛侯出奔齊」一則，《春秋直解》以屬辭比事說解其中之資鑑褒貶，如：

> 今《春秋》書「衛侯出奔齊」，而不曰「孫林父、甯殖出其君」者，端本清源，所以警乎人君為後世鑒也。《經》雖不書出君者，而是冬林父會諸大夫於其私邑，則知以出君而求定於諸侯矣。又明年，甯殖會伐許，則知殖亦國卿而與之同罪矣。[170]

《左傳》襄公二十年載：甯殖告其子曰：「吾得罪於君，悔而無及也。名藏在諸侯之策，曰『孫林父、甯殖出其君』云云」。[171]由於赴告，諸侯國史皆書，魯之春秋自不例外。唯今傳本《春秋》不然，孔子改為「衛侯出奔齊」，以自奔為文。此孔子作《春秋》，曾修改魯史文字之鑿然可據者。[172]衛史原書孫林父、甯殖「出其君」，孔子修《春秋》，改譏臣過為鑑君非，所謂端本清源。唯《經》雖不直斥「出君」，卻又運用參伍散漶之法，比次類及相關史事，分別於「是冬」與「明年」，各條陳會諸大夫、會伐許，此宋蘇洵〈史論〉所謂「本傳晦之，他傳

　　而筆削之，非魯史之舊章也。」，文淵閣《四庫全書》（臺北：臺灣商務印書館，1983 年），冊 148，卷 1〈春秋魯史舊章辨〉，頁 2（總頁 110）。

[169] 錢穆：《中國史學名著‧春秋》（臺北：三民書局，2002 年），〈春秋〉，頁 21

[170] 同前註，卷 9，襄公十四年，〈衛侯出奔齊〉，頁 22。

[171] 〔周〕左丘明著，〔晉〕杜預注，〔唐〕孔穎達疏：《春秋左傳注疏》，卷 34，襄公二十年，頁 11（總頁 589）。

[172] 〔清〕顧棟高：《春秋大事表》，卷首〈讀春秋偶筆〉，頁 38。

發之」之「互見」法；[173]自是比事屬辭《春秋》教之靈活運用。南宋
胡安國《春秋》，亦關注此種「辭有前後，罪有大小」之書法，以為即
「屬辭比事，《春秋》教也。」[174]案其所屬之辭，核以所比之事，言外
之義遂昭然若揭。方苞〈周官析疑序〉稱：「《春秋》、《周官》則文字
所不載，而義理寓焉」；屬辭比事之法，即方苞所謂「空曲交會之中，
義理寓焉」。[175]

　　要之，孔子作《春秋》，「法布二百四十二年之中，相為左右，以
成文采」；[176]比其事而屬其文，然後奧旨隱義可求。故論《春秋》者，
當「合而通之，緣而求之」。[177]誠如元程端學《春秋本義》所言，求《春
秋》之「義」，必須「自始至中，中至終，而總論之」，[178]比事而探究
終始，屬辭而關注先後，此正所謂屬辭比事，《春秋》教也。法國漢學
家汪德邁（Léon Vandermeersch,1928－）比較中西文學，認為形式和內
容，在西洋文學是分開的；「中國文學則不分開二者，形式參與內容，
內容也參與形式，形成形式和內容相互參透的特別寫法」。[179]何止中國
文學如此，中國史學、中國經學之形成，筆者以為，亦多具有「形式
和內容相互參透」的特色。持以看待屬辭比事之《春秋》教，其理亦
相通：具事、憑文，可以體現「義」；《春秋》之義，即隱寓乎比事與

---

[173] 〔宋〕蘇洵著，曾棗莊等箋註：《嘉祐集箋註》，卷9〈雜論‧史論中〉，頁232。

[174] 〔宋〕胡安國：《春秋傳》，卷24〈莒去疾自齊入于莒〉條：「前言齊無知弒其君，後言齊小白入于齊；前言莒人弒其君，後言去疾入于莒，則不與弒之辭也。前言諸侯入于夷儀，後言衛甯喜弒其君；前言齊陽生入于齊，後言陳乞弒其君，與弒之辭也。辭有前後，罪有大小，故曰屬辭比事，《春秋》教也。」怡府藏板，頁5。

[175] 〔清〕方苞：《方望溪先生全集》，卷4〈周官析疑序〉，頁2（總頁51）。

[176] 〔漢〕董仲舒著，〔清〕蘇輿注：《春秋繁露義證》，卷1〈玉杯第二〉，頁2。

[177] 〔元〕程端學：《春秋本義》，卷首〈通論〉，頁34。

[178] 〔清〕方苞：《方望溪先生全集》，《望溪先生文集》，卷4〈周官析疑序〉，頁2（總頁51）。

[179] 〔法〕汪德邁：〈中國傳統中的至高社會標準：文學的「文」和倫理的「仁」〉（香港：香港大學饒宗頤學術館，2013年），頁16－17。

屬辭之中，內容與形式統一，即體即用而不二，此即所謂「相互參透」。

伍、結論

晉程邈稱孔子作《春秋》，「事仍本史，而辭有損益」；宋胡安國《春秋傳》云：「仲尼因事屬辭」，張大亨指《左傳》釋經，「即事以顯義」；朱子謂孔子《春秋》，「但據直書而善惡自見」；元黃澤說《春秋》，以為「當據事以求書法」，程端學《春秋本義》曰：「《春秋》書其事以見義」；《四庫全書總目‧史部總敘》亦稱：「苟不知其事蹟，雖以聖人讀《春秋》，不知所以襃貶」。由此觀之，義存乎事，即事可以顯義，苟無三《傳》佐助，亦足以解讀《春秋》。

孔子之於《春秋》，既「不復因史記」，其中又多表現「立義、創意」與「妙思」，乃自出於胸臆，別出一番言語，此《禮記‧樂記》所云「作者之謂聖」也。《春秋》之元素，由筆削之「義」、具始末之「事」、成規矩之「文」，融合會通而成，特別著重夫子竊取之「義」。「獨斷於一心」、「成一家之言」之取義，其中有若干「不可以書見」者，故不得不如《史記‧司馬相如列傳》所云：「推見至隱」。由於聖人之志多隱寓於文字所不載，因此，藉由屬辭比事之教，推求《春秋》之義，成為歷代《春秋》學之重要課題。

孔子作《春秋》，乃因其行事，加乎王心，故董仲舒《春秋繁露》稱：《春秋》無通辭、無達辭；往往移辭從事，從變從義。胡安國亦云：仲尼因事屬辭，智者即辭觀義。孔子之取義存乎史事，見乎辭文。《春秋》之筆削，以旨義作為主導，初則體現於事跡之去取詳略；辭文之損益修飾，呼應其義其事，乃在之後。故研治《春秋》，以考索事情為先，然後可以推求經旨。所謂因事以立文、即事而顯義，可以見襃貶、得《經》意。

　　歷代《春秋》學家，如杜預、孔穎達、陸淳、蘇轍、張大亨、崔子方、胡安國、葉夢得、沈棐、家鉉翁、趙鵬飛、程端學、黃澤、趙汸、湛若水、季本、毛奇齡、張自超、方苞、萬斯大、顧棟高、《四庫》館臣、章學誠、陳澧、孔廣森、皮錫瑞等，皆強調即事可以顯義。《春秋》筆削，可以因比事而見是非、褒貶、好惡、予奪。家鉉翁稱《春秋》因事垂法；皮錫瑞謂：「借事明義，是一部《春秋》大旨」，可作代表。世有不然《三傳》之說者，或棄傳從經，而所以探求《春秋》義旨者，即在考索事情，以推校書法；進而比事屬辭，以破解《春秋》之微辭隱義，與言外之義。若此，以經明經，或可以無傳而著。

　　清張自超《春秋宗朱辨義》，強調「惟就《經》文前後參觀，以求其義」；「反覆前後所書，比事以求其通」，可見其書實以屬辭比事作為闡明《春秋》之要略。方苞著《春秋通論》、《春秋直解》，解讀《春秋》，多運以比事屬辭，標榜「《春秋》微辭隱義，每于參互相抵者見之」；「按全《經》之辭而比其事」；「《春秋》因事屬辭，各得其實，而是非善惡無遁情焉！」論其要歸，則如《四庫全書總目》所謂「按所屬之辭，合其所比之事」；其策略則在經由屬辭比事而見義。由歷代《春秋》研究史觀之，考索事情，可以推校書法；即事顯義，有助於以經明經；事具始末，約文示義，可以無傳而著。

錢大昕、陳鱣詩稿二種辨偽

陳鴻森[*]

* 中央研究院歷史語言研究所研究員;成功大學、中央大學中文系合聘教授。

　　一九九〇年以後，大陸學界文史研究蔚興，各類專題彙編、大型叢書紛出，次則各處館藏稿鈔本、書札之類，相繼以各種形式出版，幾於目不給賞。其中頗有多年求索不得一見，一旦化身千萬，吾人可於書室朝夕晤對，索賾研幾，其有助於文史考訂，為功匪淺。間亦有編者失於考覈，致偽品雜廁其中，學者不審，詫為珍籍秘書，將為所誤。近余披覽書城，見有偽為乾嘉名宿詩稿兩種，今聊書所見，以辨其偽，藉為拋磚引玉之資。儻學者各即所見，盡抉其贋，則來學甚幸。二〇一三年六月五日。

壹、錢大昕《南陽集》辨偽

　　北京國家圖書館藏錢大昕詩稿《南陽集》六卷，清愛堂鈔本，共一百五十八葉，每半葉十行，行二十二字。卷一至卷五為各體詩，計卷一詩九十九首，卷二八十二首，卷三一百四十九首，卷四一百十九首，卷五一百二十八首；卷六為詞，收〈百字令〉、〈探春慢〉等詞百二首。每卷首首行題「南陽集卷之幾」，次行署「嘉定錢大昕竹汀著」八字。前後無序跋，卷一首葉鈐「劉氏喜海一字燕庭藏書」篆文方印。此稿未刻，近影印收入北京國家圖書館所編《國家圖書館藏鈔稿本‧乾嘉名人別集叢刊》第九冊。[1] 李靈年、楊忠《清人別集總目》、[2] 柯愈春《清人詩文集總目提要》[3] 並著於錄，俱以為錢氏遺稿。

　　錢大昕（1728－1804）為清代學術巨擘，經史之學冠絕當代，所著書如《廿二史考異》、《補元史氏族表》、《十駕齋養新錄》、《潛研堂金

1　《南陽集》六卷，原題錢大昕著，北京國家圖書館藏清愛堂鈔本，今收入《國家圖書館藏鈔稿本‧乾嘉名人別集叢刊》（北京：國家圖書館出版社，2010 年），冊九，頁 195-515。

2　李靈年、楊忠：《清人別集總目》（合肥：安徽教育出版社，2000 年），頁 1815。

3　柯愈春：《清人詩文集總目提要》（北京：北京古籍出版社，2001 年），頁 719。

石文跋尾》、《潛研堂答問》等，莫不兼綜博采，考訂精核，江藩《漢學師承記》推為一代儒宗；[4]梁玉繩更言：「今之竹汀，猶古之鄭康成」，[5]推崇甚至。竹汀少以詩名，乾隆十八年，沈德潛曾甄采王鳴盛《耕養齋集》、吳企晉《古香堂集》、王昶《履二齋集》、黃文蓮《聽雨樓集》、趙文哲《嫵雅堂集》、竹汀《辛楣吟稿》及曹仁虎《宛委山房集》七種，人各二卷，錄為《七子詩選》，[6]刊以行世，論者比之明前後七子焉。其後，竹汀「專意經史小學，服官之暇，悉力著書，詩遂不多作」。[7]乾隆三十五年，錢氏自選歷年詩稿，都為一集，為《潛研堂詩集》十卷，梓而行之。竹汀卒後，錢大昭與竹汀女夫瞿中溶復校錄辛卯（乾隆三十六年）至甲子（嘉慶九年）三十四年間所為詩，為《續集》十卷。錢大昭〈潛研堂詩續集序〉云：

> 茲所錄，皆就遺草略加排次。其隨手散失，僅見于它人選刻者，非先生手稿，詩雖佳，不敢濫采，以幾毋蹈嫁名掠美之失，此則區區矜慎之心，亦即先生生前編詩之微旨與。[8]

據此文，知錢大昭等所編《續集》，係就其家所藏竹汀稿本排次。錢大昭〈序〉及並時諸家載筆，俱不言竹汀《潛研堂詩集》、《詩續集》之外，復有其他詩稿成編在焉。此《南陽集》六卷，其遞藏源流，莫之能詳；余讀其詩，復與潛研學人之詩風格不類，其稿是否果為竹汀之作，不能無疑焉：

---

[4] 江藩：《漢學師承記》（北京：中華書局鍾哲點校本，1983年），頁51。

[5] 梁玉繩：〈寄弟處素書〉，《清白士集》，嘉慶五年刊本，卷二十八，《蛻稾》四，頁20。

[6] 沈德潛編選：《七子詩選》，乾隆十八年（1753）刊本。此書刊後未久，即傳行日本，有寶曆七年（1757）平安書林重刻本。

[7] 錢大昭〈潛研堂詩續集序〉，收入錢大昕：《潛研堂集》（上海：上海古籍出版社，1989年），呂友仁點校本，頁1129。

[8] 《潛研堂集》，頁1129。

　　一、《南陽集》之名，錢大昕相關傳狀、《竹汀居士年譜》並錢慶曾《年譜續編》、錢師璟《嘉定錢氏藝文志略》、[9]光緒《嘉定縣志·藝文志》[10]俱未著錄。抑錢大昭〈潛研堂詩續集序〉固明言：竹汀服官後，「悉力著書，詩遂不多作，作亦不盡存，存者亦未及編定」。其遺稿生前既「未及編定」，則不得《續集》之外，更有一《南陽集》在焉；且竹汀生前罕見倚聲填詞，今此集卷六乃有其詞百二首，則此稿是否果為竹汀之詩，其可疑者一也。

　　二、今檢《南陽集》卷二〈丙寅四月十日〉詩云：

> 白髮潛加自不知，年華歷歷總堪悲。
> 回思寸草三春日，盡是劬勞未報時。[11]

按丙寅為康熙二十五年（1686）、乾隆十一年（1746）、嘉慶十一年（1806）。據《竹汀居士年譜》，錢大昕生於雍正六年（1728），卒於嘉慶九年（1804）。則乾隆十一年丙寅竹汀年方十九，與詩中「白髮潛加」、「年華歷歷」情味殊不合。另，此集開篇為〈辛酉仲春過唐南軒庶常寓齋，題陳道山畫葵，用東坡題畫葵韻〉，[12]按唐南軒名建中，字赤子，湖北天門人，康熙五十二年進士，改庶吉士；散館後，未就官。遊歷燕趙齊魯間，渡河涉江，後客居揚州，高風潛德，人所仰止；嗜書卷山水成癖，卷軸疊架盈几，日夕披吟。有〈鄧尉山梅花詩〉三十首、〈牡丹百韻〉，傳誦大江南北；卒時會葬者數千人。[13]此詩辛酉為乾隆六年

9　錢師璟：《嘉定錢氏藝文志略》，道光二十三年，錢氏家刻本，上海圖書館藏。
10　光緒《嘉定縣志·藝文志》著錄竹汀之詩，僅《潛研堂詩集》十卷、《續集》十卷。光緒七年刊本，卷二十七，頁 35。
11　《南陽集》，頁 277-278。
12　同上註，頁 197。
13　唐建中，《天門縣志·文苑》有傳，道光元年刊本，卷二十二，頁 17；生平事蹟，參彭維新：〈翰林院庶吉士唐君赤子墓誌銘〉，《墨香閣集》（長沙：岳麓書社點校本，2010 年），卷八，頁 143-144。

（1741），其時竹汀甫十四歲，唐氏焉肯以所藏陳道山畫作屬題？此其歲月顯與竹汀年紀枘鑿不相合，其可疑者二也。

三、其尤可疑者，《南陽集》中相與往返酬和之士年輩俱視竹汀為長，如卷一有〈柬謝山庶常〉、〈甬東全謝山將北上，見過山館，因留小集。明日謝山以四截句見投，依韻奉答，即以送行〉、〈謝山以詩索汾酒；後二日過山館，又出潞酒飲之，復以詩來，用次原韻〉諸詩；又卷二有〈喜謝山，因憶諸游好〉。[14]按全祖望生於康熙四十四年（1705），[15]長竹汀二十三歲，檢《潛研堂詩》正續集、《文集》及竹汀自訂《年譜》，俱未見有與全祖望往復過從之記載。抑全氏兩度入京，一為雍正七年膺拔貢，明年（1730）春，北上赴選，未與試；其秋，赴山東學政羅鳳彩幕，佐之衡文。九年秋，由山左南歸。[16]其二則雍正十年（1732）四月北上，其秋，舉順天鄉試；翌年禮闈下第，淹留京師。乾隆元年成進士，入庶常館；二年五月散館，考列下等，以知縣候選。時方苞任三禮館副總裁，欲薦全氏入館，辭之，乃於其年九月出都，[17]遂不復出，嗣後未再入京。據此考之，則全氏第二次赴京北上時，竹汀年方五歲，豈能與謝山觴詠贈答？

其次，《南陽集》中屢有與厲鶚酬答之詩，卷一〈小集晚清軒，有懷厲樊榭。今日渡江，仍疊前韻〉、〈懷樊榭、西疇、南圻、玉井遊攝山〉，卷二〈分詠西湖古蹟，送樊君歸錢塘，得龍泓洞〉、〈重九後二日，樊君至武昌，與同人適有看菊之集，分韻共賦得侵韻〉，又卷四〈立冬前五日，同人攜菊集行菴對酒詠〉，其三為〈厲孝廉詠〉，均是。[18]卷四

---

[14]　《南陽集》，頁 198，又頁 205，又頁 227，又頁 279。

[15]　董秉純：《全謝山年譜》，收入全祖望：《鮚埼亭集》，《續修四庫全書》本，卷首，頁 1。

[16]　《全謝山年譜》，頁 3-5。

[17]　同上註，頁 5-8。

[18]　《南陽集》，頁 231，又頁 236，又頁 257，又頁 259，又頁 388。按此所舉詩題有稱「樊君」者，原題皆作「樊榭」，偽為此集者諱改之，說詳下。

復有〈哭友〉四章，其二云：

> 冷泉流不盡，游蹟憶前經。
> 一舸載春雨，卅年成聚萍。
> 史收遼散佚，詩紀宋英靈。（樊友所輯有《遼史補遺》及《宋詩紀事》）
> 寂寞叢書畔，高樓膡墜螢。[19]

此詩原題〈哭樊榭〉，偽為此集者刪去樊榭字號（詳下），然詩中元注
《遼史拾遺》二十四卷、《宋詩紀事》一百卷，為厲鶚名著，則其跡仍
不可掩也。按厲鶚生於康熙三十一年（1692），[20]長竹汀三十六歲；卒於
乾隆十七年（1752），[21]是年竹汀二十五歲，與詩中「一舸載春雨，卅年
成聚萍」句意殊不諧，則此詩絕非竹汀之作明矣。

　　《南陽集》中復多與金農（壽門、冬心，揚州八怪之一，1687－1764）、
胡期恆（復齋）、陸鍾輝（南圻）、方士庹（西疇）等交遊倡和之詩，諸人
年輩均較竹汀為長，彼等皆在揚州區域活動。竹汀則乾隆十六年高宗
南巡獻賦，召試江寧行在，賜舉人，授內閣中書學習行走；其年四月，
首赴揚州，於香草寺行宮謝恩。其秋，館於清江浦江南河道總督高斌
幕府，翌年五月入都。[22]乾隆十九年成進士，歷官都中，至乾隆三十二
年（1767）秋以病乞假南歸，其時金農卒已三年。《年譜》及《潛研堂
詩、文集》俱未有此二年南還渠遊揚州之記載。三十四年秋，竹汀復
入都供職，至乾隆四十年丁憂還里，[23]胡、陸、方諸君想皆凋零，竹汀
與彼等固老死不相往來，何論唱酬？今舉全祖望、厲鶚兩家以概之，

19　同上註，頁 356-357。
20　陸謙祉：《厲樊榭年譜》（上海：商務印書館，）1936 年，頁 7。
21　同上註，頁 82。
22　錢大昕編，錢慶曾續補：《竹汀居士自訂年譜》，咸豐十年，錢氏家刻本，頁
　　7-8。
23　同上註，頁 19-25。

餘不悉具。此其可疑者三也。

四、《南陽集》卷三有〈送家兄入都〉詩云：

> 未信別離輕，揚鑣入帝京。
> 乍經今遠隔，翻念昔同行。
> 嶽雪侵華髮，河春管去程。
> 嘯吟知不廢，終羨雁南征。[24]

同卷此詩前後，復有〈雨中與諸友見過，有懷家兄淮上〉、〈送家兄，同人各賦一物，得馬鞭〉、〈送家兄渡河，因留滯關口，是夜仍泊清江〉、〈家兄北行，未得同渡河，竚立南岸久之，歸臥蓬窗，悵然有作〉、〈家兄寄北味，幷示以詩〉、〈上元前一日家兄北歸，集友晚清軒〉等詩，[25]可見兄弟友于情摯；卷五更有〈哭先兄十絕句〉、〈先兄遺腹生女，詩以傷之〉、〈先兄遺稿乞歸愚先生刪定，因書其後以代柬〉各詩。[26]按錢大昕〈先考小山府君行述〉云：

> 子二：長不孝大昕，乾隆甲戌進士。……次不孝大昭，國學生。……女一，適……附貢生考充四庫館謄錄、候選州同陳曦。[27]

據此，知竹汀僅有同懷弟大昭一人，別無兄長，則上稱「家兄」、「先兄」諸詩，顯與竹汀事實歧牾。合之前文所舉三事，則《南陽集》其非竹汀之詩蓋可斷言矣。

---

[24] 《南陽集》，頁 327。
[25] 《南陽集》，頁 319，又頁 327，頁 328，頁 330，頁 331。
[26] 同上註，頁 431-434，又頁 436-437。
[27] 《潛研堂集》，頁 877。

　　然則此集原書究為何人所著？今細繹之，固尚有跡可尋也。按《南陽集》中，諸君雅集觴詠多集於「行菴」，不下一二十首，如卷二〈癸亥九日，同人集行菴，出仇十洲畫五柳先生像作供，以「人世難逢開口笑，菊花須插滿頭歸」分韻，得笑字〉、〈洞庭葉震初為同人寫《行菴文讌圖》，歲晏瀕行，自作漁隱小照索題〉、〈九日登雲木相參樓，次去年九日行菴韻〉、〈夏至後一日，邀胡復翁諸先生小集行菴，時雨適至，以「滿林煙雨聽啼鴂」分韻，得雨字〉，卷四〈喜茶塢至自吳門，同人集行菴，共談春日遊洞庭之勝〉、〈立冬前五日，同人攜菊集行菴對酒詠〉、〈仲夏諸友集行菴，題壁間王虛舟吏部書「石梁瀑布」四大字〉，卷五〈丙子初夏，同人泛舟紅橋，歸飲行菴，分韻賦詩。予以病不獲從，勉成一首，即以送行，得山字〉。[28]觀此，則行菴為作者朋儕主要雅集之所可知；且由「邀胡復翁諸先生小集行菴」之語度之，則作者為行菴主家亦較然明白。按全祖望〈九日行菴文讌圖序〉云：

> 揚州……城北天寧寺，為晉謝公駐節時所遊息，其中有行菴，吾友馬君嶰谷、半查兄弟之小築也。地不踰五畝，而老樹古藤，森蔚相望，皆千百年物。間以修竹，春鳥秋蟲，更唱迭和，曲廊高樹，位置閒適。出門未數百步，即黃塵濁流，極目令人作惡；一至此間，蕭然有山林之思。[29]

又李斗《揚州畫舫錄》卷四：

> 行菴，馬主政家庵也，在枝上村西偏，今歸御花園。……葉震初有〈行庵文讌圖〉，今已無存。馬主政曰琯，字秋玉，號嶰谷，

---

[28] 《南陽集》，頁234，又頁244，又頁258，又頁264，又頁362-363，又頁386，又頁399，又頁435。

[29] 全祖望：《鮚埼亭集》，外編卷二十五，頁31。

祁門諸生，居揚州新城東關街。好學博古，考校文藝，評騭史傳，旁逮金石文字。……所與遊皆當世名家，四方之士過之，適館授餐，終身無倦色。著有《沙河逸老詩集》。……弟曰璐，字佩兮，號半查，工詩，與兄齊名，稱「揚州二馬」。……佩兮於所居對門築別墅，曰街南書屋，又曰小玲瓏山館，有看山樓、紅藥堦、透風透月兩明軒、七峰草堂、清響閣、藤花書屋、叢書樓、覓句廊、澆藥井、梅寮諸勝。玲瓏山館後叢書前後二樓，藏書百廚。[30]

據此二文，知行菴為揚州鹺商馬曰琯（1688－1755）、曰璐（1695－1775）兄弟所築。馬氏兄弟工詩好文，廣接納，「四方名士過邗上者必造廬相訪，縞紵之投，杯酒之款，殆無虛日。近結邗江吟社，賓朋酬唱，與昔時圭塘（元許有壬）、玉山（顧瑛）相埒」。[31]其五十八次詩會唱和之作，嘗刻為《韓江雅集》九卷。家有小玲瓏山館，多蓄宋元舊本，厲鶚著《宋詩紀事》一百卷、《遼史拾遺》二十六卷，全祖望修《宋元學案》一百卷，咸藉其蓄藏以資考訂。全氏〈叢書樓記〉云：「小玲瓏山館，園亭明瑟，而巋然高出者，叢書樓也，迸疊十萬餘卷。予南北往還，道出此間，苟有宿留，未嘗不借其書。」[32]今檢《南陽集》卷一有〈街南書屋十二詠〉，[33]卷二有〈入夏以後，同人宴集。秋杪復集玲瓏山館，各賦四絕句一首〉，卷三有〈重集小玲瓏山館，分賦鍾馗畫，得秤鬼圖〉、〈集小玲瓏山館看芍藥，以「紅藥當階翻，蒼苔依砌上」分韻，得苔字〉

---

[30] 李斗：《揚州畫舫錄》（揚州：江蘇廣陵古籍刻印社，1984年），頁83-84。

[31] 陳章：〈沙河逸老小稿序〉，見馬曰琯：《沙河逸老小稿》，《粵雅堂叢書》本，卷首，頁3。

[32] 《鮚埼亭集》，外編卷十七，頁4。

[33] 〈街南書屋十二詠〉分詠小玲瓏山館、看山樓、紅藥階、覓句廊、石屋、透風透月兩明軒、藤花菴、澆藥井、梅寮、七峰草亭、叢書樓、清響閣十二景，見《南陽集》頁199-202。

諸詩，[34]此所云行菴、街南書屋、小玲瓏山館，俱與《揚州畫舫錄》所述揚州二馬園庭合，則此集作者必與馬曰琯、曰璐兄弟密切相關。

實則前述行菴諸詩，其中癸亥（乾隆八年，1743）重九文讌，為乾隆初名士雅集勝舉，一時才人風流群彥畢至，觴詠竟日，厲鶚有〈九日行菴文讌圖記〉載其盛況：

> 行菴在揚州北郭天寧寺西隅，馬君嶰谷、半槎兄弟購僧房隙地所築，以為遊息之處也。寺為晉謝太傅別墅，西隅饒古木，霽鬱陰森，入林最僻，不知其近郛郭。菴居其中，無蹎礌鬈采之飾，惟軒庭多得清蔭，來憩者每流連而不能去。
>
> 乾隆癸亥九日，積雨既收，風日清美，遂約同人，咸集於斯。中懸仇英白描陶靖節像，采黃花，酌白醪為供。乃以「人世難逢開口笑，菊花須插滿頭歸」分韻賦詩，陶陶衎衎，觴詠竟日。既逾月，吳中寫真葉君震初適來，群貌小像，合為一卷。方君環山補景，命曰〈九日行菴文讌圖〉。裝池成，將各書所作於後，而屬鶚為之記。
>
> 按圖中共坐短榻者二人：右箕踞者，為武陵胡復齋先生期恆；左抱膝者，為天門唐南軒先生建中也。坐交牀者二人：中手戔者，歙方環山士庶；左仰首如欲語者，江都閔玉井崋也。一人坐藤墪撚髭者，鄞全謝山祖望也。一人倚石坐，若凝思者，臨潼張漁川四科也。樹下二人：離立把菊者，錢唐屬樊榭鶚；袖手者，錢唐陳竹町章也。一人憑石牀坐撫琴者，江都程香溪先生夢星也。聽者三人：一人垂袖立者，祁門馬半槎曰璐；二人坐瓷墪，左倚樹、右跂腳者，歙方西疇士庚、汪恬齋玉樞也。二人對坐展卷者，左祁門馬嶰谷曰琯，右吳江王梅沜藻也。一

人觀者，負手立於右，江都陸南圻鍾輝也。從後相倚觀者一人，
歙洪曲溪振珂也。童子種菊者三人，樹間侍立者一人，撰杖、
執卷者各一人。其植有蕉、有竹，又有雜樹，作丹黃青碧之色，
紀時也。

夫重九佳名，舉俗所重，而高常侍歎獨坐以搔首，陸天隨感登
高以杜門，無其時地與人耳。今吾儕幸生太平，遇勝地，又皆
素心有文之侶，固為人世不可多得之會。而此十六人者，或土
斷，或客遊，聚散不常。異日者歲月遷流，撫節物以有懷，一
披此圖，怳如晤對。將來覽者，或亦不異此意乎！[35]

此圖現藏美國俄亥俄州克利夫蘭藝術博物館（The Cleveland Museum of
Art），絹本設色，長二〇一厘米，高三一‧七厘米，畫工甚精，蓋將
藉圖以存其人，諸家神貌姿態各異，極人物形肖之妙。圖中十六人多
見於《南陽集》中，全祖望〈九日行菴文讌圖序〉謂畫中諸人皆邗江
吟社社友，時相觴詠遊讌，宜其字號屢見集中。然則此集為揚州二馬
之一所著，殆無疑義；而據前述此集詩題屢見「家兄」、「先兄」之稱，
則斯集原為馬曰璐之詩固可推知矣。

　按馬曰璐著有《南齋集》六卷、《南齋詞》一卷，有乾隆間家刻本，
傳本無多；咸豐辛亥伍崇曜重刻之，收入《粵雅堂叢書》。今取粵雅堂
本《南齋集》與偽《南陽集》對勘，詩詞文字悉同，特作偽者為掩其
跡，刻意變亂其書原貌耳。其術約有數端：

　其一，《南齋集》原書六卷，今將其詩併為五卷，別取《南齋詞》
充為卷六。偽為此集者將《南齋集》卷四〈題祓江得荔圖〉至〈消夏
灣送春〉等五十首，[36]併入《南陽集》卷三之末；[37]另以第五卷〈美人

---

[35]　厲鶚：《樊榭山房集》（上海：上海古籍出版社，1992 年），頁 780-781。
[36]　馬曰璐：《南齋集》，《粵雅堂叢書》本，卷四，頁 2-13。
[37]　《南陽集》，頁 326-346。

臨鏡〉至〈題漸江梅花古屋圖〉等七十九首，[38]併入偽本第四卷；[39]而原書卷五〈游山四詠〉等二十一首，[40]與卷六併為偽本第五卷，故此三卷之詩獨多。

其二，變亂各卷內原詩次第，以卷一為例，偽者將《南齋集》卷首〈冷泉亭〉至〈空林踏葉，時在黃鶴山中〉等三十五首[41]退居於後，改將卷中〈辛酉仲春過唐南軒庶常寓齋，題陳道山畫葵，用東坡題畫葵韻〉至〈盆荷和祓江〉等十一首，移於此卷之首。[42]二書俱在，雖各卷內諸詩次第多所竄亂，其偽跡固不可掩也，茲不一一備記。

其三，《南齋集》多聯詠之詩，阮元《廣陵詩事》卷七嘗言：「聯句之盛，莫過於馬氏小玲瓏山館、程氏今有堂、張氏著老書堂。」[43]蓋紀其實也。偽《南陽集》凡原詩為數人聯句者，俱削去詩題「聯句」二字及詩內聯吟者之名，如《南陽集》卷二〈食鱘魚吟〉，[44]原題〈食鱘魚聯句〉，為馬曰琯、厲鶚、王藻、馬曰璐、陳章、閔崋、陸鍾輝、張四科八人聯句，[45]今削去聯吟諸人之名，冒為一家之詩。另如卷三〈寒夜石壁菴〉，[46]原題〈寒夜石壁菴聯句〉，為馬曰琯、厲鶚、方士庶、馬曰璐、杭世駿、陳章、閔崋、陸鍾輝、樓錡九人聯吟，[47]今並削去聯句諸人名。[48]

38　《南齋集》，卷五，頁 2-21。
39　《南陽集》，頁 368-401。
40　《南齋集》，卷五，頁 20-25。
41　《南齋集》，卷一，頁 1-9。
42　《南齋集》，卷一，頁 9-14；《南陽集》，頁 197-204。
43　阮元：《廣陵詩事》（上海：商務印書館《叢書集成初編》本，1939 年），頁 103。
44　《南陽集》，頁 251。
45　《南齋集》，卷二，頁 6-7。
46　《南陽集》，頁 301。
47　《南齋集》，卷三，頁 9-10。
48　此例另有〈看山樓雪月句〉（《南陽集》，頁 261；《南齋集》，卷二，頁 13）、〈五日席間詠嘉靖雕漆盤〉（《南陽集》，頁 293；《南齋集》卷三，頁 5-6）、〈壬申山館上元日〉（《南陽集》，頁 331；《南齋集》卷四，頁 4-5）、〈雨中

其四，大量竄改詩題，不下數十百見。蓋自第二卷起，造偽者警覺詩題中聞人字號將敗泄偽跡，故大量贈答酬和者名號被削去，如「樊榭」（屬鶚）之號或改「樊君」，或以「友」字易之，如〈哭樊榭〉改為〈哭友〉；[49]而謝山（全祖望）、董浦（杭世駿）諸名亦皆削去。致有連續數題皆稱「友」而其人各異者，如卷五〈立夏後一日雨過友處〉、〈乙亥孟夏重晤友〉、〈懷友〉、〈哭友〉、〈雨餘邀友集行菴〉、〈仲夏同諸友題東坡先生海外石刻像〉，[50]此諸詩原題為〈立夏後一日雨過西疇〉、〈乙亥孟夏重晤方息翁〉、〈懷謝山〉、〈哭汫江太史〉、〈雨餘邀張瓜廬集行菴〉、〈仲夏同程風沂給諫、王壽民比部、家兄嶰谷題東坡先生海外石刻像〉，[51]如此之類，殊覺妄誕。

檢《南齋集》原詩詩題稱「家兄嶰谷」者計十有二首，其十首偽本或刪去其名，或改竄詩題。[52]然有二處改之未盡，不免泄其偽跡，卷一〈辛亥九月十日，同厲樊榭、陳對鷗、汪袚江、家兄嶰谷遊真州吳氏園庭，用庾子山「梨紅大谷晚，桂白小山秋」平字為韻〉，又〈壬戌正月十六日，同符藥林、陸南圻、家兄嶰谷月夜遊平山，時從陸氏山

吟〉、〈渡太湖聯句〉（並《南陽集》，頁 342；《南齋集》卷四，頁 10-11）、〈癸酉上元吟〉、〈晚清軒嘗橘酒〉（並《南陽集》，頁 365；《南齋集》卷四，頁 23）、〈甲戌上元〉（《南陽集》，頁 390；《南齋集》卷五，頁 13）、〈乙亥上元詠〉（《南陽集》，頁 422；《南齋集》卷六，頁 5）。

49　《南齋集》，卷四，頁 18；《南陽集》，頁 356。

50　《南陽集》，頁 428-431。

51　《南齋集》，卷六，頁 8-10。

52　如《南齋集》原題〈夏至後一日，邀胡復翁、唐南軒、查星南、陳亦韓、程汫江諸先生、家兄嶰谷小集行菴，時雨適至，以「滿林煙雨聽啼鴣」分韻，得雨字〉（卷二，頁 14-15），偽者削諸人名，改為「邀胡復翁諸先生小集行菴」（《南陽集》，頁 264）；原書〈乾隆癸酉季夏，同人集小漪南觀荷，先兄嶰谷有「老卻憑闌幾許人」之句。閱二年先兄及園主人先後下世。丙子秋，獨行至此，追憶前事，邈不可得，為之泫然，因成四絕，即用為起句〉（《南齋集》，卷六，頁 14），偽集改此題作〈癸酉季夏，同人集小漪南觀荷，有「老卻憑闌幾許人」之句。閱二年獨行至此云云，即用為起句〉（《南陽集》，頁 438）。

莊飲散〉，[53]此二首偽本詩題尚留「家兄嶰谷」四字，則此集為據馬曰璐之詩變造者，斯其確證也。

如上所述，造偽者心虛，處處遮掩，可謂心勞日拙矣。北京國家圖書館未審其偽，編錄典藏，其欺竟售；而李靈年、柯愈春諸君遞相沿誤，今復景印行世，遂致謬種流傳。然其偽跡歷歷，豈可盡掩天下耳目？今發其偽，此《南陽集》稿本乃取馬曰璐《南齋集》變造為之，應可論定。

貳、《陳鱣詩稿冊》辨偽

陳鱣（1753－1817），字仲魚，號簡莊，又號河莊，浙江海寧人。嘉慶元年舉孝廉方正，三年本省舉人中式。嘗從錢大昕、段玉裁、王念孫、翁方綱等遊處，質疑問難，所學日進。又雅好藏書，遇宋元佳槧及罕覯之本，不惜重資收之，與同邑吳騫、吳門黃丕烈互相鈔傳。仲魚博極群書，精深許、鄭之學，中歲入京，徧交都中名士，紀昀嘗向朝鮮使者柳得恭稱述其學，曰：「近來風氣趨《爾雅》、《說文》一派，仲魚蓋其雄也。」[54]所著有《說文正義》三十卷、《禮記參訂》十六卷、《爾雅集解》三卷、《簡莊疏記》十七卷、《經籍跋文》、《續唐書》七十卷等多種。《清史列傳》卷六十九、《清史稿》卷四八四有傳。[55]余嘗纂

---

[53] 《南陽集》，頁 211-212，又頁 225-226。

[54] 朝鮮柳得恭（1748-1807），字惠風，號冷齋。嘉慶六年隨該國使臣一行入燕，四月一日抵燕京。在京日，結交都中學者、舉人凡四十一人。嘗與陳鱣相遇於書肆，交談尤投契，連日約會於琉璃廠五柳居。臨別，各賦詩為贈。柳氏所著《燕臺再游錄》「陳鱣」條引「紀曉嵐云：近來風氣趨《爾雅》、《說文》一派，仲魚蓋其雄也。」（《遼海叢書》本，頁 11）又柳氏《冷齋集》中有〈詠燕中諸子七首〉，首章詠陳鱣云：「考古家分講學家，邇來風氣變中華。《說文》、《爾雅》休開口，陳仲魚來誦不差。（元注：紀曉嵐云：「邇來風氣趨《爾雅》、《說文》一派，余見仲魚蓋其最用力者也。」）」（《韓國文集叢刊》第 260 冊，2000 年，首爾：民族文化推進會，卷五，頁 28）

[55] 《清史列傳》，1987 年，北京：中華書局王鍾翰點校本，頁 5556-5557；趙爾巽

次其學行事蹟為〈陳鱣年譜〉一編，[56]近復有〈清代海寧學術豐碑——陳鱣其人其學述要〉一文，[57]可為論世知人之資。

陳鱣研精樸學，亦不廢吟詠，《海昌藝文志》卷十四著錄仲魚著有《簡莊詩集》十卷，寫本，[58]今稿本莫知所歸。光緒間，羊復禮蒐訪遺佚，僅得遺詩二十五首，錄為《河莊詩鈔》一卷，與《簡莊文鈔》六卷、《文鈔續編》二卷合刻於粵東。此外，仲魚早年嘗賦《新坂土風》一卷，共絕句百首，歌詠鄉邦風物舊跡，以備一州之故實，有刻本行世。[59]

近年文物出版社影印《中國近代名賢書札》，中有《陳鱣詩稿冊》一種，[60]共四十四紙，每半葉七行，行三十字，計詩一百五十一首，卷末有張瀛洲〈喜雨得時字〉一首。原稿現為海寧張姓藏家所有，二〇一二年七月十三日，余在上海圖書館借讀，張君攜此稿來，乞為鑑定。其書前後無作者序跋，惟卷末有「歲在嘉慶十二年八月十一日陳鱣記」題款一行，下鈐「仲魚」篆文方印，藏者相傳以為仲魚詩稿，今且影印行世。

余審《詩稿冊》文字斷非仲魚手筆，其詩亦非仲魚之作，即卷末仲魚題款一行亦贗，必出後人假造無疑。以下謹就譾陋所及，論證其偽。

按陳鱣《簡莊文鈔》、《文鈔續編》並無自撰詩集序跋，惟吳騫《愚谷文存》稿本中有〈陳仲魚小碎集序〉一篇，云：

等纂：《清史稿》（北京：中華書局點校本，1976-1977 年），頁 13350。

[56] 陳鴻森：〈陳鱣年譜〉，1993 年，《中央研究院歷史語言研究所集刊》62 本第 1 分，頁 149-224。

[57] 陳鴻森：〈清代海寧學術豐碑——陳鱣其人其學述要〉，2013 年，劉夢溪主編：《中國文化》第 38 期（北京：中國文化雜志社），頁 137-148。

[58] 管庭芬原著，蔣學堅續輯：《海昌藝文志》，民國十年鉛印本，卷十四，頁 11。

[59] 陳鱣：《新坂土風》，光緒十八年，《海昌叢載》本。

[60] 《陳鱣詩稿冊》，原題陳鱣著，收入《中國近代名賢書札》（北京：文物出版社，2006 年），頁 466-473。

《小碎集》一卷，通古近體詩如干首，為予友仲魚陳子舊作，留案頭者荏苒十餘寒暑矣。仲魚間復來徵，且屬論定，因取而再三諷焉。凡編中相與往還酬唱者，若抱經盧先生、闇谷邵太守、倪研翁處士、朱米舟理問，並已宿草。惟予之衰頹，與一二老友僅而尚存，兼多離隔，俯仰沈吟，曷勝今昔聚散之感。

仲魚自少勵操行，勤學問，雖祁寒酷暑，南北舟車，未嘗一日廢輟。故其于詩也，所謂「歡娛之詞頗尠，危苦之搆恆多」。獨吾輩二三同志，輒用勞人之調，時相慰藉，悲歌擊筑，情見乎詞。今仲魚以孝廉膺公車之徵，行且讀石渠東觀之書，入承明著作之室，異時文章制作，奚翅十倍于茲！然而讀是編者，不特可覘其詩品，于凡深襟雅韻、忼慨卓犖之志，已髣髴于言外領之。語曰：「嘗鼎一臠，不為不知味」，《詩》曰：「獨寐寤言，永矢勿諼。」又以見夫人之眷懷舊友，愈久而不能忘也，爰為題識而歸之。嘉慶庚申春仲月。[61]

庚申為嘉慶五年（1800），時仲魚年四十八。據吳序「留案頭者荏苒十餘寒暑」之語，則《小碎集》殆乾隆五十年以後所錄，書止一卷，蓋仲魚早年專力於學，詩其餘事耳，故不多作。又仲魚弟子查元偁稿本《蒒齋文存》，中有〈陳河莊先生詩集序〉，云：

（前略）河莊先生寢饋於許慎《說文》，旁及六藝，而以其餘力作歌行，鋪陳排比，追踪古作者，名重當世，有以也。元偁未弱冠，執贄于先生，方學為帖括。先生不鄙夷之，命探索經史古學，幷教為詩與唱酬，今集中〈和綠萼梅〉詩，即偁少作也。

61　吳騫《愚谷文存》稿本，今收入《國家圖書館藏鈔稿本・乾嘉名人別集叢刊》（北京：國家圖書館出版社，2010年），冊十三，頁265-266。

先生通今古，又嫻籌筴，先比部公重其才品，請庀家事，授館幾三十年，集中所稱「乘津逮舫往來蘇、揚間」，及〈石泉古舍〉諸作皆是也。

元儔通籍後，每謁告歸，侍函丈，猶獲聞緒論，示以新什。迨嘉慶廿四年歲己卯假旋，而先生已歿，求其遺稿不可得。至道光六年丙戌，先生之孫鴻如乃以詩稿來乞序，較曩時所見，大都散佚，存者特什之二三耳。儔從學於先生最早，侍几席之日最久，表章迪哲，未敢以弇陋辭也，爰述梗概為緣起焉。[62]

此集未見傳本，蓋其孫當日並未付刻。《海昌藝文志》著錄《簡莊詩集》十卷，云「寫本」者，未審即此本否？然據查元儔序，則道光間仲魚家尚藏其詩稿可知。今觀《詩稿冊》，不分卷，且無查〈序〉所言〈和綠萼梅〉詩，及「乘津逮舫往來蘇、揚間，及〈石泉古舍〉諸作」，則《詩稿冊》非仲魚家所存詩稿，較然明白。

另據吳騫〈序〉所言，仲魚之詩多與吳騫、盧文弨、邵闇谷、倪研翁等唱酬之作。按邵闇谷名齊然，曾為海寧知州，據吳騫〈喜河莊補博士弟子〉一詩，元注：「河莊夙為太守邵公齊然所知，欲拔置高等，會卒，不果。」[63]則仲魚早年曾見賞於邵氏。倪研翁，《拜經樓藏書題跋記》卷五「海昌閨秀詩」條，載吳騫〈書蕉雨吟後〉言「余從花溪倪硯翁借得全稿讀之」，[64]即其人。檢《海昌藝文志》，無倪姓號硯（研）翁者。考王國維《觀堂集林》卷二十三〈敬業堂文集序〉云：「他山先生冢孫岩門（岐昌）輯此集，稿藏花溪倪氏六十四硯齋，陳簡莊（鱣）

62　查元儔：《篍齋文存》，清稿本，今收入《四庫未收書輯刊》（北京出版社，1997年），第十輯冊廿九，頁 660-661。

63　吳騫：《拜經樓詩集》，《拜經樓叢書》本，卷四，頁2。

64　吳壽暘：《拜經樓藏書題跋記》（上海：上海古籍出版社，2007年），郭立暄點校本，頁198。

首錄一本，張漚舫從之傳錄，吳氏（騫）又錄張本。」[65]而吳騫〈敬業堂文集跋〉言：「鄉先輩查初白內翰，……文集未經授梓，故傳本尤少，予昔於倪敏修大令六十四研齋見之。」[66]合此諸文，則研翁即倪學洙，字敏修，乾隆二十二年進士，曾官江蘇沐陽令。[67]倪氏富收藏，仲魚時與過從，如《拜經樓藏書題跋記》錄仲魚〈南部新書跋〉，末署「新坡陳鱣記於六十四硯齋」，[68]又《河莊詩鈔》有〈觀六十四研齋所藏時壺，率成一絕〉，[69]並其例也。今觀《詩稿冊》，未見有與吳、盧、邵、倪唱和之作。其與友人題贈之詩，僅〈寄王望湖開益〉、〈送袁參軍查賑江濱〉、〈憶潘吉士元安湖州道中〉三首，絕不見有與乾嘉學人文士往來酬答之作。此其可疑者一也。

其次，《詩稿冊》多抒情、詠物、擬題之作，幾無任何藝林故實可稱，與見存仲魚之詩迴不相類。茲將《河莊詩鈔》廿五首詩題錄次：〈誦隅箴〉、〈妝域詩〉、〈題槎客先生荊溪漉酒圖〉、〈小桐溪十詠〉、〈長河舟次遇雪〉、〈硤川夜泛〉、〈贈苕上書估〉、〈論印十二首，同吳槎客作〉、〈題珠樓小影〉、〈題珠樓遺稿寄慰槎客先生〉、〈題吳子律松靄山房讀書圖〉、〈觀六十四研齋所藏時壺，率成一絕〉、〈偶從吳市購得宋淳祐《臨安志》六卷，雖非全本，然自來著錄家多未見，喜而有作，寄槎客先生〉、〈自題《續唐書》後〉、〈槎客先生招同人集湖舫即席〉、〈題兔牀先生拜經樓〉、〈夏日招同人雅集果園之溪山雲樹間，分韻得「間」字〉、〈漢鐎斗歌〉、〈起也張丈以檇李十二遣送吳槎客先生，承以二枚分餉，作此奉酬，用東坡食荔支韻，即題張丈仙根分種圖〉、〈家無軒先生焯屬題湘管齋圖，即和元韻〉、〈牡丹分詠〉、〈新建唐三賢祠〉、〈白牡丹

---

[65] 王國維：《觀堂集林》（石家莊：河北教育出版社，2001年），頁718-719。

[66] 吳騫：《愚谷文存》，《拜經樓叢書》本，卷六，頁9。

[67] 《海昌藝文志》，卷十二，頁6。

[68] 《拜經樓藏書題跋記》，頁53。

[69] 陳鱣：《河莊詩鈔》，光緒十四年，羊復禮刊本，頁7。

二首和蔣夢華楷〉、〈新坂土風〉、〈蠶詞〉。

　　另北京國家圖書館藏徐光濟輯《汲修齋叢書》，中有《河莊詩文鈔》抄本一冊，[70]輯錄仲魚遺文十六篇，另詩八首。此八首詩題為〈梅里陳孝子歌〉、〈送秦廉訪小峴師入都〉、〈兔牀丈枉過草堂，以所著尺苑幷覃谿學士寄詩及建武銅尺拓本見示，率賦一律〉、〈和周松靄大令梅花四首〉、〈題曾波臣畫醉別圖〉、〈程孝子〉、〈題朱超宗姊丈塈小照〉、〈題五硯樓宋刻《爾雅疏》十卷本〉。

　　羊、徐兩家所錄者外，余另輯得仲魚佚詩三十一首，曰〈癸亥上元後十日，兔牀丈招集耕煙山館，時鱣將之吳門，並以新刊《拜經樓詩集》見遺即席〉、〈春雨松陵道中讀兔牀先生《拜經樓詩集》卻寄〉、〈臨平道中〉、〈武林寓偶作呈兔牀〉、〈周子珮公子餅硯歌，為宋芝山明經作〉、〈偶以括蒼石屬鐵生作書室小印兼索為圖〉、〈與兔牀西湖晚步乘月而歸〉、〈歸舟二絕贈兔牀〉、〈杭遊雜詩五首〉、〈當票四首〉、〈長興縣謝文靖公墓〉、〈二月二十日奉隨兔牀先生花溪泛舟即事書懷〉、〈題卞潤甫谿山秋色圖卷〉、〈周漪塘七十壽詩二首〉、〈十月望對月書懷〉、〈題桐陰小牘寄懷兔牀先生〉、〈題從祖目耕先生《印存》〉、〈牡丹分詠〉、〈題吾與庵圖〉、〈贈澄谷方丈〉、〈甲子臘月望日，與匪石、薿圃訪穉存太史於吾與庵，是日晚寒石具蔬素、穉存出嘉醖，見山閣小集，以「把酒問青天」五字分韻，得「問」字〉、〈乙丑四月四日，偕槎客、薿翁訪寒石上人，適石遠梅在坐，因約遊支硎諸勝，歸集見山閣分韻，得「氣」字〉、〈和薿圃辛未仲夏二十日放舟西山口占韻〉、〈薿圃以吾與庵小憩詩見示，即次元韻〉、〈辛未仲夏分龍日，與黃薿圃、陸東蘿同訪寒石上人，留宿吾與，晚間納涼，以「清風徐來」分韻，得「風」字〉、〈前題次復翁「徐」字韻〉、〈庚午五月朔，與黃薿圃、沈子逸同訪寒石

70　徐光濟（1866-1935），字蓉初，號寅庵，居海寧硤石，徐志摩伯父。家富藏書，編有《汲修齋叢書》十六種，《河莊詩文鈔》即其一，稿藏北京國家圖書館。徐氏所輯仲魚遺詩八首，拙稿〈陳鱣簡莊詩文鈔拾補〉嘗錄之，詳下註。

上人，是日雨甚，集見山閣，憑闌遠眺煙雲之變幻，以「賞雨茅屋」
分韻，得「茅」字〉、〈挽寒石上人〉、〈兔牀補寫初白翁蘆塘放鴨圖〉、
〈題兔牀丈摹從高祖乾初先生遺像〉、〈贈高麗使者柳惠風〉。[71]

　　合三家所輯，共詩六十四首。核此六十四首中，竟無一首見於《詩
稿冊》者，此其可疑者二也。

　　由上錄詩題觀之，其中與吳騫（槎客、兔牀）題贈唱和之作尤多，
誠以二人數十年論交，最相投契。[72]其餘諸詩亦多朋儕題贈，或書寫本
地景物（如〈小桐溪十詠〉、〈硤川夜泛〉、〈夏日招同人雅集果園之溪山雲樹間，
分韻得間字〉、[73]〈奉隨兔牀先生花溪泛舟即事〉）；或吟詠舊籍古器（如〈贈
苕上書估〉、〈論印十二首〉、〈偶從吳市購得宋淳祐《臨安志》六卷〉、〈題五硯
樓宋刻《爾雅疏》十卷本〉、〈題從祖目耕先生《印存》〉、〈妝域詩〉、〈觀六十四
研齋所藏時壺，率成一絕〉、〈漢鐎斗歌〉等）。蓋此誠學人之詩，其所往來
多當時知名之士，如秦小峴（瀛）、周松靄（春）、袁壽階（廷檮、五硯
樓）、宋葆淳（芝山）、奚鐵生（岡）、周漪塘（錫瓚）、釋澄谷（寒石上人）、
洪稚存（亮吉）、黃蕘圃（丕烈）、陳無軒（焯）等皆是，其詩則多藝林
故實可徵。而《詩稿冊》題材乃大異其趣，其前數十題皆拈字課賦，
如〈倚遍江南賣酒樓得「樓」字〉、〈桑柘影斜春社散得「斜」字〉、〈風
前薄面小桃花得「花」字〉、〈春草鬥雞臺得「雞」字〉、〈鼠姑花得「香」
字〉、〈攝桑得「蠶」字〉、〈鳥弄歌聲拂管絃得「絃」字〉之屬，其詩

[71] 陳鴻森：〈陳鱣簡莊詩文鈔拾補〉，2013 年，《書目季刊》，46 卷，第 4 期，
頁 77-109。

[72] 北京國家圖書館藏吳壽照、壽暘兄弟所撰《兔牀府君行述》，中云：「交游中氣
誼最篤者，惟陳簡莊孝廉，居同里閈，時相過從，於是語，於是道古。簡莊博聞
強識，資府君以講習，而府君亦自謂得一知己，可以不恨。疾革時，猶延至臥榻
前晤言移時，屬其料理平生著述。」（嘉慶間吳氏家刻本）

[73] 按果園為陳鱣別業，嘉慶十二年搆（詳拙稿〈陳鱣年譜〉）。曹宗載《硤川續志·
園亭》載：「果園，在紫薇山西麓，孝廉陳鱣別業。前為宜堂，又為向山閣，藏
書十萬卷。後有橫經亭、繫舟自得之居、谿山雲樹間諸勝。」（嘉慶十七年刻本，
卷二，頁 20）

格淺弱平庸，並無別趣。其後諸作則若〈蟻陣〉、〈蛙鼓〉、〈藜花〉、〈白燕〉、〈秋聲〉，……〈菊花〉、〈荷花〉、〈楊花〉、〈梔子花〉、〈新鶯〉、〈新燕〉之類，多閒適情語，與仲魚見存之詩題材、風格絕不相類，此其可疑者三也。

　　《詩稿冊》多寫風月閒情，罕及個人遭際，其記及自身行實者，僅〈檢乙未鄉闈落卷有懷房薦師蕭公〉一首，詩云：

> 司馬文章昔薦雄，登龍緣淺愧途窮。
> 璿機十二人雖到，弱水三千路未通。
> 朽木安能交廣廈，落花惟是感東風。
> 祇今魂夢營吳市，何日衣冠拜醉翁。[74]

按清人鄉試舊例，凡同考官於未薦之卷，主考官於薦而未中之卷，須略加批語，稱曰落卷；榜發後由落卷公所管理，聽憑士子領還。據詩題「有懷房薦師」之語，蓋薦而未售也。仲魚生於乾隆十八年癸酉，卒於嘉慶廿二年丁丑，年六十五。乙未則乾隆四十年（1775），仲魚時年二十三歲。考仲魚遲至乾隆四十八年始補諸生，[75]吳騫有〈喜河莊補博士弟子〉詩賀之：

> 魯芹芳徧綠波回，晚就從來是大材。
> 早卜神魚啣學舍，纔憑靈鵲報妝臺。
> 詩成霽雪唐名士，策射賢良漢茂才。
> 向使西湖存老守，也應蒿目為君開。（河莊夙為太守邵公齊然所知，欲拔置高等，會卒，不果。）[76]

---

[74] 見《中國近代名賢書札》，頁 470。
[75] 參拙稿〈陳鱣年譜〉乾隆四十八年條。
[76] 吳騫：《拜經樓詩集》，卷四，頁 2。

仲魚乾隆四十八年，年三十一始補諸生，故首聯有「晚就」之語。然則乾隆乙未仲魚猶為童生，尚未進學，焉能預赴鄉試？何有「鄉闈落卷」之可言？即此一詩，則《詩稿冊》非陳鱣之作，斷斷然可知，其證一也。

復據此冊有〈寄王望湖開益〉一詩，[77]按王開益，江蘇甘泉人，世居赤岸湖北，道光十四年，重葺舊居，鑿池蒔花，顏曰望湖草堂，[78]以為讀書養息之所，因自號望湖。其時仲魚卒已十七年，斷不能復起而為〈寄王望湖〉詩，則《詩稿冊》絕非仲魚之詩，其證二也。

道光十八年，阮元予告歸里；翌年，築南萬柳堂於赤岸湖。開益因阮元從弟阮先之介，得追隨侍遊；復為阮先參校《北湖續志補遺》一書，書後〈北湖續志補遺跋〉末署「咸豐庚申（十年）春二月，甘泉王開益識於望湖草堂」，[79]則王氏乃道光、咸豐間人甚明，意此《詩稿冊》亦必道、咸時人所撰也，前述詩題「乙未鄉闈」，即道光十五年乙未恩科鄉試，終有清一代，乙未鄉試僅此一科。仲魚卒於嘉慶二十二年二月，下距乙未恩科，卒已十八年矣。然則《詩稿冊》非仲魚之詩，固可論定。《詩稿冊》內既有道光十四、十五年以後之詩，則此冊末題款「歲在嘉慶十二年八月十一日陳鱣記」一行，必出後人偽造，亦從可知矣。

---

[77] 見《中國近代名賢書札》，頁469。

[78] 王開益〈望湖草堂記〉云：「道光辛巳（元年）春，家君構草屋數間，環以柳梅松竹，命益讀書其中，未幾傾圮。甲午（十四年）冬，又從而修葺之，基址增高，拓徑栽花，鑿池成沼，夕陽帆影，搖曳湖光。……侍親之暇，以其西枕碧流，萬頃練鋪，烟霞出沒，皆可收諸一覽之間，因顏之曰望湖草堂。」見阮先纂《北湖續志補遺》，咸豐十年原刻本，卷一，頁8-9。

[79] 《北湖續志補遺》，卷末，跋頁1。

參考文獻

一、古籍

〔清〕王希琮修，〔清〕張錫穀等纂，《天門縣志》，道光元年刊本。

〔清〕全祖望，《鮚埼亭集》，《續修四庫全書》本。

〔清〕江藩，《漢學師承記》，北京：中華書局鍾哲點校本，1983 年。

〔清〕吳壽暘，《拜經樓藏書題跋記》，上海：上海古籍出版社郭立暄點校本，2007 年。

〔清〕吳壽照、吳壽暘撰《兔牀府君行述》，嘉慶間吳氏家刻本，北京國家圖書館藏。

〔清〕吳騫，《拜經樓詩集》，嘉慶八年，《拜經樓叢書》本。

〔清〕吳騫，《愚谷文存》，嘉慶十二年，《拜經樓叢書》本。

〔清〕吳騫，《愚谷文存》，稿本，收入《國家圖書館藏鈔稿本‧乾嘉名人別集叢刊》第 13 冊，北京：國家圖書館出版社，2010 年。

〔清〕李斗，《揚州畫舫錄》，揚州：江蘇廣陵古籍刻印社，1984 年。

〔清〕沈德潛編選，《七子詩選》，乾隆十八年刊本。

〔清〕阮元，《廣陵詩事》，收入《叢書集成初編》，上海：商務印書館，1939 年。

〔清〕阮先纂，《北湖續志補遺》，咸豐十年原刻本。

〔清〕查元偁，《篍齋文存》，清稿本，收入《四庫未收書輯刊》第 10 輯第 29 冊，北京：北京出版社，1997 年。

〔清〕馬曰琯，《沙河逸老小稿》，咸豐元年，《粵雅堂叢書》本。

〔清〕馬曰璐，《南齋集》，咸豐元年，《粵雅堂叢書》本。

〔清〕曹宗載，《硤川續志》，嘉慶十七年刻本。

〔清〕梁玉繩，《清白士集》，嘉慶五年刊本。

〔清〕陳鱣，《河莊詩鈔》，光緒十四年，羊復禮刊本。

〔清〕陳鱣，《新坂土風》，光緒十八年，《海昌叢載》本。

原題〔清〕陳鱣著，《陳鱣詩稿冊》，收入《中國近代名賢書札》，
　　　北京：文物出版社，2006年。

〔清〕程其珏修，〔清〕楊震福等纂，《嘉定縣志》，光緒七年刊本。

〔清〕董秉純，《全謝山年譜》，收入〔清〕全祖望《鮚埼亭集》，《續
　　　修四庫全書》本。

〔清〕管庭芬原著，〔清〕蔣學堅續輯，《海昌藝文志》，民國十年鉛
　　　印本。

〔清〕厲鶚，《樊榭山房集》，上海：上海古籍出版社，1992年。

〔清〕錢大昕，《潛研堂集》，上海：上海古籍出版社呂友仁點校本，
　　　1989年。

〔清〕錢大昕編，〔清〕錢慶曾續補，《竹汀居士自訂年譜》，咸豐十
　　　年，錢氏家刻本。

原題〔清〕錢大昕著，《南陽集》，清愛堂鈔本，收入《國家圖書館
　　　藏鈔稿本‧乾嘉名人別集叢刊》第9冊，北京：國家圖書館出
　　　版社，2010年。

〔清〕錢師璟，《嘉定錢氏藝文志略》，道光二十三年，錢氏家刻本，
　　　上海圖書館藏。

〔朝鮮〕柳得恭，《燕臺再游錄》，收入金毓黻編《遼海叢書》第一集，
　　　瀋陽：遼海書社，1933－1936年。

〔朝鮮〕柳得恭，《冷齋集》，收入《韓國文集叢刊》第260冊，首爾：
　　　民族文化推進會，2000年。

二、近人專著

王國維：《觀堂集林》，石家莊：河北教育出版社，2001年。

李靈年、楊忠：《清人別集總目》，合肥：安徽教育出版社，2000
　　　年。

柯愈春：《清人詩文集總目提要》，北京：北京古籍出版社，2001
　　年。

徐光濟：《汲修齋叢書》，稿本，北京國家圖書館藏。

陳鴻森：〈陳鱣年譜〉，《中央研究院歷史語言研究所集刊》，62 本，
　　第 1 分，1993 年。

陳鴻森：〈陳鱣簡莊詩文鈔拾補〉，《書目季刊》，46 卷，第 4 期，
　　2013 年。

陳鴻森：〈清代海寧學術豐碑——陳鱣其人其學述要〉，劉夢溪主編：
　　《中國文化》，第 38 期，2013 年。

陳鴻森：《乾嘉群賢遺文輯存初編》，臺北：臺灣學生書局，2014
　　年。

陸謙祉：《厲樊榭年譜》，上海：商務印書館，1936 年。

彭維新：《墨香閣集》，長沙：岳麓書社點校本，2010 年。

趙爾巽等纂：《清史稿》，北京：中華書局點校本，1976-1977 年。

不著撰人：《清史列傳》，北京：中華書局王鍾翰點校本，1987 年。

清代「異文釋」和乾嘉經學的語言轉向

于亭[*]

* 武漢大學文學院教授；文學院副院長、國學院副院長、古籍整理研究所所長

以儒家學術爲代表的古典學問一直有強烈的語言關懷，蓋由大義寓於微言，精微麤蛻，口耳記傳，所謂「筌蹄所寄，唯在文言，差若毫釐，謬便千里」。[1]孔子據五經以立義，子徒各取一端，開發衍續，尊經隆古，圍繞五經展開記傳、訓詁之學，至漢代蔚爲大國，形成龐大的經學解釋系統。

《論語‧子路》曰：

> 子路曰：「衛君待子而爲政，子將奚先？」子曰：「必也正名乎！」子路曰：「有是哉，子之迂也！奚其正？」子曰：「野哉，由也！君子於其所不知，蓋闕如也。名不正，則言不順；言不順，則事不成；事不成，則禮樂不興；禮樂不興，則刑罰不中；刑罰不中，則民無所錯手足。故君子名之必可言也，言之必可行也。君子於其言，無所苟而已矣。」

其正名定分之思想，爲儒家學術注重名實之辨，進而在經典之語言解釋上由名而至於實、由言而達理、由字義而通經義的訓詁理路打下先師聖言之牢固基礎。東漢以降，古文經學漸處上風，根基經本，隨文訓釋，通故言，考名物，辨同異，成爲儒家經典學術之正統，訓詁、文字之事大張，而小學之事興焉，經魏晉六朝，已形成文字、訓詁、音韻三分格局，於典籍注疏而外，各有專門著述。而書本疊出，文字浸繁，經師異讀，莫衷一是，考辨之學亦遂興起。顏之推《家訓》，《書證》、《音辭》二篇，備說其事；陸德明《釋文》，搜訪異同，古今並錄。顏師古《匡謬正俗》、王觀國《學林》，辨析識小，以考覈爲事；吳棫《韻補》、陳第《毛詩古音考》，攷聲論韻，詮次部居。皆其流也。

清初顧炎武，以爲明季士習之壞，人心不淳，在束書不觀，穿鑿

---

[1] 陸德明〈經典釋文序錄〉，《經典釋文》，頁1。

滅裂，非學妄談。其書答李子德，嘆後世之人不能通舊音，而有改經之病，近世刻本徑臆改舊槧，「則古人之音亡而文亦亡，此尤可歎者也。」申之曰：「故愚以爲讀九經自考文始，考文自知音始。以至諸子百家之書，亦莫不然。」[2]故其辨章《詩》《易》，離析《廣韻》，求其分合，立古韻十部；又曰：「君子之爲學，以明道也，以救世也。徒以詩文而已，所謂雕蟲篆刻，亦何益哉！」[3]作《日知錄》，考鏡原委，務爲實學。亭林之學，實遠紹宋代理學，後來者取其能考覈，大張其幟，開清學之緒，對以語言爲中心的考據學之建立產生重大影響。[4]清學自顧炎武始，經吳中惠氏、婺源江永、休寧戴震光大之。無論吳學之株守、皖學之裁斷，其稽古尊經，主於小學，以漢學爲標榜，習尚相同，「用漢儒之訓故以説經，及用漢儒注書條例以治群書」。[5]下及嘉定錢氏、金壇段玉裁、高郵王念孫、引之父子，學風漸趨專門，治經學以小學校讎爲核心。由亭林「明道」「救世」之學，至於東原「志存問道」之説，到段玉裁、王念孫，最終完成語言之轉向，乾嘉之經學幾成語言考訂之學問。

　　清代經學受到語言轉向之風氣影響至鉅，言理學者亦不能無視經籍之考校，繼而影響清代學術，言文章、史學者，亦不能不以善考覈爲正途。戴震謂「古今學問之途，其大致有三：或事於理義，或事於制數，或事於文章」，[6]桐城姚鼐謂學問之事有三端焉，「曰義理也，考證也，文章也」。[7]持論頗類，以知語文之考據爲學問之一翼，乃當時所共識。晚清張之洞示人以學問正途，謂「由小學入經學者，其經學

---

2 〈答李子德書〉，《亭林文集》卷四，《顧亭林詩文集》，頁69－73
3 〈與人書二十五〉，《亭林文集》卷四，《顧亭林詩文集》，頁98。
4 參看牟潤孫〈顧寧人學術之淵源〉，《注史齋叢稿》，頁162－177；杜維運〈顧炎武與清代歷史考據學派之形成〉，《清代史學與史家》，頁95－156。
5 劉師培〈近代漢學變遷論〉，《左盦外集》卷九，《劉申叔遺書》，頁1541。
6 〈與方希原書〉，《戴東原集》卷九，《東原文集》，頁247。
7 〈述菴文鈔序〉，《惜抱軒文集》卷四，《惜抱軒詩文集》，頁61。

可信；由經學入史學者，其史學可信；由經學、史學入理學者，其理學可信；以經學、史學兼詞章者，其詞章有用；以經學、史學兼經濟者，其經濟成就大」[8]，可知此語言轉向對清代學術影響之深。

戴震在清代經學的語言轉向中，地位樞紐，至關重要。戴氏為學精審淹通，於「志存聞道」三致其意。而其所揭櫫「聞道」、「明道」之途徑，則自訓詁考文。曰：

> 經之至者，道也；所以明道者，其詞也；所以成詞者，未有能外小學文字者也。由文字以通乎語言，由語言以通乎古聖賢之心志，譬之適堂壇之必循其階，而不可以躐等。是故鑿空之弊有二：其一緣詞生訓也，其一守訛傳謬也。緣詞生訓者，所釋之義，非其本義；守訛傳謬者，所據之經，併非其本經。今人讀書，尚未識字，輒薄訓詁之學。夫文字之未能通，妄謂通其語言，語言之未能通，妄謂其心志，此惑之甚者也。論者又曰：有漢儒之經學，有宋儒之經學，一主於訓詁，一主於義理。此愚之大不解者。夫使義理可以舍經而求，將人人鑿空得之，奚取乎經學？唯空憑胸臆之無當於義理，然後求之古經。求之古經而遺文垂絕，今古縣隔，然後求之詁訓。訓詁明則古經明，而我心所同然之義理乃因之而明。古聖賢之義理非他，存乎典章制度者是也。昧者乃岐訓詁、義理而二之，是訓詁非以明義理，而訓詁胡為？義理不存乎典章制度，勢必流入異端曲說而不自知矣。[9]

此種「訓詁明則古經明，而我心所同然之義理乃因之而明」之思想，

---

[8] 《書目答問補正》附二，頁258。
[9] 錢大昕〈戴震傳〉，《潛研堂文集》卷三十九，頁710。

乃以義理爲旨歸,所謂「訓詁」,在東原意中,實含語言訓詁和義理訓
詁之兩層,義理訓詁若不履於曲說惑妄,必以語言之確詁、制度之考
明爲底層,而語言之確詁、制度之考明又必以聲音文字之學爲起點。
但在語言訓詁之上,必有一義理訓詁之開展。所謂「訓詁明」,在於於
語言上不「緣詞生訓」,於知識上不「守訛傳謬」,於義理上「道問學」
而至於「尊德性」,由此方構成完整的「語言-義理」的訓詁循環。故
曰:

> 夫以藝爲末,以道爲本。諸君子不願據其末,畢力以求據其本,
> 本既得矣,然後曰是道也,非藝也。……聖人之道在六經,漢
> 儒得其制數,失其義理;宋儒得其義理,失其制數。譬有人焉,
> 履泰山之巔,可以言山;有人焉,跨北海之涯,可以言水。二
> 人者不相謀,天地間之鉅觀,目不全收,其可哉?抑言山也、
> 言水也,時或不盡山之奧、水之奇。奧奇,山水所有也,不盡
> 之,闕物情也。

所作《孟子字義疏證》,其理想之「訓詁」所爲事也。故言於段玉裁曰:
「僕平生著述之大,以《孟子字義疏證》爲第一,所以正人心也。」[10]
而錢大昕、段玉裁、王念孫等輩之取裁東原之論學,各由其材性和爲
學興趣,逐漸放棄東原一生始以訓詁制數而終於義理之問學立場,截
去義理訓詁一層,以求語言確詁爲鵠的,認爲求得語言之真,即是獲
得義理之真,轉化「志存聞道」之「道」爲考據之真,學風漸偏向於
考古考實專門之學。段玉裁曰:

> 稱先生者皆謂考核超於前古。始,玉裁聞先生之緒論矣。其言

---

[10] 段玉裁〈戴東原集序〉,《經韻樓文集補編》卷上,頁370。

曰：「有義理之學，有文章之學，有考核之學。義理者，文章、考核之源也。孰乎義理，而後能考核，能文章。」玉裁竊以謂義理、文章，未有不由考核而得者。[11]

其言昭昭。雖其謂「淺者乃求先生於一名、一物、一字、一句之間，惑矣」[12]，然段氏本人亦以小學爲雄心，以董理舊文、考實覈詁、發凡起例爲學問之是，故其晚年頗悔之，以爲沉溺考古，不能承繼師學大道。以錢大昕、段玉裁、王念孫之賢如是，一意以小學、考訂爲學問，其淹博精審又足以聳動天下從學之士，以謂求是莫過乎此，致成學術範型。以嘉定錢氏一族論之，大昕以下，其弟大昭、子塘、坫、侄輩东垣、侗、繹諸人，皆以聲音、訓詁、輿地、金石之學名家，演成一族之學。

　　段、王之取捨乃師，逐漸走向純粹的語言主義，以爲訓詁、考覈明則古經可讀可信，則義理可皎然自顯。王念孫曰：

説經者，期於得經意而已。前人傳注，不皆合於經，則擇其合於經者從之，其皆不合，則以己意逆經意，而參之他經，證以成訓。雖別爲之説，亦無不可。必欲專守一家，無少出入，則何邵公之墨守，見伐於康成者矣。[13]

所謂説經「期於得經意而已」，其擇善而從，無非從文本校勘、語言訓詁上放眼量。降及王引之，則坦然自承：

吾之學，於百家未暇治，獨治經。吾治經，於大道不敢承，獨

---

[11] 同上引。
[12] 同上引。
[13] 王引之〈經義述聞序〉引王念孫語，《經義述聞》，頁2。

好小學。夫三代之語言，與今之語言，如燕越之相語也；吾治
小學，吾爲之舌人焉。其大歸曰：用小學說經，用小學校經而
已矣。[14]

已坦言「於大道不敢承，獨好小學」，以小學說經校經而已。錢大昕作
《十駕齋養新錄》，自謂書名出先大父取張載《咏芭蕉》「芭蕉心盡展
新枝，新卷新心暗已隨。願學新心養新德，旋隨新葉起新知」詩語，
觀其書，「養新」者，考訂之事也。大昕又嘗貽書其弟大昭，謂「六經
皆以明道，未有不通訓詁而能知道者。欲窮六經之旨，必自爾雅始」。
大昭亦謂：「注經以明理爲宗，理寓於訓詁，訓詁明而理自見。」[15]可
見當時學風轉向語言主義之一斑，其「實事求是」、「無徵不信」，乃同
於於語言上求證據，於文本上蒐逸文異字，治經乃同於校經，注經特
重語言訓詁。若以東原之立場觀之，不免如其所諷喻：「六書九數等事，
如轎夫然，所以舁轎中人也。以六書九數等事盡我，是猶誤認轎夫爲
轎中人也。」[16]雖阮元輩兼采漢宋，有所折衷，其謂：

聖人之道，譬若宮牆，文字訓詁，其門逕也。門逕苟誤，跬步
皆歧，安能升堂入室乎。學人求道太高，卑視章句，譬猶天際
之翔，出于豐屋之上，高則高矣，戶奧之間未實窺也。或者但
求名物，不論聖道，又若終年寢饋於門廡之間，無復知有堂室
矣。是故正衣尊視，惡難從易，但立宗旨，即居大名，此一蔽
也；精校博考，經義確然，雖不逾閑，德便出入，此又一蔽也。
[17]

---

[14] 龔自珍〈高郵王文簡公墓表銘〉述王引之語，《龔自珍全集》，頁 147。

[15] 《清史稿・儒林傳》，頁 13234－13235。

[16] 段玉裁〈戴東原集序〉，《經韻樓文集補編》卷上，頁 370。

[17] 〈擬國史儒林傳序〉，《揅經室一集》卷二，《揅經室集》，頁 37－38。

從效果來說，亦不過徒爲緣飾，言辭彌縫。以實事論，阮氏以學術官僚和封疆大吏之身份，創立杭州詁經精舍、廣東學海堂，作育人才，又行校讎之事，滙刻《十三經註疏》，作《十三經註疏校勘記》，復糾集人事，纂成《經籍纂詁》，輯列漢唐古訓，編刻《學海堂經解》，所錄清代經學著述，悉爲考據之作。在此學風之下，清儒漸形成基本認識，認爲校勘精則經書可信，訓詁明則經義自明，所謂定底本之是非，進而徐定立説之是非，而義理之是非乃定，文獻主義和語言主義全面伸張，經學研究轉向考古務實工夫，「敦茲實學，謝彼虛談」，成爲一代學風，錢大昕序阮元所修《經籍纂詁》，曰：「此書出而窮經之彥焯然有所遵循，鄉壁虛造之輩不得勝其説以衒世，學術正而士習端，其必由是矣。」[18]是這種語言中心主義的經學學風的寫照。

　　由於古音學之發展，乾嘉諸儒對於文字音義之關係有精深認識，故得衝破視覺第一的字形對認知心理之框約和暗示，意識到語言之首要位置。一旦以此種眼光看待經書中文字，從囿於字形，轉爲探求語音、詞義的關係，所謂「經傳字多假借，蓋六書有義、有音、有形，有義而後有音，有音而後有形」[19]，發揮出以聲音爲樞紐，音義相生，形、音、義互相求的觀念。體現在訓詁實踐上，則謂爲「因聲求義」。「因聲求義」之訓詁法，成爲文獻語言解釋上之巨大突破，并激發學者心胸，力避望文生義、「守訛傳謬」。一時講求訓詁成燎原之勢，「家家許鄭，人人賈馬」，雖爲宗漢，實則清算舊注，推陳出新，於知識上產生不可遏制的樂觀主義，於「因聲求義」之説，一再剖明致意。段玉裁之注《説文》、王念孫之證《廣雅》，彼此以知友身份互爲作序，亦學問、心智相抗衡之意也，而不約而同，抖擻身段，以「因聲求義」爲説以揄揚之。王念孫序段書曰：

18　錢大昕〈經籍纂詁序〉，《經籍纂詁》，頁 1。
19　段玉裁〈嚴九能爾雅匡名序〉，《經韻樓文集補編》卷上，頁 374。

不明乎假借之指，則或據說文本字，以改書傳假借之字；或據說文引經假借之字，以改經之本字。而訓詁之學晦矣。吾友段氏若膺，於古音之條理，察之精剖之密．嘗爲六書音均表，立十七部以綜核之。因是爲說文注。形聲讀若、一以十七部之遠近分合求之。而聲音之道大明。於許氏之說，正義借義，知其典要，觀其會通。而引經與今本異者，不以本字廢借字，不以借字易本字。揆諸經義，例以本書，若合符節，而訓詁之道大明。訓詁聲音明而小學明，小學明而經學明。蓋千七百年來無此作矣。若夫辨點畫之正俗，察篆隸之緐省，沾沾自謂得之，而於轉注假借之通例，茫乎未之有聞，是知有文字，而不知有聲音訓詁也。其視若膺之學，淺深相去爲何如邪。[20]

段玉裁序王書曰：

小學有形、有音、有義，三者互相求，舉一可得其二；有古形、有今形、有古音、有今音，有古義、有今義，六者互相求，舉一可得其五。古今者，不定之名也。三代爲古，則漢爲今；漢、魏、晉爲古，則唐、宋以下爲今。聖人之制字，有義而後有音，有音而後有形；學者之考字，因形以得其音，因音以得其義。《周官》六書，指事、象形、形聲、會意四者，形也；轉注、假借二者，馭形者也。音與義也，治經莫重乎得義，得義莫切於得音。……懷祖氏能以三者互求，以六者互求，尤能以古音得經義，蓋天下一人而已矣。[21]

[20] 王念孫〈說文解字注序〉，《說文解字注》，頁 1。
[21] 段玉裁〈王懷祖廣雅注序〉，《經韻樓集》卷八，頁 187–188。

此等言語，段、王多所自道，不惜濃墨重筆，淋漓盡致，呶呶發揮。最著者，莫若王念孫之語，曰：

> 竊以詁訓之旨本於聲音，故有聲同字異，聲近義同，雖或類聚羣分，實亦同條共貫。譬如振裘必提其領，舉網必挈其綱。故曰本立而道生，知天下之至賾而不可亂也。此之不寤，則有字別爲音，音別爲義，或望文虛造而違古義，或墨守成訓而尟會通。易簡之理既失，而大道多歧矣。今則就古音以求古義，引伸觸類，不限形體，苟可以發明前訓，斯凌雜之譏，亦所不辭。[22]

此種雄心，以爲「同條共貫」、「易簡之理」了然於胸，實當時高明之士所共有，所謂「賢者識其大者，不賢者識其小者」。如郝懿行作《爾雅義疏》，亦以聲音通轉之法爲樂事，其《釋詁》篇未了畢，致書王引之，津津道之曰：

> 竊謂詁訓之學，以聲音文字爲本，轉注假借，各有部居，疏通證明，存乎了悟。前人疏義，但取博引經典以爲籍徵，不知已落第二義矣。鄙意欲就古音古義中博其恉趣，要其會歸，大抵不外同、近、通、轉四科，以相統系。先從許叔重書得其本字，而後知其孰爲假借，觸類旁通，不避繁碎，乃自條理分明，不相雜廁，其中亦多佳處，爲前人所未發。[23]

其聲氣互求、自視同道中人之意躍然紙上。可推知東原所云「音聲訓

---

[22] 段玉裁〈王懷祖廣雅注序〉，《經韻樓集》卷八，頁187－188。

[23] 郝懿行〈又與王伯申學使書〉，《曬書堂文集》卷二，《郝懿行集》第七冊，頁5238。

詁互爲表裏」，從認識到實踐方法，已圓熟無礙，而衍爲套路，人所言之，視爲「預流」。「因聲求義」，以發明前訓，力辟緣詞生訓，而不避淩雜之譏，可以看作清代經學的語言轉向的完成。乾嘉之經學研究，全力以訂古本、求語證爲旨歸，而在文本資料之運用上，則以「異文」爲中心。

　　清代經學之語言中心主義，一個重要表現，就是「異文」漸成經學考據的核心概念，異文材料成爲考據、訓詁之重要資料。

　　書本迭出，文字異作，異文之存在，本是書本傳抄中的歧訛現象。漢劉向校讎中書，其書錄輒云：

> 中書以「夭」爲「芳」，「又」爲「備」，「先」爲「牛」，「章」爲「長」，如此類者多。[24]

> 或字誤，以「盡」爲「進」，以「賢」爲「形」，如此者衆。[25]

校讎之學之得以爲專門，乃由於異文之存在。故面對異文，易從文字真訛、手民之誤的角度處置。而鄭玄注禮箋詩，網羅眾家，合同古今、故書言，頗比勘異同，或指明字之或體，或指明本字，或以異文爲訓，或引異闕疑。如：

> 《周禮·天官·外府》：「共其財用之幣齎。」注：「鄭司農云：齎或爲資，今禮家定齎爲資。玄謂齎、資同耳，其字以齊次爲聲，以貝變易，古字亦多或。」《儀禮·士昏禮·記》：「視諸衿鞶。」注：「視乃正字，今文作示，俗誤行之。」《儀禮·鄉射

---

24 劉向〈晏子敘錄〉，嚴可均輯《全上古三代秦漢三國六朝文》，頁 332。
25 劉向〈列子書錄〉，嚴可均輯《全上古三代秦漢三國六朝文》，頁 333。

禮》：「各以其耦進。」注：「以，猶與也。今文以爲與。」〈燕禮〉：「射人納賓。」注：「射人爲擯者也。今文曰擯者。」《詩‧豳風‧東山》：「蜎蜎者蠋，烝在桑野。」傳：「烝，寘也。」箋：「古者聲寘、填、塵同也。」〈小雅‧常棣〉：「烝也無戎。」傳：「烝，填。」箋：「古聲填、寘、塵同。」[26]

　　其後顏之推《顏氏家訓》、顏師古《匡謬正俗》、王觀國《學林》，頗引異文異字，考覈正俗，岳氏《相臺書塾刊正九經三傳沿革例》，亦可窺見宋元季刊錄經本，於點畫音讀之別白，定於一是之外，亦涉語言之或然。惟規模未閎，方法未精。清代降至乾嘉，學者揭漢學爲幟，自視學問超軼唐宋。鄭學之規模，乃學者所宗仰，鄭氏注經體例，爲學者所楷模，其注中説經本異同之法，乃光大之。又由於清代經學的語言轉向，小學觀念成爲一切研究之基礎，高明之士已深具類於語言學的系統觀念，看待異文材料，眼光轉化，不單純以校勘視角審視異文材料，而從典籍用字之或然視之，探深賾幽，故可敏銳發現異文中蘊含的語言關係。而語言關係之發現，最激起當時學者的興趣，異文之運用，遂溢出校勘之考據範圍，進入古音和訓詁之考索，成爲溝通融匯、説本字明假借詮名物之材料。如乾隆間畢沅校刻《墨子》，於「稷隆播種，農殖嘉穀」，依〈呂刑〉改「隆」作「降」，王念孫就謹慎地指出：

　　　古者降與隆通，不煩改字。〈非攻〉篇「天命融隆火于夏之城」，

---

[26] 〈東山〉、〈常棣〉二篇，孔穎達、馬瑞辰皆就鄭箋，疏通其意，爲表出之。〈東山〉孔疏曰：「傳訓『烝，寘也』，故轉寘爲久。而〈釋詁〉云：『塵，久也。』乃作『塵』字，故箋辨之，古者寘、填、塵三字音同，可假借而用之故也。」〈常棣〉詩，馬瑞辰按曰：「傳訓烝爲填，而箋訓烝爲久，謂古聲填、寘、塵同者，據《爾雅‧釋詁》『塵，久也』、〈釋言〉『烝，塵也』爲説，謂傳填即塵也。」見《毛詩傳箋通釋》卷十七，頁505。

亦以隆爲降。《喪服小記》注「以不貳降」，《釋文》：「降，一本作隆。」《荀子・賦》篇「皇天隆物，以示下民」，隆即降字。〈魏策〉「休祲降于天」，曾劉本作「休烈隆於天」。《説文》：「隆，從生、降聲。」《書大傳》「隆谷」，鄭注：「隆，讀如厖降之降。」是隆、降古同聲，故隆字亦通作降。《荀子・天論》篇「隆禮尊賢而王」，《韓詩外傳》隆作降。《史記・司馬相如傳》「業隆於緥褓」，《漢書》隆作降。《淮南・泰族》篇「攻不待衝降而拔」，衝降即衝隆。[27]

又如盧文弨考「摶與專同」，皆取異文爲證：

昭廿年《左氏傳》「若琴瑟之專一」，《釋文》云：「董遇本作摶，音同。」案《史記・秦始皇本紀》「摶心揖志」，《索隱》云：「摶，古專字。」引《左傳》「若琴瑟之摶一」以證之，正用董遇本也。《易・繫辭上傳》「其靜也專。」《釋文》云：「陸作摶。」《史記・田完世家》「韓馮因摶三國之兵」，徐廣：「音專，專猶併合制領之謂也。」山陽吳氏玉搢云：「《管子・內業》篇『一意摶心』，亦專心也。」又《漢書・蕭何傳》「上以此剸屬任何關中事」，師古曰：「剸，讀與專同。」《荀子・榮辱》篇：「信而不見敬者，好剸行也。」剸亦同專。又〈樊噲傳〉「高后時用事顓權」，師古曰：「顓與專同。」是專又可作剸、顓。[28]

錢大昕之「古無輕脣音」、「舌音類隔之説不可信」[29]二條，其爲説也，幾乎全以異文臚列，其爲的論，牢不可破。高郵王氏尤長於利用異文，

27 《讀書雜志》卷七之一，頁 567。
28 《鐘山札記》卷一，頁 20。
29 見《十駕齋養新錄》卷五，頁 90-105。

《讀書雜志》、《經義述聞》之書，或訂正或疏通，或引異文以爲援證，左右逢源，圓通無礙，以校讎明訓詁，以訓詁入校讎，形成極具特色的考據文體。以古書訓詁言之，可稱爲「校勘式訓詁」；以釐勘古書言之，則可謂之「訓詁式校勘」。

由對異文材料之關注，乾嘉以來，經學著述更創生新的體式——「異文釋」。其先聲當或爲沈淑（1702－1730）《經典釋文異文輯》、《陸氏經典異文補》、段玉裁《周禮漢讀考》、《儀禮漢讀考》，厥後學者祖述其體，習其節目，第有發揮。其類專治某經，以異文爲主題，勒成專著，不及於其餘，有異於《經義雜記》、《十駕齋養新錄》等考訂筆記之叢散，亦與《讀書雜志》、《經義述聞》等所不同。其所治雖貫一經，而非通釋全經，其面目皆就古經傳注之異文異字，或師法不同而經本歧異，或經師所據底本異字，或他書轉引不同，鈔撮薈萃，詳其異同，一一臚列，以音聲訓詁之法逐條考辨，疏通勾連。

嘉慶、道光以降，及於晚清，這類「異文釋」、「考異」之作，或名或實，大量出現。如徐養原（1758－1825）著《周官故書考》、《儀禮古今文異同疏證》、《論語魯讀考》；李富孫（1764－1843）著《易經異文釋》六卷、《詩經異文釋》十六卷、《春秋左傳異文釋》、《穀梁異文釋》、《公羊異文釋》凡十二卷；馮登府（1783—1841）著《三家詩異字詁》（不分卷）、《三家詩異文釋》、《補遺》三卷、《三家詩異文疏證》六卷、《論語異文考證》十卷、《國朝石經考異》、《漢石經考異》、《魏石經考異》、《唐石經考異》、《蜀石經考異》、《北宋石經考異》；黃位清著《詩異文錄》三卷；周邵蓮《詩攷異字箋餘》十四卷；吳壽暘著《公羊經傳異文集解》二卷；朱駿聲（1788－1858）著《春秋三家異文覈》一卷；陳喬樅（1809—1869）著《詩經四家異文考》五卷、《禮記鄭讀考》六卷、《毛诗郑笺改字说》一卷；俞樾（1821－1907）著《禮記鄭讀考》、《禮記異文箋》、《樂記異文考》；宋世犖《周禮故書疏證》；

張慎儀《詩經異文補釋》；繆佑孫著《漢書引經異文錄證》六卷；陳玉樹著《毛詩異文箋》十卷等，不一而足。

　　推究「異文釋」之所作，乃究心於經書文字異同，蓋出於清代乾嘉經學的語言轉向，演成一種以訓詁之法考訂語言的著述文體。若段玉裁《爲吳小嚴作說文引經異字序》所謂：

> 取酈氏之書所稱經文與今經文異者，摭而匯之成書，系以箋釋，疏通證明，靡不條貫，使通經者開卷即能融會經旨，知小學之指歸，實能左右六經，不可不由此問津也。[30]

朱駿聲作《春秋三家異文覈》，書首自述云：「古書傳寫，各有師承。文字互淆，必求一是。以思無益，不如學也。作《異文覈》。」[31]劉世珩跋其書，曰：

> 劉文靖公有言：「《春秋》以天道王法斷天下之事業也。」洵如是言，則其用大矣，區區語言文字之歧互，奚足辨然不？又言：「句讀訓詁不可不通乎。」《春秋》五家，今存者三。師法遞承，傳誦小異。漢隸至唐，遷變多矣。不特《公羊》多齊語，以齊語傳魯經，齟齬者多也。近世說經家以小學解經，往往而合。南閣《說文》去古未遠，然其所引經語，與今本多不合。於是同音叚借之說起，而雙聲者亦例得叚借。此元和朱豐芑先生《春秋三家異文覈》所由作也。[32]

其體式以徐養原、李富孫等之所撰最爲典型。今略舉其例，以見其餘。

---

[30] 《經韻樓文集補編》卷上，頁 377－378。
[31] 《春秋三家異文覈》卷首，《聚學軒叢書》第二集。
[32] 《春秋三家異文覈》卷末，《聚學軒叢書》第二集。

　　德清徐養原，少承家學，阮元撫浙，相從詁經精舍講學，助校諸經注疏，任《尚書》、《儀禮》，所校特精。通三禮，墨守鄭氏，於鄭説未盡者，亦有參正。兼通六書、古音、曆算、輿地、氏族之學。作《書經文字異同》、《説文聲類》、《經傳音證》、《周官故書考》四卷、《儀禮今古文異同疏證》五卷、《論語魯讀考》一卷等諸書。[33]今舉《周官故書考》、《儀禮今古文異同疏證》數條爲例：

> 則需（段改奭，注同。）
> 故書需作劅。（段改剢，下同。）鄭司農云：「劅讀爲柔需之需，謂厚脂之韋革柔需。」段氏曰：「奭，各本作需。剢，各本作劅。案：《釋文》：『奭，人兊反。剢，而髓反，又人兊反。』葢作音義時字未誤也。古音奭聲在元、寒、桓部，需聲在矦部。陸氏在唐初尚未誤，自後乃奭、需互譌，延及經傳。〈大祝〉『撋祭』、〈鞼人〉『靬奭』及此皆是也。唐初『靬奭』已誤爲需，故陸有須音。『撋祭』及此經未誤，故反以而枭、人兊。此皆確然不易者，故皆更正。」養原按：需、奭之辨，段説最爲明確。〈太祝〉「撋祭」，杜子春讀爲「虞芮」之芮。《通鑑》（二百二十五，宋元嘉二十七年）：「芮芮亦遣間使遠送誠款。」胡三省注云：「芮芮，即蠕蠕，南人語轉耳。」此讀與子春不謀而合，可見後代猶有此音。芮在祭韻，奭在獮韻，古音祭、泰等韻與元、寒等韻每相出入，若需則與芮音遠矣。蠕字《説文》正作蝡，而撋字則從需者，此殆後世需、奭既淆，遂并《説文》正篆而改之也。考《説文》從奭、從需在同部者，如「臑，臂，羊矢也」，「腝，有骨醢也」，「儒，柔也，術士之稱」，「偄，弱也」，「濡水出涿郡，故安浭湯也」，「嬬，弱也。一曰下妻也」，

---

[33]　《清儒學案》第五冊，頁4845－4846。

「媆，好皃」,「繻，繒采色」,「緛，衣戚也」,皆截然兩字。其從奘、從需而爲一字者,如硬之作㻡,蝡之作蠕,皆不見於《說文》,其誤明矣。《五經文字》(中,刀部):「劏,柔奘之奘。見《考工記》注。」劏字誤而奘字不誤。《集韻》(二十八獮):「剸,或作劏。」則劏之本當從奘,信而有徵。但「剸」字《說文》不載。「奘」字注云:「稍前大也,讀若畏偄。」疑故書本借用偄字,後譌爲剸耳。《易‧需卦》《釋文》云:「從兩重而者非。」是當時需字或作需,與奘字形相似。二字之淆,職此之由。《隸釋(七)‧魯峻碑》:「學爲偄宗。」以偄爲儒,則漢時已誤矣。所可疑者,《說文》需、奘俱從而聲,似二字聲類相近,或有可通之道。段先生注《說文》,於「需」注刪去「聲」字,以爲會意字。於「奘」字則無說,亦非了義。意者俱取雙聲與?(以雙聲相同者,若如與而是也,要非常例。)[34]

髻用組。

古文髻皆为括。養原按:《爾雅‧釋木》:「檜,柏葉松身。」《尚書‧禹貢》:「杶榦栝柏。」傳云:「柏葉松身曰栝。」嚴氏元照《爾雅匡名》云:「昏聲、會聲之字往往通借。《周禮注》(《女祝》)云:「禬,猶刮去也。」《詩》「何其有㐌」、「德音來括」,《毛傳》皆訓會。《方言》(十)云:「婚,繪也。」《說文‧言部》云:「語,合會善言也,从言昏聲。籀文从會作譮。」《釋名‧兵》云:「矢末曰括,括會也,與弦會也。」此同物之證。今按《說文》有髻無髻。下經「髻髮衵」亦作髻,此及前「髻筓」俱作髻,一篇之中,字例不一,疑亦傳寫之誤。然

變鬠爲髻，猶俗書之有理者。捇爲鬠之叚借，《禮記》多作捇。《周禮‧夏官‧弁師》「會五采玉璂」，故書會作鬠，鄭司農云：「〈士喪禮〉曰：『檜用組乃笄。』檜與鬠同，書之異耳。」然則此經鬠字實本作檜。

設披。
今文披皆爲藩。養原按：惠氏棟《毛詩古義》曰：「〈十月之交〉云：『蕃維司徒。』」〈古今人表〉蕃作皮。案：魯國有蕃縣，應劭音皮，是蕃有皮音，故亦作皮也。《儀禮‧既夕》「設披」，鄭注云：「今文披皆爲藩。」案：披，从手皮聲，藩與蕃同，故以披爲蕃，聲之誤也，古皮、繁同音（見〈鄉射禮〉），故《韓詩》作繁。今按：古歌、戈韻字今多誤入支韻，古元、桓、寒、刪、山、仙韻字多與歌、戈、麻韻相出入。《左傳‧宣公二年》：「牛則有皮，犀兕尚多，棄甲則那？」「從其有皮，丹漆若何？」皮與多、那、何協。又定公四年「殷民七族」有繁氏，《釋文》：「步何反。」《尚書‧泰誓》：「番番良士。」《釋文》：「音波。」藩从潘聲（《說文‧艸部》），潘从番聲（《說文‧水部》），是皮、繁、披、藩四字竝同音相通。[35]

　　嘉興李富孫，學有原本，精研經學，以漢、唐爲宗，嘗問學盧文弨、錢大昕、王昶、孫星衍，肄業詁經精舍：

　　又著《七經異文釋》，就經、史、傳、注、諸子百氏所引，以及漢、唐、宋石經，宋、元槧本，校其異同。或字有古今，或音

---

[35] 《儀禮古今文異同疏證》卷四，《清經解續編》卷五百二十三，「鬠用組」、「設披」三條，分見頁 1244、1245、1246。

近通假，或沿襲乖舛，悉據古誼而疏證之；而前儒之論說，並爲蒐輯，使正其譌謬，辨其得失，折衷以求一是。凡《易》六卷、《尚書》八卷、《毛詩》十六卷、《春秋三傳》十二卷、《禮記》八卷。同里馮登府稱其詳核奧博，爲詁異義者集其大成。[36]

今舉《詩經異文釋》之例以見之：

君子好逑。《禮記・緇衣》、《漢・匡衡傳》、〈釋詁〉郭璞注竝引作「好仇」。《釋文》云：「逑，本亦作仇。」《漢・杜欽傳》注、《後漢書》注（〈張衡傳〉、〈邊讓傳〉）、《文選》注（〈景福殿賦〉、〈琴賦〉、嵇康〈贈秀才入軍詩〉、〈七啟〉）、《白帖・十七》引同。

案：毛傳云：「逑，匹也。」（《正義》云：「〈釋詁〉文，與今本異。」）鄭箋云：「怨耦曰仇。」（本左氏桓二年傳文，〈兔罝〉箋同。）是鄭亦作「仇」。《說文》云：「怨匹曰逑。」「仇，讎也。」〈釋詁〉仇、讎竝訓匹。〈匡衡傳〉注云：「仇，匹也。」據許氏，逑爲正字，其作仇，或三家相傳本如此。（匡衡傳《齊詩》，鄭先通《韓詩》。）《正義》曰：「二字音義竝同。以爲怨匹、怨耦，皆反言之。」（孫炎注云：「相求之匹。《詩》本作逑，《爾雅》作仇。」〈民勞〉傳：「逑，合也。」《正義》云：「〈釋詁〉文。」今本亦作仇。）臧氏曰：「依孫炎注，知《爾雅》仇當做逑，依《說文》，知《左傳》仇當做逑。讎怨之仇與匹耦之逑異字。《爾雅》、《毛詩》、《左傳》皆作仇者，乃逑之同聲假借。蓋匹耦之逑，不論嘉耦怨耦，而相求則一。俱從辵、求聲。箋

作仇，爲俗本。又此《詩經》字當假借作仇。無論《禮記》、《漢書》皆作仇，《文選》注所引亦同。且〈兔罝〉、〈無衣〉、〈賓之初筵〉、〈皇矣〉竝作仇，可知逑匹之逑，《毛詩》皆作仇，與今《爾雅》、《左傳》同。」段氏曰：「仇與逑古通用。『怨匹曰逑』，即『怨耦曰仇』也。仇爲怨匹，亦爲嘉耦，如亂之爲治，苦之爲快也。『君子好逑』，與『公侯好仇』義同。」（又曰：「逑爲怨匹，而《詩》以爲美詞者，取匹不取怨也。許氏所據《左傳》、《爾雅》作逑。」）

采采卷耳。〈釋艸〉作「苤耳」。《釋文》云：「謝作卷。」

案：《毛詩》猶多古字，《爾雅》一書後人不無坿益，故草木蟲魚每有增加偏旁。所釋《詩》文，邢昺疏俙與《詩》異者甚多。（疏謂〈釋詁〉怡即「旡夷旡懌」、「亦不夷懌」之夷，愷即「豈樂飲酒」之豈，妉即「和樂且湛」之湛、「無與士耽」之耽，遹即「聿來胥宇」之聿，漠即「聖人莫之」之莫，猷即「厥猷翼翼」之猶，亮即「不諒人只」之諒，洵即「洵訏且樂」之洵，貉即「貊其德音」之貊，藾即「靈雨既零」之零，泂即「泂酌彼行潦」之泂，亮即「涼彼武王」之涼，漮即「酌彼康爵」之康，頜即「維躬是瘁」之瘁，瘒即「悠悠我里」之里，逐即「碩人之軸」之軸，痱即「百卉俱腓」之腓，顡即「卬須我友」之須，竢即「俟我於著」之俟，亶即「逢天僤怒」之僤，「俾爾單厚單厥心」之單，肶即「天子是毗」之毗，「福祿膍之」之膍，峙即「庤乃錢鎛」之庤，猭即「秩秩大猷」之猷，弗即「茀厥豐艸」之茀，挈即「有略其耜」之略，拼即「芣云不逮」之芣，徂即「匪我思且」之且，迓即「百兩御之」之御，嘆即「求民

之莫」之莫。〈釋言〉詍即「哆兮侈兮」之哆，徇即「來旬來宣」之旬，恀即「無母何恃」之恃，烕即「經始勿亟」之亟，「匪棘其欲」之棘，《禮》「匪革其猶」之革，饙即「可以餴饎」之餴，洶即「其下侯旬」之旬。【弇，郭注引「奄有龜蒙」。偟，注引「不遑啟處」。】〈釋訓〉便便即「平平左右」之平，麌麌即「麀麀在宮」之麀，憴憴即「子孫繩繩」之繩，嘵嘵即「予音嘵嘵」之嘵，【《釋文》同。】洋洋即「中心養養」之養，懕懕即「厭厭良人」之厭，慅慅即「勞人早早」之早，旭旭即「驕人好好」之好，【《說文》：「旭，讀若好。」《詩》作好，同音叚借字。】訰訰即「誨尒諄諄」之諄，藐藐即「聽我藐藐」之藐，盪盪即「蕩蕩上帝」之蕩，爞爞即「蘊隆蟲蟲」之蟲，敖敖即「聽我囂囂」之囂，痯痯即「靡聖管管」之管，庾庾即「‧心愈愈」之愈，郝郝即「其耕澤澤」之澤，繹繹即「驛驛其達」之驛，宴宴即或「燕燕居息」之燕，嘊嘊即「雉雝喈喈」之雝，悽悽即「卉木萋萋」之萋，儦儦即「跂跂周道」之跂，懽懽即「老夫灌灌」之灌，愮愮即「中心搖搖」之搖，泄泄即「無然泄泄」之泄，謞謞即「多將熇熇」之熇，速速即「薪薪方有穀」之薪，幬幬即「裒衾與裯」之裯。〈釋邱〉敦邱即「至于頓邱」之頓。〈釋山〉岊即「陟彼屺兮」之屺。〈釋水〉濫泉即「觱沸檻泉」之檻，瀾漪即「河水清且漣猗」之漣，泝洄、泝游即「遡洄從之」、「遡遊從之」之遡。〈釋艸〉菡即「言采其蝱」之蝱。〈釋木〉枹櫟即「山有苞櫟」之苞。〈釋蟲〉蚅威，亦引作蜹。有詳見於後者，茲不復舉。）段氏曰：「《爾雅》多俗字，與古經不相應，由習之者多率肊改之耳。」

觀上揭諸條，皆第舉經文、傳注文字歧異，疏通參互，證明離合，

先從《說文》求本字，次觀《爾雅》、《釋名》、《方言》之訓詁同異，次尋群經語證，徵之漢人經說，歸納尋繹，辨文字訛舛之跡、音聲相連之理。而其說證之內在方法，在以古音為樞紐，以訓詁為會歸，見其必分，合其必同。其蒐輯論說，折衷一是，一以《說文》、《爾雅》、群經為程限，嚴守界域，不離規矩，故其層次謹嚴整飭，極語言解釋之能事。所謂「通古今之異辭，辨物之形貌，則解釋之義盡歸於此」[37]，於茲可謂達於極致。

　　綜而觀之，「異文釋」之體，其所用力，蓋有以下數事：

一、搜列舊文，鉤沉「古學」，比勘異同，備考據之資糧。

　　清儒稽古右文，於漢唐古書，師法舊說，吉光片羽，莫不網羅蒐逸。於舊槧宋刻，以為近古，考據家、藏書家莫不醉心馳騖，搜求為樂。乾嘉間，高明之士以善考覈為能學，求學之淹博、精審、識斷。[38]遂訴之於讀書之富，蒐羅之勤，材料之備，望有資於博物。如沈淑《陸氏經典異文輯》、《陸氏經典異文補》等，輯采陸德明《經典釋文》所列異文成編，以備考據之資。陳喬樅作《詩經四家異文攷》，自敘曰：

> 四家之詩，其始口相傳授，受之者非一邦之人，人各用其鄉音，故有同言而異字，同字而異音者，然而古人文字、聲音、訓詁、通假之源，未始不可於彼此同異之間，，觀其會通，觸類而引伸之，足以舉一反三焉。則網羅眾家，統同而辨異，沿流以溯源，誠學者集思廣益之助也。後漢賈逵嘗受詔撰魯、齊、韓詩與毛氏異同，惜其書不傳。梁崔靈恩采三家詩為集注，其書亦亡。今世所行者，《毛詩》《鄭箋》之外，僅存《韓詩外傳》而已，姑無論三家漢學就湮，即魏晉以迄六朝，如王肅之述毛，

---

[37] 《毛詩》「周南關雎詁訓傳第一」孔穎達疏語。《十三經注疏》，頁269。
[38] 語見戴震〈與是仲明論學書〉，《戴東原集》卷九，《東原文集》，頁241。

孫毓之詩評，王基、陳統之駁難，周續之、雷次宗、劉瓛之詩
序義，全緩、舒瑗、劉軌思之詩義疏，皆久已散佚，豈非稽古
者之大憾歟！……喬樅敬承先大夫遺訓，述魯、齊、韓詩遺説
與《毛詩》同異者，撰次成帙，逐加攷證，成《魯詩遺説攷》
六卷、《齊詩遺説攷》四卷、《韓詩遺説攷》五卷，因增緝毛、
魯、齊、韓四家詩異文，薈為此編，釐為五卷。……亦以尋遺
經之墜緒，廣古學之異聞云爾。[39]

二、以經證經。

　　清學自閻若璩始，考辨方法漸趨精密，其以歸納法爲主，區分「內
證」、「外證」，以「內證法」爲可靠證明，旁證爲輔翼，無徵不信，孤
證不立。儒家學術，向以經書爲日月星辰，神聖不可顛撲，設若群經
經文、古經説爲可信，則經學方法中之「以經證經」，從方法之理念論，
實可謂精當嚴密的系統思維。雖實際中「以經證經」常致牴牾，并砥
礪出清儒「實事求是」之治學精神，但並未從根本上動搖清儒對群經
之信念，反而推波助瀾，使清儒加深先儒、後儒賢不肖之觀念，以爲
漢儒師法，門戶矜持謹嚴，又去聖未遠，經説有精微處，後儒不能知
其堂奧，復次書本訛脱，而積成誤説，相沿而甚。由是發展出以小學
治經、以小學校經之法，以語言爲基準，以漢儒證漢儒，以漢學證古
經，以群經互證的「語言內部證據法」。如以《説文》爲制字之本，《爾
雅》爲釋經之作，《説文》、《爾雅》相互表裏，可得文字崖略；以小學、
群經相表裏，可以得古經本義；以漢經今古文《詩》四家、《春秋》三
傳等相表裏，以三禮相表裏，可以得漢學之真；以《説文》引經、石
經與今本相表裏，可以知今本之是非。此皆「以經證經」之法。如戴
震曰：

---

[39] 《詩經四家異文攷・自敍》，《續修四庫全書・經部》第 75 冊，頁 463－464。

求所謂字，考諸篆書，得許氏《說文解字》，三年知其節目，漸覩古聖人制作本始，又疑許氏於故訓未能盡，從友人假《十三經注疏》讀之，則知一字之義，當貫羣經，本六書，然後爲定。[40]

段玉裁曰：

凡治經，經典多用叚借字，其本字多見於《說文》，學者必於《爾雅》、傳注得經義，必於《說文》得字義。既讀經注，復求之《說文》，則可知若爲叚借字，若爲本字，此治經之法也。[41]

論校書之法，曰：

校書之難，非照本改字不訛不漏之難也，定其是非之難。是非有二，曰底本之是非，曰立說之是非。必先定其底本之是非，而后可斷其立說之是非。二者不分，輰輚如治絲而棼，如算之瀹其法實而瞀亂乃至不可理。何謂底本？著書者之稿本是也。何謂立說？著書者所言之義理是也。……故校經之法，必以賈還賈，以孔還孔，以陸還陸，以杜還杜，以鄭還鄭，各得其底本，而後判其義理之是非，而後經之底本可定，而後經之義理可以徐定。不先正注、疏、釋文之底本，則多誣古人；不斷其立說之是非，則多誤今人。[42]

---

[40]　〈與是仲明論學書〉，《戴東原集》卷九，《東原文集》，頁 240。

[41]　〈聘禮辭曰非禮也敢對曰非禮也敢〉，《經韻樓集》卷二，頁 30。段氏又有文闡說小學、治經非二事，見〈嚴九能爾雅匡名序〉，《經韻樓文集補編》卷上，頁 374。

[42]　〈與諸同志書論校書之難〉，《經韻樓集》卷十二，頁 332－337。

「異文釋」之作，多以「以經證經」、小學説經、爲傳注發凡起例爲要歸，是這種學術理念的體現。

三、疏通訓詁，尋本字，明假借，證名物，求語證。

乾嘉諸儒學尚專門，轉而爲專精之學，而要以小學爲根柢，視之爲最堅實可靠之倚賴，古經無不以訓詁發明之，訓詁無不以聲音通轉、因聲求義爲之説，字之義、語之用莫不以《説文》、《爾雅》爲淵藪，故於語言上往往渙然冰釋，逢源旁通，有治書之樂，則於詰籍难解之文，勇往直前，發揮抉疑；而讀書之細，用力之深，於看似平常無可疑處疑之，如《書》「光被四表」、《詩》「終風且暴」、漢儒「讀爲」、「讀曰」、「讀如」、「讀若」之法，亦能縱馳騁，真見迭出，能合於古代語言之本。於是治《説文》、諸雅者，爲之校訂、注疏、條證者不絕如縷，又以《説文》、《爾雅》爲基準治經、校經、證經，視唐宋義疏爲粗苴不可觀法，乃群起而作新疏。小學蔚爲大國，被視爲經學之原理，名實之本原。各種「異文釋」之内容，無不貫徹此等學問見解，而窮其枝葉。除上揭諸書諸例之外，如吳玉搢之《別雅》、嚴元照之《爾雅匡名》，雖無「異文釋」之名，而有其實。《別雅》原名《別字》，其書以雅書體例編集異文以通音義，謂之「別」者，同音而別字。經籍史傳之中，字形錯互，音義各別，間見於釋文、注疏及諸字書韻書中，率略而不詳。是書「取字體之假借通用者，依韻編之，各注所出，而爲之辨證，」[43]所謂凡同聲假借，轉韻變易，字別義同之故，皆可以聲韻得之，「由此可以通知古今文字分合異同之由」[44]。《四庫總目》謂其「就所徵引，足以通古籍之異同，疏後學之疑滯，猶可以考見漢魏以前聲音文字之概。是固小學之資糧，藝林之津筏」。[45]

又如歸安嚴元照，熟於爾雅，作《爾雅匡名》廿卷，旁羅異文軼

---

[43] 《四庫全書總目・經部・小學類》，頁 344。
[44] 王佳貢序。
[45] 《四庫全書總目・經部・小學類》，頁 344。

訓，鉤稽而疏證之。[46]段玉裁爲之序，以小學、經學不二，《説文》、《爾雅》互爲綱目爲説，提出「以説文校説文」，「而後指事、象形、形聲、會意之説可明矣」；「以説文釋爾雅」，「而後假借之説可明也」，「五者明而轉注舉矣」[47]。

　　綜上所述，「異文釋」之作，是清代乾嘉以來經學的語言轉向最突出的代表，是乾嘉已臻成熟的「語言－文本」考據法進一步專門化、專精化的著述體現。其所從事，以經傳異文爲中心，全力在求語證、訂是非、糾舊説上打通關節，亦以備參考、助見聞，取以小學證經、以經證經之法則，以聲音假借之法爲旨歸，求「窄而深」之研究，最能體現清學因語文學之全面勃興而走向專精的趨向。

---

[46] 《清史稿・儒林傳》，頁 13256。又傳稱《匡名》八卷，段玉裁序稱廿卷，今從段説。
[47] 〈嚴九能爾雅匡名序〉，《經韻樓文集補編》卷上，第 374 頁。段氏以詞義輾轉訓詁之事爲「轉注」。

參考文獻

一、古籍

〔唐〕陸德明撰：《經典釋文》，北京：中華書局 1983 年影徐乾學通志堂本。

〔清〕顧炎武著：《顧亭林詩文集》，北京：中華書局，1959 年。

〔清〕徐養原撰：《周官故書考》，上海：上海書店 1988 年影印清光緒十四年南菁書院刻《皇清經解續編》本。

〔清〕徐養原撰：《儀禮古今文異同疏證》，上海：上海書店 1988 年影印清光緒十四年南菁書院刻《皇清經解續編》本。

〔清〕吳玉搢著：《別雅》，《四庫全書》第 222 冊，上海：上海古籍出版社影印文淵閣本。

〔清〕沈淑輯：《陸氏經典異文輯》，《叢書集成初編》，上海：商務印書館，1937 年。

〔清〕盧文弨著：《鐘山札記》，北京：中華書局，2010 年。

〔清〕盧文弨著：《經典釋文考證》，《叢書集成初編》，上海：商務印書館，1937 年。

〔清〕戴震著：《東原文集》，合肥：黃山書社，2008 年。

〔清〕錢大昕著：《潛研堂集》，上海：上海古籍出版社，2009 年。

〔清〕錢大昕著：《十駕齋養新錄》，上海：上海書店出版社，2011 年。

〔清〕姚鼐著：《惜抱軒詩文集》，上海：上海古籍出版社，1992 年。

〔清〕段玉裁著：《經韻樓集（附補編、年譜）》，上海：上海古籍出版社，2008 年。

〔清〕段玉裁注：《說文解字注》，上海：上海古籍出版社 1981 年影印經韻樓本。

羅振玉輯：《高郵王氏遺書》，南京：江蘇古籍出版社 2000 年影印上虞

羅氏輯本。

〔清〕王念孫著：《廣雅疏證》，南京：江蘇古籍出版社 2000 年影印嘉慶間王氏家刻本。

〔清〕王念孫著：《讀書雜志》，南京：江蘇古籍出版社 2000 年影印王氏家刻本。

〔清〕永瑢等編：《四庫全書總目》，北京：中華書局 1965 年影印浙江杭州本。

〔清〕郝懿行著，安作璋主編：《郝懿行集》（全七冊），濟南：齊魯書社，2010 年。

〔清〕嚴可均輯：《全上古三代秦漢三國六朝文》，北京：中華書局 1958 年影印光緒間王裕藻刻本。

〔清〕阮元編刻：《十三經注疏附校勘記》，北京：中華書局 1980 年影印本。

〔清〕阮元編：《經籍籑詁》，北京：中華書局 1982 年影阮氏琅嬛仙館原刻本。

〔清〕李富孫撰：《詩經異文釋》，上海：上海書店 1988 年影印清光緒十四年南菁書院刻《皇清經解續編》本。

〔清〕阮元著：《揅經室集》，北京：中華書局，1993 年。

〔清〕王引之著：《經義述聞》，南京：江蘇古籍出版社 1985 年影印道光七年重刻本。

〔清〕馬瑞辰著：《毛詩傳箋通釋》，北京：中華書局，1989 年。

〔清〕馮登府撰：《三家詩異文疏證》，上海：上海書店 1988 年影印咸豐庚申補刊《皇清經解》本。

〔清〕朱駿聲著：《春秋三家異文覈》，光緒間劉世珩刻《聚學軒叢書》本。

〔清〕龔自珍著：《龔自珍全集》，上海：上海古籍出版社，1975 年。

〔清〕陳喬樅撰：《詩經四家異文考》，《續修四庫全書》影印清道光刻本，經部第 75 冊。上海：上海古籍出版社，2011 年。

〔清〕俞樾撰：《禮記異文箋》，上海：上海書店 1988 年影印清光緒十四年南菁書院刻《皇清經解續編》本。

〔清〕俞樾撰：《禮記鄭讀考》，上海：上海書店 1988 年影印清光緒十四年南菁書院刻《皇清經解續編》本。

〔清〕張之洞著：《書目答問補正》，上海：上海古籍出版社，2001 年。

〔清〕黃位清撰：《詩異文錄》，《續修四庫全書》影印清道光十九年刻本，經部第 75 冊。上海：上海古籍出版社，2011 年。

二、近人著作

牟潤孫著：《注史齋叢稿》，北京：中華書局，1987 年。

杜維運著：《清代史學與史家》，北京：中華書局，1988 年。

徐世昌編：《清儒學案》，北京：中華書局，2008 年。

劉師培著：《劉申叔遺書》，南京：江蘇古籍出版社，1997 年。

《清史稿》，北京：中華書局，1977 年。

（附記：本文之寫作，碩士研究生朱明數、覃力維同學於資料之錄核多有幫助，任慧峰博士多所批评。喭此志謝！）

118　聯藻於日月　交彩於風雲

元代《尚書》學者王充耘研究

蔡根祥[*]　　姜龍翔^{**}

---

[*] 國立高雄師範大學 經學研究所教授
^{**} 國立高雄師範大學 經學研究所兼任助理教授

壹、前言

　　元朝王充耘，乃當時頗為著名之《尚書》學者之一，其《尚書》學著作至今尚見存者還有三部，分別為《書義矜式》六卷、《書義主意》六卷及《讀書管見》二卷。此三本著作之間性質有所不同。中研院文哲所蔣秋華先生曾經對王充耘之三尚書著作，作了以下評論云：

> 元代經學家王充耘，撰有三種《尚書》之作，彼此性質不同：其一、《書義矜式》是純為科舉考試而作的，講求如何撰寫經義格式，對於應考的士子，頗有助益；其二、《書義主意》是依據蔡《傳》，加以發揮，所言淺顯明白，除可助初讀者明瞭經義，亦有助於科舉考試之審題；其三、《讀書管見》是專門針對蔡《傳》而批駁的著作，全書中絕大部分是對蔡《傳》的反駁，呈現了許多他自己的見解，是其所有著作中，最有價值的一部。[1]

據蔣氏所說，王充耘三部《尚書》學著述可歸納為兩類：一類是為科舉而作，包括《書義矜式》及《書義主意》；一類則是王充耘展現自身特殊見解之著作，即是《讀書管見》，亦為被認定最有價值者。《讀書管見》之價值在於能對蔡沈《書集傳》提出批判；此於後世學者而言，甚具敢於挑戰權威，意圖突破典範之重要表現。能不囿於舊說，勇於表達獨特意見，實為難能可貴。而另兩部《書義矜式》及《書義主意》之價值，往往因其為科舉應試而作，故而被漠視輕忽之。然科舉乃當時政治制度選才大事，科舉之規範往往主導學術潮流之趨向。是以指導科舉考試寫作之範本，就今日觀之，誠所謂之八股，然於當代則是

---

[1] 蔣秋華：〈王充耘的《尚書》學〉，收入楊晉龍編：《元代經學國際研討會論文集（上）》（臺北：中央研究院中國文哲研究所籌備處，2002 年 12 月再版），頁 393。

士子人手一本之重要參考書籍。為使士子研讀之後，即能撰寫符合規
範之科舉文章，撰寫者必需掌握朝廷規範之學術主流與格式。就此而
論，作者需要掌握兩方面：其一是掌握科舉程式所尊主典籍之思想內
容，其二是需掌握住當代科考出題及審題趨勢。

　　元代《尚書》學所尊主之程式有二：一是以孔穎達《尚書正義》
為主之古注疏系統，另一則是朱子弟子蔡沈承師說而作之《書集傳》。
因此，王充耘所作以科考為準的之參考書，必以此兩大典範為基準加
以發展而出。易言之，如此科舉之作，必先能精準掌握典範傳注之精
神，方能獲得學子之認同，從而產生應有之實效。有鑑於此，對於《書
義矜式》及《書義主意》兩書，應注重其中所欲傳達之科舉程式脈絡
為何；而對《讀書管見》而言，則重在分析王充耘《尚書》學中個人
獨特見解。至於王充耘其人之生平、家世，亦有待進一步之研究。

貳、王充耘生平及家世

　　王充耘，江西吉水人，生卒年不詳。其家世、生平事蹟等，歷來
文獻記載並不詳細，而其字號又有異說。茲先就其字號論其是非，再
以所知所見，錄其生平、家世於後。

一、王充耘之表字辨疑

　　根據《江西通志》卷七十六〈人物・吉安府〉載：

> 王充耘字與耕，吉水人，元統進士。所著有《書經管見》、《四
> 書經疑》行於世。[2]

---

[2] 〔清〕謝旻：《江西通志》，收入《景印文淵閣四庫全書》514 冊（臺北：臺灣商
務印書館，1984 年），卷 76，頁 55 上。

然而黃宗羲於《宋元學案》中載其字為「耕野」[3]。而黃虞稷《千頃堂書目》則謂充耘：「字與耕，吉水人。元統甲戌進士，授永州同知。」[4]《四庫全書總目》則懷疑《千頃堂書目》字「與耕」之說可能有誤，其論述云：

> 黃虞稷《千頃堂書目》稱充耘字「與耕」，而原序及梅鶚跋並稱「耕野」，疑虞稷誤也。[5]

清·吳騫《拜經樓藏書題跋記》亦云：「《千頃堂書目》作字『與耕』，與他處皆作字『耕野』異。」[6]意謂黃虞稷所記載異於眾本。然而閻若璩於所撰《尚書古文疏證》卷八第一百十八條云：「元·王充耘，號耕野，吉水人。著《讀書管見》，亦疑古文。」[7]其後陸心源《儀顧堂題跋·明刊讀書管見跋》則云：「序稱耕野，不曰與耕，疑耕野其號，與耕乃其字耳。」[8]雖眾說紛紜，然諸家皆未曾作深入之探求，其是非未定。

考《四庫總目提要》僅據〈讀書管見序〉及梅鶚跋作推論，實屬草率。而查考《書義主意》前劉錦文序，則稱「王君與耕」[9]，元·王

3　〔明〕黃宗羲：《宋元學案》，收入《黃宗羲全集》冊 5（杭州：浙江古籍出版社，2005 年 1 月），卷 67，頁 675。

4　〔清〕黃虞稷：《千頃堂書目》，收入《景印文淵閣四庫全書》1236 冊（臺北：臺灣商務印書館，1983 年），卷 1，頁 45 下。

5　〔清〕紀昀等撰：《欽定四庫全書總目》（臺北：藝文印書館，2004 年 10 月），卷 12，頁 8 上。

6　〔清〕吳騫：《拜經樓藏書題跋記》，收入《叢書集成初編》（北京：中華書局，1985 年據《別下齋叢書》未排印），卷 1，頁 4。

7　〔清〕閻若璩撰，黃懷信、呂翊欣校點：《尚書古文疏證》（上海：上海古籍出版社，2010 年 12 月第一版）下冊，卷八，頁 626，第一百十八條「言王充耘疑古文三條」。

8　〔清〕陸心源：《儀顧堂題跋》，收入《續修四庫全書》930 冊（上海：上海古籍出版社，1995 年），卷 1，〈明刊讀書管見跋〉，頁 13 下。

9　〔元〕王充耘：《書義主意》，收入《四庫未收書輯刊拾輯》（北京：北京出版社，

禮《麟原文集》亦呼其為「王與耕」，[10] 明‧楊士奇《頤庵文選‧序》
云：「豫章胡若思先生自其童冠，從鄉先生得吾郡王與耕經學之傳。……
廬陵楊士奇序」[11]楊士奇又於〈送王編修南歸序〉云：

> 吾友王格非篤實果毅，學博而行莊，起家九江學官，……。格
> 非吉水帶原文獻家，世有聞人，百餘年間，吾耳目所知者，吾
> 素、與耕兩先生，及欽止，皆仕有祿。[12]

楊士奇乃江西泰和人，兩次皆稱王充耘為「與耕」。從以上所引資料，
可見並不如吳騫所云「與他處皆作字耕野異」。

　　至於《四庫提要》所據無名子之序，梅鷟之跋，考無名子序中所
說《讀書管見》乃王充耘之子王吉所出示囑序者，云「徵余言以傳信」，
可見作序者與王吉並非深交，王吉請序乃在藉其名聲以傳先人手澤而
已，則所稱「耕野」，並未可定為王充耘之「字」；梅鷟之跋蓋襲用序
文，仍作「耕野」。又按王充耘《書義主意》劉錦文序稱「王君與耕」，

2000 年 1 月），序，頁 2 上。

10　見〔元〕王禮：《麟原文集》，收入《景印文淵閣四庫全書》1220 冊（臺北：臺灣
　　商務印書館，1985 年），卷 3，頁 10 下。《麟原文集》提要：「案《麟原文集》二
　　十四卷元王禮撰。禮字子尚，後更字子讓，廬陵人。元末為廣東元帥府照磨，明
　　興不仕，聘為考官，亦不就。《江西通志》載吉安人物有王子讓而無王禮，蓋誤以
　　子讓為名也。」王禮乃江西吉安人，與王充耘同里籍，其言可據。又〈教授夏道
　　存行狀〉：「僉謂夏氏有子。延祐癸亥（應為英宗至治三年癸亥 1323），從兄仲善
　　以易經舉於鄉；君益勵志于學，思並驅齊駕；遂從季父明德先生受《易》大義。
　　季父亟稱於眾曰：『吾家科第，又有人矣。』所居泮水經門，而橋橫其西，因名其
　　居曰西橋流水之間。日與名勝講習其中，蜚聲籍甚。秘書卿達公兼善篆其顏，御
　　史貢公泰交序其事，一時鄉之先達如馬成己、王與耕輩，皆相與莫逆。」見王禮：
　　《麟原文集‧前集》，卷 3，頁 10 上-10 下。
11　〔明〕胡儼：《頤庵文選》，收入《景印文淵閣四庫全書》1237 冊（臺北：臺灣
　　商務印書館，1985 年），卷 2，書首楊士奇〈序〉，頁 9 下-10 下。楊士奇乃江西
　　廬陵人，與王充耘同鄉，其言應可信。
12　〔明〕楊士奇撰：《東里集》，收入《景印文淵閣四庫全書》1238 冊（臺北：臺灣
　　商務印書館，1985 年），卷 6，〈送王編修南歸序〉，頁 9 上。

其時間在「至正戊子（八年，1348）七月既望」，與王禮稱「王與耕輩」時代相同，且較其他文獻為早。

又《四庫總目》雖主張王充耘字「耕野」，然其論述亦未曾定於一說，如於《書義矜式》書前提要卻曰：「元・王充耘撰。充耘字與耕，吉水人。元統甲戌進士，授永州同知。」[13]可謂自相矛盾，前後不一，難據作定論。

若再從稱呼王充耘為「與耕」者，與王充耘家族之關係而論，關係密切者則知之深，稱「字」之可能較高。考之明・解縉撰《文毅集》卷十二，有〈翰林院修撰王欽止先生墓表〉，其文曰：

> 予友翰林修撰王君欽止，諱艮。歿之日，識者皆嘆息，推服而懷思之；其朋友哭之盡哀，即未與接者亦聞而嘆息失聲；此足見人心之公，而行之孚於人者久也。君少失父，自知讀書為文。其祖與耕先生治《尚書》，學聞天下，著《書經管見》藏於家；《矜式》、《主意》、《四書經疑貫通》，能發前人所未發；《兩漢詔誥》咸梓於世。[14]

王艮即是王充耘之孫，與解縉交情深厚。考清人徐開任所撰《明名臣言行錄》卷七有〈編修王文節公艮〉一條曰：

> 字欽止，江西吉安縣人。建文庚辰進士。靖難師迫，服腦子死南都。補諡文節。……公聞靖難師起，居常憂懼，及于事迫，乃闔門涕泣不已，與妻子訣曰：「食人之祿者，死人之事；吾不可復

---

13 〔元〕王充耘：《書義矜式》，收入《景印文淵閣四庫全書》68 冊（臺北：臺灣商務印書館，1983 年），提要，頁 1 上。

14 〔明〕解縉：《文毅集》，收入《景印文淵閣四庫全書》1236 冊（臺北：臺灣商務印書館，1985 年），卷 12，頁 1 下-2 上。下同書不贅言。

生矣，豈能復顧汝等哉。」北師入城，胡靖、解縉、吳溥為艮鄉
人，皆集溥舍。縉陳說大義，靖亦憤激慷慨，艮獨流涕不言。溥
曰：「三子受知最深，事在頃刻，若溥去就，固可從容也。」隨
別去。溥子與弼尚幼，嘆曰：「胡叔能仗義，大是佳事。」溥曰：
「不然。獨王叔死耳。」語未竟，隔牆聞靖呼曰：「外鬧甚，可
看豬。」溥顧與弼曰：「一豬不忍，寧自忍乎！」須臾，公舍哭
聲動，已伏鳩死矣。[15]

解縉為江西吉安府吉水人，胡廣（亦即胡靖）與王艮同榜，亦為吉水
人，吳溥江西崇仁人。解縉當對王艮家世知之甚悉。又解縉對元代學
術知之甚諗；據解縉《文毅集》卷十二有〈家處士元琛墓表〉及〈鑑
湖阡表〉，其文曾陳述元代經學之發展傳承曰：

> 公治五經，皆有師授。《書》、《易》得之家傳，講於竹坪劉先生。
> 始授《春秋》於如愚黃先生（當為蕭熙明字如愚）。至正初（順
> 帝至正元年 1341）入太學，講於吾素王先生，元慶毛先生（至正二年壬午
> 1342 陳祖仁榜）。學《禮》於太古熊先生（至順三年壬申 1332 鄉試）。少時學
> 《詩》於申齋（元·劉岳申，有《申齋集》）、桂隱（元·劉詵，有《桂隱詩集》）
> 二劉先生。[16]

其中「竹坪劉先生」就是王充耘《尚書》學之授業師劉實翁，「吾素王
先生」就是王充耘之從兄王相（其關係於後文陳述）。以此而論之，解

---

[15] 〔清〕徐開任撰：《明名臣言行錄》，收入周駿富輯：《明代傳記叢刊》（臺北：
明文書局，1991年影印清康熙刻本），卷7，〈編修王文節公艮〉，頁9上-9下。
〔清〕梁維樞撰《玉劍尊聞》（清順治刻本）卷五〈靖難師入城〉條，亦有相同
之記載。

[16] 解縉：《文毅集》，卷12，頁25下-26上。

縉所稱「與耕」，與楊士奇稱「吾素、與耕兩先生及欽止」同，「欽止」
是王艮之「字」，可推知「與耕」應當為王充耘之表字，兩者同以「字」
稱然也。

　　筆者復於書林文廊之中遍加蒐尋，得知王充耘嘗為元朝名醫危亦
林所著《世醫得效方》作序，序末署曰「後至元四年八月承事郎同知
永新州事王充耘與耕書」[17]。所謂「後至元」者，蓋因元世祖忽必烈
之年號亦稱「至元」，共三十一年（1264-1294）其後元順帝年號亦取
「至元」，故稱「後至元」。後至元四年歲次戊寅，乃西元 1338 年。所
署官銜「承事郎同知永新州事」，與文獻所載王充耘之官銜相符。其
末署名「王充耘與耕書」；按古人作序慣例，自稱姓名之後，多加「字」
為綴。如宋元之際理學家金履祥，作《通鑑前編・前序》、《尚書表
注・序》皆自稱「仁山金履祥吉甫序」[18]。呂祖謙作《左氏博議・序》
則曰「東萊呂祖謙伯恭序」[19]。司馬光為劉恕《資治通鑑外紀》作序，
署名「涑水司馬光君實序」[20]。可見古人作序，多以號先置於姓名之
前，而綴「字」於姓名之後。王充耘此文既署「與耕」於姓名之後，
則「與耕」乃其字無疑。此為王充耘自書文章，自稱名、字，確可信
也。

　　又世傳有《元統元年進士錄》一書，[21]其中記載有王充耘為當年

17　〔元〕危亦林撰，王育學等校注：《世醫得效方》（1996 年 8 月第一版）。據點校
　　說明，是書以元朝原書刻本為底本，校以明初魏家刻本以及《四庫全書》本。書
　　前有至元五年〈太醫院題識〉、王充耘〈危氏世醫得效方序〉、危亦林〈世醫得
　　效方自序〉、至正三年〈建寧路官醫提領陳志序〉、〈江西官醫提舉司牒太醫院
　　書〉等資料。通行之《四庫全書》本無王充耘序，故學者多不知王充耘有此序文。
18　〔元〕金履祥：《資治通鑑前編》，收入《景印文淵閣四庫全書》332 冊（臺北：
　　臺灣商務印書館，1984 年），序，頁 5 上。
19　〔宋〕呂祖謙：《左氏博議》，收入《景印文淵閣四庫全書》152 冊（臺北：臺灣
　　商務印書館，1983 年），序，頁 4 上。
20　〔宋〕劉恕：《資治通鑑外紀》，收入《景印文淵閣四庫全書》312 冊（臺北：臺
　　灣商務印書館，1984 年），序，頁 5 上。
21　〔元〕不著撰人《元統元年進士錄》（北京圖書館古籍珍本叢刊第 21 冊，頁

進士，故此題名錄中，記載有王充耘之里貫、戶計類別、所治經典、表字、年齡、出生月日時，並記載自曾祖以下父系祖先三代名字、母姓氏、父母存歿情形、婚姻狀況、妻姓氏；鄉試地點、名次、會試名次及初授官職。茲將原文錄出如下：

> 王充耘貫吉安路吉水州，民戶。──《書》。
>
> 字与耕，行三，年卅，十一月初六日。
>
> 曾祖季模；祖鼎可，宋國孕生；父孟韓，母曾氏。慈侍下。
>
> 兄□，□校；從兄相，辛酉進士。娶曾氏。
>
> 鄉試江西第□[名]，會試第四名。
>
> [授吉安路同知永新]州事　。[22]

此一資料，對研究王充耘之生平、家世具有極大貢獻。其中明書王充耘之表字為「與耕」，正與前引危亦林《世醫得效方》中王充耘序自署「王充耘與耕書」相印證，兩者一致，亦與前論引解縉、楊士奇等熟

375-420），分卷上、卷中、卷下，乃廷試放榜之後匯編成書。卷上即為進士錄本文，文終於每位進士之後，錄有里貫、氏族或民族、戶計類別、所治經典（漢人、南人）、表字、年齡、出生月日時，並記載父系祖先三代名字、母姓氏、父母存歿情形、婚姻狀況、妻姓氏；又將該進士之鄉試地點、名次、會試名次及初授官職，扼要記錄。此對研究元代科舉、官制、社會變動、氏族通婚等都是非常重要之資料。這一題名錄失傳已久，明及清初皆無載錄。乾隆六十年（1795），黃丕烈於蘇州購得原刻本。1923 年，徐乃昌據黃氏原藏刻本影雕，收入《宋元科舉三錄》刊布。除此北京圖書館藏鈔本外，南京圖書館亦有藏鈔本，然應均出自黃氏藏本，與影雕本同出一源。此鈔本卷上題名錄，脫訛頗多。1983 年，新加坡國立大學歷史系蕭啟慶教授發表對卷上校注本（該論文載臺北《食貨》月刊第十三卷第一、二期）。

[22]〔元〕不著撰人《元統元年進士錄》（北京圖書館古籍珍本叢刊第 21 冊）頁 383上。文中□者乃缺文，而〔〕中之文字，乃據其他文獻補上。初授官銜原缺。按王充耘初授同知永新州事見於《大明一統志》卷五十六，亦見於危亦林《世醫得效方》王充耘序。元永新州隸吉安路，見《元史》卷六十二《地理志五》，故按文例補入。文字體式盡量與鈔本一致。如「与耕」（與耕）、「國孕生」（國學生）。

悉盧陵王氏後人王艮、王格非等所稱相同。然則王充耘字「與耕」，自此當無懸念矣。至於「耕野」之稱，或如陸心源所推測，乃王充耘之號耳。

二、王充耘之生卒年考

歷來文獻所載，並無王充耘生卒年之記錄。考之中央研究院圖書館所登錄有關王充耘之著作，如：《四書經疑貫通》、《書義主意》等，其下皆註明「王充耘（1252-1334）」。經查西元 1252 年為宋理宗淳祐十二年（壬子），而西元 1334 年為元順帝元統二年（甲戌），期間共八十二年。若然，則王充耘生平橫跨宋末及元，而年壽甚高至八十三歲。又文獻記載王充耘為元統元年進士及第，則其及第之時，已八十一高齡，翌年即去世；此實不符事實，其誤顯然。

對王充耘生卒年有明確記載者，首推清朝學者錢大昕，蓋因錢氏曾睹《元統元年進士題名錄》之鈔本，[23] 並錄入其所著《元進士考》一書中，[24] 所載資料與上述題名錄同。學者如知之而復加查考，當亦能推出王充耘之生年也。

今據上述《元統元年進士錄》中所載，王充耘於元統元年（1333）進士及第，時「年卅」，「十一月初六日」乃王充耘之生日；按中華傳統計算年歲習慣，出生當年即算一歲，然則王充耘之生年當於西元 1304 年，即是元成宗大德八年（甲辰），此非常明確。

至於王氏卒年，文獻確實無載。然有兩條資料，可以輔助約略推知。其一為王充耘《讀書管見》書前亡名子序，序中謂：

---

[23] 《北京圖書館古籍珍本叢刊》第 021 冊《元統元年進士題名錄》鈔本，其書後有錢大昕所作跋文，其言曰：「此亦當疏於選舉志者，可以補史聞之闕。」

[24] 〔清〕錢大昕撰、陳文和點校《元進士考》（嘉定錢大昕全集）頁 28。記載王充耘「字與耕，行三。年卅。十一月初六日」。據此可推知之。

《書》有《管見》，曷為而作也？耕野王先生考訂蔡傳而誌其所
見也。……先生易簀之際，書其卷端曰：「凡為吾徒者須人錄一
編，以的本付吾兒。」其惓惓遺後之意，為何如耶！先生沒，
未幾而元綱板蕩，山棚搆孽；世家藏書，悉遭焚盪。是編賴先
生從子光薦密置諸複壁中，僅免於燬。[25]

序中云「先生易簀之際」蓋瀕卒之時也；又云「先生沒，未幾而元綱
板蕩」，則王充耘去世之後不久，元朝即亡，其時日差距或在一二年之
間，可能更久。考宋朝亡於帝昺祥興二年（1279），元朝興於元世祖忽
必烈至元十七年（1280），亡於元順帝至正二十八年（1368）徐達兵至
大都，順帝北遁，凡八十九年。若僅據此而推，則王充耘卒年可能約
在 1367-1368 之間，則其年歲約為六十四歲。

　　然而又據楊士奇〈送王編修南歸序〉中曰：

吾友王格非篤實果毅，學博而行莊，起家九江學官，……。格
非吉水帶原文獻家，世有聞人，百餘年間，吾耳目所知者，吾
素、與耕兩先生，及欽止，皆仕有祿，而皆不久於位，不及下
壽。[26]

其文云王吾素、王與耕、王欽止三人「不及下壽」。考下壽者，蓋六十
歲之謂也；[27]「不及下壽」者，不足六十歲也。若據此推算，王充耘

---

[25]〔元〕王充耘：《讀書管見》，收入《通志堂經解》（揚州：江蘇廣陵古籍刻印社，
　　1993 年 11 月），序，頁 168。
[26]〔明〕楊士奇撰《東里文集》卷六〈送王編修南歸序〉
[27] 古人以壽命之長短，分為上壽、中壽、下壽三等。而所謂「下壽」之說，歷來有
　　三：一說六十歲，一說八十歲，一說八十歲以上。考之《左傳》僖公三十二年秦
　　穆公曰：「爾何知？中壽，爾墓之木拱矣。」句下孔穎達《正義》曰：「上壽百
　　二十歲，中壽百，下壽八十。」而《莊子‧盜跖》篇則云：「人上壽百歲，中壽

生年 1304 年，加六十年為 1364 年，距元朝之衰亡尚有四年，與前述「未幾而元綱板蕩」亦相符合，蓋元朝末數年，戰事連年，社會動盪，朝綱傾頹，民生凋敝，是以「世家藏書，悉遭焚盪」也。合此兩筆資料而推之，則王充耘之卒年最遲應約在元順帝至正二十三年（1363）左右，或早一二年也。

　　總而言之，王充耘之生卒年，當為元成宗大德八年（甲辰）西元 1304 年，卒於元順帝至正二十三年，西元 1363 年之前（1304～≧ 1363）。

三、王充耘之家族世系

　　歷來文獻記載王充耘之家世甚尠。今因據《元統元年進士題名錄》之資料，於王充耘之家世，有所瞭解。茲再錄題名錄有關王充耘之記載於下：

> 王充耘
> 貫吉安路吉水州，民戶。──《書》。
> 字與耕，行三，年卅，十一月初六日。
> 曾祖季模，祖鼎，宋國學生；父孟韓，母曾氏。慈侍下。
> 兄□，□校□，從兄相，辛酉進士（元英宗至治元年1321）。娶曾氏。
> 鄉試江西第□[名]，會試第四名。
> [授吉安路同知永新]州事。

對於王充耘之先世，僅有此一進士題名錄中所記載，曾祖父王季模，生平事蹟無可考；祖父王鼎，時在宋朝，乃國學生；可見王充耘之家族，

八十，下壽六十。」今考王充耘出生於西元 1304 年，若其年歲超過八十，則必跨入明朝，與其他文獻所載衝突。可知當以《莊子》之說為準。

亦可謂之書香世家。父親王孟韓，母親曾氏。王充耘有兄一人，不知其名；王充耘可能另有兄早夭，是故「行三」。

　　至於「從兄相，辛酉進士」，考之《江西通志》所載，於元仁宗延祐七年庚申（1320）鄉試有王相其人，翌年英宗至治元年辛酉（1321）宋本榜進士中，亦有王相，[28] 當是同一人，然未知其為王充耘之從兄否？考之前述明解縉《文毅集》卷十二曾作〈家處士元琛墓表〉及〈鑑湖阡表〉，謂處士曰：

> 公感恩邵德，篤敬而誠，於是已八十有四矣。公治五經皆有師授，《書》、《易》得之家傳，講於竹坪劉先生。始授《春秋》於如愚黃先生。至正初，入太學，講於吾素王先生，元慶毛先生。學《禮》於太古熊先生。少時學詩於申齋、桂隱二劉先生。[29]

可見解縉對於元朝當時之經學環境，相當熟悉。文中提及「吾素王先生」、「申齋、桂隱二劉先生」。其中「申齋」劉先生即是元朝劉岳申，亦為盧陵人，著有《申齋集》。而考諸劉岳申《申齋集》中，有〈送王吾素翰林編修序〉一文，其文中記載曰：

> 吾友王吾素，延祐辛酉進士，不負丞於平陽，為令尹於上，猶三仕而以編修入翰苑。[30]

可知王吾素乃「辛酉進士」。考之前述明楊士奇《東里文集》卷六撰〈送王編修南歸序〉謂：「（王）格非吉水帶原文獻家，世有聞人，百餘年

28　〔清〕謝旻：《江西通志》，卷 51，頁 66 上-66 下。
29　〔明〕解縉：《文毅集》，卷 12，頁 25 下-26 上。
30　〔元〕劉岳申：《申齋集》，收入《景印文淵閣四庫全書》1204 冊（臺北：臺灣商務印書館，1985 年），卷 1，頁 17 下-18 上。

間，吾耳目所知者，吾素、與耕兩先生，及欽止，皆仕有祿，而皆不久於位，不及下壽。」可知盧陵吉水王氏之名人中，王吾素與王充耘（與耕）並稱，而「欽止」即是王艮，乃王充耘之孫；可見王吾素與王充耘之間，必然有極為密切之親族關係。王充耘家族中有功名仕祿者，唯此三人。今據《元統元年進士題名錄》載王充耘有從兄「王相」乃「辛酉進士」，與上述劉岳申所言相同，則「王吾素」當即「王相」無疑也。

又查考《江西通志》卷二十一載有「文昌書院」條，其中謂：

> 文昌書院在吉水縣文昌鄉。元翰林編脩王相建以教其鄉之子弟及四方從游者，明初王氏重修之。[31]

其鄉貫、官銜，與上引劉岳申〈送王吾素翰林編修序〉所述一致。此益可證明王吾素即是王相也。

無名氏〈讀書管見序〉序文云：

> 先生易簀之際，書其卷端曰：「凡為吾徒者，須人錄一編，以的本付吾兒。」其惓惓遺後之意，為何如邪？先生沒，未幾而元綱板蕩，山棚構孼。世家藏書，悉遭焚盪。是編賴先生從子光薦密置諸壁中，僅免於燼。乃加補葺，取別本訂其訛闕，以付先生之子吉。（《管見》，卷上，頁168）

王充耘之書實賴從子王光薦壁藏，倖免於燼，則光薦之於充耘，實有大功；筆者以為此「從子光薦」，極有可能即是王相之子，家承經典之學，故先識兵燹之禍害文獻，是以壁藏免災也。

---

[31]　〔清〕謝旻：《江西通志》，卷21，頁27下。

　　王充耘之先世與並世貴親，大約若是而已。至於王氏後嗣，則上引〈讀書管見序〉而知，有子「王吉」。又據前引明・解縉撰《文毅集》〈翰林院修撰王欽止先生墓表〉，其文曰：「**予友翰林修撰王君欽止，諱艮。……君少失父，自知讀書為文。其祖與耕先生治《尚書》，學聞天下**」，可知王艮乃充耘之孫，王吉之子。

　　又據明・何喬遠《名山藏》卷八十二〈臣林外記〉（明崇禎刻本）云：

> 王艮字欽止，吉水人。舉建文鄉薦第一，進士及第第二人，官翰林修撰。為人正身飭色，不可玩狎；其所不可，不能詭隨。聽其言，侃侃如也。詩詞警永，字書精妙；為文雄偉光彩。聞燕兵起，憂懣不食，日就殫悶。燕兵渡淮，閉門泣曰：「吾君亡矣，不如我先。」遂服腦子卒。[32]

以此可見王艮之為人志節矣。王艮之後人，據明・楊榮撰《文敏集》卷十三有〈送王率常南歸序〉，其文曰：

> 王生經，字率常；來自文江，橐所業求正於其鄉之先達，而就試京闈，既而廷議天下解額，各有定名籍，非隸所屬者弗許與。率常於是束裝將南還，而告別於予；予因追念率常之父欽止為同年，且同官翰林而相厚，又恨其早世，文章事業，未及大顯于天下，而中道止也；遂不忍率常之去，舍之齋居，俾之從容，益得肆力問學，大其蘊蓄，以繼先志，而慰欽止于地下。居無何，率常又進而告曰：「先生辱念先君子，而愛及於生者至矣；

32　〔明〕何喬遠：《名山藏》，收入《續修四庫全書》427 冊（上海：上海古籍出版社，1995 年），卷 82，頁 28 上。

而生母已老，家素貧，又無他奉養者。生始來時，思正所業，
或得竊科第，以為母榮，庶乎韓子所謂『詹在京師，雖有離憂，
其志則樂』；今既無以樂親志，又久違旦夕之養，則於人子之道，
豈不大有歉乎？」予聞而惻然，又因其言而知其不久困也。……
況率常之曾大父充耘嘗以《書》兩冠倫魁，至今天下士子猶傳
習其文；其父欽止亦以《書》魁于鄉，庚辰進士及第，入為翰
林修撰。**兄修又繼領首薦**，典教德州郡庠。一門三世，既皆以
儒科名世，率常誠能益加奮勉，歸而不怠棄所業，則所以承祖
考，掇巍科以為母榮者，可計時而待矣，夫豈久困哉。[33]

由其文可知者，王艮參加鄉試，亦以《書經》為專業，可謂能繼其祖
充耘之學也。而王艮有二子，長子王修，次子王經。

　　王修，領首鄉薦，典教德州郡庠。又據明·張弘道《明三元考》
卷一（明刻本）所記曰：

江西王艮，吉水人，字欽止，庚辰進士，廷試定艮第一，建文
君以艮貌不及廣，又廣策多斥親藩，遂擢廣第一而艮次之。……
子修，永樂癸卯（永樂二十一年 1423）解元。[34]

可知王修不僅領首鄉薦，且為解元。而王經率常則未知其後能否科舉
登榜也。

　　據以上所考，遂得王充耘之家族世系如下：

---

[33] 〔明〕楊榮：《文敏集》，收入《景印文淵閣四庫全書》1240 冊〔臺北：臺灣商務
印書館，1985 年），卷 13，頁 26 上-27 上。

[34] 〔明〕張弘道：《皇明三元考》，收入周駿富輯：《明代傳記叢刊》（臺北：明文書
局，1991 年），卷 1，頁 22 上。

王季模 （曾祖）	王鼎 （祖）	王孟韓 （父）	王充耘	王吉 （子）	王艮 （孫）	王修 王經 （曾孫）
		某	王相（從兄）	光薦（從子）		

參、王充耘《尚書》學之承傳

　　王充耘既以《尚書》之學掇巍科，又有《尚書》學著作《書義矜式》六卷、《書義主意》六卷及《讀書管見》二卷三書流傳於後世，則其《尚書》學之承傳，亦當有所考之。

　　據黃宗羲《宋元學案》所載，王充耘《尚書》之學，乃出自夏朗劉實翁及其子劉振之門，〈九峯續傳・鄉貢劉竹坪先生實翁〉云：

> 劉實翁，吉水人，元貢進士，號竹坪先生。子震，字庚振，元進士，朝列大夫，知趙州，世稱蒼筤先生。竹坪、蒼筤治《尚書》有名，王充耘等皆出其門。[35]

明・解縉《文毅集・西山劉先生墓表》亦云：

> 先是人稱夏郎劉氏，治《尚書》有名，雖歐歆八世家傳，迨弗能過。元盛時，王充耘等皆出其門。[36]

解縉又於〈鑑湖阡表〉中云：「公治五經，皆有師授。《書》、《易》得之家傳，講於竹坪劉先生。」解氏族先人亦曾受講《尚書》於竹坪劉

---

[35] 〔明〕黃宗羲：《宋元學案》，卷 67，頁 675。
[36] 〔明〕解縉：《文毅集》，卷 12，頁 14 上。

實翁,可見劉實翁《尚書》之學,當時馳名。劉實翁乃元至治三年(1323)
癸亥舉鄉試,盧陵吉水人,與王充耘為同鄉里先輩。其子劉震,則為
延祐七年(1320)庚申舉鄉試,至治元年辛酉(1321)宋本榜登進士
第,與王充耘從兄王相同榜。[37] 王充耘或因與劉實翁同里,兼之從兄
王相關係,得受學於竹坪劉氏。既得名師調教,遂專注於《尚書》,深
有著力,並以《尚書》一經參加科舉,既登鄉舉,又登進士第二甲第
五名,知名於時。

　　王充耘既以《尚書》名家,復著書立範,《書義矜式》、《書義主意》
二書,正為科舉《尚書》經命題對應之典範,操觚之家莫不奉為鴻寶。
是以當時有志於科舉之高門富戶,多有延請王充耘為師,以教導其弟
子,冀能掇取功名,光耀門楣。元·李存《俟庵集·三老材甫桂君墓
誌銘》記載云:

　　　　歲延明師教其子孫,會朝廷興科舉,豫章王公充耘以明經登第。
　　　　復命其幼子從遊於東湖之上。[38]

明·熊明遇《文直行書詩文》文選卷十三(清順治十七年熊人霖刻本)
〈三宗裒傳〉,記載其先祖熊釗從學《書經》於王充耘,其文曰:

　　　　虞亭公諱釗,字伯璣,別號虞亭。高祖純公有文學,仕宋為提
　　　　學官。當時辛先生稼軒極為引重。父元誠公篤信雙峰饒氏之學。
　　　　從幼趨庭,穎上脫露。比長,從父命於盧陵王先生充耘受《書》,
　　　　陳先生植受《春秋》,蕭先生彝受《詩》。[39]

---

[37] 〔清〕謝旻:《江西通志》,卷51,〈選舉〉三,頁66上-66下。
[38] 〔元〕李存:《俟菴集》,收入《景印文淵閣四庫全書》1213冊(臺北:臺灣商務印書館,1983年),卷25,頁15上。
[39] 此一授受關係,亦見於〔明〕胡儼《頤庵文選》,收入《景印文淵閣四庫全書》

此皆可明王充耘之學科聲名,當時實具聲望權威。又明朝名士李東陽之師狀元黎淳於所著《黎文僖公集》卷十序(明嘉靖刻本),有〈送夏時秀掌教銅梁序〉載有王充耘之學脈傳承;文曰:

> 時秀世家華容之南山,前來安貳令公爵伸子也。公爵仕永樂、宣德間,以忠義顯。其治家甚嚴整,詩言禮立,足以成就。詣子及還鄉,遂遣時秀游鄉校,而家慶遠流,世濟其美云。……維時四方校官多闕,有詔凡新貢士願優社以學者,允所請。而時秀以白髮在堂,祿養志篤,不可遏也,遂援例復試之,擢名高第,拜教諭蜀之銅梁。於是鄉縉紳京仕者,嘉其彊仕有時,且得以行道,屬為文用賁其行。始予具員弟子時,兄事時秀。當其群英講學,雖五經並授,然惟伏氏一經,乃獨盛發於吾容庠也。時秀於伏氏經尤所深得,為諸公矜式。其同時講肄,以是躋膴仕登津要者,前進士毛廷貴、今吏科給事中程道遠、江西道監察御史董國器、新息貳教陳俊之;而予之庸陋,亦在講授中。他如俊選劉時起、劉孟鶴、雷士弘。時起之弟時雍、廷貴之弟廷美子之姪民政,皆鄉闈秀出,而國器、時雍則又皆鄉榜第一人馬;論者謂時秀一房,乃獨若此多賢,且同一時傑出夫!孰知其問學源流,有所自也。蓋時秀暨子諸人,皆讀書外來,會文相益,其楷範法程,則吉豐儒士陳公懿。羅山教諭何邦寧實表正之。邦寧之學得之進士李振玉,振玉得之教諭元與善,與善得之少師楊弘濟;而邦寧壯年及予輩又皆師事公懿焉。公懿之學實王與畊真派所傳,推其源流,遠有端緒,流風餘韻,

---

1237 冊(臺北:臺灣商務印書館,1983 年),卷上,頁 91 下-92 上〈熊先生墓誌銘〉云:「先生自幼所得,固已大過人矣。既長,父命從盧陵王先生充耘受《書經》。」

迄今盛發，固宜然也。噫！得師派之真傳者，其指授必明，染
鄉邦之美化者，其抱負必正。職此以淑善後人，雖道可成就，
而況於取功名，建事業乎！　[40]

由以上一段文字，可見王充耘《尚書》學一脈相傳，大有人在也。由
王充耘傳吉豐儒士陳公懿，陳公懿傳之羅山教諭何邦寧、狀元黎淳。

肆、王充耘《尚書》學析述

　　王充耘今存《尚書》學著述有三，分別為《讀書管見》、《書義矜
式》及《書義主意》。除《讀書管見》外，其餘二書皆為科舉程式之作，
歷來評價不高。《續修四庫全書總目提要稿本》曾批評《書義主意》云：
「其《書義主意》六卷，蓋為當時學子備登科第之書，殊乏精蘊之可
言。」[41] 張雲章則批評《書義矜式》云：「是編之出，操觚家詎不奉
為鴻寶哉？今雖流傳，於後孰取而寓目焉？」[42] 咸認為如此科舉程文
之作，實不具太高學術價值。《書義矜式》及《書義主意》為科舉參考
書，自需受限制於統治者規範之中，故較難發揮高明之學術觀點。而
《讀書管見》乃王充耘專門考訂蔡《傳》之著述，當可視為其代表作。
《宋元學案》云：「晚益潛心《尚書》，考訂蔡《傳》，名曰《讀書管見》，
凡二卷。」[43] 既以考訂批駁蔡《傳》為主，在元代經學史上，即顯出
其獨特之處，張藝曦說：

---

[40]〔明〕黎淳：《黎文僖公集》，收入《續修四庫全書》1330 冊（上海：上海古籍出
　　版社，1995 年），卷 10，頁 15 下-17 上。

[41] 中國科學院圖書館整理：《續修四庫全書總目提要稿本》冊 8（濟南：齊魯書社，
　　1996 年），頁 197。

[42]〔清〕朱彝尊：《經義考》（北京：中華書局，1998 年 11 月，《四部備要》據揚
　　州馬氏本校刊），卷 86，頁 472。

[43]〔清〕黃宗羲：《宋元學案》，卷 67，頁 675。

《讀書管見》雖也是解釋經義之作，但因有不少內容駁斥蔡沈的《書集傳》，反倒跟科考的關係不深。……至元代定蔡《傳》為科考專書後，一些不滿《書集傳》的著作更因乏人問津而先後失傳；相對於此，《讀書管見》則與吳澄的《書纂言》、金履祥的《尚書表注》並列為元儒《書》解的代表作。[44]

《讀書管見》在批判蔡沈觀點之外，實亦展現頗多自身之見解，遂成為王充耘《尚書》學之代表作。

《讀書管見》二卷，明刊本及《通志堂經解》題此書為《王耕野先生讀書管見》，冠作者名諱於書名前。明解縉《文毅集》、《續文獻通考》、《江西通志》載此書又作《書經管見》，然終以《讀書管見》一名較為通用。

王充耘於《讀書管見》之中，總計討論兩百六十二條經文，上卷一百零三條，下卷一百五十九條。現行刊本前有一篇無名氏序文，後則有梅鷟之跋。關於《讀書管見》成書之過程，無名氏序文有詳述始末，〈讀書管見序〉云：

> 先生易簀之際，書其卷端曰：「凡為吾徒者，須人錄一編，以的本付吾兒。」其惓惓遺後之意，為何如邪？先生沒，未幾而元綱板蕩，山棚構孽。世家藏書，悉遭焚盪。是編賴先生從子光薦密置諸壁中，僅免於燼。乃加補葺，取別本訂其訛闕，以付先生之子吉。(《管見》，卷上，頁168)

---

[44] 張藝曦：〈經學、書院與家族—南宋末到明初江西吉水的學術發展〉，《新史學》第23卷第4期，2012年12月，頁34-35。

從此段序文可知，《讀書管見》乃王充耘晚年得意之作，故欲學生皆抄錄之，而真本則留予其子王吉。據此可見《讀書管見》在元末似未曾刊行，其徒彼此之間所流傳皆為手抄本。而元末戰亂，幾將王家藏書悉盡焚燬，其中王吉所持有之原本亦已亡佚，可幸抄本仍在，王充耘姪子王光薦以其當初所錄之抄本藏於屋壁中，始免於難。後幾經抄本校對，終得勉完，付予王吉，由是《讀書管見》得以流傳於世。然經毀損重校之後，遂使《讀書管見》一書不可解之處甚多。梅鷟跋《讀書管見》云：

> 此書得之西臯王氏，寫者甚草草，而其末尤甚。當時恐失其真，輒以紙臨寫一本，而以意正若干字，略可讀。（《管見》，卷上，頁 168）

梅鷟所見本中已多有不可讀處，雖以己意正之，仍舊有難解處。《四庫全書總目》有謂：「〈禹貢〉篇『嶧陽孤桐』一條，語不可解。梅鷟跋稱此書得之西臯王氏，寫者草草，其末尤甚。此條疑亦當時所訛脫。」[45] 總之，弟子所傳抄，王光薦之再校，乃至於梅鷟以意正之，皆可能對《讀書管見》原始樣貌產生改變之影響。

一、《讀書管見》之特色與價值

王充耘三本《尚書》之著述中，其中讀書管見最為後世學者所推許，蓋因書中所論，多針砭蔡沈《書集傳》之說，無畏此書經已定科律於朝廷，並敢逆當時學術大潮而擊之。茲概述其特色與價值如次：

（一）對蔡沈《書集傳》之批評

---

[45] 《四庫全書總目》，卷 12，頁 8 下。

　　《讀書管見》最受人推許，乃在於其批駁蔡沈《書集傳》。清・齊召南《寶綸堂文鈔・尚書集解序》便指《讀書管見》等書意在匡救蔡《傳》瑕疵。其文曰：

> 朱子嘗折衷諸儒，蔡九峰本為《集傳》，視注疏已精矣。然馬廷鸞之《會編》、余苞舒之《讀蔡傳疑》、程直方之《辨正》、程葆舒之《訂誤》、陳師凱之《旁通》、王天與之《纂傳》、王充耘之《管見》，匡救瑕疵，即隨其後。此亦足見窮經至難，卷軸愈積而疑誤愈滋也。[46]

柯劭忞《新元史》亦云：「王充耘，元統中進士，著《讀書管見》二卷，考訂蔡《傳》，尤為精核焉。」[47] 元代科舉於《尚書》程式以蔡氏《書集傳》為標準，並可兼用古注疏，並未獨尊蔡《傳》。且元代學術所推尊者實為朱子，而蔡沈標舉朱子《尚書》學大纛，為世所重；然《書集傳》中，除〈堯典〉、〈舜典〉及〈大禹謨〉數篇曾經朱子訂正外，其他篇章註解中，蔡沈皆尊師說與否，實元代學者於《尚書》學之甚為關注者。《四庫全書總目》屢屢指出在宋元之際，多有學者著書指正蔡《傳》之失：如張葆舒《尚書蔡傳訂誤》、黃景昌《尚書蔡氏傳正誤》、程直方《蔡傳疑辨》、余苞舒《讀蔡傳疑》、金履祥《尚書表注》、陳櫟《書傳折衷》、董鼎《書蔡氏傳輯錄纂註》等，而此等著述大多成於元祐開科以前。元祐開科之後，蔡《傳》地位，驟然提升，諸多學者顧忌朝廷功令之威，禁聲拑口。雖然，勇於指陳蔡《傳》之誤者亦不乏其人。甘鵬雲《經學源流考》指出元代科考舉行後，尚有趙孟頫《書今古文集注》、吳澄《書纂言》以及王充耘《讀書管見》三書，猶不盡

---

46 〔清〕齊召南：《寶綸堂文鈔》，收入《續修四庫全書》1428 冊（上海：上海古籍出版社，1995 年影印遼寧省圖書館藏清嘉慶二年刻本），卷 4，頁 26 下。
47 柯劭忞：《新元史》（上海：開明書店，1935 年 6 月），卷 235，頁 449。

尊蔡氏。[48] 此外，據許育龍研究，許謙《讀書叢說》亦有駁蔡沈《書集傳》註解之觀點。[49] 由此可見，蔡《傳》在元代《尚書》學界，並未取得獨尊地位。

　　《讀書管見》雖多有針對蔡《傳》加以批評，然王充耘之於《書集傳》，其態度為何，實值得考察。〈讀書管見序〉稱王氏「能為蔡氏之忠臣，不啻蘇黃門《古史》之有功於子長也。」（《管見》，頁168）清・吳壽暘《拜經樓藏書題跋記》亦載：「梅跋後又云：《讀書管見》多前賢未發之意，而訓釋明暢，一洗世儒牽強補輳之謬，為功於九峯也鉅矣。」[50] 此等論說皆主張王充耘有功於蔡沈，其旨在補《書集傳》之未備。

　　關於《讀書管見》批評蔡沈《書集傳》部分，許育龍君曾從數據上分析，指出《讀書管見》明引蔡《傳》四十五次，僅其中二條肯定蔡沈之說，意即高達四十三條明確批駁蔡《傳》，約佔全書之六分之一。[51] 另外在暗引部分針對蔡《傳》批評亦有相當。許氏云：

> 王充耘《讀書管見》一書當中，有相當比例的成份是針對蔡沈《書集傳》一書的說法加以批駁，而其批駁又有兩種情況，一是用「《傳》云」、「《傳》者」、「《傳》謂」的方式，擺明就是反對《書集傳》的意見，這部份約占全書的六分之一；另一種情況，則是雖然沒有明確說出反對意見的出處，但是只要拿《書集傳》的文字來互相比照，便不難發現，這些說法也是專為蔡

---

[48] 甘鵬雲：《經學源流考》（臺北：廣文書局，1996年10月），卷2，頁62-63。

[49] 許育龍：《宋末至元初蔡沈《書集傳》文本闡釋與經典地位的提升》（臺北：臺灣大學中國文學研究所博士論文，2012年），頁168。

[50] 今《讀書管見》相關刊本所附梅鷟跋文皆無此文，吳壽暘亦云：「此數行，為通志堂所未刻，《經義考》亦未錄，惜以下皆遭割截，無從得其全文耳。」可見今所見梅跋亦有訛脫，非原本全貌。

[51] 許育龍：《宋末至元初蔡沈《書集傳》文本闡釋與經典地位的提升》，頁123-124。

沈的說解所發。[52]

至於暗引部分，許君並未計算。而本論文大致粗估，《讀書管見》暗駁蔡沈《書集傳》者計五十一條（條數過多不錄），幾乎全是批評意見，與明引駁蔡《傳》之四十三條相加，計有九十四條反駁蔡沈之說，約占全書三分之一。由此而分析知之，大凡《讀書管見》於論述中忽發議論，並謂曰「非也」、「未然」、「不是」等類似否定用語，幾乎均為針對蔡沈《書集傳》之註解而發。而王充耘評駁蔡沈之說，蓋有多端，包括訓詁名物、法理制度、篇章意旨乃至義理闡述等，而其反駁意見大致可歸納為下列數種趨勢。

1・以為《書集傳》所釋於經文無據

傳注詮釋之對象為經典，然歷代傳注家以「我」注六經者，亦所在多有。王充耘批判修訂蔡沈《書集傳》，即經常據經文以駁斥蔡沈之說法，認為蔡沈所釋於經文不合。如《讀書管見》云：

> 眾推禹為司空，則司空以下百揆也。不然，自后稷以下，皆有所命之職業，而百揆獨無職守，何邪？《傳》謂禹以司空兼百揆，經無兼官明文。（上／169）

「百揆」一詞，蔡沈《書集傳》以為類似冢宰之職務，而王充耘則認為「百揆非一官也，即後面九官之事；以其為事不一，故云百揆」。是以蔡沈於此以為禹乃以司空兼百揆，然王充耘既否定百揆為官職，則司空即百揆中事，且更提出蔡《傳》兼官之說，於經文無所據，乃運用「以經駁傳」之法批評蔡沈。

2・認為《書集傳》所釋有不符文理常理之處

---

52 許育龍：《宋末至元初蔡沈《書集傳》文本闡釋與經典地位的提升》，頁125。

王充耘時而亦批評蔡沈《書傳》之詮釋不符合事實推論或文理脈
絡，如王充耘論〈湯誥〉「賁若草木，兆民允殖」條云：

> 夫害民者去，而憔悴之民皆有生意，賁然如草木之榮茂而可觀
> 矣。若說天如草木，不成義理。（上／175）

王充耘此處乃批評蔡沈之說。《書集傳》云：「天命無所僭差，燦然若
草木之敷榮，兆民信乎其生殖矣。」[53] 蔡沈將天命比喻作草木，王充
耘批評如此則不成義理。此處所謂「義理」非理學之義理，乃指文理、
道理。若蔡氏以天如草木，此一比喻就今日觀之，亦不符合文理、道
理。

3・認為《書集傳》所釋未能掌握平易詮釋原則

蔡沈承朱子之學，其詮釋經義每有濃厚理學內涵，而王充耘雖未
反對以理學釋《書》之傾向，然實主張釋經應掌握平易原則，反對蔡
沈過度理學化之詮解。如《讀書管見》論〈太甲〉「顧諟天之明命」云：

> 天之明命，只是天之眷命，猶云「畏天之威」相似。《大學》引
> 此以釋明德，是斷章取義，如「緝熙敬止」之類。今釋《書》
> 者豈得反據《大學》而指為我之明德乎？若以為即明德，則於
> 後面「受天明命，以有九有之師」，將何以釋之乎？謂之明命，
> 猶云元命、大命，皆雅其稱謂耳。（上／176）

朱子理學強調本心之德性乃天命下貫而來，而其理論來自《大學》及
《中庸》，是以此兩《禮記》之篇，與論、孟合為四書，凌駕五經之上。
朱子曾據《大學》之說以解釋《尚書》。〈太甲〉原意乃伊尹訓告太甲

---

[53] 〔宋〕蔡沈撰：《書集傳》，卷3，頁92。

殷商之先王能長存天命於心，敬奉神祇。而朱子注《大學》引文則去除對象性，以「明命」解釋為「天之所以與我，而我之所以為德者也。」[54]以天命之性解釋之，與〈太甲〉原意指上帝所賦予殷商帝國之命祚說法不同。而蔡沈則承朱子《大學集注》之說，並直接移用以解〈太甲〉文句。蔡氏曰：「明命者，上天顯然之理而命之我者。在天為明命，在人為明德。」[55]朱子、蔡沈如此天賦明德之觀念，王充耘實亦有之，然王氏反對引用《大學》之斷章取義以註解〈太甲〉文句。王氏以為〈太甲〉「天之明命」只是天之眷命，並不具明德之意；且更引〈咸有一德〉「惟尹躬暨湯，咸有一德，克享天心，受天明命，以有九有之師」一段，申述其理，謂若天命是天德，則何以能擁有九有之師？故認為天命即天之眷顧，此實雅稱而已。可見王充耘解經，多不採艱深說理之詮釋角度。

　　蔡沈將《尚書》視為聖人治道相傳心法，故《書集傳》中往往有過度美化聖賢處事作為傾向，而王充耘雖亦以《尚書》乃可窺二帝三王心性事功之跡，然義理之過度解釋，則每有太巧之弊病。

4・對蔡沈「或說」常加以論定

　　《書集傳》對《尚書》文句之詮釋，偶有兩說並存者，如〈湯誓〉下注云：「湯，號也。或曰諡。」[56]如此則常以第一說為主，第二說則備參。而王充耘偶亦有針對蔡沈兩說並存者作出論斷。如《讀書管見》論〈堯典〉「堯典謂之虞書」條云：

> 《傳》云：或以為孔子定〈堯典〉為〈虞書〉。蓋非孔子，不能定也。」（上／168）

---

54 〔宋〕朱熹：《大學章句》，收入《景印文淵閣四庫全書》197 冊（臺北：臺灣商務印書館，1983 年），頁 3 上。

55 〔宋〕蔡沈：《書集傳》，卷 3，頁 97。

56 〔宋〕蔡沈：《書集傳》，卷 3，頁 86。

蔡沈於〈虞書〉下注云:「〈堯典〉雖紀唐堯之事,然本虞史所作,故曰〈虞書〉。……此云〈虞書〉,或以為孔子所定也。」[57]蔡沈認為〈虞書〉乃因虞史所作而得名,又提出或以為是孔子所定。王充耘則肯定〈虞書〉之得名,必是孔子所定。蓋因堯典記堯之事甚少,記堯時事乃為禪舜張本,可見堯典實為舜典起頭爾。如此鋪陳安排,非孔子何人能之哉!遂以蔡沈「或說」為是而論定之。

　　王充耘之於蔡沈《書集傳》批評者近百條,所包含之內容、型態相當多元,有砭其訓詁之失,有評其文理敘述脈絡,有駁其義理之呈現;總之,皆以為蔡沈所註解不合經典、聖人之原意,欲抉剔而更正之。王充耘評駁蔡沈之語,口吻頗為嚴厲:如批論心法之傳云「幾於可笑」,論九疇則謂之「可笑」,論〈洛誥〉「王肇稱殷禮」曰「幾于迂闊可笑」,凡此等尖銳嘲諷之言辭,足見王充耘對《書集傳》註解《尚書》不滿之心態。

(二)《讀書管見》之詮釋特色

　　《讀書管見》一書中所論議者計有兩百六十二條,於《尚書》各篇章以單元文句條列討論,各自獨立,似未系統連貫;然考察其中詮釋脈絡,仍可見其中自有詮釋方法及特色。

1・對《尚書》文字訓詁時出己見

　　韓愈稱《尚書》文字「詰詘聱牙」,蓋因時代久遠之故,後人不識古語舊文,解讀之際,困難重重。今日所見傳世之最早且完整註解者唯偽《孔傳》,後之傳注如《尚書正義》者,訓釋亦多本於《孔傳》。而蔡沈《書集傳》雖為另開典範之作,而於文字訓釋亦多承襲前人。許華峰嘗曰:「整體而言,《書集傳》的詞語解釋大多沿用前人之說而

---

[57]〔宋〕蔡沈:《書集傳》,卷1,頁1。

加以整理。」[58]王充耘《讀書管見》不專主於詞語訓釋，而彼於部分
文字訓詁多有自出樞機之見解，往往有別於前人之說，形成一己之特
色。如《讀書管見》訓「九族既睦」云：

　　既字當訓作盡，字如既月之既，言無一人不親睦也。（上／168）

〈堯典〉「九族既睦」，《孔傳》訓既為已，蔡沈未作別解，其意當同。
王充耘則改訓為盡，以為與〈舜典〉「既月乃日」之「既」字同解；蔡
《傳》解「既月」之「既」即為「盡」，王氏亦然。以既為盡，則九族
既睦意為九族盡睦，無一人不親睦。此訓解於經文意涵並無差異，然
於程度上凸顯帝堯明德之效，對聖人形象之描繪，豁然清晰如見，可
使聖人之修齊治平歷程，若親睹身受者也。

　　又《尚書》文句中，多有「惟」字，用作語助氣語，或作句首當
發語詞；然王充耘則每以此「惟」字解釋為「思」，如《讀書管見》論
〈說命〉「惟厥攸居」條云：

　　惟厥攸居，政事惟醇，兩惟字皆訓作思。（上／177）

「惟厥攸居」及「政事惟醇」之惟，一般理解應作語氣助詞用，然王
充耘強調應訓作思。其他處如論〈康誥〉「汝亦罔不克敬典，乃由裕民，
惟文王之敬忌，乃裕民」條云：

　　由訓用，惟訓思，言汝亦罔不克敬典，用以裕民，當思惟文王
　　之敬忌，以至裕民。（下／180）

---

[58] 許華峰：《蔡沈《朱文公訂正門人蔡九峯書集傳》的注經體式與解經特色》（臺
北：臺灣學生書局，2013 年 2 月），頁 275。

又如論〈洛誥〉「汝惟沖子惟終」條云：

> 「汝惟沖子，惟終」，惟者，思惟之惟。言汝年甚幼，後日方長，未可輕有所為，當思其終，毋使有今罔後也。（下／182）

又如《讀書管見》訓「迪惟前人光」云：「啟迪思惟前人之光。」（下／184）亦同。王充耘之所以堅持訓惟作思，蓋因突顯主體思維功夫之用。王氏於論十六字心法「惟精惟一」處曾言道：「惟精惟一，兩惟字乃其用功之方。精與一，蓋其效驗。」（上／170）「惟」乃用功之處，實即解作「思維」之意。思維是功夫，亦即主體自身需有著力處，唯於思維用功，方能得精一之效。王充耘此一認知應是上承朱子而來；朱子〈答杜仁仲〉第二通云：

> 「人心」、「道心」不能無異，亦是如此，然亦不須致疑，但「惟精惟一」，是著力要切處耳。[59]

朱子視精一為功夫，而王充耘則以思維為功夫；而兩者皆著重於闡揚主體道德工夫上用力。以是之故，王充耘幾將「惟」字盡釋為「思維」，此乃由義理判斷所作之訓詁，可謂王氏釋經之一特色。

2・以文法思維闡述《尚書》語句之意旨

王充耘以尚書一經擢進士，亦曾撰寫《書義矜式》及《書義主意》兩部科舉士子參考範式。而元代科舉基本延襲宋代，以經義、經疑為題，撰文申論，其中多主申述《尚書》文句義理內涵，王氏於尚書語

59　〔宋〕朱熹著，陳俊民校訂：《朱子文集》（臺北：德富文教基金會，2000 年 2 月），卷 62，頁 3082。

句結構連牽，旨意類比，當具特會。王氏所著《讀書管見》雖非為科舉程式參考，而受其學術歷練所薰染，於《尚書》文句結構，每以文法思維論之。王氏常論《尚書》中不同文句，時以作文之法分析之，指其意旨並無差別，一如作文用相同字詞述意時，為使行文不致呆板，往往變換語句，以使文章跌宕變化。如《讀書管見》中說：

> 「疇咨若時登庸」與「疇咨若予采」，作《書》者變文言之。（上／168）
>
> 文即藝，藝即文，故藝祖即文祖，非二人也。作《書》者變文而言之耳。（上／169）
>
> 詢于四岳非謀治於四岳之官，蓋諮詢命官之辭，作《書》者變文錯綜用字耳。（上／169）

上述三例，王充耘皆以為乃作《書》者變文言之，語雖不同，但命意則一，並無殊旨。又論〈洪範〉「皇極之敷言」處申明此一觀念更詳，其文曰：

> 遵義、遵道，同一遵字而析道、義為兩言；會極、歸極，同一極字而變會、歸為兩字，蓋其行文不得不爾，而意豈有異同哉？若必以一句為一義，則「無偏無黨」與「無黨無偏」，亦有兩意乎？（下／178）

〈洪範〉原文云：「無偏無黨，遵王之義；無有作好，遵王之道；無有作惡，遵王之路。……會其有極，歸其有極。」王充耘認為此段文字中，遵王之義、遵王之道，會極、歸極等語句，其字面文字雖有異，而意涵無有不同，乃行文為求變化之用者也。

此外，王充耘甚重《尚書》篇章文句之意義關連，並指出《尚書》文句各自作意主旨以及彼此之間之連繫關係。如分析〈舜典〉「帝曰：「咨！汝二十有二人，欽哉！惟時亮天功。三載考績；三考，黜陟幽明；庶績咸熙。分北三苗」云：

> 「欽哉！惟時亮天工」，是語言之告戒；「考績」「黜陟」，是法制之維持；「庶績咸熙」，是陟明之效；「分北三苗」，是黜幽之效。（上／170）

王氏以此一小節文句分成四層，點明各自文句之意涵，如此工夫，實科舉應試作文申論所必備之能力。

3．藉經文申述道德治術、義理思想

自古研讀《尚書》之學者，無不著重其中聖王賢相，王道平治之功績事蹟。王充耘之於《尚書》，深具肯棨，其嚮往三代以上清明政治，聖君在上，賢臣下輔之績，自不待言；並亟欲從中考察聖君之所以為聖，賢臣之所以能賢，其道德治術與義理思想之內涵如何。是以王充耘於尚書之陳述，多由道德、義理立說。如就政治而言，君主須如同聖人，身具極高道德典範以及聰明心智，方可勝任。《讀書管見》中對君主之道德義理，曾加闡釋，如釋〈泰誓〉「亶聰明，作元后」云：

> 聰明作元后，蓋合萬國而聽於一人，其舉直而錯枉，是是而非非，必無纖毫過差，而後足以服天下。非極聰明者不能。（下／177）

國君日理萬機，天下萬國盡聽命於一人，若非極聰明者不足以當此責。而此聰明乃指道德境界臻於聖者領域，並非眾人之聰明也。《讀書管見》

又說：

> 有能稽于眾而又舍己從人，則善言豈有隱而不聞者，宜其無所
> 伏也；能不廢困窮，則未至於困窮者可知矣，宜賢才之無遺也；
> 能不虐無告，則未至於無告者可知矣，宜萬邦之咸寧也。然而
> 此豈易能哉，非聖人不能也，故曰「惟帝時克」。（上／170）

帝王位居至尊，若無聖人之德，則靡能使善言聞達，困窮不廢、賢才
無遺，如是何能令萬邦咸寧哉！君王既需具備聖人之姿，故修德即為
君王最重要之功夫。其據尚書發揮道德治術、義理思想，可見一斑。

4・批評過度附會義理之詮釋

　　王充耘闡論尚書之道德、義理，每就事理分析，得其平實可行者；
至於過度鑿空附會，巧言飾辭之義理論說，甚為不滿。是以常針對蔡
沈及呂祖謙尚書說中過度之巧論空言，附會義理，往往直言批評。如
其中之最者即為「十六字傳授心法」所作之批評，以為自朱子以下確
認「十六字心法」乃聖王相傳義理密傳之說，為不可信而加以打破，
指出「人心惟危，道心惟微，惟精惟一，允執厥中」本無甚深奧妙理，
其言曰：

> 所謂中者，豈真有高遠難行之事，非聖人不可企及邪？今恆言
> 俗語，於事當其可者謂之中，其不可者則謂之不中。雖愚夫愚
> 婦皆能言之，又有何傳授心法之祕？（上／170）
> 中土呼事之當其可者謂之中，其不可者謂之不中。於物之好惡、
> 人之賢不肖，皆以中與不中目之。孟子所謂中也養不中；才也
> 養不才，即是指人之賢不肖言之也。其所謂中不中，猶南方人
> 言可與不可，好與不好耳。蓋其常言俗語，雖小夫賤隸皆能言

之，初無所謂深玄高妙也。（上／171）

朱子認為〈大禹謨〉「人心道心」十六字，乃聖人治心之法，要能操存制伏此心，即可治理天下；堯、舜、禹之間以此心法傳授，並載錄於《論語・堯曰》篇。而王充耘則從平常俗語之角度為釋，訓中為可不可之可、好不好之好，以心法之「中」即為俗語方言之「可」，並無深奧義理。

王充耘更進而指出此帝王心法之內涵本不待傳授而得；王氏以為舜、禹等人於未接受帝位前，未聞執中之旨時，而其言行已能暗合心法之義，《讀書管見》云：

> 舜自側微以至徵庸，觀其居家，則化頑嚚傲很者，使不為奸；命以職位，則能使百揆時敘而四門穆穆，過者化，存者神，治天下如運諸掌；斯時蓋未嘗聞執中之旨也，而所為已如此，豈其冥行罔覺，抑天質粹美而暗合妙道邪？（上／171）

舜、禹未聞傳心妙法前，其行為已若合符節；而即使舜、禹聽聞心法之後，其行為亦未嘗有變：「自授受之後，未聞其行事有大異於前日者，是堯之所傳，不足為舜損益也。」（上／171）可見「心法」之用，並非舜、禹成德致功之因，如此則又何有玄妙可言。是以王充耘總結之曰：「方其未聞也，其心不見有所損；及其既聞也，其心不見有所益，則謂之為傳授心法者，吾未敢以為然也。」（上／171）王充耘並非否定堯、舜、禹在繼位之時當有警飭之辭，然若必以此等勉勵警敕之語，斷定為不傳祕法，實為不當之過度附會鑿空論說。

（三）《讀書管見》辨《古文尚書》之偽

《讀書管見》於《尚書》辨偽史上，亦有一定之貢獻。書中雖未

明白提出古文《尚書》為偽之論點，然於古文《尚書》提出質疑，此對清儒之研究成果亦有推波助瀾之效。閻若璩《尚書古文疏證》即錄有王充耘所論三條以茲參考。王充耘辨《尚書》之偽，其論述約有下列四點：

1・疑〈大禹謨〉乃後人附會而成

《讀書管見》辨偽之說，其最重要論點在於明確質疑〈大禹謨〉之可信性，而其辨偽論點可分為二：一為對傳授心法之駁斥，二乃置疑於〈禹謨〉之來源。駁斥傳授心法，以為「十六字心法」並非聖王相傳密法，此就《尚書》文本而言，與辨《尚書》之偽實無必然關係，然王充耘既反對有心法傳授之事，遂由此更進而質疑〈大禹謨〉之真實性。王氏以為：「〈禹謨〉一篇出於孔壁，深有可疑。」（上／171）王氏認為禹所陳謨已見於〈皋陶謨〉、〈益稷〉篇中，不應更有〈大禹謨〉，《讀書管見》云：

> 禹與皋陶、舜三人答辭，自具見於〈皋陶謨〉、〈益稷〉篇中，如「予思日孜孜」、「帝，慎乃在位」，此即禹所陳之謨矣，安得又有〈大禹謨〉一篇。（上／171）

今文〈皋陶謨〉中載舜曾命禹昌言，禹遂以「思日孜孜」為說，並陳述所以治水之心路歷程，並規諫舜「慎乃在位」。王充耘此等辭語即是禹所陳之謨，不應另有〈大禹謨〉。王氏此論說雖與後世考證結果相合，然據〈皋陶謨〉中已有禹陳之謨，遂斷〈大禹謨〉為偽，此於思維邏輯則不必然，有以偏蓋全之失。而王充耘更有分析〈大禹謨〉文體製作，以〈大禹謨〉雜亂無敘，體製與其他篇不類，由是而推知〈禹謨〉為偽之論。其論曰：

〈堯典〉、〈舜典〉雖紀事不一，而先後布置皆有次序；皋陶、益、稷雖各自陳說，而首尾答問，一一相照。獨〈禹謨〉一篇，雜亂無敘，其間只如益贊堯一段，安得為謨；舜讓禹一段，當名之為典；禹征苗一段，當名之為誓。今皆混而為一，名之曰謨，殊與餘篇體製不類。(上／171)

王充耘指出〈大禹謨〉若與〈堯典〉、〈舜典〉相較，二典中之問答對話，皆首尾相照，布置相當有次序，而大禹謨則顯得雜亂無敘，典、謨、訓、誥、誓、命之體，混淆錯亂，如此篇章，其可信乎？如此辨偽，雖屬臆測，然於辨古文偽作，不無推波助瀾之效。

王充耘對〈大禹謨〉所載禹征苗之事，亦表懷疑，其論曰：

夫舜以耄期倦勤而授禹，禹安得舍朝廷之事而親征有苗，舜又安能以耄期之餘而誕敷文德。必勵精為治，克己布政，使所為有加於前，方可名曰誕敷，恐非年老之所能。果能之，則不必授禹矣！**故嘗謂〈禹謨〉必漢儒傅會之書，其征苗之事必不可信。**(上／171)

後世不察，遂以為舜誅四凶，皆攝位時事。故於禹征有苗處說不通，遂以為三苗乍臣乍叛，寧有此事邪？夫三苗既匪在朝之臣，舜得不動干戈，執其君而竄之。舜執其君無所難，禹以六師而反不服，何邪？蓋苗頑不即工，故征之。來格而後分北竄徙之，所謂皋陶施象刑，則加以流竄者是也。豈施以刑不服，而後征之邪？然既懷之以文德而來格，苗則已革心向化矣，又從而追咎其既往而分北之，豈叛則討之，服則佑之之謂乎？聖人必不爾也。蓋征苗而苗格，此出安國古文，與〈舜典〉、〈益稷〉、〈皋陶謨〉相抵牾，**此必漢儒傅會之辭，不可盡信。**(上／

173）

若止于竄，其君不當稱民。既云無世在下，不當後來又有征苗之事。以此見竄三苗者，不但竄其君，必并其民而徙之，故云分北三苗。後來苗民被竄者，皆改所事，故〈禹貢〉云：三苗丕敘。而〈禹謨〉征苗一段，**此後人杜撰之辭，非實事也。**（下／188）

以上三段文字，王充耘以事理而論之，以為大禹征苗之事乃漢儒或後人所附會，其原因有二：其一，舜以老耄之期將遜帝位於禹，禹何以捨國內之政而大興兵革，此不合理。其二，舜在位時，有苗已歸順，且舜分北三苗，則苗已革心向化，何故禹必征伐之，此不合乎聖人行事義理。考之先秦典籍，禹征有苗之事載錄頗多，如《墨子・兼愛下》云：「禹曰：濟濟有眾，咸聽朕言。非惟小子，敢行稱亂。蠢茲有苗，用天之罰。若予既率爾群對諸群，以征有苗。禹之征有苗也。」[60]《呂氏春秋・上德》亦載：「三苗不服，禹請攻之。舜曰：以德可也。行德三年而三苗服。」[61]《韓詩外傳》亦有云：「當舜之時，有苗不服。……禹請伐之而舜不許。曰：吾喻教猶未竭也。久喻教而有苗氏請服。」[62]此皆漢代以前所流傳之事，可見先秦之時確有禹征有苗之說。王充耘既以〈禹謨〉為偽，自不信禹征苗之事，轉以〈舜典〉分北三苗立論，以為有苗早已來格，以此辨大禹謨之偽，實有竊鈇意鄰之病。

2・辨〈舜典〉開篇二十八字為後人偽增

伏生所傳《今文尚書》，〈堯典〉本與〈舜典〉相合，後來《古文

---

[60] 〔清〕孫詒讓：《墨子閒詁》，收入《新編諸子集成》冊6（臺北：世界書局，1972年10月），卷4，頁76。

[61] 〔漢〕高誘注，清・畢沅校：《呂氏春秋新校正》，收入《新編諸子集成》冊6（臺北：世界書局，1972年10月），卷19，頁241。

[62] 〔漢〕韓嬰：《韓詩外傳》，收入《景印文淵閣四庫全書》89冊（臺北：臺灣商務印書館，1983年），卷3，頁13上-13下。

尚書》以〈堯典〉自「慎徽五典」以下，割裂為〈舜典〉。其後姚方興上呈朝廷之《尚書》本，於「慎徽五典」之前，有「曰若稽古帝舜，曰重華協于帝。濬哲文明，溫恭允塞，玄德升聞，乃命以位」等二十八字，但未獲施行。後隋文帝時，劉炫又將之並入梅《書》，立於學官。關於二十八字之真偽，歷來多有疑者，而王充耘亦認為此二十八字乃偽造之文。其論曰：

> 〈舜典〉與〈堯典〉本合為一篇。篇首二十八字，蓋後人偽增也，故其文上下皆不相蒙。（上／168）

王充耘以為二十八字文意與上下不合，故認定為後人所偽增。王氏雖不復深入考證，然以其文章功力，敏銳感受，直指此二十八字本非尚書原有之文。

3．辨《尚書》文句有後人附會者

王充耘精於作文之法，故頗能考察文句彼關係，進而據文意、語法之齟齬，有所質疑。如論〈說命〉云：

> 「若跣弗視地，厥足用傷」與「若藥弗瞑眩，厥疾弗瘳」之語不倫，意亦不相對值。竊意前二句是古書，後二句是傅會。（上／177）

王充耘認為「若跣，弗視地，厥足用傷」與「若藥，弗瞑眩，厥疾弗瘳」兩句意不對值，然所引兩句順序與〈說命〉不同，〈說命〉前二句是「若藥，弗瞑眩，厥疾弗瘳」，後二句是「若跣，弗視地，厥用足傷」，故王充耘所謂前二句是古書，後二句是附會，按理應照尚書原文順序，「若藥」二句為古書，「若跣」二句為附會。王充耘雖謂二句意不對值，

故有一偽，如此論述，理據不足；考之《國語》〈楚語上〉云：「若藥
不瞑眩，厥疾不瘳；若跣不視地，厥足用傷」[63]，《國語》本即兩組四
句相連屬，並無附會問題。或王充耘知《孟子》引「若藥不瞑眩，厥
疾不瘳」兩句，是以斷為《尚書》文句，遂有此說。故閻若璩譏評之
曰：

> 予笑是止讀過《孟子》，而未讀過《國語》者。豈足服作偽者之
> 心。作偽者學儘博。[64]

4・認為古文《尚書》出於一手

今人已知古文《尚書》蓋為東晉南朝宋之間所出之偽書，作偽者
雖難斷定為何人，然皆認同乃出同一人所假造。王充耘當時即斷以為
《尚書》古文篇章乃出於一人之手。其言曰：

> 蓋古文《書》出於一手，故其言每每相重。（上／177）
> 吾意古文只是出于一手，掇拾附會，故自不覺犯重耳。（下／184）

王充耘根據古文《尚書》中往往有重出語句，而認為應是一人之筆。
王氏曾舉實例曰：

> 一段（皇天無親止終以困窮）與〈太甲〉篇相出入。言天輔民
> 懷即是克敬惟親，懷于有仁之說。為善而歸于治，為惡而歸于

---

[63] 〔三國吳〕韋昭注：《國語》，收入《景印文淵閣四庫全書》406 冊（臺北：臺
灣商務印書館，1983 年），卷 17，頁 15 下。
[64] 〔清〕閻若璩撰，黃懷信、呂翊欣校點《尚書古文疏證》（上海：上海古籍出版
社，2010 年 12 月第一版）下冊，卷八，頁 627，第一百十八條「言王充耘疑古文
三條」。

亂，即是「與治同道罔不興，與亂同事罔不亡」之說。「惟厥終，
終以不困」；不惟厥終，終以困窮，即是自周有終，相亦惟終。
其後嗣王罔克有終，相亦罔終之說。（下／184）

王充耘以〈蔡仲之命〉與〈太甲〉相校，見出多有相同意旨文句，因
此認為此必偽作古文者掇拾附會所為。

二、《書義矜式》及《書義主意》概述

　　《讀書管見》固為王充耘《尚書》學著述之典範，然《書義矜式》
及《書義主意》則為王氏身體力行之成就表現，雖然，二者每因被視
為為科舉而作之程文講章，評價不高。

　　《書義矜式》及《書義主意》分別各六卷。《書義矜式》今存有元
刻本，清抄本、藍格舊抄本及《四庫全書》本，本文所據版本為《中
華再造善本》據南京圖書館所藏元刊本之影印本。《書義主意》則有元
至正年間刊本、明藍格抄本、毛氏汲古閣影寫元至正八年建安劉氏日
新堂刊本、清道光影寫元刊本、《粵雅堂叢書》三編本、《叢書集成初
編》本。而本文所據版本為清道光年間影寫元刊本之清本。

　　《四庫總目》稱《書義矜式》為王充耘所撰之「經義程式」，可見
此書乃為科舉而作者。元代科舉考試以經義為主，大抵承襲宋代之經
義策論，張雲章云：

　　宋熙寧四年，王安石始更科舉法，罷詩賦，以經義論策試士。
　　士各占法一經，此經義之始。其格律有破題、接題、小講、謂
　　之冒子。冒子後入官題，官題下有原題、有大講、有餘意，亦
　　曰從講、又有原經，亦曰考經、有結尾，承襲既久，冗長繁複
　　可厭，則不盡拘格律，然大槩有冒題、原題、講題、結題，此
　　經義定式也。充耘主張題意，率本功令，而又自為經義，名曰

《矜式》。存此猶見當時體製。[65]

經義考試有數道規則，冒題、原題、講題、結題為不可移易者，而張雲章由王充耘《書義矜式》之文，可以考見當時科舉時文之體製。《四庫全書》於《書義矜式》書前提要亦稱此書乃充耘「即所業之經，篇摘數題，各為程文，以示標準。雖于經旨無所發明，而一時場屋之體，稱為最工，存之亦可見風尚所在。」[66]可見《書義矜式》乃王充耘擬題而作，以為應試取法墨程文章。其體裁不載全部經文，僅摘錄經文可能命題者，逐句詮釋。俞樾有云：「元初王充耘著《書義矜式》，有破題、接題，有小講、大講、後講。是又八比時文之濫觴。」[67]。然由於《書義矜式》並未明確標舉作文之竅要，就今觀之，難分何處為冒題、原題、講題及結題，要之即如多篇闡發經義之文章。

　科舉程文，雖為當世學子參考範本，然於學術史上評價有限，張雲章即云：「充耘名進士，是編之出，操觚家詎不奉為鴻寶哉。今雖流傳，於後孰取而寓目焉？」[68]皮錫瑞更批評如此經義考試，實為荒經蔑古，其《經學歷史·經學積衰時代》云：

> 南宋雖廢《新義》，而仍用其墨義之法。朱子謂經義甚害事，分明是侮聖人之言，詩賦卻無害。朱子豈不知經義取士優於詩賦，而其言如是，則當時經義為經之蠹可知。元人因之，而制為四書五經疑，明初用四書疑，後乃改四書五經義。其破承原起之法，本於元王充耘《書義矜式》，又本於呂惠卿、王雱之墨義。

65　〔清〕朱彝尊：《經義考》，卷86，頁472。
66　〔宋〕王充耘：《書義矜式》，《景印文淵閣四庫全書》，提要，頁2上。
67　〔清〕俞樾：《春在堂襍文六編補遺》，收入《續修四庫全書》1550冊（上海：上海古籍出版社，1995年，影印清光緒二十五年刻《春在堂全書》本），卷2，頁1下。
68　〔清〕朱彝尊：《經義考》，卷86，頁472。

名為明經取士，實為荒經蔑古之最。[69]

皮錫瑞雖為批評經義取士之法而發，然彼獨舉《書義矜式》為例，其意蓋謂此書亦有推波助瀾之力。然若僅論《書義矜式》之特點，則是書仍有可取之處。《四庫總目》即以為此書尚能發明經義，不無可取，故仍將之列入經部書籍中。其言云：

> 此書乃科舉程文，當歸集部。然雖非詁經之書，實亦發明經義，入之別集為不類，故仍入經部附錄中。[70]

阮元《文選樓藏書記》亦云：「是書節取篇中有關治理者，詳為訓解。」[71]由此可見，《書義矜式》在闡發經義及發明治道上，仍有其價值，不可因其為科舉程文而廢之。

　　《書義主意》最早由元代書商劉錦文刊刻，劉錦文並將倪士毅《作義要訣》附於前，又以張泰《群英書義》[72]附於後，並稱許《書義主意》「語雖不離乎傳注之中，而實有得乎傳注之外，又可謂能發蔡氏之所未言者歟！」（《主意》，序，頁2上-2下）可見《書義主意》具有別於蔡《傳》之發揮見解，非亦步亦趨，遵循守舊之作。然彭元瑞《知聖道齋讀書跋》推測此書乃劉錦文所刪輯，非王氏原書樣貌；彼曰：「此

---

[69] 〔清〕皮錫瑞：《經學歷史》（臺北：漢京文化事業有限公司，1983年9月），頁277-278。

[70] 《四庫全書總目》，卷12，頁44下。

[71] 〔清〕阮元：《文選樓藏書記》，清李氏越縵堂烏絲欄鈔本，卷3，頁3下。

[72] 《群英書義》之作者，據劉錦文刻本所載為旴江人張泰，字叔亨所編。今人多將之視為明人張泰，如《四庫未收書輯刊》即列張泰朝代為明朝，而臺灣故宮博物院「數位典藏與學習聯合目錄」亦將張泰列為明人。然劉錦文乃在元至正年間刻印《書義主意》及《群英書義》，則張泰自是元人。而《明史》亦有張泰，字亦為叔亨。然《明史》載其為成化二年（1466）進士，與至正年間相差有百餘年，故《群英書義》作者不可能是明人張泰。徐乾學《傳是樓書目》即標明張泰為元人，可見與明張泰非同一人。

書與《書義矜式》命題略同，而簡陋殊甚，或僅破題數語，蓋劉氏書林所輯行卷，非耕埜意也。」[73]此說雖有理，而未必可據。

《書義主意》雖為科舉而作，然於思想上仍有其價值，劉錦文即指出《書義主意》所闡釋之經義內容，可有補於治道，〈書義主意序〉云：

> 學者苟先熟乎經傳，因是推廣而講明之，則於二帝三王之道，自有以得其蘊矣。學優而仕，其於致君澤民，豈小補哉！（《主意》，序，頁 2 下-3 上）

劉錦文認為據《書義主意》等書推而究之，可得二帝三王之道，於致君澤民可有所裨補。《書義主意》不唯止於墨程之作，其內容展示經義，可得《尚書》義理精蘊。此雖有過譽之嫌，亦不無道理。

《書義主意》之詮釋編排與《書義矜式》大致相同，先舉某段經文為題，再申說發揮其經義。而《書義主意》益類似講章之作，先出一說之後，往往再起一文繼續深論，或用「又」字間隔，反覆說明經題，偶爾用「破」為標題，直接注明主旨。書中論述較重視指導應舉者撰寫舉業之技巧，如謂：「此是只與命皋陶者對看，便見得分曉」（《主義》，卷 1，頁 10 下）「須如此發明，其意方明白。」（《主義》，卷 3，頁 8 上）凡此皆在指導科舉寫作之要法。

王充耘《尚書》著述中，《讀書管見》乃最後作品無疑，而《書義主意》據書前謝升孫序言作於至正七年，則是成書時間下限。至於《書義矜式》成書時間則無明確資料可據。然而若比較三書說法，則仍可略得線索。王充耘於三本《尚書》著述中，皆論及〈舜典〉「詢于四岳，

---

[73] 〔清〕彭元瑞：《知聖道齋讀書跋》（上海：商務印書館，1936 年 6 月，《叢書集成初編》與《經籍跋文》合刊本），卷 1，頁 3。

闢四門，明四目，達四聰」之文，其中論述要義略有不同，或可窺其脈絡。首先《書義矜式》云：

> 帝舜即位之初，謀治於四岳之官，使其闢四方之門，以來天下之賢俊。（《矜式》，卷 1，頁 12 下）
>
> 為四岳者，當闢四方之門，以廣求賢哲，布于朝廷，旁招俊乂，列于庶位，使野無遺賢可也。……為四岳者，當明四方之目，為己遠視而無所蔽，達四方之聰，為己遠聽而無所壅，使嘉言罔攸伏可也。（《矜式》，卷 1，頁 13 下）

《書義矜式》乃依據蔡沈《書集傳》加以闡發，《書集傳》云：「舜既告廟即位，乃謀治于四岳之官，開四方之門，以來天下之賢俊，廣四方之視聽，以決天下之壅蔽。」[74]兩相對照，皆謂舜謀治於四岳，而闢四門是為來天下之賢俊。而《書義矜式》更據此謂四岳是為人君之耳目，為其視聽而使無蔽壅，可見《書義矜式》是據蔡《傳》而發揮。而觀之《書義主意》則不同於蔡《傳》，其言云：

> 舜命二十二人，四岳居其一，則其咨命之辭，與十二牧、九官一體。下三句是責任四岳職事。四岳掌四方諸侯朝聘，則四門只是賓四門，而注乃云來賢俊。諸侯來朝，則必奏言試功，明目以察之，達聰以聽之，四岳之責也；而說者乃云決壅蔽。註未得經意。今只依《傳》發明，而中間卻要指言此是命四岳職事，卻以前意插入其間。蓋四方諸侯，故來自四門，而明目達聰，亦以四言，東西南北，無不周徧，毋使明於此而昧於彼可也。（《主意》，卷 1，頁 7 上-7 下）

---

[74] 〔宋〕蔡沈：《書集傳》，卷 1，頁 16。

《書義主意》所說，明顯反駁蔡《傳》，首先以詢于四岳為咨命之辭，其下言語乃責任四岳職事，與《書義矜式》中謀治於四岳之說不同。又《書義主意》批評蔡《傳》來賢俊、決壅蔽之說，並以為四方諸侯自四門而來，四岳則應明目達聰，勿使明於此而昧於彼。

　　《書義矜式》依循蔡《傳》，《書義主意》則批評蔡《傳》，兩者孰先孰後，則需賴《讀書管見》以判定之。《讀書管見》釋「詢于四岳」云：

> 詢于四岳，非謀治於四岳之官，蓋咨詢皆命官之辭，作書者變文錯綜用字耳。下文闢四門、明四目、達四聰，即四岳職事。蓋四岳統四方諸侯，其來各以方至，故當闢四門以接之。敷奏以言，聽之者，四岳也。明試以功，察之者，四岳也。故當明四目、達四聰，不然則察於東而昧於西，詳於南而略於北矣。若以詢四岳非命四岳以職事，則後面總命二十二人，無乃欠一人乎！（《管見》，卷上，頁169）

《讀書管見》所言乃以《書義主意》論述為基礎，開展而來。《讀書管見》強調詢于四岳乃命官之辭，非謀治之說，此與《書義主意》相同。而《讀書管見》更明說四岳職掌，而《書義主意》僅言四岳應為君主明目達聰，而《讀書管見》則更進而說明除闢四門為四岳職掌外，即以敷奏以言、明試以功，皆為四岳對四方諸侯所作之考核。而《讀書管見》云「不然則察於東而昧於西，詳於南而略於北矣」，亦應是自《書義主意》「明於此而昧於彼」變化而來。

　　故由此推論，王充耘三部《尚書》著述之成書順序，當首為《書義矜式》，次《書義主意》，末則《讀書管見》。

　　總體而言，《書義主意》就形式而言，乃科舉寫作之原則方法指導參考書，其中重視如何分析文義，以掌握論述重點，而《書義矜式》可視為王充耘所撰寫之科舉範文。兩者雖同為科舉而作，而體裁與重心，仍各有偏向也。

伍、王充耘《尚書》學對後世之影響

　　王充耘《尚書》學三本著述，其學術思想前後期差異極大；其前期所作《書義矜式》及《書義主意》，約撰寫刻印於其中年得舉之後，乃書其科舉心得而作之程文講章，故其影響主要在當代科舉應試者程文寫作之指導，其內容不出科舉規範之外，而書中所述治道思想理論，亦多不出蔡沈《書集傳》之牢籠，故後世學者多未予以關注。至於《讀書管見》，則為王充耘研讀尚書心得所寄，並能突破《書集傳》規鎖，凸顯頗多獨特意見，是以明清之際，有不宥於蔡傳而企圖突破理學典範藩籬者，每多採納王氏管見之論述觀點；故《讀書管見》既可視為王充耘之代表作，而其對後世研究《尚書》者，亦具甚多可貴之啟蒙觀點，對後世尚書研究影響較深。茲探討王充耘《尚書》學對後世詮釋者之影響如下：

一、對《尚書》辨偽之影響

　　《古文尚書》辨偽，自南宋吳棫、朱子指出《尚書》文體差異，遂啟導後來學者繼續深入研探。入元之後，有吳澄盡棄古文篇章，專釋今文二十八篇；趙孟頫亦分今文、古文，未予同等。《古文尚書》真偽問題益形重視。王充耘雖未於今、古文真偽作出合理確然之判斷論述，然彼懷疑《古文尚書》中重要之〈大禹謨〉，此篇可謂理學家立論之基石，致使學者推而抉發全部《古文尚書》篇章；因此王氏於《尚

書》辨偽史上,亦具一定程度之貢獻。李榮陛《尚書考》云:「若〈禹謨〉之謬,元人王充耘已得其概而條析。」[75]文廷式《純常子枝語》也云:「此不信傳心之說,甚識甚卓。其謂偽古文出於一手,掇拾附會,尤為洞見竅會;元人吳草廬外,當推王氏矣。」[76]諸學者均指王充耘懷疑〈大禹謨〉,以及提出《古文尚書》出於一手之說,於疑《古文尚書》潮流之中,實具推波助瀾之效。

　　自明朝梅鷟《尚書考異》出,枚指後出二十五篇中語句,往往掇拾古籍引《書》之文,拼湊連類而成,為《尚書》辨偽奠定真實論證之基礎。而迄於清代,又有閻若璩、惠棟等學者更深發探賾,閻若璩著《尚書古文疏證》,提出一百二十八條論證,遂使此流傳千餘年之歷史公案,大明於世。閻若璩所提出之論斷,實集前人辨偽潮流之大成。其中王充耘於《尚書》辨偽之言論,亦受閻若璩所推許吸納。如:《尚書古文疏證》第一百一十八條中引及王充耘三項論說,其文曰:

> 一曰〈堯典〉、〈舜典〉雖紀事不一,而先後佈置皆有次序。皋陶、益稷雖各自陳說,而首尾答問,一一相照,獨〈禹謨〉一篇雜亂無敘,其間只有益贊堯一段,安得為謨。舜讓禹一段當名之以典,禹征苗一段當名之以誓,今皆混而為一,名之曰謨,殊與餘篇體制不同。
> 一曰〈蔡仲之命〉一段絕與〈太甲〉篇相出入,言天輔民懷,即是克敬惟親,懷於有仁之說。為善同歸於治,為惡同歸於亂,即是與治同道,罔不興,與亂同事,罔不亡之說。惟厥終,終以不困,不惟厥終,終以困窮,即是自周有終相亦罔耳。

<hr>

[75] 〔清〕李榮陛:《尚書考》,收入《續修四庫全書》45 冊(上海:上海古籍出版社,1995 年),卷 1,頁 2 上。

[76] 〔清〕文廷式:《純常子枝語》,收入《續修四庫全書》1165 冊(上海:上海古籍出版社,1995 年,影印民國三十二年刻本),卷 4,頁 7 上-7 下。

一曰〈顧命〉一篇鋪敘始末，宛如圖畫。嘗謂今文書如〈禹貢〉、〈洪範〉、〈顧命〉、〈費誓〉條理曲折，法度森嚴，若有錯簡缺文，則全無可理會矣。而此皆出於伏生所授。先儒謂伏生書不可曉，晁錯略以意屬讀，此等豈晁錯自能以意想像而言之者乎。故知衛宏之序，似預袒後來古文而抑今文，其言決未可信。[77]

閻若璩書中詳載王充耘三說，可見閻氏認可王充耘辨偽思維。然閻若璩亦有評王充耘之失者，如前所述，閻氏謂王充耘唯據《孟子》之文，遂認定「若藥」為真古書，而懷疑「若跣，弗視地，厥足用傷」為偽，未見《國語》所載，是其缺失。由是而知，王充耘於《尚書》辨偽史上雖有見地而未成熟，思慮亦未周延。而王充耘既繼承前人所述，開後世學識，具中繼者之位，不可一筆抹殺。朱彝尊《經義考》嘗次王充耘於辨偽行列中，其文曰：

按《古文尚書》，晉唐以來未有疑焉者，疑之自吳才老始，而朱子大疑之。其後吳幼清、趙子昂、王與耘輩群疑之。至明而梅氏之《尚書譜》、羅氏之《尚書是正》則排擊亦多術矣。近山陽閻百詩氏復作《古文尚書疏證》，其吹疵摘謬加密。[78]

前修未密，後出轉精，前賢後學，相與接續，偽《古文尚書》公案方得以澄清，而王充耘雖非主力辨證者，當仍具一席之地。

二、名物制度說法對後世之影響

---

[77] 〔清〕閻若璩撰，黃懷信、呂翊欣校點：《尚書古文疏證》（上海：上海古籍出版社，2010 年 12 月第一版）下冊，卷八，頁 626-627，第一百十八條「言王充耘疑古文三條」。

[78] 〔清〕朱彝尊：《經義考》，卷 74，頁 413。。

夫義理論述，全憑思維，思則得之；名物制度，時空錯位，考之
實難。《尚書》之中，有關名物制度者甚夥，其中〈禹貢〉之地理，〈顧
命〉之喪制，〈呂刑〉之刑法，皆關乎名物典制之篇。〈禹貢〉一篇，
主記山川地理人文風貌，若說解者失考諸實際地理，又或山川變異，
滄海桑田，於是乎釋經往往有所不合，故歷來講論〈禹貢〉，其中頗多
爭議，朱子嘗云：

> 嗚呼，〈禹貢〉所載者九州之山川，吾之足跡未能遍乎荊、揚，
> 而見其所可疑者已如此，不知耳目見聞之所不及，所可疑者又
> 當幾何？是固不可得而知矣！[79]

朱子即明確指出〈禹貢〉所載山川形勢，與實際地理現象往往不合，
因而認為〈禹貢〉作者可能未曾實地考察，僅憑空描述。而王充耘《讀
書管見》對於〈禹貢〉地理亦有所辨說。

如王充耘論敷淺原。敷淺原亦為古地名，〈禹貢〉於導山處云：「岷
山之陽，至于衡山，過九江，至于敷淺原。」敷淺原位置所在，歷來
爭論不休。《孔傳》謂敷淺原一名博陽山，在揚州豫章界。[80] 朱子以
為敷淺原乃廬山，其〈九江彭蠡辨〉云：「而其全體正脈遂起而為廬阜，
則甚高且大，以盡乎大江、彭蠡之交，而所以識夫衡山東過一支之極
者，唯是乃為宜耳。」[81] 認為廬山雄峙於長江及鄱陽湖匯口，作為治
水標記，當極明顯，故主張敷淺原當指廬山。然而王充耘則否定此說；
王氏以為「敷淺原」既謂之「原」，即不應指山而言，其說云：

> 敷淺原恐非廬山。高平曰原，而又名敷淺，則必平曠之地，不

79　《朱子文集》，卷72，頁3585。
80　《尚書正義》，卷6，頁24。
81　《朱子文集》，卷72，頁3585。

為高山可知。〈禹貢〉導山，即所以導水，不論山之高大，但於水有干涉，曾用工者則錄之。若謂其表見諸山，必其高大可以辨疆域，廣博可以奠民居，則五岳之中嵩山，揚州則若舒州之灊山，江東之茅山、九華山之類，其綿亘皆數百里，何故略不載紀邪？（《管見》，卷上，頁 173）

王充耘以為就敷淺原之原字而言，本無高山之意，《說文》曰「高平曰原」[82]，名既如此，則非指廬山可知。王氏進而批評朱子以廬山高大可為標誌之說，以為〈禹貢〉所記，乃曾治水用功者，非必高山地形。此說雖未有明確證據，而從地理名稱解析入手，本非毫無道理者。是故後世學者於論敷淺原時，亦往往引用其說以為辨析；如明人朱睦㮮《五經稽疑》即引其說批評朱子，以為據〈禹貢〉體例而言，若非治水曾著力者，「山雖大不錄也。」[83]。而毛奇齡《尚書廣聽錄》論敷淺原時亦引王氏之說作為註腳。另如胡渭亦曾參考王充耘之說而謂：

廬山盤基廣大，其陽必有平敞之原。但曠衍無奇，選勝者所不道。而志家又因仍舊說，不能詳考指言其狀耳。以此求之，庶不失朱子之意，而又不即以高山為平小，犯學者之所疑。[84]

胡渭以為敷淺原應當廬山東南麓高平之地，而非廬山。胡氏考集眾說而成此論，即有以王充耘高平為原之論，可見王氏說影響所及。

---

[82] 〔漢〕許慎撰，〔清〕段玉裁注：《新添古音說文解字注》（臺北：洪葉文化事業有限公司，2003 年 10 月），二篇下，頁 12 下。

[83] 〔清〕朱睦㮮：《五經稽疑》，收入《景印文淵閣四庫全書》184 冊（臺北：臺灣商務印書館，1983 年，），卷 2，頁 10 上。

[84] 〔清〕胡渭：《禹貢錐指》，收入《景印文淵閣四庫全書》67 冊（臺北：臺灣商務印書館，1983 年），卷 11 下，頁 23 下。

三、義理之說對後世之影響

　　王充耘解釋《尚書》雖批判蔡沈《書集傳》義理有鑿空不合之處，而亦頗從義理著手，且著重《尚書》所蘊含之治道思想，故其詮釋亦往往發揮義理之說。後世詮釋《尚書》者亦有採用其說者。如胡廣《書經大全》有三處引述王充耘之論說，皆偏重於其義理之闡述。如：

> 王氏充耘曰：欽明文思安安，是堯之得於天者異於人。允恭克讓，是堯之見諸行事者異於人。欽明文思，或可能也，安安，不可能也。恭讓，或可能也，允克，不可能也。[85]

此所引用之文乃出自《書義主意》中兩段文字，而《書經大全》合併引述言之。[86] 而明人李修吉著《理學邇言》，其中有考證經書錯誤處，於《書》引六條，中有兩條皆採王充耘之說。[87]其他如胡渭《洪範正論》[88]、朱鶴齡《尚書埤傳》[89]、清人戴鈞衡《書傳補商》[90]皆有引用王充耘之說，可見王氏書說之影響力。

---

[85] 〔明〕胡廣：《書經大全》，收入《景印文淵閣四庫全書》63 冊（臺北：臺灣商務印書館，1983 年），卷 1，頁 4 下。

[86] 其他兩條，見胡廣：《書經大全》，卷 1，頁 6 上。以及卷 9，頁 47 下-48 上。

[87] 〔明〕李修吉：《理學邇言》，收入《四庫未收書輯刊陸輯》冊 12（北京：北京出版社，2000 年 1 月，影印清・馬煜刻本），卷下，頁 34 下。以及卷下，頁 34 下-35 上。

[88] 〔清〕胡渭：《洪範正論》，收入《景印文淵閣四庫全書》68 冊（臺北：臺灣商務印書館，1983 年），卷 2，頁 8 上。

[89] 〔清〕朱鶴齡：《尚書埤傳》，收入《景印文淵閣四庫全書》66 冊（臺北：臺灣商務印書館，1983 年），卷 8，頁 1 下。

[90] 〔清〕戴鈞衡：《書傳補商》，收入《續修四庫全書》50 冊（上海：上海古籍出版社，1995 年），卷 11，頁 9 下-10 上。以及卷 17，頁 8 下-9 上。

陸、結語

　　元代國祚不及百年，經典學術研究名家屈指可數，若金履祥由宋入元，許謙、許衡、吳澄最為著名。王充耘者於當時並非學術名家，然其《尚書》經典之著述，實能反映時代狀況，不可小覷。

　　歷來研究王充耘之學說者甚少，近日唯有中研院蔣秋華先生曾轉寫專文。然對王充耘其人及其學術，所論猶未周全。

　　本文研討所得，就王充耘其人而論，得知其表字當為「與耕」，而非「耕野」。其生年當於西元 1304 年，即是元成宗大德八年（甲辰），卒年當在元順帝至正二十三年—西元 1363 年之前。亦即王氏生卒年在 1304 ～ ≧ 1363 之間。同時對王充耘家世，上自曾祖，下至曾孫，旁及從兄、從子，可得其大略。

　　王充耘以《尚書》掇得科第，當時士子嚮慕甚殷，從學者甚眾。本文亦考得王氏《尚書》學傳授之緒，雖多為科舉而教，亦為瞭解王氏《尚書》學術之助也。

　　王充耘三部《尚書》學著述，顯現王氏於官方科舉規範內之詮釋特質，並其個人具批判性之讀書心得，兩者學術思維頗有落差；然此現象，正顯示元代經學受科舉影響下之詮釋方向，並同時表現學者不願侷限於藩籬而作出之突破意識。王充耘居是時，不可能自外於此。是以《書義矜式》及《書義主意》之作，乃受科舉制度規定影響下為之，其目的乃為指導士子科舉考試如何撰寫經義，獲取前茅。而時移世易，科舉廢除，程文不作，是以《書義矜式》及《書義主意》兩書，自失其用，束諸高閣，乏人問津。而王充耘敢於當時對牢籠一代之蔡沈《書集傳》作出批駁，撰成《讀書管見》。此書雖在元明之際，未受重視，及至明末及清代，《讀書管見》始受注目，蓋其時敢於疑古，考據求真故也。本文就王充耘三部《尚書》書著作，分成兩組研究，其

一針對《讀書管見》討論，其二乃結合《書義矜式》及《書義主意》二書，探討其中科舉之用及治道思想。因得結論敘述如下：

第一、王充耘《讀書管見》對蔡沈《書集傳》進行批判，欲突破權威藩籬，凸顯一己見解。書中批評蔡沈之說至少有九十四條，其中明引四十三條，暗引五十一條，約佔全書三分之一。

第二、王充耘對《書集傳》具有雙向之態度，為科舉而作者則採用推崇，而個人心得見解則每有批判。經本文分析而知《讀書管見》批評蔡沈之說，主要認為蔡沈所釋有於經文無據者，有過度鑿空發揮義理者，有所釋不符合文理及常理之處者。至於蔡沈詮釋經文，未能秉持朱子所欲求之平易原則，且其義理闡述亦有不盡完善處；至於蔡沈釋經所提出之或說，王氏則每加分析論定。

第三、本文探討《書義矜式》、《書義主意》及《讀書管見》三書之成書次序，由比較三書相同論題之說法差異入手，可斷定《書義矜式》成書最先，《書義主意》次之，且至慢於至正七年成已刊行。而《讀書管見》則是晚年之作。

第四、王充耘三本《尚書》著述對後世產生之影響，主要顯示於《讀書管見》之論述中。本文以為《讀書管見》之影響可分三點而言：一為辨偽《古文尚書》之推助，二是名物制度之探討，三則為經旨及義理思想之闡述。

王充耘於元代學術界雖非名家，而其《尚書》學術頗具特色。本文研探王充耘其人及概述其《尚書》之學，冀能由是於元代經學現象之研究，有所助益。

參考文獻

一、古籍

〔漢〕韓嬰：《韓詩外傳》，臺北：臺灣商務印書館，1983 年。

〔漢〕許慎撰，〔清〕段玉裁注：《新添古音說文解字注》，臺北：洪葉文化事業有限公司，2003 年。

〔漢〕高誘注，〔清〕畢沅校：《呂氏春秋新校正》，臺北：世界書局，1972 年。

〔三國吳〕韋昭注：《國語》，臺北：臺灣商務印書館，1983 年。

〔宋〕劉恕：《資治通鑑外紀》，臺北：臺灣商務印書館，1984 年。

〔宋〕朱熹：《大學章句》，臺北：臺灣商務印書館，1983 年。

〔宋〕朱熹著，陳俊民校訂：《朱子文集》，臺北：德富文教基金會，2000 年。

〔宋〕呂祖謙：《左氏博議》，臺北：臺灣商務印書館，1983 年。

〔元〕金履祥：《資治通鑑前編》，臺北：臺灣商務印書館，1984 年。

〔元〕王充耘：《書義矜式》，臺北：臺灣商務印書館，1983 年。

〔元〕王充耘：《讀書管見》，揚州：江蘇廣陵古籍刻印社，1993 年。

〔元〕王充耘：《書義主意》，北京：北京出版社，2000 年。

〔元〕劉岳申：《申齋集》，臺北：臺灣商務印書館，1985 年。

〔元〕李存：《俟菴集》，臺北：臺灣商務印書館，1983 年。

〔元〕王禮：《麟原文集》，臺北：臺灣商務印書館，1985 年。

〔明〕胡儼：《頤庵文選》，臺北：臺灣商務印書館，1985 年。

〔明〕楊士奇撰：《東里集》，臺北：臺灣商務印書館，1985 年。

〔明〕解縉：《文毅集》，臺北：臺灣商務印書館，1985 年。

〔明〕胡廣：《書經大全》，臺北：臺灣商務印書館，1983 年。

〔明〕楊榮：《文敏集》，臺北：臺灣商務印書館，1985 年。

〔明〕黎淳：《黎文僖公集》，上海：上海古籍出版社，1995 年。

〔明〕何喬遠：《名山藏》，上海：上海古籍出版社，1995 年。

〔明〕張弘道：《皇明三元考》，臺北：明文書局，1991 年。

〔明〕李修吉：《理學邇言》，北京：北京出版社，2000 年。

〔明〕黃宗羲：《宋元學案》，杭州：浙江古籍出版社，2005 年。

〔清〕徐開任：《明名臣言行錄》，臺北：明文書局，1991 年。

〔清〕朱睦㮮：《五經稽疑》，臺北：臺灣商務印書館，1983 年。

〔清〕朱鶴齡：《尚書埤傳》，臺北：臺灣商務印書館，1983 年。

〔清〕黃虞稷：《千頃堂書目》，臺北：臺灣商務印書館，1983 年。

〔清〕朱彝尊：《經義考》，北京：中華書局，1998 年。

〔清〕胡渭：《禹貢錐指》，臺北：臺灣商務印書館，1983 年。

〔清〕胡渭：《洪範正論》，臺北：臺灣商務印書館，1983 年。

〔清〕閻若璩撰，黃懷信、呂翊欣校點：《尚書古文疏證》，上海：上海古籍出版社，2010 年。

〔清〕齊召南：《寶綸堂文鈔》，上海：上海古籍出版社，1995 年。

〔清〕紀昀等撰：《欽定四庫全書總目》，臺北：藝文印書館，2004 年。

〔清〕彭元瑞：《知聖道齋讀書跋》，上海：商務印書館，1936 年。

〔清〕吳騫：《拜經樓藏書題跋記》，北京：中華書局，1985 年。

〔清〕俞樾：《春在堂襍文六編補遺》，上海：上海古籍出版社，1995 年。

〔清〕陸心源：《儀顧堂題跋》，上海：上海古籍出版社，1995 年。

〔清〕謝旻：《江西通志》，臺北：臺灣商務印書館，1984 年。

〔清〕孫詒讓：《墨子閒詁》，臺北：世界書局，1972 年。

〔清〕皮錫瑞：《經學歷史》，臺北：漢京文化事業有限公司，1983 年。

〔清〕李榮陛：《尚書考》，上海：上海古籍出版社，1995 年。

〔清〕文廷式：《純常子枝語》，上海：上海古籍出版社，1995 年。

〔清〕戴鈞衡：《書傳補商》，上海：上海古籍出版社，1995 年。

二、近人著作

中國科學院圖書館整理：《續修四庫全書總目提要稿本》，
　　濟南：齊魯書社，1996 年。

甘鵬雲：《經學源流考》，臺北：廣文書局，1996 年。

柯劭忞：《新元史》，上海：開明書店，1935 年。

許育龍：《宋末至元初蔡沈《書集傳》文本闡釋與經典地位
　　的提升》，臺北：臺灣大學中國文學研究所博士論文，2012
　　年。

許華峰：《蔡沈《朱文公訂正門人蔡九峯書集傳》的注經體
　　式與解經特色》，臺北：臺灣學生書局，2013 年。

張藝曦：〈經學、書院與家族─南宋末到明初江西吉水的學
　　術發展〉，《新史學》，第 23 卷第 4 期，2012 年。

楊晉龍編：《元代經學國際研討會論文集（上）》，臺北：中
　　央研究院中國文哲研究所籌備處，2002 年。

邊緣的思想——
明遺民魏禧的一種獨特經世思想

黃毓棟*

---

* 香港大學中文學院講師

壹、前言

　　明朝的崩潰，在中國歷史上可算是最具戲劇性的。李自成（1606-1645）的崛起和敗亡，南明（1644-1662）弘光朝（1644-1645）的建立和衰亡，滿清的入關和迅速控制中國，都在很短的時間裏發生，[1]事情戲劇性的程度甚至予人不可思議的感覺。當時的知識分子面對如此急速變化的時局，恐懼、陌生，無所適從、前路茫然的感覺糾纏交雜，難以說清；對於亡國，當時不少士子都有「天崩地陷」之痛。[2]

---

[1] 甲申此年的情況，不少前賢時俊都加以詳細記載，例如〔明〕趙士錦（崇禎十年進士，1637）：《甲申紀事》（與錢肅潤：《南忠記》、闕名：《紀事略》、史惇：《慟餘雜記》合刊，北京：中華書局，1959 年）；抱陽生：《甲申朝事小記》（北京：書目文獻出版社，1987 年）；陳濟生：《再生紀略》，載〔清〕張潮、楊復吉等（輯）：《昭代叢書》〔冊 1〕（上海：上海古籍出版社，1990 年）；謝國楨（1901-1982）：《南明史略》（上海：上海人民出版社，1957 年），頁 1-75；南炳文：《南明史》（天津：南開大學出版社，1992 年），頁 1-63；柳亞子（1887-1958）：《南明史綱・史料》（上海：上海人民出版社，1994 年），頁 3-29；孫文良：《1644年中國社會大震蕩》（瀋陽：遼寧人民出版社，1994 年）；顧誠：《南明史》（北京：中國青年出版社，1997 年），頁 1-228；Lynn A. Struve, *The Southern Ming, 1644-1662*（New Haven: Yale University Press, 1984），pp.1-74.

[2] 黃宗羲（1610-1695）：〈留別海昌同學序〉，載氏著：《南雷詩文集》（見黃宗羲〔著〕、沈善洪〔主編〕：《黃宗羲全集》〔杭州：浙江古籍出版社，1993 年〕，〈雜文〉，冊 10，頁 627）。另外，以類似「天崩地解」的句語形容明亡的人還有很多，例如魏禧（1624-1681）在〈諸子世傑既冠詩以示之〉亦有：「甲申天北傾，東南繼不守。」（《魏叔子詩集》，載《魏叔子文集》〔諸名家評點，《易》堂藏板，臺北：臺灣商務印書館，1973 年〕，卷 3，〈五言〉，葉 13 下）。按：《魏叔子文集》一般用作魏禧著作的總稱，包括《魏叔子文集外篇》、《魏叔子詩集》和《魏叔子日錄》，詳見本文上篇第二章第三節「詩文著作」。本文徵引魏禧的文章，除特別註明外，否則都是指此板本。魏際瑞（1620-1677）在〈木大師〉有「東南西北一時傾」（載氏著：《魏伯子文集》，林時益〔1618-1678〕編：《寧都三魏全集》本，易堂原鑴，道光二十五年〔1845〕寧都謝庭綬綬園書塾重刻本，卷 8，〈七絕〉，葉 43 上）；按：除特別註明外，魏際瑞、魏禮、魏世傑、魏世俲、魏世儼全以此《寧都三魏全集》本為根據。彭士望（1610-1683）在〈山居感逝示弟士時、士貞、婿故映日、令貽偓子厚德，戊戌臘月廿日〉有「甲申值天崩」（載氏著：《恥躬堂詩鈔》〔《恥躬堂詩文合鈔》本，咸豐二年【1852】重刻本〕，卷 16，葉 7 下）；丘維屏（1614-1679）在〈蔡公防河奏疏後序〉有「甲申天且驟崩」（載氏著：《丘邦士文集》〔康熙五十八年〔1719〕《易》堂刻本〕，

　　明朝的迅速崩潰，使不少人困惑不已；因此明朝亡國的原因，亦成為當時士子最關心的問題之一。不少士子嘗試從不同方向、不同層面去分析明朝崩潰的原因。總括而言，他們探究明朝亡國的原因，大都離不開教化風俗之敗壞、科舉制度之流弊、宗室皇族之問題、奄宦亂政而誤國等題目。[3]不過，當時也有一些士子對亡國有著與傳統截然不同的反思，如《易》堂九子之一的魏禧，其關於君子、小人之辨和朝代興衰的關係，即為至今尚未為世人所注意的一種思想。

貳、君子小人之辨

　　君子與小人之辨在中國歷史上由來已久。在歷代辨說的過程中，

卷 6，〈序〉，葉 15 上）；〈《易》堂祭彭天若文〉中有「甲申乙酉，地傾天仆」（《丘邦士文集》，卷 16，〈祭文〉，葉 5 上）。按：邱維屏：《邱邦士先生文集》（道光十七年〔1837〕春月誰謂小齋重刻本）全作「邱」，可見「邱」原本為「丘」，避諱而改「邱」。歸莊（1613-1673）在〈除夕七十韻〉中有「天地忽崩陷，日月並湮淪」（載氏著：《歸莊集》〔上海：上海古籍出版社，1984 年〕，卷 1，〈詩詞〉，上冊，頁 35）；徐孚遠（1599-1665）在〈重哭蒙難諸賢〉中有「天傾地蹋」（載氏著：《釣璜堂存稿》〔見姚光、王植善：《懷舊樓叢書》，1926 年金山姚氏懷舊樓刊本〕，卷 7，葉 14 下）；萬壽祺（1603-1652）在〈甲申〉詩中有「甲申三月十九日，地坼天崩日月昏」（載氏著：《隰西草堂集》〔見《徐州二遺民集》【臺北：文海出版社，1967 年】，卷 2，〈七律〉，葉 5 上〕；方文（1612-1669）在〈雲居訪晦山大師，贈三十韻〉中有「甲申三月天地崩，先皇龍馭奄上升」（載氏著：《嵞山集》〔上海：上海古籍出版社，1979 年〕，卷 3，〈七言古詩〉，葉 23 上〔頁 159〕）；吳麟徵（1593-1644）在〈寄從弟雉先〉中有「天缺地裂」（載氏著：《吳忠節公遺集》，見《四庫禁燬書叢刊》編纂委員會〔編〕：《四庫禁燬書叢刊》〔北京：北京出版社，1998-2000 年〕，集部，冊 81），卷 3，〈殉難書〉，葉 2 下〔頁 413〕）；王弘撰（1622-1702）在〈甲申之變論〉亦有「天崩地裂」（載沈粹芬等〔輯〕：《清文匯》〔北京：北京出版社，1996 年〕，上冊，卷 37，頁 990）；甚至一些遺民的後代，如魏世傑（1645-1677）在〈過冠石，哭林舟之友兄〉中亦有「在昔天地傾，我得子為友」（《梓室文稿》，卷 6，〈五言古詩〉，葉 2 上）。

3 姜勝利：《清人明史學探研》（天津：南開大學出版社，1997 年），第四章〈清人對于明亡諸問題的認識〉，頁 68-86。

賦予了君子和小人豐富的內容和不同的特性。簡括而言，君子和小人最早只是社會等級的分層而已，亦即君子泛指貴族，小人泛指民眾。[4]由等級的不同，兩者之分別漸而成為道德的對立，如孔子（前 551-前479）所說的「君子喻于義，小人喻于利」；[5]荀子（約前 313-前 230）所言的「道禮義者為君子」，「違禮義者為小人」。[6]至宋儒歐陽修（1007-1072）說的「不修其身，雖君子而為小人」；「能修其身，雖小人而為君子」，[7]君子和小人的社會等級性在此已泯滅，餘下的是道德修行方面的對立。

　　在魏禧的著作之中，君子與小人之辨是一個重要的課題，是他對歷史的回顧，對明亡清興的反思，從而提煉為經世思想的一個重要環節。魏禧從道德修行方面，指出君子和小人的分別，例如他說：「君子小人之分，義利間間之也」；[8]又說：「陽者為大人，以其光明而慈祥也；陰者為小人，以其晦昧而慘刻也」。[9]魏禧認為要分辨君子和小人，可從他們日常的行為舉事去驗証，如他說：「我不識何等為君子，但看日間每事肯吃虧的便是；我亦不識何等為小人，但看日間每事好便宜的便是。」[10]不過，魏禧提醒說：

---

[4] 朱義祿：《儒家理想人格與中國文化》（瀋陽：遼寧教育出版社，1991 年），第一章第三節〈君子理想〉，頁 48-72；葛荃：《立命與忠誠-士人政治精神的典型分析》（杭州：浙江人民出版社，2000 年），第三章〈君子小人辨〉，頁 107-181。

[5] 《論語‧里仁》，《論語注疏》（《十三經注疏》本，北京：中華書局，1980 年），卷 4，頁 15（下冊，頁 2471）。

[6] 荀子：〈性惡〉，王先謙：《荀子集解》（北京：中華書局，1996 年），下冊，卷 17，頁 435。

[7] 歐陽修：〈答李詡第二書〉，《歐陽修全集》（北京：中華書局，2001 年），冊 2，卷 47，頁 670。

[8] 魏際瑞、魏禧、魏禮：《易義選參》（光緒丙子二年〔1876〕秋月新鐫），卷上，葉 5 下。

[9] 魏際瑞、魏禧、魏禮：《易義選參》，卷上，葉 17 下。

[10] 魏禧：〈裏言〉，《魏叔子日錄》（林時益〔編〕：《寧都三魏全集》本，易堂原鐫，道光二十五年〔1845〕寧都謝庭綏綵園書塾重刻本），卷 1，葉 29 上下。

論小人者必論其心，小人庸多善事，其心未有無所為而為者，若徒論外事，人品真偽，學術邪正，幾不可辨矣。論君子者又不當徒論其心，心雖純正而行事偶失，亦即是過。故論小人以心者，所以防閑小人之法；論君子以事者，所以造就君子之方。[11]

事實上，對君子和小人的關心，不單單是魏禧，《易》堂部份成員的文章中，也有提及這個問題，如魏禧兄長際瑞指「君子春夏，小人秋冬」；[12]弟弟禮指「小人之心，與君子反，故曰匪人」[13]。除《易》堂九子外，當時也有其他士人檢討亡國原因的時候，也同樣關注君子、小人的問題。[14]他們關心這個問題，在於他們一般認為君子和小人各自成黨，以致在政治層面，互相攻伐而至國亡的情況，在歷史上不斷重複，而明亡和君子、小人的斗爭亦有關係。值得注意的是，一般人雖然也會怪罪君子，但是對於小人往往都是唾罵不止的。[15]而魏禧卻注意到小人也有其過人之處，有值得學習的地方；另外，也看不到有時人如魏禧一樣，注意到對待小人要「不惡而嚴」，[16]要令小人也有改過的機會，避免小人走向君子的對立面。

---

[11] 魏禧：〈裏言〉，《魏叔子日錄》，卷1，葉2上。

[12] 魏際瑞：〈扇銘〉，《魏伯子文集》（《寧都三魏全集》本），卷7，〈銘〉，葉2下。

[13] 魏際瑞、魏禧、魏禮：《易義選參》，卷上，葉18下。

[14] 例如謝文洊：〈丁未與魏冰叔書〉，《謝程山集》（《四庫全書存目叢書》，集部209），卷10，〈書〉，葉31上-32下（頁185）。

[15] 例如魏禮在〈答張一衡書〉中說：「王安石治世之才，博學深思，惟自信其學而自足，黨同伐異，至陷其身為亡宋，小人之首，豈不哀哉！」（《魏季子文集》〔《寧都三魏全集》本〕，卷8，〈書〉，葉48下）魏世傚在〈書蘇文忠公始皇扶蘇論後〉中說：「夫天之亡人國，必假手於凶詐險惡之小人，以内亂其國家。」（《耕廡文稿》〔《寧都三魏全集》本〕，卷4，〈書後〉，葉7上）

[16] 魏禮：〈先叔兄紀略〉，《魏季子文集》，卷15，〈傳〉，葉37下。

參、君子小人和亡國的關係

誠然,一個朝代的興亡,和人的因素是分不開的,而人除了有能力上的差別,更重要是有好壞邪正之分,亦即君子與小人之別。不過,好壞邪正和能力上的差別並沒有必然關係的,也就是說,小人而辦事能力高,君子而辦事能力差,並不罕見;或者所謂的好心做壞事,亦是屢見不鮮。這種情況的結果是在政治上出現如魏禧所說的「天下之亂,不亂于既亂,而亂于既治;國家之禍,不禍于小人,而禍于君子。」[17]魏禧引彭士望的話指出:

> 百數十年間,天下之病,小人中于偽,君子中于虛。君子虛美

---

[17] 魏禧:〈宋論上〉,《魏叔子文集外篇》(《寧都三魏全集》本),卷1,〈論〉,葉36上。易堂諸子對此看法幾乎都相同。例如魏際瑞在〈書叔子君子小人相角論後〉中說:「君子者自以為我君子矣,則必欲取小人而治之,故其氣多粗浮而其行為已甚,其名相標榜而其黨復恣偏私。使小人畏之則益矜,而敵之則益怒。始無去小人之智,而徒驕蹇傲慢,使人不堪。不務除小人之誠,而苟爭名競黨以激成其亂,卒之心冤氣結忿,不顧親禍延于國,豈不謬矣!舍生不足以取義,殺身未可以成仁,是不仁不智莫甚于斯也。」(《魏伯子文集》〔《寧都三魏全集》本〕,卷1,〈書後〉,葉66下-67上)彭士望在〈葑菑別同學諸子〉中說:「今之君子,十人之聚,遂分親疏;一事之來,輒生同異。因同異而猜嫌,緣親疏而怨惡。廟堂、軍旅、山林,往往坐此而敗,為之目擊心傷者屢矣。求其病之源,則有三:曰私、曰名、曰勝。私害心,名勝亦害志與氣。害心則近於小人,害志氣亦遂遠於君子。」(《樹廬文鈔》〔道光四年(1824)刻本〕,卷10,〈雜著〉,葉2下)魏禮也有一段類似的評論,他說:「處君子小人之間,甚至與我善者為善人,與我惡者為惡人。我所善也,非而是之;我所惡也,是而非之。亦非故為是非非是也,好惡之偏亂之也,雖號為君子有不免者。大之成國家之黨禍,小之致朋友之凶終。初以為至公至中和,而其極乃成至私至偏至戾之弊,人已兩失也。是必以理道為歸而後可。」(附於魏世俲:〈贈彭子務妹婿序〉,《耕廡文稿》,卷3,〈序〉,葉36下)另外,魏禮在〈桃源圖說〉中又認為:「是時黨人樹私,禍國敗亂,成于小人,而肇于君子。」(《魏季子文集》,卷13,〈說〉,葉17下)雖然魏禮說過:「天下之患,皆起于小人。」(魏際瑞、魏禧、魏禮:《易義選參》,卷下,葉14下)但又說:「小人道長,皆由君子假之以權。若始進即不用,彼何能為哉。」(同上,葉20下)

相高，無實學以撥天下之亂，故小人益務于偽不可救止。[18]

正所謂「國家之事，不患小人自遂其非，患君子自信其是」。[19]

　　由上可見，君子與小人，同被魏禧認為和國家的興衰息息相關。不過，從結果上看，魏禧始終認為君子名士「或以為無救於亂亡則有之，而顧謂其亡國。亡國不罪小人而罪君子，則人幾何不相率為小人也」。[20]

　　又說：「凡內憂由小人嗜利，外患由小人邀功」。[21]他兄長際瑞也認為：「天下之禍始于蕩名節之小人，尤甚于矜名節之君子。」[22]因此，魏禧檢討明亡的原因，除了從政治、經濟、教育、風俗等方面入手，也嘗試從君子、小人這兩類人的能力，處世技巧入手，試圖找出可以避免亡國而經世的方法。縱觀他提出的方法，主要涉及君子應放棄某些原則，與小人共處，向小人取經，甚至吸收和利用小人的詐術技巧，以達到國泰民安，撥亂反正的目的。凡此，也是魏禧經常談及的經、權互用思想的實踐。

肆、君子敗而小人勝的原因

　　君子敗而小人勝的結果，往往是國家進入衰落，甚至亡國收場。不幸地，歷史上這種情況不斷重複，魏禧就舉出不少例子，証明「君子與小人相角」，小人往往勝利，君子常常失敗。進一步究其原因，魏

---

[18] 魏禧：〈樹廬文鈔敘〉，附於彭士望：《樹廬文鈔》，〈敘〉，葉 1 下-2 上。
[19] 附於魏世傑：〈漢陳湯唐郝靈荃論〉，《梓室文稿》，卷 1，〈論〉，葉 7 下。
[20] 魏禧：〈書禹航三嚴先生崇祀錄後〉，《魏叔子文集外篇》，卷 13，〈書後〉，葉 3 下。
[21] 魏際瑞、魏禧、魏禮：《易義選參》，卷上，葉 12 下。
[22] 魏際瑞：〈書叔子君子小人相角論後〉，《魏伯子文集》，卷 1，〈書後〉，葉 66 下。彭士望在〈瓊島行詩序〉中說：「君子之正直忠厚，有命自天，必非小人之可得而殺。」（《樹廬文鈔》，卷 6，〈序〉，葉 18 上）

禧認為主要有三點。首先是君子之心思計謀，往往不及小人之心計細密。其次在於君子處置小人，每每懷有「不忍不為已甚之心」；相反，小人處置君子，則是心狠手辣，「驅除惟恐不盡，下手惟恐不毒」。另外，君子遇禍，「抗節挺受，無規辟之術，無乞哀垂憐之面目，故小人愈忍於殺君子」；相反，小人遇禍，「則哀情媚態，千變萬狀，故君子愈不忍於殺小人」。[23]魏禧指出小人具「險詐」的「本色」，[24]連聲名也「不畏」的。[25]小人的特點是反覆無常，他們為了利益，甚至「殺故主，蔑舊恩，以求新寵者」。[26]由此來看，小人戰勝君子，得到君主的倚重，甚至主宰朝政，固然有他們的一套獨特的方法。魏禧明確承認小人除了在道德修行上的不足，其辦事能力，特別是處世技巧，往往比君子優勝。

　　魏禧除了認為君子有不少地方不及小人，也指出歷史上不少朝代的平亂救亡，往往並非純用君子之智可以解決問題，而是要用上小人之詐術才可成事。魏禧舉例指出：

> 溫太真（嶠，288-329）批錢世儀涕泣王敦（226-324），此全是小人詐術，求之古君子中未嘗有此。然太真不如此，則賊不可

---

[23] 魏禧：〈史論〉，《魏叔子日錄》，卷1，葉2上下。

[24] 魏禧（評點）、彭家屏（參訂）；魏禧（著）：《左傳經世鈔》（《續修四庫全書》，經部，春秋類，冊120），卷3，葉24下（頁343）。

[25] 彭士望：〈與魏凝叔書〉，《樹廬文鈔》，卷2，〈書〉，葉16下。

[26] 魏禧（評點）、彭家屏（參訂）；魏禧（著）：《左傳經世鈔》（《續修四庫全書》，經部，春秋類，冊120），卷4，葉19下（頁369）魏際瑞在〈論君子小人書〉中說：「夫小人者，莫不有小忠小信小才小智，以固結其君。否則，諂媚逢迎，吮癰舐痔，以順適其君之意，其君亦遂甘棄眾君子而獨用之。于是好惡偏、喜怒僻、是非淆、而賞罰亂矣。惟君子直足以犯君，守正足以招忌，而不合道之不行，則奉身而去，是故君之愛小人也，甚于妻妾；而視君子如苦藥利刃之不可一刻而不屏。即至于于傷名亂法，敗國喪身，亦隱忍而莫之悔也。」（《魏伯子文集》〔《寧都三魏全集》本〕，卷2，〈書〉，葉28上下）

平，國不可保。[27]

魏禧認為危迫之時，究竟須「用君子之才智，而寧以國事之成敗歸于天」，或是「寧用小人之術，而使國之成敗操于人」，[28]是應當機立斷，不容片刻猶疑的。而對魏禧來說，他選擇後者，因為他深信「其成敗操於人者，固莫非天命」，而「謀國者」，更「不可有天命一言在胸」。[29]

　　魏禧雖然指出運用小人的詐術，可以救國家於敗亡。不過，他亦指出，事情不可一概而論，故認為「君子處國家大事」，亦「有決不可用小人之術者」，如「衛鞅（公孫鞅，約前390-前338）虜公子卬」一事；亦「有可用小人之術者」，如「溫嶠之於王敦」的例子。換言之，詐術的運用應在國家危亡的時候，所謂「時當危迫，君子之智術有不能濟，雖借用小人，其心事固已共見於天下」，[30]所以，魏禧認為「君子謀國，有為其事，不顧其身，不恤其名者」；亦「有為其事，而必安其身，必全其名者」。[31]

　　魏禧在承認君子有智術不及小人詐術的時候之上，進一步解釋這種不及有「有不能濟」和「有所不事」之別。[32]魏禧舉例說「霸功救世，世間自有此種人」，他們「志欲救世」，可是「學問力量不及大聖賢」，所以「應變濟艱，自不得不參以智數刑名」。若果他們不肯變通，堅持

---

[27] 魏禧：〈再答謝約齋書〉，《魏叔子文集外篇》，卷5，〈書引〉，葉60上。

[28] 魏禧：〈再答謝約齋書〉，《魏叔子文集外篇》，卷5，〈書引〉，葉60上。魏世儼在〈賜曹彬錢五十萬論〉中說：「王充厚結呂布以誅董卓，代宗用元載重賂周皓、皇甫溫，以擒縊魚朝恩，二者知用小人除小人之道，此其所以濟也。」（《為谷文稿》〔《寧都三魏全集》本〕，卷2，〈論〉，葉25上）這種用小人以除小人的主張，和魏禧的思想一脈相通。

[29] 魏禧：〈再答謝約齋書〉，《魏叔子文集外篇》，卷5，〈書引〉，葉60上。

[30] 魏禧：〈再答謝約齋書〉，《魏叔子文集外篇》，卷5，〈書引〉，葉60下。

[31] 魏禧（評點）、彭家屏（參訂）；魏禧（著）：《左傳經世鈔》（《續修四庫全書》，經部，春秋類，冊120），卷9，葉29下（頁464）。

[32] 魏禧：〈再答謝約齋書〉，《魏叔子文集外篇》，卷5，〈書引〉，葉60下。

「步趨王道，則其事不可成」；另外，魏禧又以紋銀買物之事指出聖賢買物「純用紋銀」，豪傑「紋銀不足」，則「以呈色參之」，而「學聖賢者，紋銀不足，又不肯用呈色，則寧棄物不買」了。[33]然而，「有不能濟」和「有所不事」，可以是一件事情的兩面，亦即是說，「有不能濟」是因為「有所不事」而來。

　　君子的不為往往與道德問題相關，誠如上文指出，學聖賢的君子，對於「紋銀不足」的銀子是不會採用的。不過，魏禧認為為了達到重要的目標，權衡利害之後，有時是值得用欺騙的手段的。魏禧舉例說，「若為父母醫藥，則紋銀不足，參以呈色，未為不可」。相反，「若以市酒肉綺羅」，則「是不可以」的。[34]無可否認，魏禧對「智術」的必要和是否用得合時、用得適當是非常重視的，所以他教導兄子世傑說：

> 人必有智術以自全，然反，足以殺身毒世而無難者。蓋智者，君子所不得已而用。用于非僻，固發其機而有害。而尋常日用之間，孳孳焉出其智以規尺寸之利，辟如干將、莫邪，日以屠狗割雞，其鋒必至于折而無所可用。是故輕用其智以求勝于人者，則必犯天人之忌而不可以濟大事。」[35]

又說：

> 蓋時方平緩，則尚德義，立威信，雖君子之智術，有所不事；時當危迫，君子之智術有不能濟，雖借用小人，其心事固已共見於天下矣。[36]

---

[33] 魏禧：〈裏言〉，《魏叔子日錄》，卷1，葉43下-44下。

[34] 魏禧：〈裏言〉，《魏叔子日錄》，卷1，葉43下-44下。

[35] 魏世傑：〈左傳經世鈔跋〉，《梓室文稿》，卷4，〈敘跋〉，葉10上。

[36] 魏禧：〈再答謝約齋書〉，《魏叔子文集外篇》，卷5，〈書引〉，葉60下。

　　魏禧以目的純正與否為判斷是非值價的準則，在他對「術」的定義中更加表露無遺。他強調「術」本身並沒有好壞之分，目的的不同，結果的好壞，才是分別「術」好壞的準則，所以他說：「術者，君子所以成其仁，小人所以成其惡」；「辟之刀劍，殺人者此刀，兵殺賊者亦此刀。能善用之，則操賊之刀，可以衛民；不善用之，則操兵之刀，即以作賊」，所以他認為：「夫處變定難，非明智不足妙其用，非深沈不足厚其發，非果斷不足應其機，雖至忠至孝，不能以無術而濟」。[37]

　　另外，再沿用上述紋銀買物為例，魏禧指出，小人用「術」在於一己的私利，存心欺騙，貪得無厭，雖然「有紋銀」在手，「亦必參為呈色，無呈色，並用假銀矣」；而君子就算「參為呈色」，甚至「用假銀」，只要是緣於情勢危急或崇高的理想，是可以原諒的。[38]他因此說，「術字亦有不可少處，但不得已而用」，而如果「專意利人而用」，則「謂之聖賢」；相反，「可不必用而用，專意利己而用」，則「謂之奸雄」。[39]由此，魏禧有「仁術」之說。魏禧指出：

> 「仁術」二字，初謂是理中當有此番委曲，久之，理上多了幾許安排。又久之，理外生出各種詐偽，便把「仁」字放空，卻將「術」字做了把柄。故日用應事，須十分兢業，常提著履霜堅冰之意。[40]

如此，怪不得他雖不斷強調「人無智術不可濟世」，但是也指出智術「最易墮入邪僻，反以殺身毒世者」，故此「智術二字，必須無愧『忠厚光

---

[37] 魏禧：〈與友人〉，《魏叔子文集外篇》，卷7，〈手簡〉，葉22下-23上。
[38] 魏禧：〈裏言〉，《魏叔子日錄》，卷1，葉43下-44下。
[39] 魏禧：〈裏言〉，《魏叔子日錄》，卷1，葉2下。
[40] 魏禧：〈裏言〉，《魏叔子日錄》，卷1，葉25下-26上。

明』四字」。[41]換言之,「忠厚光明」亦是他認為的「仁」。相反,魏禧認為機巧之人,「原有小慧」,加上讀書,得悉「古人智術,則機械變詐百出,不窮不至害人殺身,斷不罷手」。[42]

然而,魏禧也意識到君子用術,是否還可以稱為君子的問題。所以,他在評論彭士望的文章說:

> 純王之道,行一不義,殺一不辜,得天下不為。後人不能做,亦斷做不去。伯者只要成就功名,滅禮犯義,悍然不顧,又吾輩所不肯為。予嘗謂後人做事,須居王、伯之間,蓋王不全底於純,霸不大害於義,方是三代以下本領。[43]

由此來看,魏禧的對君子的要求,或者他所謂的君子,最多只是一種介乎王、伯之間的人物。魏禧甚至認為當時的學者「又必賤伯以尊王」是有不當的,因為「世有真伯,尚可輔王」,所以「欲救生民者,但當自審虛實之分,賤伯非今日當務也」。[44]而這種人物正是他所說的「紋銀不足」,為了救人,斷然以「呈色參之」的豪傑。換言之,魏禧所謂君子的原型,亦即是豪傑。[45]

---

[41] 魏禧:〈裏言〉,《魏叔子日錄》,卷1,葉53上下。其兄際瑞在〈讀凝叔和公詩文有作〉就稱讚魏禧:「凝叔談術智,何乃太忠厚。」(《魏伯子文集》,卷7,〈五古〉,葉25下)

[42] 魏禧:〈裏言〉,《魏叔子日錄》,卷1,葉55上。

[43] 附於彭士望:〈復甘健齋書〉,《樹廬文鈔》,卷1,〈書〉,27下。

[44] 魏禧:〈裏言〉,《魏叔子日錄》,卷1,葉58下。彭士望在〈冬心詩三十首〉中說:「秦人盜賊心,農兵令嚴信。明肯雜秦治,到今足無釁。」(《恥躬堂詩鈔》〔咸豐二年〔1852〕重刻本〕,卷11,葉12上)則是夾雜王霸以法治國的提倡。

[45] 關於豪傑,可參朱義祿:《逝去的啟蒙-明清之際啟蒙學者的文化心態》(鄭州:河南人民出版社,1995年),第六章〈豪傑精神與經世致用〉,頁200-243。

伍、君子應如何對待小人

　　以上所說主要涉及君子利用小人的方法手段，亦即「術」，以達到救亡扶危的目的。此外，君子和小人的衝突，亦是造成朝廷混亂敗亡的結果，例如晚明東林黨的君子、小人之爭，就和明朝的滅亡相始終。[46]東林對於小人的深痛惡絕，完全排除小人有改過的可能，貫徹一為小人，終身為小人的看法。魏禧則提出君子應如何對待小人之道，儘管他沒有明言此看法是針對東林的君子和小人互相排斥而來，不過其言外之意，已是呼之欲出。

　　魏禧提出駕御小人之道的四個方法，分別要做到「毋輕發難，以挑小人之釁」；在小人「羽翼未成」之時，就應「因而剪除之」；在「時不可動」，則應「陽為優容，以待其變」；至「勢不可為」，則應採取「放流誅殺」，不應「姑息以養奸愚」，[47]他更加引史為例，反對人們所說的宋之「紹聖之禍，君子之病在憤激」；相反，魏禧認為紹聖之禍，正是君子姑息之病。[48]

　　不過，魏禧又認為，「凡君子於小人，苟非事勢急迫，則必教之，不改而後誅」之；相反，「若我初無防閑之方，哀矜之誠」，及小人「惡著而屠之若犬豕」，雖然「國法大明，人情大順」，然「終非君子之用心矣」。[49]故此，魏禧提出君子要「服小人之心」，必須令小人有受教改過的機會，否則小人死也不會服氣。[50]事實上，魏禧認為小人所以陷於不可藥救，和君子也有莫大的關係。魏禧指出小人之心，不乏初亦樂

---

[46] 關於晚明黨爭詳情，可參謝國楨：《明清之際黨社運動考》（北京：中華書局，1982年）。

[47] 魏禧：〈史論〉，《魏叔子日錄》，卷3，葉3下。

[48] 魏禧：〈宋論下〉，《魏叔子文集外篇》，卷1，〈論〉，葉131

[49] 魏禧（評點）、彭家屏（參訂）；魏禧（著）：《左傳經世鈔》（《續修四庫全書》，經部，春秋類，冊120），卷1，葉14下（頁306）。

[50] 魏禧：〈續續朋黨論〉，《魏叔子文集外篇》，卷1，〈論〉，葉52上。

附君子者，可惜君子一般都對他們加以排斥。小人「既進不可得附君子」，必會退而「力結小人」。而小人「向自附君子，尚知畏敬，及見棄時，視君子便如異物」，故只要「稍稍責備，決裂放肆，成一狠敵」。[51]

本著以上原則，魏禧認為君子對待小人，也應分別其不同的敗壞程度，而採取不同的方法。他以種植植物為例，指出「去其本與葉之敗者」，「其垂敗者請毋棄之」，而應嘗試「瘞他土而或俟之成」，而「君子之治小人」，亦「當如此」。[52]誠如上說，他指出：「小人亦有貪詐可使者，亦有良心偶動，真心為善，因而獎進，可令晚蓋者。若既以小人嚴拒之，則絕其改過自新之路，而或以失可用之才」。故此，他認為對待小人，要「因時因人，固不可執一端以自處也」。[53]

至於如何令小人偶動良心得於保存，魏禧提出以「恥」為開導的方法。魏禧指出，「聖人教人，與小人轉為君子」，皆可「從恥上導引」，而不管「盜賊倡優」，只要還「有些恥意在，便可教化」。[54]或許因為上述的信念，魏禧曾經欲將君子小人，「皆待以誠而不欺」，所謂「泛愛無別其人」是也。不過他最終覺得這種態度「非其情矣」，明白這樣會造成「姑息之害」，[55]所以魏禧最終認為君子小人的差別，始終是存在的，不然魏禧也不會有「先去小人，次惠百姓，次任賢者，雖一時並行，卻仍有先後之序」。[56]然而，君子若懂得如此對付小人，懂得如此

51 魏禧：〈裏言〉，《魏叔子日錄》，卷1，葉5上。魏世儼在〈程頤諫哲宗折柳枝論〉中說：「彼（小人）其初甚有畏君子之心也，而未敢決裂肆其暴厲，及君子迫蹙之，使無以自容，則反悍然不顧，極其恣睢以與君子為仇而快小人之意。嗚呼！此皆君子之過也。」（《為谷文稿》，卷2，〈論〉，葉24上）魏世儼所言，和魏禧的看法相近，或者也是受魏禧的影響所致。
52 魏禧：〈藝蘭說〉，《魏叔子文集外篇》，卷15，〈說〉，葉19上。
53 附於魏際瑞：〈論君子小人書〉後，《魏伯子文集》，卷2，〈書〉，葉39下。
54 魏禧：〈裏言〉，《魏叔子日錄》，卷1，葉3上。
55 魏禧：〈答世傑〉，《魏叔子文集外篇》，卷7，〈手簡〉，葉57下-58上。
56 魏禧（評點）、彭家屏（參訂）；魏禧（著）：《左傳經世鈔》（《續修四庫全書》，經部，春秋類，冊120），卷10，〈晉人迎立悼公〉，葉30下（頁482）。

和小人相處，君子即無形中早已吸收了小人的方法智術。如此一來，君子和小人的分別又在那裏呢？這難免引起人們的深思。

陸、魏禧君子小人之辨引起的爭論

魏禧關於君子小人之辨的看法，不少是異乎傳統的，如他認為的「君子短於致用」，故「欲進之以小人之才」已難免令某些人覺得有點離經叛道了。這種異乎傳統的見解，特別是他提出君子用小人的「詐術」以達到目的說法，便引起謝文洊的不滿。謝氏為此多次去信魏禧，指魏說雖然「益人者十之八九，而可商者十亦不無一二」；而魏禧「德望才名，人所共仰，發一言而信者必眾」，故「筆墨之下，尤宜敬慎」。[57]謝文洊認為，「君子自有君子之才智，不必借用小人之術」，[58]否則「既為君子，而又習其所恥之事，恐習之既熟，則遂變為小人」。[59]其次，謝文洊認為成敗「半由於天，未必盡由智巧」，故就算「倖以詐成，成亦為辱；以誠而敗，敗亦未必非榮」，[60]只要「鞠躬盡瘁，繼之以死」，就算「萬一不濟」，亦沒有過也。[61]另外，謝文洊指魏禧所說溫太真之事，實屬豪傑之舉動，「儒者則斷不能」，因為「豪傑所恃者天才，儒者則全資學力，守其誠敬之素志」。[62]再者，謝文洊指「以李斯之殘刻

---

[57] 謝文洊：〈丁未與魏冰叔書〉，《謝程山集》（《四庫全書存目叢書》，集209），卷10，葉30上（頁184）。

[58] 魏禧：〈再答謝約齋書〉，《魏叔子文集外篇》，卷5，〈書引〉，葉60上。

[59] 謝文洊：〈丁未與魏冰叔書〉，《謝程山集》（《四庫全書存目叢書》，集209），卷10，葉31上（頁185）。

[60] 謝文洊：〈丁未與魏冰叔書〉，《謝程山集》（《四庫全書存目叢書》，集209），卷10，葉30下-31上（頁184-185）。

[61] 謝文洊：〈丁未復魏冰叔書〉，《謝程山集》（《四庫全書存目叢書》，集209），卷10，葉34下（頁186）。

[62] 謝文洊：〈丁未復魏冰叔書〉，《謝程山集》（《四庫全書存目叢書》，集209），卷10，葉34上（頁186）。事實上，對於豪傑的偏學，亦非只是謝文洊存在擔心，魏禮在〈公事牘序〉中說：「豪傑必不可不知窮理精義之學，以救其偏騖；有志

貪鄙，叔孫通之草次逢時，以此為經濟宜乎，真儒之不能知也！秦皇（嬴政，前 259-前 210，前 246-前 210 在位）、漢祖（劉邦，前 256-前 195，前 202-前 195 在位）之時，決非真儒見用之日」，他最終更乾脆將某些人、某朝代，劃出儒者君子之列。[63]故此，謝文洊雖然也不反對講「術」，但是他認為「須是仁字十分深重，術則從中生出，方妙。倘於術字上著喜，則仁字只是附和。久之，附和者去，而術為主矣」。[64]

由於魏、謝二人對君子、儒者、豪傑，甚至經濟、道德的看法不盡相同，所以最終誰也不能說服對方。然而不管他們兩人的意見多麼不同，卻有一個共同之處，就是他們對所謂的君子，其實是充滿疑慮和不信任的。先說謝氏。謝文洊認為「人心如水，末俗如壑，雖多其隄防，猶虞滲漏。若狂瀾既倒，又誰其能障之」；[65]進而又說：

> 人之賢不肖，因勢而移者比比皆然，如所論以德政著聞者，召之京師，使為將相，夫安知其一朝得權，不轉而驕恣遂有異謀乎？[66]

魏禧對君子的疑慮和無能，更是溢於言表。以下列兩則例文，可見一斑：「忘身為國，君子之公也」，[67]不過，「忘身」並不等於為事有

學道者，則當務致用之為急，且聖賢無有有體無用之學。……故欲斯道之興，非體用兼備不可得也！」（《魏季子文集》，卷 7，〈序〉，葉 89 上）故魏禮在〈贈劉百何三十序〉中說：「是故有豪傑之才而堅以聖賢之學，則收功大而流名長。」（《魏季子文集》，卷 7，〈序〉，葉 98 上）

[63] 謝文洊：〈答《易》堂魏叔子〉，《謝程山集》（《四庫全書存目叢書》，集 209），卷 12，葉 35 上（頁 226）。

[64] 附於魏禧：〈裏言〉，《魏叔子日錄》，卷 1，葉 26 上。

[65] 謝文洊：〈丁未與魏冰叔書〉，《謝程山集》（《四庫全書存目叢書》，集 209），卷 10，葉 30 下（頁 184）。

[66] 謝文洊：〈丁未與魏冰叔書〉，《謝程山集》（《四庫全書存目叢書》，集 209），卷 10，葉 31 下-32 上（頁 185）。

[67] 魏際瑞、魏禧、魏禮：《易義選參》，卷上，葉 30 上。

方法、有技巧。所以，魏禧更加強調的是

> 百數十年間，天下之病，小人中于偽，君子中于虛。君子虛美
> 相高，無實學以撥天下之亂，故小人益務于偽不可救止。[68]

又說：「去小人之黨易，使君子自去其黨難。」[69]

柒、小結

　　朝代的興衰、治亂的相尋，是歷史不變的定律。傳統儒者認為治和興，關乎統治者的人格道德，所謂內聖而外王。在他們心目中，人格道德的高尚和政治的正確性、合法性，有著密切的關係，一切制度的設計和法律的存廢，最後落實到施政的層面，都講求施行者的人格修養及其動機的純正與否。在這種標準下，事情的結果並非判斷事情好壞的根據。用不正當手段達到的所謂良好結果，仍然是會受到唾棄的。由此而言，小人所做的事不管如何地好，都會由於他們人格上的缺陷，而被判斷成壞事。相反，君子則因他們人格的高尚，就算所作的好事成壞，失敗而終，往往也只會被認為是天意的結果，因而反會得到人們的同情。正因如此，向小人學習，是一般人不敢言，也是恥言的，可是魏禧卻大膽提出來了。

　　魏禧雖然和謝文洊同樣都對君子在道德上的修行予以肯定，但魏禧認為有些君子在能力和識見上並不突出。事實上，魏禧在承認小人往往比君子有用之時，亦即承認了君子並不一定具有辦事的能力和技巧。不過，為甚麼君子辦不了事，小人卻反而可以，魏禧並沒有進一

68　魏禧：〈彭躬庵文集敘〉，《魏叔子文集外篇》，卷8，〈敘〉，葉28上。
69　魏禧：〈續續朋黨論〉，《魏叔子文集外篇》，卷1，〈論〉，葉52上。

步詳細說明。即便如此，此君子用小人之術的思想，卻是在傳統的泛道德論上走出了一大步，再走下去，大概就是強調法律的限制的重要，亦即「信法而不信人」了。總括而言，魏禧對政治的理解，已不再如傳統上大部分的儒者一樣，僅停留在德治的糾纏。同時他對君子不濟的揭露，實際上也是他對幾千年來所謂以君子達到德治模式的不信任和反思。

翻譯與外交——
泰祿總統〈國書〉與道光帝〈璽書〉贈答再考

楊文信*

* 香港大學中文學院名譽助理教授

壹、引言

　　1843 年 7 月，美國政府派遣特使顧盛（顧聖，Caleb Cushing，1800
－1879）來華，為中、美兩國建交奠基。顧盛的使命有二：（1）與清政
府商訂經貿條約、建立正式外交關係；（2）親呈美國第十任總統泰祿
（John Tyler，1790－1862，1841－1845 在任）所撰〈國書〉於道光帝（清
宣宗愛新覺羅旻寧，1782－1850，1820－1850 在位）。有關《望廈條約》
的締結，中外史家已有大量研究成果；相比之下，關於〈國書〉與道光
帝所覆〈璽書〉的贈答，卻還沒有具體說明。筆者與居蜜博士合著的〈從
美國國會圖書館藏顧盛文獻談十九世紀中、美兩國的文化交流〉（以下
〈交流〉）曾指出：研究早期中、美關係的著作雖然大多會提及〈國書〉
與〈璽書〉，但是篇幅不多、史料不足，在重要的問題上沒有得出令人
信服的結論。[1]以朱士嘉（1905－1989）"Tao-kuang to President Tyler"一
文為例，其開導之功甚大，然尚有可議之處，如謂〈璽書〉不見載於《籌
辦夷務始末》（以下《始末》），實則載於卷 73；謂 1845 年 1 月 23 日伯
駕（Peter Parker，1804－1888）寄發〈璽書〉予顧盛，實則當天伯駕剛
收到〈璽書〉，至同月 31 日才把它與中譯本寄出。朱氏又指泰祿總統寫
成〈國書〉，等了一年十個月零十九日，才於 1845 年 6 月 21 日收到回
覆，從而認為當時兩國的交往是「閒適地」（leisurely）進行的，[2]這一點

---

[1] 居蜜、楊文信：〈從美國國會圖書館藏顧盛文獻談十九世紀中、美兩國的文化交流〉，
　《明清史集刊》，第 8 卷（2005 年 12 月），頁 261-324。

[2] Shih-Chia Chu, "Tao-kuang to President Tyler," *Harvard Journal of Asiatic Studies*, vol. 7
　no. 3 （Feb., 1943）, pp. 170-1. 朱氏於 "Chinese Documents in the United States National
　Archives"（*The Far Eastern Quarterly* vol. 9 no. 4 [Aug., 1950]）自記於 1940 年 8 月往
　美國國家檔案館（National Archives）時初次看到〈璽書〉（p.378）（他在後來寫的〈自
　傳〉〔載北京圖書館《文獻》叢刊部・吉林省圖書館學會會刊部編：《中國當代社
　會科學家・2 輯》（北京：書目文獻出版社，1983 年），頁 89〕卻記其事在春天，
　不如前文之可信），而此後數年他埋首於整理拐騙華工的中文檔案工作及撰寫博士
　論文，已無暇對〈璽書〉作進一步研究。

尤其與史實不符。泰祿於 1845 年 3 月卸任，接收〈璽書〉的是繼任者 James K. Polk（1795－1849，1845－1849 在任）。[3]「閒適地」一語有否反諷意味暫且不論，筆者在考證伯駕翻譯〈璽書〉過程中與黃恩彤（1801－1883）進行的反覆討論後，卻得出與朱氏不同的看法。

　　本文是〈交流〉的延續篇，繼續透過爬梳美國國會圖書館手稿部（Manuscript Division）藏「顧盛文書」（Caleb Cushing Papers，以下「文書」）的相關史料，並與其他史料作考證、對比和分析，考察以〈國書〉、〈璽書〉贈答為中心的中、美兩國外交與文化關係。考察的重點有三：（1）論述贈答經過，尤其着重揭示美方的翻譯工作；（2）分析〈國書〉、〈璽書〉在文詞、體式等方面的特點，並對照原文與譯文的差異，說明它們代表的政治及外交訴求；（3）鉤劃伯駕與黃恩彤在翻譯〈璽書〉、討論用璽的過程，展示早期美國外交人員對中國歷史、文化的認識，以及對發展兩國關係的態度。文末說明研究〈國書〉、〈璽書〉贈答對了解晚清外交發展的重要性。

貳、〈國書〉、〈璽書〉的贈答經過

　　1843 年 7 月 12 日，泰祿總統〈國書〉備妥，顧盛收到美國國務卿 Daniel Webster（1782－1852）的〈指令〉，必須把它親呈於道光帝或交由清政府重臣轉呈。[4]〈國書〉原文應出自Webster手筆，但可能經過繼任的Abel P. Upshur（1790－1844）修改。[5]顧盛使團於同月 31 日從華盛頓

---

[3] 有關這一點，Claude M. Fuess 在 *The Life of Caleb Cushing*（NewYork: Harcourt, Brace and Co., 1923），vol. 1, p. 451 早有提及。

[4] Jules Davids ed., *American Diplomatic and Public Papers: The United States and China*, Serial I, vol. 1（Wilmington, Delaware: Scholarly Resources, INC., 1973），p. 153.

[5] Charles M. Wiltse ed., *The Papers of Daniel Webster*（Hanover, N.H.: Published for Dartmouth College by the University Press of New England, 1974-），Ser. 3. Diplomatic papers: v. 1, p. xxxvi and Ser. 1. Correspondence: v. 6, pp. 378-9. Webster 曾多次出任國務卿，此次任期至 1843 年 5 月。

出發，1844 年 2 月 24 日抵達澳門，27 日向護理兩廣總督程矞采（1783－1858）發出照會，要求之一是將「本國正統領璽書內開列各款重事，呈獻大皇帝御覽」。[6]稍後耆英（1787－1858）出任欽差大臣、兩廣總督，於同年 6 月 18 日與美方展開談判。期間，顧盛強調親呈〈國書〉是有關於「本國及本大臣之體面者」，不過也指出「若有便宜可行者，亦可無庸面陳，從權會交別人附奏上達」。[7]清政府由始至終拒絕美方北上進京的要求，先則令程矞采督同黃恩彤曉諭阻止，後則令耆英、黃恩彤再行曉諭。至 7 月 2 日，即《望廈條約》簽署前一日，談判定局已成，耆英遂致函顧盛，認為美方既已放棄北上，則〈國書〉可照條約所訂之法，或由欽差大臣或由總督轉呈。他說明「此乃要事，必須與現定和約一併覆奏」。[8]翌日上午，耆英再有照會予顧盛，提醒對方須攜帶〈國書〉前往他的官邸。同日顧盛有覆函，表示美方願意讓步，〈國書〉可由耆英代呈。[9]7 月 5 日，顧盛有函致耆英，謂：

> 啟者，昨送上敝國國書時，尚未譯便。茲將譯文賷上，祈即查收。在本大臣，因既屬呈遞大皇帝御覽，若照本國文字，恐辭不達意，是以浼友轉求本處士人，刪好騰正賷閱。然一經刪定，則詞語難免略有增減，但要義則諒無遺漏耳。[10]

6　此函有「美使公文檔」抄本，見中央研究院近代史研究所編：《中美關係史料·嘉慶道光咸豐朝》（臺北市南港：中央研究院近代史研究所，1968 年），第 5 號，頁 5。

7　「文書」箱號 44 所收 1844 年 6 月 26 及 27 日漢文照會。後一照會又見收於《中美關係史料·嘉慶道光咸豐朝》，第 46 號，頁 42。

8　「文書」箱號 45 所收耆英致顧盛漢文函件。此函有「美使公文檔」抄本，載《中美關係史料·嘉慶道光咸豐朝》，第 56 號，頁 49，然於「彼此分執為據外」句闕「據」字。

9　均為「文書」箱號 45 所收漢文函件。兩函均有「美使公文檔」抄本，載《中美關係史料·嘉慶道光咸豐朝》，第 58 及 59 號，頁 50。

10　「文書」箱號 45 所收 1844 年 7 月 5 日顧盛致耆英漢文函件，此函有「美使公文檔」抄本，載《中美關係史料·嘉慶道光咸豐朝》，第 60 號，頁 50-51。「浼友轉求本處士人，刪好騰正賷閱」兩句，英文原件作 "I have had it revised by a friend assisted

這說明〈國書〉由美方自行中譯，過程中有中國士人協助，而譯後亦當經伯駕或裨治文（Elijah C. Bridgman，1801－1861）等覆核才交予中方。據伯駕在 1845 年 2 月 11 日給顧盛的書函，助譯的「士人」就包括潘仕誠（1804－1873）和趙長齡（1797－1872）。同月 7 日，〈國書〉遂由美方交潘氏轉寄予耆英。耆英在收到〈國書〉中譯本後有覆函予顧盛，極稱譯本「詞意甚美」，此「固由漢文繙譯之精通，亦由原書情詞之周匝」。耆英按照雙方前議，將漢譯稿附入英文原件，一併向道光帝進呈。[11]面對遠渡而來的顧盛使團，道光帝有言：

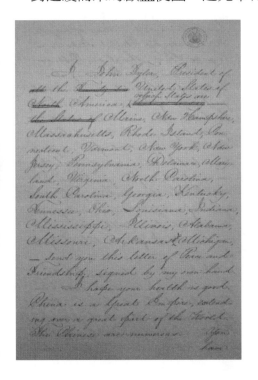
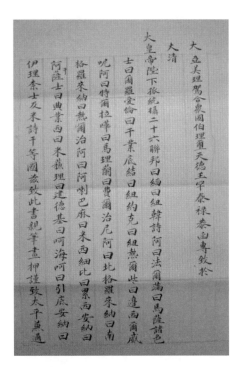

左圖：「文書」本〈國書〉初稿本首頁
右圖：「文書」本〈國書〉中譯本首頁

　　by a native scholar"，與伯駕所記有異，待考。

[11] 「文書」箱號 45 所收 1844 年 7 月 7 日顧盛致耆英漢文函件。此函有「美使公文檔」抄本，載《中美關係史料‧嘉慶道光咸豐朝》，第 61 號，頁 51。

> 該國遠隔重洋，因仰戴天朝恩德，遣使呈遞國書，情詞恭順，自
> 應優加褒獎，遂其嚮風慕義之忱。該督請頒賜詔書，予以羈縻，
> 未為不可。惟該國地居化外，言語不通，所頒詔書應如何措詞立
> 義，以示朝廷體制之處，著該督悉心酌擬進呈。[12]

明顯地，他仍然從朝貢體制的立場考慮怎樣處理顧盛的要求，而這種立場貫徹於耆英跟美使團談判的整個過程。

8月23日，顧盛有照會予耆英，表明往後文書──包括「大皇帝璽書」──全交由伯駕轉達；同月27日，顧盛歸國。[13]11月9日，伯駕致函顧盛，謂聽聞〈璽書〉已在送交途中，但是由於它的尺幅不能郵遞，因而運送略有遲誤，他預期會在月內收得。12月6日，伯駕另一函致顧盛，提到他從不同途徑得知〈璽書〉已送抵廣州，但仍未從中方收得。他向耆英婉轉表達儘快轉交的要求，希望趕及泰祿總統在任期完結前把它送到華盛頓。事實上，12月16日〈璽書〉的漢文和滿文本才備妥，準備發送廣州。1845年1月23日，耆英有信予顧盛，言及〈國書〉已「進呈御覽，上深為嘉悅，亦有御書回答」。當天伯駕從中方收到〈璽書〉，立即安排寄發予顧盛。同月28日，伯駕另一函件致顧盛，交代〈璽書〉寄呈華盛頓政府的安排。伯駕認為〈璽書〉以尊重美方為基調，在接收時獲黃恩彤等設盛宴招待，而他的中文老師也認為它在款式與情調上是尊重和友善的。不過，伯駕也發現一些疑點，翌日致函黃氏詢問〈璽書〉用語、體式和用御璽的問題。同月31日，黃恩彤在覆函中逐一回應相關問題，並說明〈璽書〉鈐「勅命之寶」御璽是因「御寶止有此」，「此外更無別件御寶」。伯駕在得到這回信後，就把〈璽書〉原件與英

---

[12] 文慶等編：《籌辦夷務始末‧道光朝》，載《續修四庫全書編纂委員會》編：《續修四庫全書》（上海：上海古籍出版社，1995年）第416冊，卷73，道光二十四年十一月戊辰條，頁113。

[13] 「文書」箱號46所收漢文照會。此照會有「美使公文檔」抄本，載《中美關係史料‧嘉慶道光咸豐朝》，第72號，頁59。

譯本、前此耆英致顧盛函件及譯本等委託一美籍船長運送回國，直接交予顧盛，最後〈璽書〉於 6 月 21 日送抵美國國務院。不過，黃氏的覆函引起伯駕關注中國御璽的使用情況，續有信函查詢相關資料。[14]

上圖：「文書」所收顧盛使團抄本「璽書」

　　2 月 6 日，伯駕再致函顧盛，提到他發現《望廈條約》沒有鈐御璽，而潘仕成告訴他中、法兩國簽訂的《黃埔條約》也作如是安排。伯駕推測原因不外乎清帝已於〈璽書〉鈐璽，或者清帝不慣常在有西式紅墨水簽名的文件上鈐璽；雖然他相信中方會履行條約，但條約不具正規性是肯定的。最後，他建議非不得已，暫時應對此事保密。同月 11 日，伯

---

[14] 以上中、英函件均見於「文書」箱號 47 及 48。

駕有一長信予顧盛，除報告〈璽書〉的寄發情況外，還具體談到他對黃
恩彤前信的懷疑之處，尤其御璽使用一點。他引用裨治文的著作有關中
國御璽的種類及用法的譯文，[15]認為鈐用《交泰殿寶譜》排行第十五的
「敕命之寶」並不恰當，應改用排行第四及五的「皇帝之寶」，並由此
談到他對御璽使用歷史的認識。同月 24 日，他去信黃氏就以上疑問求
證。同月 27 日，黃氏在覆函力圖說明選用「敕命之寶」乃視美方為地
位對等之國。[16]

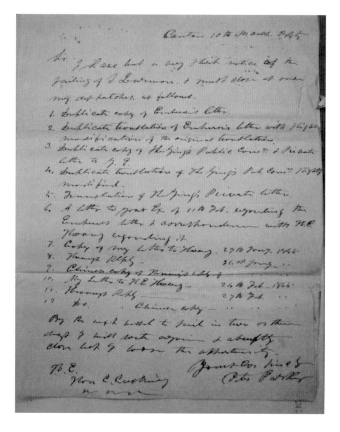

上圖：1845 年 3 月 10 日伯駕致顧盛急件的清單

---

[15] Elijah C. Bridgman, *A Chinese Chrestomathy in the Canton Dialect* （Macao: S. W. Williams, 1841），pp. 571-2 於「皇帝之寶」及「敕命之寶」分別譯為 "the seal of the august sovereign" 和 "the seal of the warrant decree"。

[16] 以上為「文書」箱號 48 所收英文函件。

　　3 月 10 日，伯駕有急件寄予顧盛，其清單所列附件甚多，包括：（1）〈璽書〉副本；（2）〈璽書〉英譯修訂本的副本，對原譯本作出輕微改動；（3）耆英致顧盛公、私函件及其副本；（4）耆英致顧盛公函譯文副本的修訂本，對原譯本作出輕微改動；（5）耆英致顧盛私函譯文；（6）同年 2 月 11 日致顧盛有關〈璽書〉問題的函件，以及就此事與黃恩彤往來的函件；（7）同年 1 月 29 日致黃恩彤函件抄本；（8）同年 1 月 31 日黃恩彤的覆函；（9）1 月 31 日黃恩彤覆函的中文抄本；（10）同年 2 月 24 日致黃恩彤函件；（11）2 月 27 日黃恩彤覆函；（12）2 月 27 日黃恩彤覆函中文抄本。3 月 12 日，伯駕再致顧盛函，報告他與潘仕成及趙長齡會面的情況，交代中方解釋〈璽書〉鈐「敕命之寶」的原因。伯駕雖然不盡滿意中方的說法，但基於兩國建交和簽訂和約的通盤考慮，仍然建議美國政府接受〈璽書〉。4 月 28 日，伯駕又致函顧盛，繼續提到他對御璽問題的最新認識，不過顧盛自 3 月起已不再直接參與中國事務。「文書」有關〈國書〉與〈璽書〉贈答的史料，此為最後記載。

　　對當時清政府君臣而言，回覆外使所呈國書仍然是一種帶獎勵性質的行動。因此耆英在向道光帝建議如何應對法國公使拉萼尼（Marie Melchior Joseph Théodore de Lagrené，1800－1862）來華的要求時，認為「該來使既無國書呈進，與咪唎𡂡堅事體不同，應請無庸降詔答獎」，硃批依議。[17]

參、〈國書〉、〈璽書〉的寫作特點、原文與譯文的差異

　　美國學者對〈國書〉原文（參本文附錄一）的評價譽少毀多。衛三畏（Samuel W. Williams，1812－1884）形容它是「表現了恩賜和祈求的

奇特結合，就像西方國家致大汗的書信一樣」。Foster R. Dulles（1900－1970）及 Lawrence H. Battistini（1907－1999）均認為從新建國家致函文化較歐洲各國還要悠久的國度來說，〈國書〉幼稚的措辭、以平素施於印第安猶長的簡單語言來作訓示，這對於中國皇帝是一種侮辱，而所提到的貿易事宜也是他毫不重視的；不過，全文以隱含的警告和有禮的次序作結，則不會讓中國人對美國要求訂立條約一事產生任何誤解。[18]至於中譯本，我國有的學者認為譯文滑稽可笑，增加了許多原文沒有的讚美清帝的話語，但又將條約應由清帝和美國總統簽字、由美國國會批准等語句刪掉。這種「把對自己有利的話任意誇張，對自己不利的話又隨意刪除」的做法，是清政府夜郎自大的表現，而具體執行的便是耆英。[19]中國譯員「潤色」外交文件譯本用語的做法，早見於中、英兩國的談判以至更早期的廣州行商貿易。[20]對照「文書」本及《始末》所收軍機處抄本〈國書〉（參本文附錄二），耆英曾改動部份字句，如「大亞美理駕」刪去「大」字、「恭惟皇帝陛下」句「皇帝」前加「大」字，用以輕美國而重中華；「派一命員」句改「命員」為「大臣」，是重其所任，以突顯美方朝見之誠意；「加勒顧聖」四字各加口字旁，並改「聖」為「盛」，是示以華夷之別；刪節「并得止息……以憑互換」一段文字而

18　參衛三畏著，陳俱譯，陳絳校：《中國總論》（上海：上海古籍出版社，2005年），下冊頁989；Foster R. Dulles, *China and America: the Story of Their Relations since 1784*（Port Washington, N.Y.: Kennikat Press, 1967），pp. 26-9 及其 *The Old China Trade*（New York: AMS Press, 1970），pp. 190-1; Lawrence H. Battistini, *The Rise of American Influence in Asia and the Pacific*（Westport, Conn.: Greenwood Press, 1974），pp. 40-1. 更早的論者如 Tyler Dennett, *Americans in Eastern Asia : A Critical Study of the Policy of the United States with Reference to China, Japan, and Korea in the 19th Century*（New York: Barnes & Noble, 1922），pp. 140-1 亦有相似意見。Edward V. Gulick, *Peter Parker and the Opening of China*（Cambridge, Mass.: Harvard University Press, 1973），p. 121 則形容此書文字類似「雜耍表演」。

19　李定一：《中美早期外交史（1784年-1894年）》（臺北：三民書局，1985年），頁165-168；仇華飛：《早期中美關係研究（1784-1844）》（北京：人民出版社，2005年），頁322-5及345。

20　馬廉頗：《晚清帝國視野下的英國：以嘉慶道光兩朝為中心》（北京：人民出版社，2003年），頁200-201、204-205。

為「共享平安之福」六字，是要淡化兩國正式簽約而轉以美方祝壽、祈願共享太平為全文重點。但是，以古代王、侯自稱的「孤」稱呼泰祿，以與「大皇帝」相對，以東西地理時差、人口多寡來顯出中國的優越性，這卻是美方原件所書。其次，中譯本以「恭惟」這對上自謙語引起正文、以四六工整句式、華麗用語發揮原文之意，這種做法應該不是美方人員無知而被中國譯員愚弄所致。

　　從「文書」所見，顧盛使團對朝貢制度的特點——尤其它的文化元素有頗深入的認識，因而於往來文書的樣式、表達手法以至御璽的選用理由等都力求準確掌握。顧盛不懂漢語，文書的翻譯工作主要由伯駕、裨治文和衛三畏分擔，而伯駕為核心人物。美方一開始便以漢語為主要溝通語言，給予中方的文件均會自行翻譯，於中文詞彙的選用相當重視。[21]以 "President" 一詞為例，便曾有五種譯法。最初美方譯之為「正統領」，1844 年 4 月 12 日裨治文致函顧盛，謂此譯法不當。至遲在同月24 日，譯名已改為音譯的「庇理西恬地」，而此或來自使團翻譯泰祿授予顧盛的〈委任狀〉所用「比理西天地」的譯法。顧盛在後來的個別文件中也有使用「大君」一稱呼，不過在同年 6 月 27 日最後選定「伯理璽天德」。至於 "Tyler"，〈委任狀〉曾譯作「大老」，後選定譯為「泰祿」。「伯理璽天德」與「泰祿」兩詞音、義兼備，均合符漢文化要求。[22]伯駕和助手既要恰當地譯出己方文件，也要反覆推敲、查證中方文件遣詞用字背後的深層含意。筆者認為〈國書〉的中譯本就算不是由顧盛、

21　《中美關係史料・嘉慶道光咸豐朝》，第 42 號，頁 39-40 收有〈美使顧聖致欽差大臣耆英照會〉，提及耆英來文之先，美方已備有照會文稿，「奈須譯出漢文，是以稽延至今」，即其一例。

22　"President" 譯名，參《中美關係史料・嘉慶道光咸豐朝》，第 5 號，頁 5、第 21號，頁 23、第 30 號，頁 31、「文書」箱號 43 所收裨治文英語書函及拙作〈交流〉，頁 295-296。"Tyler" 譯名，「文書」箱號 40 收有伯駕致顧盛函，不標注寫作時間，右上方有「[1844？]」記號，疑寫於該年。該函第 10 行提到伯駕尚未收到有關〈璽書〉的消息，當寫於同年 11 月 9 日以前。第 16 行說明「泰祿」的拼音為 "TaeLŭh"，含意則為 "Superlative Happiness"。

伯駕授意，至少也得到他們的默許。

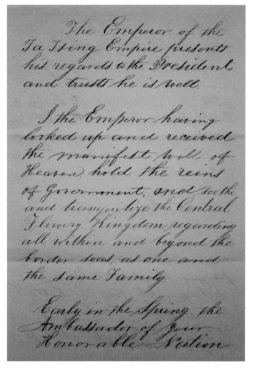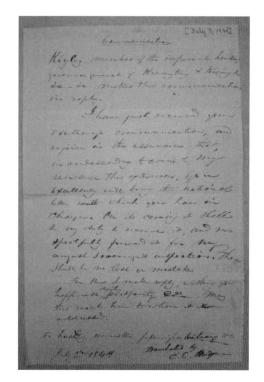

左圖：〈璽書〉伯駕初譯本
右圖：「文書」所收裨治文譯 1844 年 7 月 3 日耆英致顧盛函

　　至於〈璽書〉，據前引朱士嘉文所述，為一長卷軸，1938 年前存放
於美國國務院，該年 3 月起移藏美國國家檔案館。就體式而言，它與清
朝一般敕詔文書相近，都是「滿漢合璧」——織錦以滿、漢文字書寫，
左邊由左至右寫滿文，右邊由右至左寫漢文，中間分別鈐有滿、漢文「敕
命之寶」御璽。「文書」收有顧盛使團抄本〈璽書〉（參本文附錄三），
文字與朱士嘉所引國家檔案館藏本相同。[23] 不過以道光二十四年十月十
七日（1844 年 11 月 26 日）「夷務清本」〈兩廣總督耆英所擬頒給美國詔

---

[23] 見 "Tao-kuang to President Tyler," pp. 172-3 間的夾頁。

書稿〉對校,「文書」本第三行「貴國」原作「該國」,「顧盛」原作「顧
盛」,第十行「所訂」原作「所言」,第十五行「人民」原作「民人」,[24]
是耆英初稿後來尚有改動;定本寫成於同年十一月初七(1844 年 12 月
16 日),《始末》載錄其文。從行文風格及遣詞用字來看,〈璽書〉仍保
留傳統朝貢文書的一些特點。對比嘉慶帝(清仁宗愛新覺羅顒琰,1760
－1820,1796－1820 在位)〈敕諭□英咭唎國王〉所言:

> 爾國遠在重洋,輸誠慕化……曾遣使航海來庭……朕念爾國王
> 篤于恭順,深為愉悅……爾使臣不能敬恭將事代達悃忱,乃爾
> 使臣之咎……至爾國距中華遙遠,遣使遠涉,良非易事……嗣
> 後毋庸遣使遠來,徒煩跋涉……俾爾永遵,故茲敕諭。[25]

尤其乾隆帝(清高宗愛新覺羅弘曆,1711－1799,1735－1796 在位)
〈敕諭□英咭唎國王〉的以下片段:

> 敕諭英吉利國王曰:咨爾國王,遠在重洋,傾心向化,特遣使
> 恭齎表章,航海來廷,叩祝萬壽,並備進方物,用將忱悃。朕
> 披閱表文,詞意肫懇,具見爾國王恭順之誠,深為嘉許。所有
> 齎到表貢之正副使臣,念其奉使遠涉,推恩加禮……爾國王惟
> 當善體朕意……共享太平之福……特此敕諭。[26]

都顯出相沿襲用之處。這種用語及行文方式,美方是有認識的。1844

---

[24] 中國第一歷史檔案館編:《鴉片戰爭檔案史料‧VII》(天津:天津古籍出版社,1992
年-),頁 537。

[25] 《清實錄‧仁宗實錄》(北京:中華書局,1985 年-1987 年),卷 320,嘉慶二十一
年七月乙卯條,頁 239-240。

[26] 《清實錄‧高宗實錄》(北京:中華書局,1985 年-1987 年),卷 1435,乾隆五十
八年八月己卯條,頁 183-185。

年 3 月 19 日程喬采給顧盛的照會有言:「查各國使臣赴中華,晉京朝見大皇帝,均須在近邊口外停候……大皇帝不忍公使於度越重洋後,再勞跋涉……俟公使到粵,即為安慰阻止」,而顧盛所覆照會用語亦同此。[27] 可以說,〈璽書〉的雛型已見於此。不過〈璽書〉文首及文末均不加「敕諭」,這無疑是因應新外交形勢而作出的改變。

　　〈璽書〉的英譯工作由伯駕主導,其修訂本較初譯本優勝(參本文附錄四及五),大端有三:(1)譯語更為準確。如首句「大皇帝」,初譯作 "The Emperor of the Ta Tsing Empire(大清皇帝)",後改譯為 "The Great Emperor";(2)體式更為工整。如初譯本泰祿的代名詞作 "he";修訂本均改作大寫 "He" 以示尊崇;(3)加上底線以示敬意。初譯本全文不加底線,修訂本於國名、職名、人名、地名、國書、條約、道德觀念和國民等詞均加上單底線,而於天、清帝、美國總統及其代名詞均加雙底線,更顯尊崇,與中國傳統文書之單抬、雙抬作用相似(〈國書〉原文不加底線)。就譯文風格而論,伯駕的翻譯簡單清晰,看不出原文所隱含的華夷及尊卑之別。至此,〈璽書〉的用語和體式更為符合美國政府的要求,美國總統的地位才與「大皇帝」對等。曾任職美國國務院遠東事務部的 Raymond P. Tenney(1887－1962)在 1925－1927 年間重新翻譯〈璽書〉時,認為它的風格在一定程度上受到〈國書〉的影響,並有以下評論:

　　　使用「伯理璽天德」等字時均不帶敬語,而「皇帝」兩字之前卻均加上「大」字。在信的開端,「大皇帝」(原注:其皇室尊貴性)三字的位置強調了道光帝的重要性。首句以漢語通俗口語寫成,彷彿是向文盲講話。[28]

27　此照會有「美使公文檔」抄本,載《中美關係史料‧嘉慶道光咸豐朝》,第 6、7 號,頁 6-8。

28　Tenney 早年曾任駐北京使館的學生翻譯員,1919-1920 年任駐上海大使,1924 年任

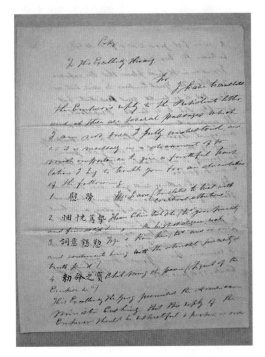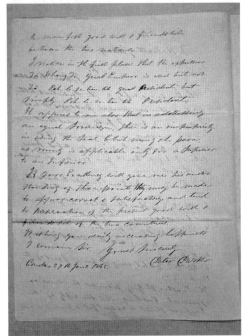

上圖：1845 年 1 月 29 日伯駕致黃恩彤函

就最後一點來說，耆英草擬〈璽書〉原稿時，是考慮到美國人於「文義較深」之處「恐亦未能通曉」，所以才以淺白語言出之。不過，另外兩點都言之有理，正是耆英堅持之處。[29]〈璽書〉由黃恩彤交伯駕英譯後轉呈顧盛，伯駕如何翻譯並向顧盛解釋其含意，對它是否最終被接納起着關鍵作用，可視為美國使團調和兩國外交衝突的典型例子。

駐瀋陽大使，其生平參看：
http://www.gutenberg.org/dirs/1/3/9/4/13940/13940-h/13940-h.htm 及
http://politicalgraveyard.com/bio/templeton-terrill.html，他的評論文字載 *American Diplomatic and Public Papers: The United States and China*, Serial I, vol. 1, p. 278.
[29]　《籌辦夷務始末・道光朝》，卷 73，道光二十四年十一月戊辰條，頁 113 載耆英認為〈璽書〉「措詞立義，總須于天朝體制示有尊崇」。

肆、伯駕、黃恩彤在翻譯〈璽書〉、討論用璽過程中的角色

　　1844 年 11 月 2 日，伯駕致函顧盛，說明他對剛從駐廣州領事福士（Paul S. Forbes，1806－1886）所得「重要文件」——〈戶部為遵旨覆議速奏事貴州司案呈軍機大臣令同本部刑部議覆欽差大臣耆等奏亞美理駕合眾國貿易章程一摺〉中若干問題的看法。函中指出該摺以「夷」稱呼外國人有醜化之意，而清政府官員肯定意識到這一點，因為漢語中尚有「外國人」、「遠人」等不含貶義的詞彙可供選擇。[30]1845 年 1 月 28 日，伯駕致函顧盛交代〈璽書〉寄呈華盛頓政府的安排，開首即有言：「我欣然轉呈久候的清帝〈璽書〉，這是一件錦繡製品。」可知他認為〈璽書〉以尊重美方為基調。不過，接着他便提到對它的體式與用語存有懷疑之處，會去信詢問黃恩彤。[31]翌日他致函黃氏，明白提出：「我已譯出清帝給總統的〈璽書〉，但是有幾節我不能確定和完全明白，而這樣重要的文件必須有忠實的翻譯，煩請你說明以下內容……」他主要詢問「慰勞」、「悃忱篤摯」、「詞意懇懃」和「勅命之寶」的含意，強調這對美方而言意義重大，因為耆英曾向顧盛承諾〈璽書〉定會「具敬意和合乎禮序，從而顯出兩國之間的善意和友誼。」伯駕具體說明他的不解之處是：

---

[30] 「文書」箱號 47 所收英語書函。該摺載《籌辦夷務始末・道光朝》，卷 72，道光二十四年七月丁卯條，頁 84-86。引文由筆者中譯，以下同此。
[31] 「文書」箱號 47 所收英語書函。

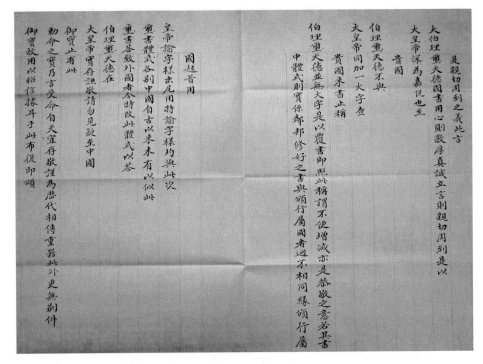

上圖：1845 年 1 月 31 日黃恩彤覆伯駕函

我注意到開端用了 Tā Whang Ti（原注：大皇帝）一詞，用大皇帝卻沒有用 Tā Pih-le-se-tien-tik（原注：大伯理璽天德）——大總統，只用 Pih-le-se-tien-tik——總統。我還感到致函予平等的獨立政權而鈐 Chih ming chi paou（原注：敕命之寶）一璽並不恰當，因為 ming（原注：命）只用於在上者向在下者。[32]

果如是，則〈璽書〉並不視美國為地位對等之國家。同月 31 日，黃恩彤在覆函中逐一回應伯駕所問如下：

伏讀大皇帝答覆大伯理璽天德璽書，內「慰勞」二字，乃因顧聖

32 「文書」箱號 48 所收英語書函。

公使遠來勞苦，特遣者宮保前往安慰，與郊勞之禮無異，若質言之，則看視問候之意。「悃忱」二字，乃主心說，「篤摯」二字，是敦厚真誠之義。「詞意」二字，乃主言說，「懇懇」二字，是親切周到之義。此言大伯理璽天德國書用心則敦厚真誠，立言則親切周到，是以大皇帝深為嘉悅也。至貴國伯理璽天德不與大皇帝同加一「大」字，查貴國來書，止稱伯理璽天德，並無「大」字，是以覆書即照此稱謂，不便增減，亦是恭敬之意。若其書中體式，則實係鄰邦修好之書，與頒行屬國者迥不相同。緣頒行屬國，起首用「皇帝諭」字樣，末尾用「特諭」字樣，均與此次璽書體式各別。中國自古以來，未有以似此璽書答致外國者，今特改此體式以答伯理璽天德，在大皇帝實存謙敬，請勿見疑。至中國御寶，止有此「勅命之寶」，乃言受命自天，宜存敬謹，為歷代相傳重器，此外更無別件御寶，故用以昭信據耳……再「勅命」二字，本於《書經》「勅天之命，惟時惟幾」二語。「勅」字乃敬謹之義，言天子受天之命，諸宜敬謹，故御寶取此二字，與誥勅之勅，命令之命，文義迥別。[33]

---

[33] 同上。

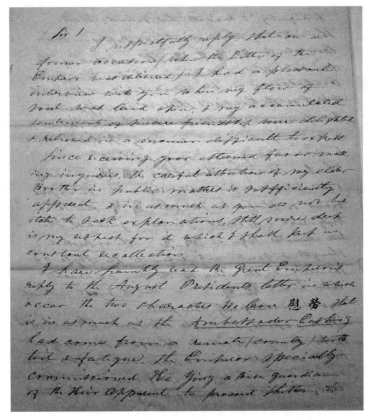

上圖：1845 年 1 月 31 日黃恩彤覆伯駕函的伯駕英譯本

黃氏的回應對中有錯，不能盡信。他對「慰勞」、「悃忱篤摯」和「詞意懇勤」等詞義的解說，以及朝貢文書「頒行屬國」起首用「皇帝諭」、末尾用「特諭」的說明是合理的；於「伯理璽天德」前不加「大」字一點亦能自圓其說，因為至少在顧盛回國之前，美方的公私文件都沒有加「大」字的寫法；但是對選用「勅命之寶」的解釋卻難以成立。由於他說御璽只有「勅命之寶」一種，這引起伯駕對中國御璽使用習慣的關注，於是續有信函向黃恩彤查證。

　　如前文所述，2 月 11 日伯駕在致顧盛函中說明他對御璽使用的疑問，並於同月 24 日再致函黃恩彤，希望他作出解釋。伯駕以《大清會

典》所載為據，質疑後者前信有關選用御璽的解釋與之不符。黃氏的覆函在同月 27 日，重點解釋〈璽書〉鈐「勅命之寶」的原因：

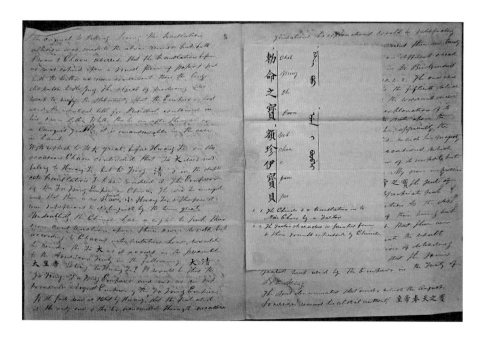

上圖：1845 年 2 月 11 日伯駕致顧盛函內頁

敬復者……謹按，《會典》內載，交泰殿尊藏御寶二十有五，與來單開列之名數，均屬符合，但用之各有其宜，不容稍紊也……「皇帝之寶」有二，一用青玉為之，以布詔敕；一用栴檀香木為之，以肅法駕……以上諸寶，皆不能用之於外國，惟有「天子行寶」，以冊外蠻（原注：蠻荒小國，受冊封者用此寶），「天子信寶」以命殊方（原注：絕遠之邦來請冊命者用此寶），「勅正萬邦之寶」以誥外國（原注：頒詔屬國用此寶）。此三寶者，乃中國用之外國，而要皆以尊臨卑，以大字小，未便用之外鄰邦也。其用之於鄰邦者，中國實無此御寶。緣大清二百年來，撫有海內，南而暹羅越南緬甸，東而琉球朝鮮，北而蒙古回部，

西而金川西藏，各外國絡繹來廷，均執屬國之禮。其泰西諸國，
又多未通聘問，不聞有以璽書往來者。今貴國使臣奉書而至，
大皇帝自必以璽書優答，不鈐御寶，無以昭誠信。若鈐御寶，
則此二十五寶之中，不惟用之於中國者均非所宜，即用之於外
國者，亦諸多未便。惟有「敕命之寶」，義取敬謹天命，相傳最
久，不惟與制誥等寶之加恩臣下者不同，即與「敕正萬邦」等
寶之頒行小國者迥異。且上年與英國議和，即係鈐用此寶，貴
國自應畫一辦理，以示均平。此實皇帝與廷臣再三籌度，既不
肯以屬國輕相比擬，更不肯與英國稍有重輕，永存修好睦鄰之
至意，以篤我兩國萬年和好之雅誼者也。弟素性樸誠，不為虛
飾，前書所云「敕命之寶，係歷代相傳重器，止有此件」者，
並非不知《會典》所載御寶之名數甚多，實因用之於璽書，惟
有此寶較為相宜，此外更無別件可用。[34]

文中所記各御璽的特徵及用法雖然與《大清會典》所載相符，但以此說
明選用「敕命之寶」「較為相宜」，乃視美方為地位對等之國則欠缺說服
力。從現存清代「敕命文書」可見，「敕命之寶」用途甚廣，如封授、
封贈官階，用於六至九品官員；用於佛寺、下達命令，則可用於高級官
員。儘管乾隆帝明確規定二十五寶的各自用途，但實際上它們大部份都
只具象徵意義，藏而不用，只有「皇帝之寶」、「制誥之寶」、「敕命之寶」
及「皇帝尊親之寶」經常鈐用。[35]何況，黃恩彤沒有也決計不會提到的，

---

[34] 同上。
[35] 郭福祥：《明清帝后璽印》（北京：國際文化出版公司，2002 年），頁 83-92。「敕
命之寶」在清代的使用情況與用例，參徐啟憲、李文善主編：《明清帝后寶璽》
（北京：紫禁城出版社，1996 年），頁 84-87；楊興茂：〈論封典檔案的特點和
鑒賞檔案〉，《1997 年》增刊，頁 42-44；李鳳民、李俊蘭：〈瀋陽故宮藏誥敕
文書〉，《歷史檔案》，1999 年 2 期，頁 3-10；程大鯤：〈康熙冊封禮親王之女
制文簡介〉，《滿族研究》，1999 年 3 期，頁 54；李岩雲：〈敦煌市博物館藏的
兩件清代詔令〉，《敦煌研究》，2003 年 3 期，頁 88-89；孔維震、劉淑珍：〈《雍

是前述乾隆帝〈敕諭英咭唎國王〉也是鈐「勅命之寶」。鈐此御璽，適足以表示傳統的朝貢關係，好像明朝宣德八年（1433）六月宣宗（朱瞻基，1399－1435，1425－1435 在位）敕諭日本遣明國使龍室道淵時也是鈐此璽。[36]

伯駕相信黃恩彤的話嗎？答案是否定的。3 月 12 日，伯駕致函顧盛，引用 "Hwuy Tien"（《會典》）的定義，說明「勅命之寶」「以鈐誥敕」。[37]他指出：

> Chih Ming Chi Paou（原注：敕命之寶），一般來說按它的意義，是皇帝指示大臣如何處理某特定事情時才使用⋯⋯而不適用於致函予當前地位平等的獨立政權。因此任何中國人看到它仍然會視皇帝的尊貴性凌駕天下萬物。

那麼，美國政府應該怎樣回應？他的建議尤其值得注意：

> 既然它是用於英國（按：指《南京條約》）的同一御璽，而且有 Hwang（原注：黃恩彤）和 Tsi Yeng（原注：耆英）的解釋，我們或者可以說現時美國政府最好接納它，但是將來要持續反對使用它。[38]

---

36 正十三年贈訓導包有章父母敕命〉概述〉，《滿語研究》，2005 年 1 期，頁 121-123；宋剛、王密閣：〈偃師市館藏：道光聖旨簡介〉，《檔案管理》，2005 年 5 期，頁 83；王學深：〈清代誥命與敕命封贈文書研究〉，《中國國家博物館館刊》，2013 年 6 期，頁 111-129。

36 瑞溪周鳳原編，田中健夫編：《善鄰國寶記・新訂續善鄰國寶記》（東京：集英社，1995 年），封頁圖像。「敕命之寶」於清代外交文書使用的例子，參丁春梅：〈清代中俄兩國國書書寫材料的比較研究〉，《檔案學研究》，2009 年 4 期，頁 21-23 及 57；王學深：〈康熙敕命安南國王攻打吳三桂諭〉考釋〉，《山西檔案》，2012 年 6 期，頁 79-81。

37 原文參允祹等撰：《欽定大清會典》（臺北：臺灣商務印書館，1983 年-1986 年；《四庫全書》本第 619 冊），卷 2，總頁 39-40。

38 「文書」箱號 49 所收英語書函。

既然《望廈條約》已經簽訂，從實際利益考慮，他認為應避免衝突、與中國維持新建立的友好關係，但是往後就要明確表明不可再鈐此璽。由此可見，1845 年 1 月至 3 月間，伯駕為了清楚了解〈璽書〉的內容、文字、體式和用璽是否有違「對等外交」原則，鍥而不捨進行查證工作，直至 3 月中旬才把相關文件一併寄予顧盛。[39] 4 月 28 日，伯駕再致函顧盛，次段開首謂：

> 上周我在香港，從戴維斯總督閣下得知致總統的〈璽書〉所用御璽，其實也用於《南京（條約）》，不過在很長一段時間沒有引起他們的注意。[40]

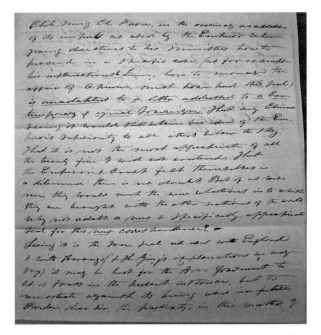

上圖：1845 年 3 月 12 日伯駕致顧盛函。對美國政府的建議見第 19 行

---

[39] Jeffrey R. Biggs, *The Origins of American Diplomacy with China: the Cushing Mission of 1844 and the Treaty of Wang-Hsia*（Ann Arbor: University Microfilms International, 1976），pp. 269-73 引用《文書》的英文史料，有不同的論述。

[40] 「文書」箱號 49 所收英語書函。

其時〈璽書〉及相關文件已寄往美國，而伯駕仍關注御璽問題，與次任香港殖民地總督戴維斯（爹核士，John F. Davis，1795－1890，1844－1848在任）談論及此，才知道原來英方一直沒有注意到御璽的問題。1846年2月6日，伯駕仍有書函致顧盛，表示不會要求取回自顧盛歸國後翻譯〈璽書〉及與黃恩彤書信往來的工資，唯期望他不會迅速對中國事務失去興趣。[41]

伍、〈國書〉、〈璽書〉贈答與晚清外交

自古以來，外交文書在中國的朝貢體制中佔有重要位置，文書體式、用語不當，可以導致國家之間關係惡化。《隋書》〈東夷・倭國〉記載大業三年（607）其王多利思比孤遣使朝貢，「其國書曰：『日出處天子致書日沒處天子無恙』云云。（隋煬）帝覽之不悅，謂鴻臚卿曰：『蠻夷書有無禮者，勿復以聞。』」[42] 清初以來中、俄兩國外交「禮儀之爭」不絕，而國書格式和國君稱號就是焦點之一；[43] 在鴉片戰爭前夕，英國關於中國問題的交涉檔案中，英國政府對駐華代表作出最大量指示的也是與中國官府文件交往的稱謂、書寫格式、轉遞方式等方面，[44] 外交文書之重要性於此可見。田中健夫（Tanaka Takeo，1923－2009）認為東亞外交文書的樣式反映國際社會的秩序及利害關係，而樣式包括年號使用、出使人員頭銜、稱號、謙稱、收件者頭銜、稱號、尊稱等用語和印章原料、形態、印文、畫押處、抬頭、平出、缺字、封紙等。他並指出文書的執筆者是一流而具有高度技術的知識份子，

---

[41] 「文書」箱號51所收英語書函。

[42] 魏徵、長孫無忌等：《隋書》（北京：中華書局，1973年），卷81，〈列傳〉46，〈東夷・倭國〉，頁1827。

[43] 葉柏川：《俄國來華使團研究（1618～1807）》（北京：社會科學文獻出版社，2010年），頁150－158。

[44] 郭衛東：《轉折：以早期中英關係和〈南京條約〉為考察中心》（石家莊市：河北人民出版社，2003年），頁396。

既通曉漢文、知悉複雜的外交用語，又嫻熟外交習慣及國際社會的傳統，能明確提出本國立場。[45] 從上述的背景與觀點出發，透過本文的論述，筆者認為研究〈國書〉、〈璽書〉贈答對了解晚清外交的發展別有意義，主要在以下兩方面性。

首先，是〈國書〉、〈璽書〉寫作模式的歷史意義。隨着中國與西方國家逐步建立外交關係，外交文書往來日益頻繁。至少在道光（1821－1851）至咸豐（1851－1862）年間，中、美兩國國書的贈答，大體上依從〈國書〉、〈璽書〉的模式撰寫。以 1857 年 4 月美國總統 James Buchanan, Jr.（1791－1868，1857－1861 在任）的來函為例，開首稱「大亞美理駕合眾國伯理璽天德姓布駕南名雅各恭函專致峻碩良友大清大皇帝陛下」，在交代具體事項後，以祝願兩國和好與清帝長壽為結，下款則為「美國大學士姓駕士名呂士在華盛頓京都奉大伯理璽天德命敬書」。咸豐帝（清文宗愛新覺羅奕詝，1831－1861，1850－1861 在位）在咸豐八年（1858）四月的覆函，開首亦為「大皇帝問亞美理駕合眾國伯理璽天德好」，之後言天命所在：「朕寅承天命，撫馭寰區，薄海內外，一視同仁」，在交代具體事項後，以「從此永敦和睦，想伯理璽天德亦必深為歡喜也」作結。[46] 其後寫的國書如出一轍：

> 皇帝復問亞美理駕合眾國伯理璽天德好。本年六月二十八日，使臣華若翰到京呈遞來書。披閱之餘，備見詞意肫懇，惟以永遠友睦為念，朕心實深欣悅。上年所立條約，已蓋用御寶，特派大臣交米使收領。朕恭膺天命，撫有寰瀛，中外一家，原無

45　田中健夫：〈外文文書の魅力〉，載氏著：《前近代の國際交流と外交文書》（東京：吉川弘文館，1996 年），頁 290。

46　中央研究院近代史研究所編：《四國新檔・法國檔・美國檔・辦理撫局》（臺北市南港：中央研究院近代史研究所，1966 年），第 4 冊，第 82 號，頁 136。類似例子，又見同書第 21 號，頁 70、第 72 號，頁 127；又參《中美關係史料・嘉慶道光咸豐朝》，第 281 號，頁 201－202、第 457 號，頁 319-320。

歧視。自此次定約之後，願與伯理璽天德永敦和好，共享承平，諒必同深歡喜也。[47]

此文後附有按語：「原檔內載：『七月十五日擬進』，又載『二十日繕遞擬答咪夷清漢合璧敕書』」，這表明清朝君臣內部仍然視之為上賜下的敕書，而非平等對待的國書。這種夷夏觀念、天下共主意識漸有改變，但是清帝的覆函模式則應用日廣，如 1865 年覆比利時國王書、1875 年致秘魯總統書均屬此類。[48] 用詞方面，「伯理璽天德」一詞自顧盛使團於 1844 年 6 月 27 日創用以來，雖然曾有其他譯法出現，但清帝在覆別國總統來函時一貫用此譯詞，直至光緒（1875－1909）末年致法國總統書仍作如是稱呼。[49] 最後，外交文書中鈐御璽一節，前述伯駕的想法被證明是合理的。徐啟憲、李文善指出「皇帝之寶」所鈐詔敕制誥的性質和使用之經常為它寶所無以相比，為清朝皇權的真正標誌。在晚清的國書、中外條約中，如 1895 年的《馬關條約》、1902 年致義大利國王書、1905 年致英國和比利時國王書，均以「皇帝之寶」取代「敕命之寶」為所鈐御璽。[50]

---

[47] 《四國新檔‧法國檔‧美國檔‧辦理撫局》，第 137 號，頁 178 載咸豐九年七月國書。

[48] 王開璽：《清代外交禮儀的交涉與論爭》（北京：人民出版社，2009 年），頁 557-558。

[49] 原件見國立故宮博物院藏〈清光緒國書—清廷致法國國書〉，http://www.npm.gov.tw/zh-tw/Article.aspx?sNo=04001052。有關此詞的歷史發展，參潘光哲：〈一個消失的「新名詞」：「伯理璽天德」〉，《東亞觀念史集刊》，2 期（2012 年 6 月），頁 91-128。

[50] 《明清帝后寶璽》，頁 93 介紹「皇帝之寶」云：「據《交泰殿寶譜》，此寶為「以肅法駕」之象徵物。然從清代檔案看，卻又為鈐用最多之寶，且鈐用範圍極廣。諸如皇帝登基、皇后冊命、皇帝大婚、發佈進士金榜及其他重要詔書上均鈐用此寶。其所鈐詔敕制誥之性質及使用之經常，它寶實無以相比。應視為清朝皇權之真正標誌。」致比利時國王書參同頁所附圖像；其餘各書參：
http://bbs.tiexue.net/post_5828597_1.html?s=data、
http://www.npm.gov.tw/exh96/treasure/large/j08.htm 及
http://image.s1979.com/allimg/110908/185-110ZQ63122.jpg 所附網頁圖像。

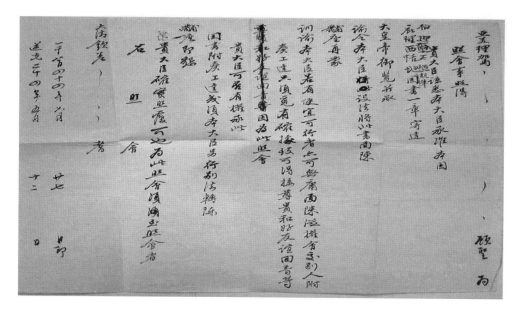

上圖：1844 年 6 月 27 日顧盛致耆英函初稿。
第 4 行改「庇理西恬地」為「伯理璽天德」

　　其二，是道光年間中、美外交人員，尤其伯駕的評價問題。耆英與顧盛都是當時兩國具有極高文化素養而又得到最高統治者信賴的人，他們於談判過程中為本國爭取最大利益的同時，也考慮到如何取得對方的認同，在可能的情況下消除對方的疑慮，以達到簽訂和約的使命。可以想像，按原文直譯〈國書〉，它不可能被中方接受；按原文直譯〈璽書〉，也很難為華盛頓政府接受。〈國書〉中譯本具朝貢通好的味道，與英文原文重視對等友善的風格大異；〈璽書〉中文原本也帶有「羈縻遠夷」的含義，但伯駕的英譯本卻看不出這種調子。[51]〈國書〉的翻譯在《望廈條約》簽訂之後，美方大概不想節外生枝，願意以文字上的「非對等」地位和放棄進京換取經貿利益。〈璽書〉中、英文原件俱在，從其文字之出入，足見譯者了解雙方文化差異，既怕有失國

---

[51] 姚廷芳：《鴉片戰爭與道光皇帝·林則徐·琦善·耆英》（臺北：三民書局，1970年），下冊，頁 313-314 謂〈國書〉富於東方情調，為歷來各國所未有。

際禮儀、傷害兩國外交關係，又要向本國統治者有合理交代，故在譯文中加以適當潤飾和處理。它們最終被接納，正表明中、美雙方外交官員都盡了最大努力。

　　過往有的研究認為伯駕在參與顧盛使團的工作時漢語水平不高，質疑他擔任翻譯一職能發揮的作用。[52] 筆者認為，在兩國的談判過程中，伯駕的貢獻主要在文字工作上；透過閱讀和整理「文書」的大量中、英文稿件，可以看到他不僅慎重考慮字詞譯法，還意識到要從中國歷史、文化的角度探求文本的深層含意，並鍥而不捨查明事實。這次翻譯和談判工作的經驗對伯駕是重要的。在顧盛歸國以後，他於道光及咸豐年間長期協助美國數任駐華公使的外交工作，有時還兼任通傳翻譯官。這段期間，美國外交文書中譯本的行文風格有日趨「中國化」的特點——伯駕向中方明言要以「欽差大臣」取代「公使」的職稱、美國總統國書沿用〈國書〉模式時卻又改而自稱「朕」，這都顯示出要力爭在文字上與中國君臣有對等地位。[53] 因此，進一步從翻譯與外交的角度，以伯駕為主線考察中、美外交文書的撰寫和對譯模式，無疑對加深了解近代兩國關係和漢語發展的歷史有重要意義。

本文所附插圖，選自"Caleb Cushing Papers, Manuscript Division, Library of Congress, Washington, D.C."，得館方允許拍攝，謹致謝意。

---

[52] *Peter Parker and the Opening of China*, pp. 122-3.

[53] 參《中美關係史料・嘉慶道光咸豐朝》，第271號，〈美副使伯駕致兩廣總督葉名琛照會〉，頁194及《四國新檔・法國檔・美國檔・辦理撫局》，第4冊，第82號，頁136。美國總統自稱「朕」，咸豐帝曾於上諭批評：「該國王竟自稱朕，實屬夜郎自大，不覺可笑。」參《四國新檔・法國檔・美國檔・辦理撫局》同冊，第83號，頁136。西方國家於官方文件中改用中式職銜與稱謂，參莊欽永、周清海：〈翻譯的政治："皇"、"王"之論爭〉，《或問》，18號（2010年），頁85-125。

附錄一　*American Diplomatic and Public Papers: The United States and China*, vol. 1, p. 269 所收〈國書〉修訂本與「文書」所收初稿本校勘[54]

LETTER TO THE EMPEROR OF CHINA FROM THE PRESIDENT OF THE UNITED STATES OF AMERICA. [July 12, 1843]

I, John Tyler, President of <u>the United States of America—which States are:（all the Twenty-Six United States of North America, that is to say—the States of）</u> Maine, New Hampshire, Massachusetts, Rhode Island, Connecticut, Vermont, New York, New Jersey, Pennsylvania, Delaware, Maryland, Virginia, North Carolina, South Carolina, Georgia, Kentucky, Tennessee, Ohio, Louisiana, Indiana, Mississippi, Illinois, Alabama, Missouri, Arkansas, [and] Michigan—send you this letter of peace and friendship, signed by my own hand.

I hope your health is good. China is a <u>great empire（Great Empire）</u>, extending over a great part of the world. The Chinese are numerous. You have millions and millions of subjects. The <u>twenty-six（Twenty-Six）</u> United States are as large as China, though our <u>people（People）</u> are not so numerous. The rising <u>sun（Sun）</u> looks upon the great mountains and great rivers of China. When he sets, he looks upon rivers and mountains equally large in the United States. Our territories extend from one great <u>ocean（Ocean）</u> to the other; and on the <u>west（West）</u> we are divided from your <u>dominions（Dominions）</u> only by the <u>sea（Sea）</u>. Leaving the mouth of one of our great rivers, and going <u>constantly（considerably）</u> towards the setting <u>sun（Sun）</u>, we sail to Japan and to the Yellow Sea.

Now, my words are, that the Governments of two such great <u>countries（Countries）</u> should be at peace. It is proper, and according to the will of Heaven, that they should respect each other, and act wisely. I therefore send to your Court, Caleb Cushing, one of the wise and learned men of this <u>country（Country）</u>. On his first arrival in China, he will inquire for your health. He has then strict orders to go to <u>your great city（Your Great City）</u>

---

[54] 修訂本已廣為流傳而初稿本則不甚為人知。此處以修訂本為底本，以初稿本（載「文書」箱號 40，參注 [22]）校對。兩本相異之字句加上底線，初稿本相異處注於（）內；[　]內字句為初稿本追加文字而見於修訂本者。初稿本第四段 "and all such other places as may" 為後來添加文字，可見美方希望在更多商埠貿易，不過中方回應時仍以五口岸為限。

of Pekin, and there to deliver this letter. He will have with him <u>secretaries and interpreters</u> （Secretaries and Interpreters）.

The Chinese love to trade with our people, and to sell them <u>tea and silk</u> （Tea and Silk）, for which our <u>people</u> （People） pay <u>silver</u> （Silver）, and sometimes other articles. But if the Chinese and the Americans will trade, there should be rules, so that they shall not break your laws or our laws. Our <u>minister</u> （Minister）, Caleb Cushing, is authorised to make a <u>treaty</u> （Treaty） to regulate trade. Let it be just. Let there be no unfair advantage on either side. Let the people trade not only at Canton, but also at Amoy, Ning-po, Shang-hai, <u>Fu-chow</u> （Foo-Choo-foo）, [and all such other places as may] offer profitable exchanges both to <u>China and the United States [and whenever they will]</u>, provided they do not break your laws nor our laws. We shall not take the part of evil-doers. We shall not uphold them that break your laws. Therefore, we doubt not that you will be pleased that our <u>messenger of peace</u> （Messenger of Peace）, with this letter in his hand, shall come to <u>Peking</u> （Pekin）, and there deliver it; and that your great officers will, by <u>your</u> （Your） order, make a <u>treaty</u> （Treaty） with him to regulate affairs of trade—so that nothing may happen to disturb the <u>peace</u> （Peace） between China and America. Let the <u>treaty</u> （Treaty） be signed by <u>your</u> （Your） own <u>imperial</u> （Imperial） hand. It shall be signed by mine, by the authority of our <u>great council</u> （Great Council）, the Senate.

And so may your health be good, and may <u>peace</u> （Peace） reign.

Written at Washington, this twelfth day of July, in the year of our Lord, one thousand eight hundred and forty-three.

Your <u>good friend</u> （Good Friend）,
JOHN TYLER （John Tyler）

附錄二　「文書」及《始末》所收〈國書〉中譯本校勘[55]

〔大〕亞美理駕合眾國伯理璽天德玉罕泰祿恭函專致（達）於大清大皇帝陛下。孤統攝二十六聯邦，曰緬，曰紐韓詩阿，曰法爾滿，曰馬薩諸色士，曰爾羅愛倫，曰干業底結，曰紐約克，曰紐熱爾些，曰邊西爾咸呢阿，曰特爾拉嘩，曰馬理蘭，曰費爾治尼阿，曰北格羅來納，曰南格羅來納，曰熱爾治阿，曰阿喇巴麻，曰米西細比，曰累西安納，曰阿干薩士，曰典業西，曰米蘇理，曰建德基，曰呵海呵，曰引底安納，曰伊理奈士及米詩干等國。茲致此書，親筆畫押，謹致太平，兼通和好。恭惟｛大｝皇帝陛下德承乾健，永綏視履之祥；治奠坤維，亘幅[幀]（員）之廣；育物無遺，戶口時形殷庶；廣生有象，版圖日益蕃滋，固不翅千萬億兆也。我二十六聯邦，中峙大洋，西瀕中域（城），萬派汪洋，儼畫鴻溝而作界；一輪擁現，惟測烏曜以審方。日晃東昇，即散皇輿之彩；陽光西下，甫生敝域（城）之輝。均同覆載之中，自分杆（扞）格之勢；雖（惟）廣狹或可相儕，而眾寡則難比數。至我國來程，當離河口，辨道于日入之方；滿[拽]（曳）帆檣，直抵乎日本之國；再循赤道，乃達黃河。今兩國均承景運，須共昇平；仁民愛物，道本大公；推己及人，理歸一致，務（允）宜上體天心，下盡人事。是以孤於本國中，選准才識可任之人加勒顧聖（咖嘞噸嗢），特命偕副佐司員及諸傳譯，就覲皇都，凜（懍）龍光于（於）咫尺，首祝安康；獻鯉信之殷勤，次陳款瀆。誠以為中華之輻輳如甘泜，我國之梯航所最要者。浮梁萬里，端因選茗而來；抱布千緡，特為貿絲而至，無非以有易無，計償酬直。惟是欲立市廛之政，須詳貿易之經，兩國商人方不致各乖憲典。孤于（於）遣大臣加勒顧聖（咖嘞噸嗢）時，已畀以便宜之權，令按公平之義，同条條約，調處經商，冀能兩國有益皆均，無利不遍。至于殫貨殖之精，盡人逐末；溥乾元之美，遷地為良。若得准我國商民不獨在于（於）廣東，兼在廈門、寧波、上海、福州等處貿易，我國商民斷不〔至〕藐壞（視）典章，孤亦斷不肯偏袒庇縱〔，任其藐壞也〕。孤臨軒遣使，赴闕陳書，謹致太平之

---

[55] 此處以「文書」本為底本，以《始末》本校對。〔　〕內字句為《始末》本所無；｛　｝內字句為《始末》本所加。此外兩本的相異字句均加上底線，而《始末》本修訂文字注於（　）內。

意，兼通和好之誠，<u>決無致疑于宸衷之（遙度宸衷，必不致）</u>因此稍有不懌矣。惟祈萬幾偶暇，特簡下頒，派一<u>命員（大臣）</u>，會商條約，條分縷析，調劑商賈之宜；法立獎除，<u>并得止息太平之害</u>。他時條約定議，繕成即請。濡蘸丹毫，判施朱押，孤亦當按本國公會及各議政<u>所奉之權畫押，以憑互換（共享平安之福）</u>。伏願九重宵旰，長歌日月，昇恒萬載；太平永鞏，山河帶礪。

〔一千八百四十三年七月十二日忝友好玉罕泰祿
合眾國太學士臣依披渥沙在華盛頓都城奉伯理璽天德命書〕

附錄三 「文書」所收〈璽書〉原文

大皇帝問伯理璽天德好。朕仰承景命，撫馭中華，薄海內外，視同一家。春初，貴國使臣加勒‧顧盛奉書遠來，抵我粵省，歷涉重洋，辛劬備至。朕不忍令復勞跋涉，免其進京朝見，特命欽差大臣宗室耆英前往慰勞，並商訂一切事宜。嗣經該大臣將來書呈覽，悃忱篤摯，詞意懇勤，披覽之次，嘉悅殊深。所訂一切貿易章程，朕覆加酌核，亦俱詳盡周妥，永堪遵守。其廣州、廈門、福州、寧波、上海等處，均准合眾國民人前往，按照條款，任便貿易。結萬年之和好，利兩國之人民，想伯理璽天德亦必深為歡忭也。

道光二十四年十一月初七日

附錄四 「文書」所收〈璽書〉伯駕初譯本

LETTER OF TAO-KUANG TO PRESIDENT TYLER

The Emperor of the Ta Tsing Empire presents his regards to the President and trusts he is well.

I the Emperor having looked up and received the manifest Will of Heaven, hold the reins of Government, and sooth and tranquilize the

Central Flowery Kingdom, regarding all within and beyond the border seas, as one and the same Family.

Early in the Spring the Ambassador of Your Honorable Nation Caleb Cushing, having received your Letter, arrived from afar at my Province of Yue. He having passed over the vast oceans with unspeakable toil & fatigue, I the Emperor not bearing to cause him further inconvenience of traveling by land & water, to dispense with his coming to Peking, to be presented at Court, specially appointed Ke Ying of the Imperial House, Minister and Commissioner Extraordinary, to repair thither and to treat him with courteous attentions.

And they having negotiated and settled all things proper, the said Minister subsequently took the Letter and presented it for my inspection, and your sincerity and friendship being in the highest degree real, & the thoughts and sentiments being with the utmost sincerity & truth kind, at the time of opening and perusing it my pleasure & delight were exceedingly profound.

All and every thing they had settled regarding the Regulations of Commerce, I the Emperor further examined with utmost scrutiny, and found they are all perspicuous and entirely & perfectly judicious, and forever worthy of adherence.

To Kwang Chow, Hea Mūn, Fuh Chow, Ning Po and Shang Hae, it is alike permitted the Citizens of the United States to proceed, and according to the articles of Treaty, at their convenience to carry on Commerce.

Now bound by perpetual Amity and Concord, advantage will accrue to the citizens of both Nations, which I trust must certainly cause the President also extreme satisfaction and delight.

Taou Kwang 24th yr.11th m. and 7th d. 16th Dec. A.D. 1844

附錄五　*American Diplomatic and Public Papers: The United States and China*, vol. 1, pp. 273-6 所收〈璽書〉伯駕修訂譯本

LETTER OF TAO-KUANG TO PRESIDENT TYLER

The Great Emperor presents his regards to the President and trusts He is well.

I the Emperor having looked up and received the manifest Will of Heaven, hold the reins of government over, and sooth and tranquilize, the Central Flowery Kingdom, regarding all within & beyond the border seas as one and the same Family.

Early in the Spring the Ambassador of Your Honorable Nation, Caleb Cushing, having received Your Letter, arrived from afar at my Province of Yue. He having passed over the vast oceans with unspeakable toil and fatigue, I the Emperor not bearing to cause him further inconvenience of travelling by land and water, to dispense with his coming to Peking to be presented at Court, specially appointed Ke Ying, of the Imperial House, Minister and Commissioner, Extraordinary to repair thither and to treat Him with courteous attentions.

Moreover, they having negotiated and settled all things proper, the said Minister took the Letter and presented it for My Inspection, and Your sincerity and friendship being in the highest degree real, & the thoughts and sentiments having with the utmost sincerity & truth kind, at the time of opening & perusing it, my pleasure and delight were exceedingly profound.

All, and every thing, they had settled regarding the Regulations of Commerce, I the Emperor further examined with utmost scrutiny, and found they are all perspicuous, and entirely and perfectly judicious, and forever worthy of adherence.

To Kwang Chow, Heu Mūn, Fuh Chow, Ning Po and Shang Hae, it is alike permitted the Citizens of the United States to proceed, and according to the articles of Treaty, as their convenience to carry on

Commerce.

Now bound by perpetual <u>Amity</u> and <u>Concord</u> advantage will accrue to the <u>Citizens</u> of both <u>Nations</u>, which I trust must certainly cause the <u>President</u> also to be extremely well satisfied and delighted.

Taou Kwang, 24th yr.11th m. and 7th d. 16th Dec. A.D. 1844.

參考文獻

BEI

北京圖書館《文獻》叢刊部・吉林省圖書館學會會刊部編：
《中國當代社會科學家・2 輯》，北京：書目文獻出版社，1983 年。

CHENG

程大鯤：〈康熙冊封禮親王之女制文簡介〉，《滿族研究》，1999 年 3 期，
　　頁 54。

DING

丁春梅：〈清代中俄兩國國書書寫材料的比較研究〉，《檔案學研究》，
　　2009 年 4 期，頁 21－23 及 57。

GUO

郭福祥：《明清帝后璽印》（北京：國際文化出版公司，2002 年）。
郭衛東：《轉折：以早期中英關係和〈南京條約〉為考察中心》，石家
　　莊市：河北人民出版社，2003 年。

JU

居蜜、楊文信：〈從美國國會圖書館藏顧盛文獻談十九世紀中、美兩國
　　的文化交流〉，《明清史集刊》，第 8 卷，2005 年 12 月，頁 261
　　－324。

KONG

孔維震、劉淑珍：〈《雍正十三年贈訓導包有章父母敕命》概述〉，《滿
　　語研究》，2005 年 1 期，頁 121－123。

LI

李定一：《中美早期外交史（1784 年－1894 年）》，臺北：三民書局，
　　　　1985 年。

李鳳民、李俊蘭：〈沈陽故宮藏誥敕文書〉，《歷史檔案》，1999 年 2 期，
　　　　頁 3－10。

李岩雲：〈敦煌市博物館藏的兩件清代詔令〉，《敦煌研究》，2003 年 3
　　　　期，頁 88－89。

MA

馬廉頗：《晚清帝國視野下的英國：以嘉慶道光兩朝為中心》，北京：
　　　　人民出版社，2003 年。

PAN

潘光哲：〈一個消失的「新名詞」：「伯理璽天德」〉，《東亞觀念史集刊》，
　　　　2 期，2012 年 6 月，頁 91－128。

QING

〈清光緒國書—清廷致法國國書〉，

http://www.npm.gov.tw/zh-tw/Article.aspx?sNo=04001052

《清實錄》（北京：中華書局，1985 年－1987 年）。

QIU

仇華飛：《早期中美關係研究（1784－1844）》，北京：人民出版社，2005
　　　　年。

RUI

瑞溪周鳳原編，田中健夫編：《善鄰國寶記・新訂續善鄰國寶記》，東京：集英社，1995 年。

SONG
宋剛、王密閣：〈偃師市館藏：道光聖旨簡介〉，《檔案管理》，2005 年5 期，頁 83。

WANG
王開璽：《清代外交禮儀的交涉與論爭》，北京：人民出版社，2009 年。
王學深：〈《康熙敕命安南國王攻打吳三桂諭》考釋〉，《山西檔案》，2012年 6 期，頁 79－81。
--------：〈清代誥命與敕命封贈文書研究〉，《中國國家博物館館刊》，2013 年 6 期，頁 111－129。

WEI
衛三畏著，陳俱譯，陳絳校：《中國總論》，上海：上海古籍出版社，2005 年。
魏徵、長孫無忌等：《隋書》，北京：中華書局，1973 年。

WEN
文慶等編：《籌辦夷務始末・道光朝》，載《續修四庫全書編纂委員會》編：《續修四庫全書》，上海：上海古籍出版社，1995 年，第 416 冊。

XU
徐啟憲、李文善主編：《明清帝后寶璽》，北京：紫禁城出版社，1996年。

YANG

楊興茂：〈論封典檔案的特點和鑒賞檔案　〉,《1997 年》增刊,頁 42
　　－44。

YAO

姚廷芳：《鴉片戰爭與道光皇帝・林則徐・琦善・耆英》,臺北：三民
　　書局,1970 年。

YE

葉柏川：《俄國來華使團研究（1618～1807）》,北京：社會科學文獻出
　　版社,2010 年。

YUN

允裪等撰：《欽定大清會典》,臺北：臺灣商務印書館,1983 年－1986
　　年;《四庫全書》本第 619 冊,。

ZHONG

中國第一歷史檔案館編：《鴉片戰爭檔案史料》,天津：天津古籍出版
　　社,1992 年－。
中央研究院近代史研究所編:《四國新檔・法國檔・美國檔・辦理撫局》,
　　臺北市南港：中央研究院近代史研究所,1966 年。
------------:《中美關係史料・嘉慶道光咸豐朝》,臺北市南港：中央研
　　究院近代史研究所,1968 年。

ZHUANG

莊欽永、周清海：〈翻譯的政治："皇"、"王"之論爭〉，《或問》，18 號，2010 年，頁 85－125。

田中健夫：《前近代の國際交流と外交文書》，東京：吉川弘文館，1996 年。

Battistini, Lawrence H., *The Rise of American Influence in Asia and the Pacific* （Westport, Conn.: Greenwood Press, 1974）.

Biggs, Jeffrey R., *The Origins of American Diplomacy with China: the Cushing Mission of 1844 and the Treaty of Wang-Hsia* （Ann Arbor: University Microfilms International, 1976）.

Bridgman, Elijah C., *A Chinese Chrestomathy in the Canton Dialect* （Macao: S. W. Williams, 1841）.

"Caleb Cushing Papers", Manuscript Division, The Library of Congress, USA.

Chu, Shih-Chia, "Chinese Documents in the United States National Archives," *The Far Eastern Quarterly*, vol. 9 no. 4 （Aug., 1950）, pp. 377-83.

-------------------, "Tao-kuang to President Tyler," *Harvard Journal of Asiatic Studies*, vol. 7 no. 3 （Feb., 1943）, pp. 169-73.

Davids, Jules ed., *American Diplomatic and Public Papers: The United States and China,* Serial I, vol. 1 （Wilmington, Delaware: Scholarly Resources, INC., 1973）.

Dennett, Tyler, *Americans in Eastern Asia: A Critical Study of the Policy of the United States with Reference to China, Japan, and Korea in the 19th Century* （New York: Barnes & Noble, 1922）.

Dulles, Foster R., *China and America: the Story of Their Relations since 1784* （Port Washington, N.Y.: Kennikat Press, 1967）．

----------------------, *The Old China Trade* （New York: AMS Press, 1970）．

Fuess, Claude M., *The Life of Caleb Cushing* （NewYork: Harcourt, Brace and Co., 1923）．

Gulick, Edward V., *Peter Parker and the Opening of China* （Cambridge, Mass.: Harvard University Press, 1973）．

Wiltse, Charles M. ed., *The Papers of Daniel Webster* （Hanover, N.H.: Published for Dartmouth College by the University Press of New England, 1974-）．

http://bbs.tiexue.net/post_5828597_1.html?s=data

http://image.s1979.com/allimg/110908/185-110ZQ63122.jpg

http://www.npm.gov.tw/exh96/treasure/large/j08.htm

http://politicalgraveyard.com/bio/templeton-terrill.html

http://www.gutenberg.org/dirs/1/3/9/4/13940/13940-h/13940-h.htm

歷史・性別・生態：
論蔡秀菊詩的現實關懷

林秀蓉[*]

[*] 國立屏東大學中國語文學系教授

壹、前言

　　2012 年莫渝等人編選的《笠園玫瑰：笠女詩人選集》，收錄了陳秀喜、杜潘芳格、利玉芳、蔡秀菊、吳櫻、謝碧修、林鷺、陳怡瑾等八人的詩作，這是現今唯一以笠女詩人為主體的詩選，其中莫渝評蔡秀菊詩具有「貼近原始」的特質，「彷彿雙輪馬車，精錬的抒情與舖陳的敘事，均隨心如意的駕御。」[1]可知在笠女詩園中，隱藏著蔡秀菊貼近原始自然的聲音，表現抒情與敘事的圓熟，堪稱是笠園中的瑰寶。

　　蔡秀菊（1953—），臺中市清水區人，於 1978 年發表現代詩處女作〈念〉[2]，曾參與「臺灣筆會」、「臺灣現代詩人協會」、「臺灣兒童文學學會」、「日本千葉縣吠詩社」、「臺中縣文藝作家協會」，以及「綠川新詩話會」；1995 年深受詩壇前輩陳千武、趙天儀、錦連、岩上的鼓勵與賞識，加入「笠詩社」行列，現任《臺灣現代詩》主編。創作文類多元，以現代詩為主，旁及小說、散文、報導文學、兒童文學、文學評論等等，並譯介日文、英文作品。[3]迄今創作不輟，並推展臺灣本土現代詩運動，促進國內外詩文學交流，不遺餘力，林鷺稱她是：「國內少數極其積極行動力的女性詩人」，又評其寫作風格：「從平實的語言當中，展現強度頗大的批判性，是一個努力而不認輸的女詩人。」

---

[1]　莫渝：〈玫瑰的綺思——笠女詩人八旗招展〉，莫渝、利玉芳、林鷺編：《笠園玫瑰：笠女詩人選集》（高雄：春暉出版社，2012年），序，頁12、13。

[2]　蔡秀菊〈念〉，發表於《中堅》第 107 期，1978 年 9 月。收錄於《蛹變詩集》（臺中：臺中市立文化中心，1997 年），頁 6-9。

[3]　蔡秀菊詩集有：《蛹變詩集》（1997）、《黃金印象》（2000）、《司馬庫斯部落詩抄》（2003）、《春天的 e-mail》（2003）、《野地集——當自然、人文與現代詩相遇》（2007）、《蔡秀菊詩選集》（蒙英對譯，2007）、《臺灣詩人群像——蔡秀菊詩集》（2007）、《臺灣詩人選集——蔡秀菊集》（2010）、《臺灣詩人獎專輯——蔡秀菊的文學旅途》（2010）、《Smangus 之歌》（2011）等。其他有散文：《懷念相思林》（1998）、小說：《夜舞者——臺灣生態小說集》（2005）、報導文學：《尋找一座島》（2009）、文學評論：《文學陳千武》（2004）、《詩的光與影》（2007）等。

[4]蔡秀菊透過文學創作與社會運動雙翼並進，關懷臺灣社會。社會運動方面，曾積極投入「教師會促進會」，以推動教育改革；參與「主婦聯盟環境保護基金會」，以落實生態環保，深具戰鬥性與批判性的前衛姿態。創作方面，從第一部《蛹變詩集》即奠定主題的基調，從批判政治與社會、重構歷史記憶、探討性別議題，以及維護生態環境，皆是其關懷的焦點。之後的《司馬庫斯部落詩抄》、《Smangus 之歌》（長詩），則著力於原住民族文化與生態的書寫。

　　蔡秀菊的創作詩觀，始終以「笠詩社」的臺灣精神、在地性格與現實關懷為圭臬。她認為詩人應該確立中心思想，秉持真誠態度，投注多元的社會關懷；鄙棄吳儂軟語的情詩，拒絕標榜超現實主義的晦澀。[5]其關懷社會的實踐力與文學創作的使命感，有如護土勇士，在臺灣女詩人中獨樹一幟，可惜現今尚無學術專論問世，因此，本論文特以蔡秀菊詩為探討主軸，梳理「歷史」、「性別」、「生態」三大核心主題，探察其現實關懷的面向、寫作的中心思想，以及如何體現「笠詩社」高舉臺灣精神、扎根於社會現實的文學特質，期待補足笠女詩人的別論研究。

貳、歷史政治的批判者

　　《笠》集團自1964年創刊以來，鮮明地站在詩人社會批評的立場，明顯地反對專制獨裁體制，深具強烈的臺灣意識及反殖民意識，江自得在〈站在「以臺灣為中心」的基礎上〉中，提及《笠》詩人作品的

---

[4]　林鷺：〈笠的玫瑰花園〉，莫渝、利玉芳、林鷺編：《笠園玫瑰：笠女詩人選集》，序，頁11。

[5]　參見蔡秀菊：〈從〈黃金印象〉到〈來自地底的聲音〉〉，《黃金印象》（高雄：春暉出版社，2000 年），序文。蔡秀菊：〈文學讓我更懂得堅持〉，《懷念相思林》（臺中：臺中市立文化中心，1998 年），頁 7。

特色，他說：「繼承日治時期臺灣詩人反殖民的精神，讓批判、抵抗、關懷土地、關懷弱勢、重建歷史記憶、重構主體性，成為笠詩人作品的特色。其鮮明的現實主義、反殖民、後殖民的精神，讓戰後臺灣詩學的土地長出一棵『臺灣意識』的大樹。」[6]臺灣作家雖分別受到日本及國民黨政府兩個殖民體制的壓抑，但內蘊抗議精神的文學香火並未熄滅，反而在解嚴前再度燃起。《笠》創辦者之一陳千武，在六〇年代白色恐怖氛圍下，即率先以〈雨中行〉、〈咀嚼〉與媽祖系列詩，嚴厲批判國民黨殖民政權的殘暴；又如杜潘芳格的〈紙人〉、〈平安戲〉等詩，則強烈表達遭受統治權力壓迫的憤懣。

　　解嚴之後，蔡秀菊之所以省察臺灣的歷史政治，或緣於以下因素：其一，來自彭明敏回憶錄《自由的滋味》的閱讀，啟發了她對臺灣政治威權的感知；同時在籌組教師會的草根行動與臺灣文化學院的進修課程中，讓她更懂得傾聽時代脈動的聲音，不斷反思處在缺乏自主意識的歷史環境中，如何能讓歷史回歸真正的臺灣屬性。[7]其二，基於深愛鄉土的在地感，使得詩人更貼近歷史，勇於突破政治避諱與歷史黑幕，在〈榕樹〉（2000）說：「沒有野心/只想把根牢牢抓住土地/留住水就留住生命的泉//因心中有愛/就努力向天空伸出手臂…//因為在地性格/讓我更貼近歷史」[8]，由於扎根於臺灣土地的情懷，促使詩人溯源歷史的命運，還原歷史的真相，甚至宣示追求自由民主的意識。

　　臺灣歷經橫征暴斂的殖民統治、專制政權的獨裁荼毒，乃至白色恐怖的肆虐迫害，可說是歷史變化最劇烈、社會最動盪不安，人心最惶恐不定的歲月。而生於斯、長於斯的蔡秀菊，寫詩的原因之一就是

---

[6]　江自得：〈站在「以臺灣為中心」的基礎上〉，江自得等編：《重生的音符：解嚴後笠詩選》（高雄：春暉出版社，2009 年），序，頁 13。

[7]　參見蔡秀菊：〈從〈黃金印象〉到〈來自地底的聲音〉〉，《黃金印象》，序文。方耀乾：〈詩人蔡秀菊得獎專訪問答〉，《臺灣詩人獎專輯——蔡秀菊的文學旅途》（臺北：榮後文化基金會，2010 年），頁 16-17。

[8]　蔡秀菊：〈榕樹〉，《春天的 e-mail》（高雄：春暉出版社，2003 年），頁 135-136。

要為歷史作見證，〈歷史的軌跡〉（1996），詩中回顧戒嚴時期的歷史，批判一黨專政的威權體制，使得人民充滿顫慄與恐懼，詩人試圖以理性與良知的發聲向霸權挑戰：

> 低氣壓籠罩的山頂／下起白色的氣旋雨／被氣團包圍的群眾／活與不活／變成尊嚴的選擇／不沉默的尺度／是向勇氣挑戰的指標／／操著愛國主義的旌旗／煽起漫天狂焰／用媒體點燃的火舌／瞬間吞噬良知建構的圍籬／一團接一團的焰火／在吶喊的大地上／跳著詭譎的舞步／／在雨中顫慄的靈魂／等待陽光透過晦暗的天空／給凍冷的土地／一線微薄的希望／／在烈焰中狂舞的影子／期待理性的雨／澆熄虛假的熱情／／時間的巨輪／在歷史的扉頁上／留下深深淺淺的軌跡／／一邊圍牆倒了／一邊又竄起仇恨的火網／一邊修補心靈的傷口／一邊又不斷散播偏見的病毒／／時間毫不留情地輾出歷史的軌道／你留下那一條足跡？　（《黃金印象》，頁91-93）

詩一開始首先揭露戒嚴時期白色恐怖的浩劫：「低氣壓籠罩的山頂／下起白色的氣旋雨／被氣團包圍的群眾／活與不活／變成尊嚴的選擇」，白色恐怖主要鎮壓共黨潛伏分子與臺獨分子，其特徵之一便是運用大陸時期多系統的情治特務單位機構，使其在工作執行過程中互相競爭監視，企圖全面控制人民的政治、經濟、社會，甚至文化和精神生活的內涵，為現實生活籠罩詭譎的陰影。[9]詩接著再擴延至整部臺灣史的滄桑：「時間的巨輪／在歷史的扉頁上／留下深深淺淺的軌跡／／一邊圍牆倒了／一邊又竄起仇恨的火網／一邊修補心靈的傷口／一邊又不斷散播偏見的病毒」。從史實觀之，一六二四年荷蘭佔領臺灣，之後歷經東寧、

---

[9]　參見藍博洲：《白色恐怖》（臺北：揚智出版社，1997年），頁41-42。

清國、日本等殖民政權的統治。一九四五年日本戰敗投降，國民政府藉「接收」之名行「劫收」之實，官紀敗壞，貪污腐敗，導致民不聊生，社會混亂。一九四七年爆發二二八事變，在殘忍屠殺與文化差異的經驗中，印證了「祖國」帶給臺灣人美好想像的幻滅。蔣政權更在一九四九年宣佈實施戒嚴，進入白色恐怖時期，禁止集會、結社、遊行請願，言論、出版、思想、信仰均受嚴密監控，讓臺灣人民又再度墜入被殖民的深淵。〈歷史的軌跡〉不只譴責白色恐怖的迫害，同時再現歷史的悲劇記憶。

　　所謂「沒有歷史記憶，就沒有主體可言」[10]，解嚴之後的臺灣，首先面臨的就是在四十年國民黨高壓統治下所造成的歷史失憶，以及文化主體再建構的陣痛。再看〈傷痕〉（1998），以今昔對照的手法，哀悼戒嚴時期無辜受難的靈魂，表明這段刻意被淹沒的歷史，泯滅正義公理，不可磨滅：

> 站在歷史傷口的現場/昔日刑場變成踏青的草地/曾經暗夜裡鞭笞哀嚎的牢獄/搖身為鍍金商場/無辜受難的靈魂/棲息在幽幽竹林叢中/沒有墓誌銘的石碑/是一座座無言的歷史見證//歷史場景更迭/死亡的陰影卻不時晃動/火！火！/跳躍著狂野的舞步/吞噬一具具捲縮的身軀/伸向空中的手/無力地作最後的乞求//水！水！/不能遏止的山洪/以極憤怒的姿態/橫掃庄園/傾頹的家屋/默默地向淹溺者致哀//是否因為承載太多悲哀/才學會容易遺忘/每一次傷痛過後/又迅速恢復正常//有誰知道/平靜的心湖底層/沉澱著厚厚的辛酸　（《黃金印象》，頁98-100）

---

[10] 陳芳明：《後殖民臺灣——文學史論及其周邊》（臺北：麥田出版社，2002年），頁110。

戰後，隨著國民政府的政治腐敗、經濟萎縮、社會不安，尤其接踵而至的軍事鎮壓和逮捕行動，使許多追求臺灣民主正義之士，遭遇白色恐怖的不測之禍，成為「沒有墓誌銘的石碑」，陳芳明曾說：「白色恐怖，並非只是指對個人身體的監禁與殘殺而已，最重要的還在於這種政策對個人的精神、心靈所造成的徹底傷害。白色恐怖政策的最大作用，乃是無需對每位人民進行迫害，就可使全體被統治者完全屈服。」[11]恐怖政策對臺灣造成全面性的人權侵害，人民宛如生活在社會監獄，一座座沒有墓誌銘的石碑，即是血腥歷史的見證。詩中說：「昔日刑場變成踏青的草地／曾經暗夜裡鞭笞哀嚎的牢獄／搖身為鍍金商場」，詩人認為在解嚴後這樣一個認知混淆、價值錯亂的時代，必須負起還原歷史真相的使命，尤其臺灣歷經數十年的威權統治，犧牲的烈士不計其數，這些被無情水火吞噬的生命，發光發熱，掀起民主的浪潮，喚起民眾自主抗暴的意識，影響深遠，雖死猶生。詩中暗示，如今在享受自由民主的同時，應該謹記那一段沉重的歷史。

再看〈他死了嗎？〉（1996），即敘述那些無辜犧牲者的生命，永遠活存在臺灣的歷史，他們並沒有死，歷史將因他們的苦難而重新翻修，詩中說：「貪婪和權慾包裹的子彈／在他的胸膛轟出／鮮紅的控訴／他緩緩倒入／野心家預先挖就的墓穴……／我看到歷史的摺頁／因他的苦難／重新翻修裝訂／……」[12]，臺灣歷經日本殖民統治與戰後戒嚴統治，歷史詮釋權曾一度受到日本殖民史與中國史的主導而被邊緣與虛位化，因此在解嚴之後，我們看到蔡秀菊穿梭於官方歷史的縫隙，深掘歷史的黑洞，縫補歷史的缺口，重構被湮滅與破壞的歷史圖像。

隨著政權更替，臺灣人民終其一生都在專制體制下，忍辱苟活以

---

[11] 陳芳明：〈白色歷史與白色文學──葉石濤與藍博洲筆下的臺灣五〇年代〉，《典範的追求》（臺北：聯合文學出版社，1994年），頁281。

[12] 蔡秀菊：〈他死了嗎？〉，《臺灣詩人獎專輯──蔡秀菊的文學旅途》（臺北：榮後文化基金會，2010年），頁63-64。

求自保，生存的尊嚴已蕩然無存，死裡求生的戲碼隨時上演，死神何時降臨無人能預知。〈死的姿勢（觀秦兵馬俑後記）〉（2001），主旨在控訴獨裁集權的殘暴，召喚主體意識的覺醒：

> 從發霉的歷史冊簡／我瞧見／惰性的人／站成一個死的姿勢／／像專為秦始皇捏製的兵馬俑／沒有意志地／守護帝王二千年／／不敢出聲／不敢跨步／軟弱的人／只能選擇死亡的姿勢／／不管站成哪種樣態／畢竟／那是被指定的形式／歷史流域／卻因太多棄屍／開始爛臭腐敗　（《春天的e-mail》，頁38-39）

秦始皇是中國歷史上第一位採用君主專制及推行中央集權的國君，殘酷獨裁，苛刻寡恩，詩中以秦兵馬俑為意象，直指人民面對專制集權，如果不敢出聲、膽怯懦弱，必定淪為國家機器下的犧牲者，有如守護帝王的兵馬俑，「只能選擇死亡的姿勢」。詩至結尾，讓歷史長河中的棄屍一一浮上檯面，藉此譴責古往今來的威權統治者，視人民如草芥如芻狗，剝奪生命價值，摧殘基本人權。

歷史失憶，是臺灣被多重殖民所造成的嚴重病癥，而這個病癥讓臺灣人對自我的認同產生疑惑。綜觀以上詩篇，內蘊以臺灣意識為主體的中心思想，蔡秀菊有如化身為歷史政治的批判者，詩寫不堪回首的二二八經歷、白色恐怖等歷史，站在被統治的他者立場發言，可說是傳承了陳千武、杜潘芳格等前輩批判威權統治的精神，在「以臺灣為中心」這個基礎上，期待臺灣的歷史主體得以重新確立。

參、閨閣內圍的發聲者

《笠》詩社前輩陳秀喜，可說是女詩人母系發聲潮流的肇始，李

元貞說：「從來沒有女詩人對於父權體制之下的婚姻制度提出直言批判，陳秀喜是第一人。」[13]又江文瑜認為陳秀喜是「臺灣女性主義詩人的先驅」[14]。女詩人在臺灣主體無法確立的狀態下，意識到女性自我與臺灣島嶼相同的邊緣處境，進而以母性觀點解讀世界，經常將國家的主權和女性身體情慾的主權相類比，形成母系承傳的價值認知。這樣的價值認知，在八、九〇年代帶動杜潘芳格、利玉芳、蔡秀菊、江文瑜等女詩人集體性形成女性意識與反抗殖民結合的詩寫特質，更促成江文瑜在九〇年代成立「女鯨詩社」，以陳秀喜為精神指標和美學典範，並以杜潘芳格為創社社長，以瓦解主流權力話語為訴求。

　　蔡秀菊的〈女體書寫〉（1998）、〈在地上爬的母親〉（1998）、〈貴婦〉（1999）、〈致情色夫人〉（1999）、〈立可白〉（1999）等五首詩，曾被選入「女鯨詩社」編纂的《詩壇顯影》[15]之中。她也跟隨陳秀喜、杜潘芳格的腳步，出現將臺灣和女性主體相類比的詩例，如〈蛹變〉（1980）將臺灣類比為母親，詩末段說：「蛹與蝴蝶／一個夢的兩個形體／今天我不自死亡昇華／能否化為明日的羽翼／母親啊　母親／你的故鄉在那裡／我是否也要如此追尋」[16]，「兩個形體」似乎暗示了臺灣和中國，將臺灣的邊緣處境類比為母親的悲劇命運，暗喻著追尋臺灣的主體位置。以下接著探析詩人如何為女性的邊緣處境發聲，以建構女性的主體意識。

一、「母親」的意象

　　生態女性主義認為女性與自然的內在類比，主要來自於仁慈養育的「母親」形象，以及父權宰制的「他者」形象。生態學學者向來以古希

[13] 李元貞：〈從「文化母親」的觀點論陳秀喜與杜潘芳格兩位前輩女詩人的精神映照〉，《竹塹文獻》第 4 期，1997 年 7 月，頁 26。

[14] 江文瑜編：《詩在女鯨躍身擊浪時》（臺北：書林出版社，1998 年），序。

[15] 女鯨詩社編：《詩壇顯影》（臺北：書林出版社，1999 年），頁 116-123。

[16] 蔡秀菊：〈蛹變〉，《蛹變詩集》，頁 14。

臘蓋亞（Gaia）女神作為「大地之母」的主要代名詞，蓋亞女神在古希臘神話中代表大地，祂創造了宇宙、大地，以及人類，被視為宇宙母親而加以崇拜。由於這種創生養育的形象如同人類的「母親」，因此女性與自然之間存在著一種幽深暗昧的感通，如女性的懷孕與生產過程類似自然生態的律動。

　　蔡秀菊詩中的母親意象，亦出現與自然生態的律動連結，在〈寫給女兒的母親節感言〉（2004）中，將自己譬喻為孕育大樹的母株，生生不息，有如大地之母：

　　　因為有妳／才能證成母親存有的價值／母親的課業／就是要向植物學習／讓每一粒來自母株的種子／自由落土／再長成另一棵大樹　（《臺灣詩人群像（88）──蔡秀菊詩集》，頁9）

詩中透過「植物」、「大樹」的自然意象，會通女性與自然皆具創生的特質，這種會通的寫作策略，亦見於陳秀喜的〈初產〉、〈覆葉〉，杜潘芳格的〈子宮〉、〈末日〉等詩，從中可見女性／自然：懷著深窈的神秘、柔弱與感性的表徵，與男性／文明：具有強勢的侵略、陽剛與理性的特性，迥然有別。除此，亦可探窺女詩人認定母職有其神聖性，生養孩子足以「證成母親存有的價值」。

　　蔡秀菊詩出現多首操勞一生、衰老以終的聖母形象，如〈榮耀的背後〉（1996）、〈媽媽的背〉（1998）、〈在地上爬的母親〉（1998）、〈臺灣媳婦仔編年史〉（1998）、〈指甲〉（2000）、〈紙尿褲〉（2000）等。其中〈在地上爬的母親〉，藉著母體「弓型的背」、「雙腿再也無法撐起獨立年代」、「乾癟的乳房」、「兩股間鬆垮皮褶」等意象，描繪母親飽經憂患的人生：

背負傳統四十六年的母親／被歲月雕刻成弓型的背／雙腿再也無法撐起獨立年代／漸漸地／把生的意志／放到地上拖行／／童養媳的個性／懸吊在乾癟的乳房／末代封建的乳頭／時時提醒她的過往／把悲哀深深埋入／兩股間鬆垮皮褶裡的母親／不語／緩緩爬向人生的最後一程　（《黃金印象》，頁 10-11）

這首詩藉著母體的扭曲變形，道盡傳統女性的柔順靜默與辛苦勞碌，憐惜之情，流露無遺。傳統女性必須將母職視為生命中首重的任務，唯有母職才能彰顯女性存在的價值，女性特質與母職有著密不可分的關係；然而，這樣的聖母形象其實是來自父權社會所塑造的理想假象，法國女性主義代表克莉絲蒂娃（Julia Kristeva，1941—），曾直接指出「聖母」形象的建構，其實是男性中心話語所賦予的女性特質。[17]由於封建父權的壓迫，女性角色被限定在「妻子」和「母親」的主婦角色，有如「童養媳」一般，不能有自我的發展空間，這是整體女性的命運，泯滅女性的主體性和個體性的差異，也使女性身體淪為生產與勞動的工具。

　　在肯定母職的前提下，蔡秀菊要反思的問題是：父權文化對於母職的建制，認為女性唯有扮演「聖母」才能彰顯存在價值，以致女性操勞一生、衰老以終，出現傳統內圍型的形象。在內圍的侷限中，「男不言內，女不言外」、「內言不出，外言不入」等訓示，狹小的家庭成為女人的所有世界，這種類似禁錮的生活，使女性生活和社會隔離，產生女性的從屬和他者的壓抑問題。蔡秀菊的〈女詩人〉（1998）即以「子宮」隱喻母親的創生徵象，表達堅持女性的尊嚴，抗衡父權體制的編碼：

---

[17] 參見托里‧莫以（Toril Moi）著，陳潔詩譯：《性別/文本政治》（臺北：駱駝出版社，1995 年），頁 159。

自從選擇女詩人的頭銜／把真我的十字架掛到胸前／她就決定撼
動留給的世網／／真誠的她／不斷殺死昨日的自己／用利刃割斷聯
結宿命的臍帶／／在進香潮的苦行隊伍中／她看到／神輿背後操弄
木偶的影舞者／切割媽祖光環／本尊分身化成迷眩的幻影／媽祖
竟不語如其乳名默娘／從此不膜拜媽祖／／褻瀆先祖拓荒神聖史
歌的她／與母親決裂／……解放了小腳的女人／依舊踩著封建舞
步／偎傍男性寬厚的臂膀／朗誦獨立宣言／用粉底香水套裝加絲
襪／當做征服男人的籌碼／堅持子宮尊嚴的她／以邏輯推演妻子
母親的角色扮演／粉碎綺麗夢幻的她／與女人決裂／／和世界決裂
的女詩人／只害怕一個人──／昨日的自己　（《黃金印象》，
頁59-62）

「女詩人」與「昨日的自己」、「妻子」、「母親」、「女人」等宿
命形象到底有何衝突關係？為何女詩人要用利刃割斷連結宿命的臍
帶？為何宣稱從此不再膜拜媽祖、要與母親決裂，甚至唾棄那位「解
放了小腳的女人／依舊踩著封建舞步」。依據法國女性主義者西蒙・
波娃（Simone de Beauvoir，1908—1986）的觀點，她曾針對牢籠裡
的母職生活被編派了傳宗接代和操持家務的任務，提出女性受制於「內
囿」（immanence）的生命型態；而男性身為生產工作者，他的前途由
於參加社會事業而成為「超越」（transpendence）的化身。女性單調
地生兒育女，維持一家的日常瑣事，她不被允許對未來或對外在世界
有直接的影響。[18]〈女詩人〉反映女性人際互動的閉塞狹隘，以及不斷
重複的生活型態，對一個女性而言，母職耗盡的不只是體力，還有寶

---

[18] 參見西蒙・波娃（Simone de Beauvoir）著，楊美惠譯：《第二性》（臺北：志文
出版社，1994年），頁11-12。

貴的青春與自我存在的價值。詩中提及傳統婦女以纏足與外貌打扮為憑藉，作為征服男人的籌碼，藉此凸顯出父權結構對女性身體的控制與操練，抹殺了女性的自我意識。蔡秀菊曾在〈寫詩的媽媽〉（1999）說：「用詩語言雕塑人生願景的媽媽/自創愛的品牌/取得美的專利」[19]，反思父權中心的性別規範，作品本身原本就被理解為男性產物，女性不可貿然侵犯，即使這些女性才華卓越、文筆絕世，仍被限制於閨閣，被逼謹守著正道禮法，難以如同男性一展所長。然而蔡秀菊這位寫詩的媽媽，決心藉著書寫來開創自我獨特的人生，不只割斷了連結母親宿命的臍帶，同時拒絕了淪為閨閣「默娘」，突破禁忌，大膽發聲。

　　以上詩例，從〈寫給女兒的母親節感言〉肯定母職的神聖性，傳達生養孩子的喜悅與活力；〈在地上爬的母親〉刻劃聖母型母親操勞的身體，顯影女性無我的犧牲奉獻；到〈女詩人〉反映制度化母性的從屬與壓抑，凸顯女性自覺與創建自我的重要性。歸攝蔡秀菊的詩意，和美國女性主義學者安竺・瑞琪（Adrienne Rich，1929—）的觀點極為相近。安竺・瑞琪在《女人所生》中重新省思母職，她將母職的概念區分為兩個不同的層次：經驗（experience）和制度（institution），前者是為人母帶給女性的生命經驗，是創造力和喜悅的來源；後者則是父權文化對於母親的建制。就後者而言，安竺・瑞琪認為女性之所以被奴役，並不是因為具有生殖能力，而是在父權體制下此一生物事實，被整合編入男性控制政治經濟權力的模式；同時父權文化要女性相信母職是首要且唯一的使命。這些強制性的觀念使母親承受經年累月的疲乏困頓，生命活力消耗殆盡，成為一個「無我」（self-less）的犧牲品。因此，要設法改善母職背後所面臨的種種壓迫，而不是擺脫母職。[20]蔡秀菊詩一則概括女性的心理素質和匱乏真相，含載長久被

---

19 蔡秀菊：〈寫詩的媽媽〉，《黃金印象》，頁6-7。
20 參見張小虹：〈叛離母職的詩人：安竺・瑞琪〉，《後現代／女人：權力、慾望與性別表演》（臺北：時報文化出版社，1993年），頁129。

隱匿在歷史文化中的集體經驗；一則追求女性的獨立自主和自我實現，開展存在的意義與價值。就蔡秀菊而言，如何在履行母職與自我實現之間求取平衡，如何改善母職背後所面臨的種種問題，她選擇成為「寫詩的媽媽」，自創美麗人生的願景。

二、建構女性的主體性

　　笠女詩人對女性身體的描寫，除了上述作為母親的生殖身體，或專注於工作而無心顧及的身體，更有風格前衛的代表作，經常以女性的情慾符號，拒絕女性身體被物化成男性的工具，如陳秀喜的〈盼望〉、〈含羞草〉，杜潘芳格的〈信仰〉、〈男人〉等詩，透過女體情慾的主動掌控，以建構女性的主體性。接著舉蔡秀菊《黃金印象》中的幾首身體情慾詩來說明，如〈女體書寫〉（1998）透過「陰部」意象，凸顯出女性身體與情慾的被規訓和被管理，再現集體意識和歷史累積的身體印記：

> ……激情交會時的／那個地方／點燃起殷紅火炬／導引億萬雄兵／穿越幽邈的生之甬道／以膜拜的泳姿／游向太初混沌處女地／一個個聖潔的胚胎／於是被種在豐饒母土之上…／被叫做陰部以後的／那個地方／從此好像遠離晨霧與陽光的潤澤／只能躲在陰暗角落／像犯人一般做著骯髒的買賣／可以訂出價碼之後的／那個地方／連生命的誕生／竟也帶著羞恥的胎記／只要有一點興奮／就以為不檢點／甘願被貞操帶勒緊飢渴的慾念／把夜夜的煎熬／換成一座貞節牌坊供奉／／不管是否凋萎或帶著羞恥死去的／那個地方／終究要被清洗乾淨送出家門　（《黃金印象》，頁51-52）

正如英國學者阿雷恩・鮑爾德溫（Baldwin・E）指出：人的身體是文

化的客體，兼具文化價值觀念與社會權力銘刻的載體。[21]詩人凝視傳統女性的「陰部」，她是通向豐饒母土與孕育聖潔胚胎的甬道，卻又不能直呼其名，只能以「那個地方」代稱，而且被放置在見不得人的陰暗角落，有如女性附屬的、邊緣的、沉默的身分配置。本詩主旨提點性別文化如何塑造和規訓女性身體，同時批判女性身體被異化成為道德與權力熱絡活動的場域。女性只要觸及「性」、「性興奮」、「飢渴慾念」皆被視為禁忌，甚至被貼上羞恥的、骯髒的、不檢點的標籤。詩人以「陰部」為意符，並非只是消極複製女性身體的標籤化，而是積極探索性別權力的根源，進而確立女性的主體位置。

女詩人為沉寂的女性凝視自我裸露的身體，在這同時女性內在的世界也由此敞開，並不斷與外在社會性別進行了一系列對話，得以開顯長久遮蔽在深黯體內的身體慾望與精神心靈。再看蔡秀菊的〈女人之死〉（1999），詩中的女體也化成了隱密的符碼，在禁錮的閨閣中尋找到了自由的空間：

> 新女性主義抬頭之後／在她體內沉睡千年的纏足意識／一時解放／所有餘毒／像害怕因呆帳太多而失血的生命／不斷向社會擠兌／／美麗的宣言／如懸掛木棉樹上誇張的艷紅花朵／在枝幹上圍起刺棘纍纍的藩籬／不叫男性跨越／經不起春風撩撥／情慾的種子就長翅／到處散播繁殖的飢渴／／追求獨立／不惜褪去一身綠葉的木棉／是女人一度失落的心／卻靠輕薄的種子／活了過來　（《黃金印象》，頁63-64）

蔡秀菊所宣揚的新女性主義，首先要根治沉睡千年的纏足餘毒，在元

---

21 參見阿雷恩‧鮑爾德溫（Baldwin‧E）等著，陶東風等譯：《文化研究導論》（北京：高等教育出版社，2004年），頁275。

代伊世珍的《瑯嬛記》中，便明白指出纏足的作用在於限制女性活動範圍，以防止淫奔的舉動。[22]因此，詩人鼓吹女性應該從傳統束縛的觀念中甦醒過來，並且要能夠了解與掌握自我內在的聲音，讓女性主體生命復活起來，而不再是沉陷於長久以來依屬在男性身邊的空洞客體。蔡秀菊的〈女人之死〉與〈女詩人〉詩意接近，皆極力擺脫「昨日的自己」、「妻子」、「母親」、「女人」、「纏足」等被宰制的形象，〈女人之死〉中的女體自由獨立，情慾蘊含著多源且擴散的能量。從上可見，蔡秀菊詩已瓦解保守而單一的父權政治，誠如吳達芸所說：「儼然揭起蔡式女性主義大纛。」[23]女詩人的意識不再陷入父權中心的話語權威，而是重新建構女性主導的話語策略。

　　純就詩題〈女體書寫〉、〈女詩人〉而論，蔡秀菊顯然具體實踐了法國後現代女性主義代表西蘇（Helene Cixous，1937—）所謂「陰性書寫」（feminine writing）的意義，女性透過書寫身體，或潛意識的巨大能源，其意義在於瓦解男性價值體系中的二分法，期能以開放性的原則與尊重差異的觀念，排斥異己的傳統父權論述。[24]較觀前輩陳秀喜、杜潘芳格的陰性書寫，蔡秀菊顯得更為大膽激進，也更細膩道出女性潛意識的語言，企圖為女性尋求更廣闊的生存空間。

---

[22] 伊世珍《瑯嬛記》：「本壽問于母曰：『富貴家女子必纏足何也？』其母曰：『吾聞之聖人重女，而使之不輕舉也，是以裹其足，故所居不過閨閫之中，欲出則有帷車之載，是無事于足者也。聖人如此防閑，而後世猶有桑中之行、臨邛之奔。』」《元代筆記小說》第一冊（石家莊：河北教育，1994 年），頁 405。

[23] 吳達芸：〈蔡秀菊的詩路之旅〉，蔡秀菊：《臺灣詩人獎專輯——蔡秀菊的文學旅途》，頁 29。

[24] 參見格蕾・格林 （Gayle Greene）、考比里亞・庫恩（Coppelia Kahn）著，陳引馳譯：〈銘刻女性：法國女性理論〉，《女性主義文學批評》（臺北：駱駝出版社，1995年），頁78。

肆、自然生態的維護者

隨著臺灣高度商業化和工業化的發展，生態環境成了現代化的天敵，觸角敏銳的笠詩人藉著詩的藝術感染力，喚起人們護育母土，與自然互敬共生，如杜潘芳格的〈無臺的灣〉、〈綠翠呼吸生命風〉、〈一隻叫臺灣的鳥〉，曾貴海的〈鯨魚的祭典〉、〈青蛙的鳴告〉、〈吃白鷺鷥的人〉等詩，痛責造成臺灣環境嚴重污染的人為因素。其中「南臺灣綠色教父」曾貴海與「環保勇士」蔡秀菊，可說是長期從事環保運動與生態寫作的先鋒，他們以一種宗教式的奉獻情懷，勇於批判資本主義與工業社會所造成的嚴重後果，為自然大地的傷痕請命。

蔡秀菊擁有國立臺灣師範大學生物學系學士、靜宜大學生態學系碩士的學歷背景，又融合田野調查研究，以及長期投入環境運動的經驗，構成生態書寫的重要質素，除了詩作，還有散文《懷念相思林》、小說《夜舞者——臺灣生態小說集》、報導文學《尋找一座島》等等。她在〈我寫臺灣生態小說之發想〉中說：「思考如何透過文學形式，將關懷自然的情操轉化為不落入科普、說教模式，讓讀者更易親近，進而從關懷變成行動。」[25]她期待透過軟性的文學創作，激發國人的生態意識與關懷行動。利玉芳稱蔡秀菊是「司馬庫斯的女兒」[26]，可以為了族群文化與生態議題，親自踏查新竹縣尖石鄉的泰雅族部落「司馬庫斯」（泰雅語：Smangus），可見其熱忱的環保使命與深厚的土地之愛。

一、「大地之母」的意象

---

[25] 蔡秀菊：〈我寫臺灣生態小說之發想〉，《夜舞者——臺灣生態小說集》（高雄：愛智圖書，2005年），序文。

[26] 利玉芳：〈蔡秀菊——司馬庫斯的女兒〉，《臺灣詩人群像——蔡秀菊詩集》（高雄：春暉出版社，2007年），頁102。

　　生態女性主義強調自然與女性親密連結的實踐，將孕育大地萬物的自然類比為「母親」，卡洛琳・麥茜特（Carolyn Merchant）認為：「有機理論的核心是將自然、尤其是地球與一位養育眾生的母親相等同：她是一位仁慈、善良的女性，在一個設計好的有序宇宙中提供人類所需的一切。」[27]自然有如女性生育子女的生物功能，「自然」便和「女性」產生緊密的連結性，在父權中心體制下二者同時被當作「他者」進行宰制。又蘇珊・格雷芬（Susan Griffin）認為女性的心靈更適宜思考人與自然的關係：「女人與大自然共語，她能聆聽來自地球深處的心聲，微風在她耳畔吹拂，樹葉向她喃喃低語。」[28]女性因懷孕、生產的過程，扮演維持生命需求的角色，更能體會大自然生生不息的循環性，來啟發並銜接人類與自然原先疏離的關係。蔡秀菊的生態專業與女性詩人身分，使她更能感受大地之母的原始之愛，理解其被迫害的內在心聲，進而實踐生態環境的核心關懷。

　　〈不要告訴我〉（1996），詩中再現原始大地有如詩篇的景觀，痛惜現今黯然失色的面貌：

> 不要告訴我/天空曾經多麼蔚藍//不要告訴我/溪流會歌唱//四季美得像一首詩篇/原始林有神秘故事流傳/大海是生命的原鄉//為什麼我看到的都不一樣//黯淡的天空　傷心的溪流/單調的季節　褪色的山/沉寂的海洋！//請不要告訴我/人類在地球上/曾經有過輝煌　（《野地集──當自然、人文與現代詩相遇》，頁129）

---

[27] 卡洛琳・麥茜特（Carolyn Merchant）著，吳國盛等譯：《自然之死：婦女、生態學與科學革命》（長春：吉林人民出版社，1999 年），頁 2。

[28] 納什（Roderick Frazier Nash）著，楊通進譯：《大自然的權利：環境倫理學史》（青島：青島出版社，1999 年），頁 175。

蔚藍的天空、唱歌的溪流、如詩的四季，以及譜寫神秘故事的山林、
孕育生命的大海，這些寶藏都是來自大地之母最寬廣無私的愛，世人
應該心存感謝；但是文明的輝煌歷史並無視於自然的美麗，而是一再
尋求馴服的對象、算計可供利用的價值，對土地早已失去倫理與尊重。
本詩透過今昔生態面貌的對比，凸顯出大地之母的生養與賜予，藉此
提醒世人對自然的寶藏應該愛護與珍惜。

　　又如〈戀戀風塵〉（1994），控訴資本家剝奪詩人對於大地母親
的記憶與想像：

> 我畫袂出家鄉厚實的蒼綠/佇酒杯人影重疊的那卡西/一首紲一
> 首/唱出流浪的歌/我發袂出母親樸實的原音……眷念啥物啊/
> 我大地的母親/被文明放使的山城/會當孕育兜一種明仔
> 載？……是誰/予我的祖先釘佇被割離的山城/彼雙十字架/我
> 突然看見/一個資本家的面框/嘿嘿咧笑　（《臺灣詩人獎專輯
> ──蔡秀菊的文學旅途》，頁42-43）

詩中特別關注具有女性象徵意義的自然，如何在具有男性資本家象徵
意義之下，成為被動接受改造的對象，反映家鄉樸實之美已在資本主
義的無饜需求中日漸消失。全詩以閩南語寫作，更流露出詩人眷戀家
鄉母土的深情。

　　從〈不要告訴我〉、〈戀戀風塵〉可以理解，自然與母親意象的內
在聯繫：其一，暗示自然的賜予以及柔順的特質。其二，隱含母親與
孩子之間的血緣關係，提醒世人必須與自然相依生存。其三，象徵對
於自然的謝意與尊敬。從中可見，詩人已將自然提升至「主體」的位
置，重新思考世人對待自然物種的姿態。

二、與自然互敬共生

　　生態女性主義提出婦女是自然生態的維護者，號召廣大婦女投身到生態保護運動。隨著科學革命的推進、資本主義的主宰、工業社會的發展，自然作為仁慈養育的母親隱喻逐漸消失，卡洛琳·麥茜特認為宜從社會道德層面，來規範世人對待大地之母的應有行為，倡導生態平等的主張，認為人與自然、人與人之間平等的倫理關係，能夠解決環境破壞的危機。[29]這樣的理念正是蔡秀菊生態詩寫的終極目標。在多篇詩中指控人類戕害山林樹木、禽鳥動物、生活環境的事實，發展出休戚與共的認同，藉著詩扮演自然生態的維護者。

　　首先，在山林樹木的護愛方面，〈樹靈塔──記阿里山林業開發〉（1998）譜寫阿里山千年樹靈的悲歌：

　　　　謙卑地把生的欲求／深深埋入泥土／用感念的環紋記錄大地的年
　　　　輪／……生根落戶／寫了一百多萬年的故事／把高山寫成一部綠
　　　　色的大河小說／你們不願細讀／只想用電鋸沙沙截斷／一頁頁千
　　　　年的生命記錄／出售我的歷史／為的是豐厚的利潤／你們聽不見／
　　　　我身軀倒地的哀泣　　（《野地集──當自然、人文與現代詩相
　　　　遇》，頁145）

追溯阿里山的伐木史，從日治時期到1970年代臺灣禁止伐木，將近八十年的時間，數十萬株的阿里山紅檜、巨木先後遭到砍伐，可說是臺灣林業史上一段血淚史。至於樹靈塔的豎立由來，相傳日治時期因大量砍伐阿里山千年巨木，不少日籍伐木工因而罹患怪病死亡，甚至傳說炊煮的白米竟成紅飯，日人認為是樹靈作祟，於是在1935年建塔祭

---

[29] 參見卡洛琳·麥茜特著，吳國盛譯：《自然之死：婦女、生態學與科學革命》，頁3-4。

祀樹靈。然而，就詩人來說，豎立樹靈塔的意義只不過是「安慰你們一度迷失的心」，因為在人類追求豐厚利潤的主導下，不斷砍伐千年神木的身軀，當年壯觀的阿里山原始森林已成歷史。

其次，在禽鳥動物保育方面，女詩人有一套善待生態環境，重視禽鳥動物生存權的環境倫理觀。在〈我和友人在彰濱數鳥〉（1995）中，為維護彰濱鳥類發出無奈：

> 過去的一千多個日子裡／我的友人踩遍這片潮間帶／和鳥網、垃圾、碎石車在拔河／他熟悉每一族鳥口的故事／……我們努力冥想／只看到滿天飛舞的新臺幣／吆喝地驅趕鳥群／一群群在垃圾和廢土堆／小心走踏的憂愁的鳥　（《臺灣詩人選集——蔡秀菊集》，頁9-13）

人類、鳥網、垃圾與碎石車等等危機，讓鳥兒面臨孵卵育雛的艱辛，失去了覓食的機靈與求偶的歡愉。又如〈南路鷹悲歌〉（1994）控訴人類是陷害鷹族死亡的罪魁禍首：

> 我鷹族弟兄／龍捲風般盤旋而上／向大地展現／雄健的羽翼／再以優美的弧線／著陸於相思林／這一切如此完美無瑕／直到有一種／叫　人　的動物出現／比鷹眼還犀利的目光／冷峻地注視／我族類一步步／踏入死亡的陷井（《野地集——當自然、人文與現代詩相遇》，頁75）

人類宰控動物命運的沙文主義，讓雄健的鷹族無所遁逃於天地之間。再如〈我是人，我沒有名字〉（2004）指責人類獵侵山林中梅花鹿、雲豹的罪行：

當人哼著進步曲調/輕鬆進入這座山/當最後一隻梅花鹿/在某一位獵者冒煙的槍管中/應聲倒下/當森林裡的動物不再感知/一頭雲豹存在的顫慄/人連一首輓歌也捨不得獻上//從此山患了失憶症/用乾旱和土石流回報//我是人，我寧願沒有名字（《臺灣詩人群像──蔡秀菊詩集》，頁49-50）

以上〈南路鷹悲歌〉、〈我是人，我沒有名字〉這二首詩，揭舉「人」破壞自然生態的罪狀，反省在人類中心主義積習已久的社會，造成大地乾旱和土石流的反撲，詩人希望徹底改變人類侵略環境的沙文思想與生活方式，重視萬物平等，揚棄人類本位主義。

　　最後，在生活環境保護方面，〈裸體（寫於京都議定書生效日）〉（2005），則批判當政者與專家們無視於「京都議定書」的規範，仍繼續推動臺塑大煉鋼廠、雲林石化科技園區等大量排放溫室氣體的開發案，造成居住環境的污染：

資本主義拋撒罩網/民主與共產/同時向不受戒嚴的天空/吹奏經濟成長的鋼管號/響徹雲霄//消費，消費/在地表掀起熱浪/被生產的二氧化碳全面接收/撐起溫室幃幕/這裡不分冬夏/只有春色宜人/鑲綴各類幣值的繁花盛開/生產指數如蝴蝶飛舞/一片榮景//拼經濟變成符碼/大煉鋼廠加石化廠/替當政者鑠金/專家背書強硬勝過鋼鐵/無視見極地冰川/不耐釋放的浮誇數字/隆隆崩解……（《野地集──當自然、人文與現代詩相遇》，頁195）

為了解決全球暖化的問題，全球多國於1997年簽屬「京都議定書」，控

制人為排放的溫室氣體數量，以期減少溫室效應對全球環境所造成的影響，但臺灣卻無視於此規範，將經濟利益擺中間，溫室危機放兩旁，本詩赤裸裸地揭露資本主義猙獰的面孔。

　　從〈樹靈塔──記阿里山林業開發〉到〈裸體（寫於京都議定書生效日）〉等詩，蘊含著人類與萬物互敬共生的主題思想，蔡秀菊曾自述創作的詩觀，她說：「以詩淨化人類心靈，追求和平為當代思潮，人與自然的良性互動更是人類共同關注的課題。以人為本位的思考，最後難免流於意識形態、主義喧囂的權力之爭。」[30]人與自然，本來就不是主從關係，其間不應該牽涉權力關係的挑戰，誠如卡洛琳‧麥茜特的觀點，主張自然與社會中的每一個成員，皆具有重要與同等的價值。蔡秀菊與笠詩人杜潘芳格、曾貴海的生態書寫，不外都是力主排除人類本位主義，以互敬共生來取代競爭宰制，方能達到人與自然的良性互動。

伍、結語

　　在敘事的面向上，蔡秀菊自1995年開始致力於現代詩創作後，臺灣的歷史政治、女性聲音、自然生態，即成為詩寫的焦點，相應了八、九〇年代詩壇的眾聲喧華，這時所興起的人道主義、女性主義、環保主義，以及後現代主義的思潮，基於崇尚自由的意識推動，解構獨裁霸權的觀念勃發興起[31]。蔡秀菊詩根植解構獨裁霸權的批判精神，因此敘事傾向批判「他者」──臺灣、女性、自然的被壓迫，呈現邊緣抵抗的意識。

　　在中心思想的底蘊上，「笠詩社」所謂臺灣本土的現實關懷，正

---

[30] 蔡秀菊：〈蔡秀菊詩觀〉，《臺灣詩人群像──蔡秀菊詩集》，頁4。
[31] 參見鍾玲：《現代中國繆思》（臺北：聯經出版社，1989年），頁396。

是蔡秀菊詩的承載重量。就歷史政治層面而言，她挖掘被扭曲或被湮滅的歷史記憶，對威權體制提出批判，希望建構臺灣的主體性；就性別層面而言，她大膽觸探女性的身體與情慾，期能以尊重差異的觀念，為女性尋求主體性的生存空間；就生態層面而言，力主排除人類本位主義，以互敬共生來取代競爭宰制，期待達到人與自然的良性互動。

蔡秀菊說：「文學讓我更懂得堅持理想，做個高尚而簡單的人。」[32]詩人堅持文學是現實關懷的發聲管道，是實踐理想的藝術力量。因此，在抒情的內質上，與其說她重視詩的形式，毋寧說她更重視中心思想的投射；其詩並不強調雕琢藻飾，反而在樸實自然的語言中，流洩著護愛臺灣土地的現實關懷。

---

[32] 蔡秀菊：〈文學讓我更懂得堅持〉，《懷念相思林》，頁7。

參考文獻

一、蔡秀菊著作

《蛹變詩集》，臺中：臺中市立文化中心，1997年。

《黃金印象》，高雄：春暉出版社，2000年。

《司馬庫斯部落詩抄》，高雄：春暉出版社，2003年。

《春天的 e-mail》，高雄：春暉出版社，2003年。

《野地集——當自然、人文與現代詩相遇》，臺中：臺灣生態學會，
　　2007年。

《臺灣詩人群像——蔡秀菊詩集》，高雄：春暉出版社，2007年。

吳達芸編：《臺灣詩人選集——蔡秀菊集》，臺南：國立臺灣文學館，
　　2010年。

《臺灣詩人獎專輯——蔡秀菊的文學旅途》，臺北：榮後文化基金會，
　　2010年。

《Smangus 之歌》，臺北：玉山社，2011年。

《懷念相思林》，臺中：臺中市立文化中心，1998年。

《文學陳千武》，臺中：晨星出版社，2004年。

《夜舞者——臺灣生態小說集》，高雄：愛智圖書，2005年。

《詩的光與影》，臺中：臺中市立文化中心，2007年。

《尋找一座島》，臺中：臺灣生態學會，2009年。

二、專書

江文瑜編：《詩在女鯨躍身擊浪時》，臺北：書林出版社，1998年。

江自得、曾貴海、莫渝、岩上、鄭烱明、陳坤崙編：《重生的音符：解
　　嚴後笠詩選》，高雄：春暉出版社，2009年。

莫渝、利玉芳、林鷺編：《笠園玫瑰：笠女詩人選集》，高雄：春暉

出版社，2012年。

張小虹：《後現代／女人：權力、慾望與性別表演》，臺北：時報文
　　化出版社，1993年。

陳芳明：《後殖民臺灣——文學史論及其周邊》，臺北：麥田出版社，
　　2002年。

趙天儀、李魁賢、李敏勇等編選：《混聲合唱：笠詩選》，高雄：春暉
出版社，1992年。

鍾玲：《現代中國繆思》，臺北：聯經出版社，1989年。

藍博洲：《白色恐怖》，臺北：揚智出版社，1997年。

顧燕翎、鄭至慧主編：《女性主義經典：從十八世紀歐洲——二十世紀
　　臺灣》，臺北：女書文化出版社，1997年。

顧燕翎主編：《女性主義理論與流派》，臺北：女書文化出版社，1996
　　年。

女鯨詩社編：《詩壇顯影》，臺北：書林出版社，1999年。

卡洛琳・麥茜特（Carolyn　Merchant）著，吳國盛等譯：《自然之死：
　　婦女、生態學與科學革命》，長春：吉林人民出版社，1999年。

托里・莫以（Toril Moi）著，陳潔詩譯：《性別/文本政治》，臺北：
　　駱駝出版社，1995年。

西蒙・波娃（Simone de Beauvoir）著，楊美惠譯：《第二性》，臺
　　北：志文出版社，1994年。

阿雷恩・鮑爾德溫（Baldwin・E）等著，陶東風等譯：《文化研究導論》，
　　北京：高等教育出版社，2004年。

格蕾・格林　（Gayle Greene）、考比里亞・庫恩（Coppelia Kahn）著，
　　陳引馳譯：《女性主義文學批評》，臺北：駱駝出版社，1995年。

納什（Roderick Frazier Nash）著，楊通進譯：《大自然的權利：環
　　境倫理學史》，青島：青島出版社，1999年。

薇爾‧普魯姆德（Val Plumwood）著，馬天杰、李麗麗譯：《女性主義與對自然的主宰》，重慶：重慶出版社，2007年。

三、期刊、研討會論文

李元貞：〈論笠詩社女詩人「陽剛」與「陰柔」的書寫〉，《笠詩刊》第228期，2002年4月，頁117-142。

李元貞：〈從「文化母親」的觀點論陳秀喜與杜潘芳格兩位前輩女詩人的精神映照〉，《竹塹文獻》第4期，1997年7月，頁26-30。

劉維瑛：〈從流動的記憶連結，或繼續──試論笠下女詩人的記憶書寫〉，鄭炯明主編：《笠詩社四十週年國際學術研討會論文集》（臺南：國家臺灣文學館籌備處，2004年），頁259-308。

美濃客語中的幾種特殊現象試析

劉明宗*　劉郁文**

* 國立屏東教育大學中國語文學系副教授
** 國立臺灣大學語言學研究所碩士生

壹、前言

　　語言是文化的魔法師，它蘊藏著許多文化的奧秘，讓人對它永遠充滿著許多的好奇和嚮往，卻又無法讓人一眼看清底細。

　　各族群因其殊異的歷史、地理、生活環境、條件因素等，繁衍出許多不同面向的社會和文化，這些文化和其他族群者或有某些雷同之處，卻亦有許多不同內涵、甚或大異其趣之處。大凡最足以識別或表現族群之異相者，除外在面貌、服飾、舉止外，將內心思維發為聲音之語言是最被大眾所認定之識別系統。王東在《一方山水一方人》即點出：「代表客家這個群屬本質特徵的，應該是客家方言。客家方言不僅是客家人區別於非客家人最直觀、最基本的文化特徵，而且也是客家這個群屬自我認同的最重要的內聚紐帶。」[1]

　　在臺灣客家族群中所通用的客家語，一般以四縣腔和海陸腔為主，其他大埔腔、饒平腔和詔安腔則在其次，至於武平腔等更是少數。在臺灣客家族群使用最多的四縣腔部分，居民分別定居在北臺灣的苗栗、桃園等縣和南臺灣的高雄、屏東一帶。因為長時期地理空間某種程度的阻隔，加上受到居住地附近其他族群如閩南、平埔等的語言影響，致使來臺祖大多在廣東嘉應州一帶的客家後裔，於語言、詞彙方面產了些許不同，因此在客家委員會舉行客語能力認證時，特別將四縣腔分別標示為「四縣」和「南四縣」；在教育部編纂客語辭典時，也特別將四縣腔分成「四縣腔」和「南四縣腔」，與海陸、大埔等腔合稱「六腔」。當然，一方山水產生一方人，也產生一方語言。縱令來臺祖先可能來自相同地方，但時間、空間總會改變人們，更何況是隔絕久遠的子孫後裔。

　　原屬高雄縣的美濃地區，目前行政區改屬高雄市。它在清末是南

---

[1] 王東：《一方山水一方人》（上海：華東師範大學出版社，2007 年 5 月），頁 35。

臺灣客家「六堆」中的右堆聚落，東南與屏東高樹相鄰，北有杉林、甲仙等客家聚落，在西邊則有旗山閩南鄉鎮，[2]在語言的歸屬上，是為「南四縣腔」。但在地理上，該區與屏東地區的其他各堆以荖濃溪相隔，故該地居民的客語發音和詞彙，亦有與其他六堆地區客民不同之處。

貳、美濃客語與六堆地區客語不同的詞彙

在六堆客家村落，日常生活用語基本差異不大；但美濃地區的某些用詞用語卻與其他地區明顯不同，最常見者有下列數種：

一、動詞「搣」的說法

六堆地區客語表示動詞「做」時，通常直接用「做 zo」[3]表示；美濃地區在表示「做」此一動作的語詞，除和六堆地區一樣有「做 zo」外，更常使用「搣 meid`」[4]一詞。

「搣」一詞，在六堆地區普遍被認為是和性事有關、不雅的粗鄙

---

[2] 美濃區位於高雄市中部，東經120.32度、北緯22.53度，北與杉林區為鄰、西與旗山區接壤、南鄰屏東縣里港鄉、東南邊為屏東縣高樹鄉、東邊則是六龜區，南北長約15公里、東西寬約9公里，總面積約為120.0316平方公里；美濃區的地形以山區平原地形為主，北面的月光山是主要的美濃山脈，涵蓋旗尾山、人頭山和金字面山等等，東面有大龜山、小龜山、茶頂山和尖山等等，西臨旗山、南臨荖濃溪，有山有水的好環境擁有約4000公頃的農田，美濃區成為南台灣著名的台灣穀倉和菸葉王國。見台灣旅遊景點地圖 http://travel.network.com.tw/main/travel/kaohsiungcountry/Cishan.asp，2013年9月8日。

[3] 本文為方便讀者閱讀，客語的字形、字音採先以客語漢字表示，再加上客語音標標音；客語音標採教育部公布之《臺灣客家語拼音方案》，如「做 zo」便是客語字形和字音。見教育部：《臺灣客家語拼音方案使用手冊》（臺北：教育部，2102年11月）。

[4] 「搣」字，南四縣腔音 meid`，苗栗（四縣腔）音 med`。溫美姬《梅縣方言古語詞研究》（廣州：華南理工大學出版社，2009年6月，頁223）於「搣」字標音 met1，同苗栗音。

語，但在美濃地區則是使用普遍的慣用語詞，舉凡「做」的動作幾乎可以套用，如問候語：「你恁久在該摵麼个（你最近在做什麼）？」其中的「摵」，在美濃地區一般並沒有貶抑意味，但若是用在責斥語中則會帶有些許貶抑涵義。另外，「摵」字亦常被用在「吃東西」的動詞用法上，如問候語：「摵吔無（吃過飯了嗎）？」、「來摵一碗仰吔啊（來一碗怎麼樣）？」此處的「摵」並無任何貶抑意味；但若使用在「強調語氣」時，則會帶有些許貶抑意味，如說人很能幹或很會吃時都可說成「佢盡會摵！」在稱讚人能幹方面通常不帶貶抑意味，除非是批評人很會搞花樣時才會有負面口氣；但在批評人「很會吃」時，貶抑成分則居多。此種用法與苗栗地區的使用方式大致相同，但與六堆其他地區則明顯有異。

　　由於美濃地區對於「摵」詞的用法與鄰近六堆地區客語有異，因此衍生了一句針對美濃人而發的歇後語：「美濃人睡當晝目——加摵吔！」此語的表面文意為：「美濃人睡午覺——多（做）的！」美濃地區居民普遍以農維生，平日即早出晚歸，午餐也多是帶個簡便餐點，在田間或附近稍有陰涼處歇息用餐，較少回家用午餐者；否則在烈日當空來回，既要遭受熾陽烤灼，又會浪費農作時間，因此養成農民多在田邊樹下午休的習慣，難得有空在家午睡。若有那麼一天，能夠在家午休，美濃人便以為這是賺到的幸福、多出來的享受，所以才會有「加摵吔」的說。但此話聽在其他六堆地區的客民耳裡，自然產另番不同的詮解：認為美濃人「性致」濃厚，除了夜間可能進行周公之禮外，還能在什間多享受一回，致有此諧謔想法，或以此揶揄、嘲弄美濃地區民眾。亦有部分人士對此事雖語帶諧謔，但又不便對「摵」字啟齒，因此主動將「加摵」改為同意之「加額」，意思是「增加的」，點到為止，字面上便含蓄許多。此種以特定地區人士為揶揄、戲弄對象者，包括「四溝水人蹬牛屎——的準」、「福老人賣烏魚——屙虛」

等即是其例。

　　張維耿編著《客方言標准音詞典》收錄廣東梅縣音有「覓」字（音med5），其意為「弄」；[5]而房學嘉等著《客家梅州》亦謂「搣」為梅州方言所保留的古漢語詞，並云：「搣，做、搞。《廣韻》：亡列切。」[6]溫美姬《梅縣方言古語詞研究》也說：

> 梅縣方言裡「搣」意義寬泛，可對譯於今普通話的常用動詞「做」或「搞」、「弄」。今西南官話、湘語、粵語、吳語和贛語也見該詞。[7]

另在《客英大詞典》中亦收錄有「搣」的詞語，不過用字改為「攦」，收錄詞語有「一食」、「一靜」、「一麼个東西」、「一水」、「一泥」、「一神一鬼」等，[8]可見美濃客語「搣」字有其源頭，即來自大陸原鄉。

二、連接詞「合」的說法

　　在四縣腔中，南北二地對連接詞「和」、「與」的說法，具有滿明顯的差異。北部地區的四縣話通常使用「摎 lau′」來表示彼此之間的關聯，南四縣腔則用「同 tungˇ」來表示；至於美濃地區的客話，除了有使用「同」表示外，多數會使用「合 gan`」來表示。

---

[5] 張維耿編著：《客方言標准音詞典》（廣州：中山大學出版社，2012 年 11 月），頁179。

[6] 房學嘉等著：《客家梅州》（廣州：華南理工大學出版社，2009 年 6 月），頁 58。

[7] 溫美姬：《梅縣方言古語詞研究》（廣州：華南理工大學出版社，2009 年 6 月），頁 223-224。

[8] 《客英大辭典》頁 467 收有「搣」字，但解作「採摘」或「拔出」，與今美濃客語之「搣」字意義稍隔；而同頁之「攦」，單字則作「打」解，並舉數例語詞，使用方法與美濃「搣」字相同。見 D. Maciver 編著，M.C. Mackenzie 修訂增補：《客英大辭典　A CHINESE-ENGLISH DICTIONARY Hakka-Dialect》（臺北：南天書局有限公司，2007 年 1 月台一版 3 刷），頁 467。

　　表示「和」、「與」的連接詞，在臺灣所有的客語地區中，只有美濃地區使用「合 gan`」一詞。「gan`」音因與國語「幹」音接近，而日常用語中，此詞出現的頻率又相當高，所以美濃客家人常被其他六堆地區客家人笑是「gan`na gan´ne´（國語音義類似「幹呀幹的」）講話蓋粗（說話很粗俗）」、「無水準（沒水準）」。

　　「合 gan`」音的形成，因其他臺灣客家語並無近似說法，故可推斷是美濃地區客語受到其他族群語言的影響。美濃地區的地形是屬半封閉盆地，東面、西面、北面均為中央山脈支脈，南面為屏東平原的最北端。就族群分布而言，東面為客族、閩南族群、原住民混居的六龜；北鄰因是山地，並無其他其他群居民棲息；南鄰里港閩南鄉鎮；西邊則是出入高雄必經的旗山，美濃居民日常生活與旗山地區居民的來往堪稱密切，如經商買賣。旗山、美濃、甲仙、杉林一帶的主要貨集散地即是交通較便利的旗山。旗山居民以閩南族群為最大宗，日常居民溝通語言即是仗用閩南語。美濃地區人士或上班通勤，或經商、貿易，甚或上基督教醫院看病，都是往旗山地區移動，因此語言浸染便自然產生；尤其是人際之間的話語，如「我和你……」、「我和他……」等更是隨會說口。閩語的「我和你」音為「wa ga`li`」、「我和他」音為「wa ga`i+」，其中的連接詞同為「佮 ga`」。美濃客民在旗山地區閩語的耳濡目染之下，便會學習閩語的表示方式，如「我和你講 wa ga`li`gong`」、「我和他買 wa ga`I˘ b（v）e`」、「我和（同、將）我的……wa ga`wa e´……」之類的話語，久而久之，便將此種詞語帶進客語的語法中，變成「ngai˘ ga`你講」、「ngai˘ ga`佢買」、「ngai˘ ga`𠊎个……」，部分取代了「𠊎同你講」，「𠊎同佢買」、「𠊎同𠊎个……」的說法。而「你」、「佢」、「𠊎」的客語，原音為 ng˘（n˘）、ngi˘、ngai˘，聲母均為舌根鼻音（ng）或舌尖鼻音（n）。在閩式客語「𠊎ga`你講」、「𠊎ga`佢買」、「𠊎ga`𠊎个……」等句中，「ga`」與下字的舌

尖鼻音或和舌根鼻音，因連音變化，而產生「ga`+ngˇ→gan`」或「ga`+nˇ→gan`」的「ga`」音鼻音化，形成「gan`」音。因此美濃客語受到閩南語的影響亦在所難免。美濃客語「合 gan`」音義與閩南語中的「佮 ga`」接近，且連音變化情形亦很明顯，故可合理推論此為受閩南語影響而發展出的客家語詞。

三、稱謂詞「阿嬤」、「阿婆」的說法

在四縣話中，對祖母的稱謂有內、外之分別，且南北四縣話的說法不盡相同。四縣腔稱內、外祖母為「阿婆 a′poˇ」和「姐婆 jia`poˇ」，南四縣腔（六堆地區，美濃地區除外）則稱內、外祖母為「內阿婆 nui a′poˇ」、「外阿婆 ngoi a′poˇ」；美濃地區客語則以「阿嬤 a′ma」和「阿婆 a′poˇ」來區別內、外祖母。

對照四縣腔、南四縣腔（美濃地區除外）和美濃地區客語，即可發現三者對內、外祖母的稱謂並不一致。除六堆地區（美濃地區除外）在「阿婆」詞彙前加上明顯的「內」、「外」來作區隔外，苗栗地區的「阿婆」是指內祖母，美濃地區的「阿婆」則是指外祖母，形成同一個詞彙，指稱對象卻內、外有異。

值得一提的是，美濃地區的內祖母稱謂「阿嬤」一詞，與閩南語所稱內祖母稱謂「阿嬤 a′ma`」一詞，除「嬤」字的聲調有上、去聲之不同外，其餘聲母、韻母的組合均相同，因此有人認為這或許也是美濃客語受閩南語影響的詞彙之一；但其實根據《漢典》的解釋：

嬤（ma）：古同「嬤」（a.母親的俗稱。b.老年婦女的通稱）
嬤（maˊ）：方言，祖母，習慣上較多稱「阿嬤」[9]

---

[9] 見《漢典》http://www.zdic.net/z/18/js/5AF2.htm。

此處所指「方言」，在其下的「方言集匯」欄只收粵語和客家話（含臺灣四縣腔）的發音，可見此詞在廣東、臺灣客家地區使用。練春招等亦言在福建的連城、廣東的紫金和龍川等地亦有稱祖母（奶奶）為「阿嫲」者，[10]這些地點與梅縣等地相鄰，也是福建或廣東的純客縣，[11]故可大膽推斷美濃此詞源自大陸原鄉，這也是美濃地區客語語詞較特殊的現象之一。

四、名詞「春」和「卵」的說法

　　按照教育部《重編國語辭典修訂本》的解釋，「蛋」的意思為：「鳥類和爬蟲類所生帶有硬殼的卵，受精之後可孵出小動物。」如雞蛋、鴕鳥蛋、恐龍蛋等是；而「卵」的解釋則是：「卵生動物的蛋。」如魚卵是，然在國語詞彙中，尚見「鵝卵石」、「鵠卵」之詞。[12]此「蛋」、「卵」二字之義，於此似為互注，其差別在於：「蛋」是「有硬殼的卵」，而「卵」並未強調蛋是否有「硬殼」。

　　六堆地區客語，通常將「蛋」說成「卵」（音 lon`），如「雞卵糕」、「魚卵」等，並未嚴格區別「蛋」和「卵」。臺灣地區一般客語亦同六堆客語般將「蛋」說成「卵」，如「鳥卵」、「孵卵」、「核卵」[13]、「芋卵」

---

[10] 見練春招等著：《客家古邑方言》（廣州：華南理工大學出版社，2010 年 10 月）頁 228。

[11] 羅香林《客家源流考》稱客家宋季第三次遷移運動時，原居於閩粵贛交界地區的客民，輾轉流入福建西部、廣東東部和北部，而連城、龍川、紫金即在其中，見《客家源流考》（臺北：臺灣文藝出版社，1984 年 7 月，《客家話》附錄，【客家文物資料彙編 1】）頁 17-22；又見維基百科「客家」條，「4.1 中國大陸客家人分布」http://zh.wikipedia.org/wiki/客家
#.E4.B8.AD.E5.9C.8B.E5.A4.A7.E9.99.B8.E5.AE.A2.E5.AE.B6.E4.BA.BA.E5.88.86.E5.B8.83，2013 年 11 月 7 日。

[12] 教育部《重編國語辭典修訂本》，見
http://dict.revised.moe.edu.tw/cgi-bin/newDict/dict.sh?cond=%A7Z&pieceLen=50&fld=1&cat=&ukey=-1787477466&serial=2&recNo=71&op=f&imgFont=1。

[13] 核卵，客語音 hag lon`（美濃音 hag non`），指男性睪丸。

[14]等。但在美濃客語中,「蛋」和「卵」是有區別的,只是「蛋」並不是發成 tan 音,因為客語中是沒有「蛋」這個說法的。[15]

　　一般中國民俗,除夕夜的魚是不能吃的,因為大家都希望討個吉利－－「年年有魚(餘)」;根據客家習俗,除夕夜的雞蛋也是不能吃的,因為客家人希望到年底時仍能夠充裕有餘財、餘物,「剩餘」的客語即是「伸 cun′」,而過年即是「春」的開始,「春」亦音「cun′」,為討吉利、吉祥,過年時客家人所準備的雞蛋,即稱為「雞春」,但在平日則稱為「雞卵」。美濃客語則不只是在春節將雞蛋說「雞春」,在平日就稱雞蛋為「雞春」,雖然羅肇錦以為客語將「雞蛋」說成「雞春」是受廣東話的影響,[16]但其實這種「春」的說法在羅翽雲之《客方言》中即已有之,如卷六〈釋飲食〉「卵謂之春」條,陳修點校說:「古謂卵曰子,客語則曰春。春者雛字之聲變,《說文》:雛,雞子也。謂雞之小者也。」[17]故美濃客語將雞蛋說成「雞春」,也是源自於大陸原鄉。[18]

14　芋卵,指形狀較小的芋頭。

15　在《漢典》中雖有標錄「台灣四縣腔」tan5 的音讀,此應為因應外來語如「蛋白質」、「皮蛋」之類而有之讀音,《漢典》見 http://www.zdic.net/z/23/js/86CB.htm。練春招等著:《客家古邑方言》(廣州:華南理工大學出版社,2010 年 10 月)頁165 收錄有「皮蛋」一詞,標音 phi31than55;但教育部《臺灣客家語常用詞辭典》即未收錄「蛋」字,見 http://hakka.dict.edu.tw/hakkadict/index.htm。

16　羅肇錦:《臺灣客家族群史【語言篇】》(南投市:省文獻會,2000 年 11 月)謂:客家話中融入了許多廣東話的俗語、俗字,都是長期居住廣東受粵語影響所帶來的特殊成份,見頁 151-152。

17　羅翽雲:《客方言》,臺灣文藝出版社改稱《客家話》(臺北:臺灣文藝出版社,1984 年 7 月,【客家文物匯編 1】)頁 360;陳修:《《客方言》點校》(廣州:華南理工大學出版社,2010 年 10 月),頁 161。

18　根據張維耿編著《客方言標准音詞典》(廣州:中山大學出版社,2012 年 11 月)頁 35 所載,今日梅縣話亦將「蛋」說成「春」。惟該書頁 167 亦將「蛋」說成「卵」,例詞同樣是「雞～」、「鴨～」,但並未說明「春」和「卵」的區別。練春招等著《客家古邑方言》(廣州:華南理工大學出版社,2010 年 10 月)頁 141 比較客、粵方言詞彙時,則將水源音(水源今屬廣東省河源市,位於廣東省東北部,東接梅州市、汕尾市,南鄰惠州市,西連韶關市,北與江西省贛州市相接)、梅縣

綜合來說，美濃客語在一般情況下，將鳥類生下的「蛋」說成「春」（音 cun′），如雞蛋是「雞春」、鴨蛋是「鴨春」、鳥蛋是「鳥春」、煎荷包蛋說成「煎春包」；而將（一）其他動物生下的「蛋」說成「卵」（美濃音 non`），如「魚卵」、「龜仔卵」。（二）鳥類所生蛋內的成分說成「卵」，如「卵黃」、「卵白」，未成形的蛋則稱為「卵崽仔」[19]。（三）動物生蛋的組織器官亦以「卵」名之，如「卵袋仔」[20]。

有趣的是，六堆地區雖普遍將「蛋」說成「卵」，但亦有少數說成「春」的語詞，如鹹鴨蛋便和美濃客語說法相同：「灰鴨春」，而非「灰鴨卵」。

由上述可知：美濃客語是將「有硬殼的卵」說成「春」，其餘「沒硬殼的卵」則說成「卵」。對照《重編國語辭典修訂本》的說法，國語的「蛋」即是美濃客語的「春」，其他地區客語則變成「卵」；國語的「卵」，美濃客語和其他地區客語一樣是「卵」，只是音讀與其他地區客語稍有差異（由 lon`變成 non`）。

五、詞綴「一屎」的運用

在美濃客語中，一般詞綴的運用如：「老一」（老鼠、老虎等）、「阿--」（阿公、阿婆等）、「一牯」（猴牯、牛牯等）、「一公」（耳公、蝦公等）、「一嫲」（雞嫲、懶尸嫲等）、「一仔」（羊仔、傘仔等）、「一頭」（鑊頭、鑊頭等）……等，均與六堆客語無異；惟其中有一特殊詞綴

話、廣州話「雞蛋」的詞目均標為共同的「雞春」。其實黃釗《石窟一徵》即曾在卷七〈方言〉中云：「鴨卵，鴨春；雞卵，雞春。」（臺北：臺灣學生書局，清宣統元年重印本，1970.11 景印初版，頁 360）其下注云：「按公羊傳隱元年：春者何，歲之始也。注：春者，天地開闢之端，養生之首。卵之名春，取此義也。」此則以春為天地開闢之端，意謂蛋是萬物生育之契機，與春同意。

[19] 卵崽仔，音 lon` zai′ e`，指未成形的蛋。見《臺灣客家語常用詞辭典》，http://hakka.dict.edu.tw/hakkadict/index.htm。

[20] 卵袋仔，雌性脊椎動物的生殖器官。見《臺灣客家語常用詞辭典》，http://hakka.dict.edu.tw/hakkadict/index.htm。

「一屄 bai˘」[21]在其他地區罕見。

此詞綴通常是接在稱謂後方，而且使用者通常是年幼者。如小孩在稱呼哥哥時，除通用之「阿哥」、「哥哥」外，有時也會直呼「阿哥屄」、「哥哥屄」；稱呼妹妹時，也會直呼「妹妹屄」等。但在稱呼長輩（如父母）時卻絕少用「爸爸屄」、「媽媽屄」、「阿舅屄」、「阿姨屄」等，而且在成人口中幾乎聽不到此種用法。這或許是小孩撒嬌時對家人的暱稱，但因其他地區並無此種用法，連鄰近的旗山地區閩南語中亦無相近用法，故不知其來源何處；惟粵語中有稱小孩子或幼小動物為「崽 zoi2」者，當成詞綴時亦有此意。羅翽雲《客方言》卷十二〈釋鳥獸〉「畜類所生曰崽子」條云：「崽，呼同宰。《方言》：崽者，子也。」[22]前引客語「卵崽（音 zai´）仔」即此之謂。又，福建武平亦有稱自己家中小孩為「某某（名字）bed˘（「屁股」之意）」者，[23]或可參考。

又，四縣客語中，讀 bai˘ 音者，目前僅有「排」、「屄」二字。「排」字除當動詞「排列」、「排除」等用外，亦可當名詞如「竹排」、數量詞如「第一排」等使用，惟只有「排列」之「排」音 bai˘，其餘各詞之「排」均音 pai˘，而非 bai˘，故用於詞綴較為不妥。至於選用「屄」字為詞綴者，美濃客語中除有同於其他客語之雄性動物稱「牯」、雌性動物稱「嫲」之習慣外，亦習慣以「－膣（音 zii´）」稱呼女性，如「阿妹膣」、「阿蘭膣」之類，其意近同於「阿妹嫲」、「阿蘭嫲」，惟語意更粗鄙、蔑視些。無論「膣」或「屄」均是指女性陰部，這是傳統社會所慣於使用的語詞，在客家俗諺語中非常容易見到，如「膦親母

---

21 此處音 bai˘，很容易讓人聯想到客語用來指女性生殖器官的「膣屄 zii´ bai˘」，但在南四縣客語中，絕少此音字（除「排列」之「排」外），故以此字代替。

22 羅翽雲：《客方言》，臺灣文藝出版社改稱《客家話》（臺北：臺灣文藝出版社，1984 年 7 月，【客家文物匯編 1】）頁 515。此處所引《方言》，乃指漢代揚雄所著《方言》卷十所載「湘沅之會，凡言是子者，謂之崽；若東齊言子矣。」見羅氏：《客方語》頁 515 引。

23 此武平話語詞為國立屏東教育大學中國語文學系鍾屏蘭教授所言。

當膣親」、「一日毋講膣，日頭毋得西」之類即是。

　　無論如何，詞綴「－屄」之使用，的確是美濃地區詞彙上的特點之一。

參、美濃客語在聲調和聲母變化上的特殊現象

　　美濃客語除在詞彙上有與其他六堆地區客語使用習慣不同者外，在聲調變化和聲母變化上亦有些不同，今各舉一項討論。

一、「陰平變調」和「陽平變調」的有無

　　在國語中，二個上聲字相連，前一字會因不好發音，而「異化」成不同的調型（陽平），唸起來較穩當，這便是常見的「上聲變調」。在四縣客語中，亦有所謂的「陰平變調」。羅肇錦曾說：

> 由於四縣陰平調形（案：應作「型」）是中升調，調尾抬到很高，如果緊跟著的也是高調，那麼發音時候勢必較含混，無法清清楚楚的唸出不同調型，因此，很自然把聲調拉低，就很容易與陰平的高尾調區別開來。而四縣六個聲調中，陽平是低平的 11 調，與陰平的尾高不平正好相反，所以，陰平〔24〕後如果接著又是高調的陰平〔24〕、去聲〔55〕、陽入〔5〕，就降低聲調，變成陽平〔11〕。[24]

羅氏此話雖未特指「（北）四縣」話，但在六堆地區的南四縣部分客語

---

[24] 羅肇錦：《臺灣客家族群史【語言篇】》（南投市：省文獻會，2000 年 11 月），頁 172。此處四縣六個聲調，其音值與調型分別為陰平 24（v ´）、陽平 11（v ˇ）、上聲 31（v ˋ）、去聲 55（v）、陽入 5（vd）、陰入 2（vd ˋ），見《臺灣客家語拼音方案使用手冊》（臺北：教育部，2102 年 11 月），頁 3。

中（如內埔、麟洛等）也有如此異化情形；惟就研究者長期接觸的美濃客語中，幾乎未將前一陰平字變成陽平調，而仍保存高調的陰平。如「公車」一詞，六堆地區音「gung 11 ca24」，美濃客語音則為「gung 24 ca24」；「鍾先生」一詞，六堆地區音「zung 11 xin11 sang24」，美濃客語音則為「zung 24 xin24 sang24」。美濃客語未與其他四縣客語同樣作「陰平變調」，此或許是因美濃地區在連用陰平時，語氣未若六堆地區渾重、明顯將聲調壓低，而顯得較輕盈，以致未產生變調的情形。

但鍾榮富《福爾摩沙的烙印：臺灣客家話導論（上冊）》引蕭宇超和徐桂平研究時卻說：「南部六堆客家話有陽平變調──陽平在任一聲調之前會變成陰平調，而北部（苗栗）客家話卻是陰平變調──陰平調在其他調之前會變成陽平調。」[25]因此他在該書談「四縣話的變調」時即說：

> 四縣客家話的變調很有趣，因為南（六堆地區）與北（苗栗）的變調方向正好相反，前者是陽平變陰平，後者是陰平變陽平。[26]

以「錢財」為例，六堆客語音為「qien ˇ coi ˇ」，前後二字均是陽平調，「錢」字並未變成陰平調「qien ´」。即如該書所引縱使北四縣之「添飯」聲調由「24 55」變成「11 55」，音近南四縣（含美濃）之「甜飯」；但南四縣（含美濃）之「甜飯」卻未必會如所引聲調變成「33 55」[27]（「添

───────────
25 鍾榮富編輯召集：《福爾摩沙的烙印：臺灣客家話導論（上冊）》（臺北：行政院文化建設委員會，2001 年 12 月），頁 32。
26 鍾榮富編輯召集：《福爾摩沙的烙印：臺灣客家話導論（上冊）》（臺北：行政院文化建設委員會，2001 年 12 月），頁 80。
27 鍾榮富編輯召集：《福爾摩沙的烙印：臺灣客家話導論（上冊）》（臺北：行政院文化建設委員會，2001 年 12 月）一書，將陰平調標為 33 與目前教育部頒《臺灣客家語拼音方案》之南四縣陰平調調值為 24 者略有不同，見鍾氏書頁 54「六堆客家聲調表」所示及頁 77 說明。

飯」之聲調）、「紅衣」也未必會由「11 33」變成「33 33」[28]，此處陽平變調之說有待斟酌。

二、聲母[l]後方接鼻音韻母變成[n]

在美濃客語中，最困擾研究者的是經常聽到許多周遭的客語研究者說：美濃客家話[n]、[l]不分。如羅肇錦《臺灣客家族群史【語言篇】》在區別美濃、內埔和佳冬三個次方言的條件時指出：

內埔、佳冬類型 n-, l-螫【應作「聲」】母區別清楚，美濃類型 n-, l-轄字常見混合，部份方言點（竹頭背）n-, l-甚至完全混為同一音位。[29]

羅氏以為：六堆客語若干演變動力應該來自閩南語，如此一「n-, l-混為同一音位」即其例。[30]所謂音位，是指具有區別語意的語言單位。一個語音單位是否為音位，通常可用語音單位的分布來判斷。如客語中的[z]與[j]、[c]與[q]、[s]與[x]，基於互補配對的關係，都可視為同一音位。[31]有關美濃客語[n]、[l]不分的情形，鍾榮富亦提到：

楊時逢 1971 的特點是說美濃客家話[n]、[l]不分，其實這種現象只出現在廣興里（俗稱竹頭背）的少部分客家人，而非整個

---

[28] 鍾榮富編輯召集：《福爾摩沙的烙印：臺灣客家話導論（上冊）》（臺北：行政院文化建設委員會，2001 年 12 月），頁 81。

[29] 羅肇錦：《臺灣客家族群史【語言篇】》（南投市：省文獻會，2000 年 11 月），頁 231-232。

[30] 同上書，頁 232。

[31] 參見鍾榮富編輯召集：《福爾摩沙的烙印：臺灣客家話導論（上冊）》（臺北：行政院文化建設委員會，2001 年 12 月），頁 57：所謂音位，是指具有區別語意的語言單位。一個語音單位是否為音位，通常可用語音單位的分布來判斷。……基於互補配對的關係，我們將[ts]與[tɕ]，[ts']與[tɕ']，[s]與[ɕ]，分別看成同一個音位。

　　美濃地區所共有。[32]

　　鍾氏以為美濃客語中[n]、[l]不分的現象，只出現在較偏美濃東北角之廣興里（俗稱竹頭背）一帶的少部分人，而非美濃整個地區。此話雖不假，但美濃其他地區客語中仍有[n]、[l]混同現象，如將「蘭花lan ˇfa ˊ」說成「難花 nan ˇfa ˊ」，「基隆 gi ˊlung ˇ」說成「基農gi ˊnung ˇ」等，此亦造成研究者理解的困擾。

　　　房學嘉等指出梅州方言語音的主要特點之一為：「泥來母逢今洪音n.l有別。」[33]而謝留文《客家方言語音研究》亦指出客家方言的聲母：

　　　泥組聲母包括中古韻的泥母和來母。從泥母和來母的分合和音值來看，可以分為三種類型：1・不混型：不論今韻母洪細，泥母都讀鼻音聲母，與來母不混。這是客家話最主要的類型，分布廣大的的客家地區。例如廣東的梅縣……福建的武平、長汀，江西的寧都、銅鼓、贛縣……廣西的西河、陸川。2・半混型：在洪音韻母前，泥母讀同來母，音值一般是[l]，在細音韻母前，泥母仍讀鼻音聲母[ȵ]，與來母有別。如廣東的東莞（清溪）、福建的寧化、香港（西貢）。3・全混型：不論韻母洪細，泥母都讀同來母，如江西的大余方言。[34]

---

[32] 鍾榮富編輯召集：《福爾摩沙的烙印：臺灣客家話導論（上冊）》（臺北：行政院文化建設委員會，2001 年 12 月）頁 28。文中所指「楊時逢 1971」即指楊時逢著：《臺灣美濃客家方言》（收錄在《中央研究院歷史語言研究所集刊》42 卷 3 期，1971年，頁 405-466）。

[33] 房學嘉等著：《客家梅州》（廣州：華南理工大學出版社，2009 年 6 月），頁 55：「泥來母逢今洪音 n.l 有別。例如梅縣話：腦 nau31、老 lau31、南 nam11、藍lam11。」

[34] 謝留文：《客家方言語音研究》（北京：中國社會科學出版社，2003 年 12 月），頁 4。

房學嘉等以為「泥來母逢今洪音 n.l 有別」是梅州方言語音的主要特點之一，但並未說明泥來母逢細音時是否[n]、[l]不別；而謝留文指出客家方言的聲母，在泥組聲母中，廣東梅縣是屬於「不混型」的。六堆客語屬四縣話系統，故其不混現象如同梅縣等客語主要類型。而「半混型」的情況，其解釋為：「在洪音韻母前，泥母讀同來母，音值一般是[l]，在細音韻母前，泥母仍讀鼻音聲母[ɳ]，與來母有別。」這種情形，與美濃之由來母讀成泥母現象有別，實不足以道明美濃聲母改變之理由。

　　為辨明美濃客語中，聲母[n]、[l]的使用區別，今根據教育部《臺灣客家語拼音方案使用手冊》中所錄聲母音節表，將其稍加整理，呈現如下：

表一：《客家語拼音方案使用手冊》[l]聲母音節表

字音	平聲		上聲	去聲	入聲	
	陰平	陽平			陰入	陽入
la	啦	邏[35]	裸[36]	攎[37]		
lab					溻[38]	蠟
lad					煉[39]	辣
lag					壢	曆
lai	拉	犁	睞	賴		
lam	嚂[40]★[41]	藍★	攬★	濫★		

---

[35] 「邏三朝」：婚後三天娘家人去探視嫁出的女兒。

[36] 「裸翻歌」：顛倒歌。

[37] 「手指攎」：指縫。攎，縫隙。

[38] 「溻落（下）去」：陷下去。北四縣稱「溻落去」，南四縣作「溻下去」。

[39] 「飯煉」：米飯鍋巴。

[40] 嚂：差勁。

lan	涎[42]★	蘭★		爛★		
lang	冷★	零★		亮[43]★		
lau	遶	潦	佬[44]▲[45]	落		
le	哩	丙[46]	唎			
leb					垃	啦[47]
led						扐[48]
lem	□[49]★	挊[50]★		噑[51]★		
len				楞[52]		
leu		樓	鏤	嘍		
li	里	離	李	利		
lia			這（又）[53]	唎[54]		
liab					攦[55]	獵
liag					掠[56]	掠[57]

---

[41] 有「★」符號者，代表美濃客語聲母由[l]變成[n]。以下同此。

[42] 「□涎」：口水。

[43] 「亮斗」：漂亮。

[44] 「佬著」：以為。六堆地區南四縣腔客語（以下簡稱「南四縣」）無此用法，南四縣稱「覺著」。

[45] 「▲」表示南四縣無此詞或無此用法，主要參考依據為屏東縣六堆文化研究學會編《六堆客家語詞彙庫》（屏東：屏東縣六堆文化研究學會，2012 年 11 月）。

[46] 「丙舌」：吐舌頭。

[47] 「啦啦滾」：狀聲詞，吃液體食物所發出的聲音。

[48] 「扐石頭」：抱起石頭。

[49] □：音 lem´，由下往上掏取。□表該音節有音無字或用字未定。

[50] 「挊腸肚」：掏取腸肚。

[51] 「噑噑滾」：狂吠不止。

[52] 此字除「瓦楞紙」為近代用詞外，一般較罕用。國語「發楞」，客語常說成「發呆 bod ˋ ngoi ˇ」。

[53] 「這」一般音 ia ˋ，又讀為 lia ˋ。以下之「又讀」音，一律以「（又）」表示。

[54] 「唎唎滾」：擬聲詞，聲調不拘。

[55] 「攦起來」：把多餘或較長部份摺疊起來。liab ˋ音之客字另有「囥」，暗藏之意。美濃客語「攦」、「囥」均又讀 ngiab ˋ，聲母皆為舌根鼻根 ng。

liam		廉	㵮[58]	殮		
liang	領（白）[59]	鈴	嶺	令[60]		
liau	簝	撩	了	料		
lib					笠[61]	立
lid					捩[62]	力
lied						列
lien		連	唲[63]	練		
lim	啉	林	凛	㾕（又）[64]		
lin	鱗	鄰	燐	令		
lio	□[65]		了[66]			
liog						略
lion		攣				
liong	兩（白）	量	兩（文）	亮		
liu	溜[67]	劉	柳（文）	溜		
liug					六	綠
liung	壟	龍	隴	壟[68]		

---

[56] 「溜掠」：動作敏捷。南四縣或音 liu liag，「掠」聲調或陰入或陽入均可。

[57] 「罶掠仔」：活套結。「掠仔」，圈套。

[58] 㵮：乾燥。

[59] 「（白）」表白話語音；「（文）」表文言音讀。以下同。

[60] 「令仔」：謎語。

[61] 「笠」字，美濃客語除 lib` 音外，尚有讀 leb` led` 音者。

[62] 「捩捩轉」：轉來轉去，喻忙碌貌。南四縣無此詞語。

[63] 唲：不嘔而吐。

[64] 「一㾕柚子」：一瓣柚子。㾕，瓜瓣、果瓣的計量單位。南四縣多用「孔 kung`」稱之。

[65] □：語氣詞，為一合音字。北四縣較常用，南四縣用「呧」。

[66] 「差多了」：了，語氣助詞，北四縣較常用，南四縣用「呧」。

[67] 「溜苔」：菁苔。

lo	攞	羅	老	舉[69]		
lod					劣[70]	抒
log					酪[71]▲	落
loi		來	誄[72]	賨[73]		
lon	掄[74]▲		卵[75]★	亂★		
long	囹[76]★	郎★	朗（文）★	浪★		
lu	鹵	盧	虜（文）	露		
lud					㪚[77]	律[78]
lug					祿	鹿
lui	蕊	雷	壘	類		
lun	稐[79]▲	輪[80]▲		論★		
lung	籠★	隆★	籠[81]★	隆[82]★		

[68] 「一條壟」：一道高起的浪線。

[69] 「舉舉吔」：稀疏狀。

[70] 「劣拙」：音 lod﹨ zod﹨，糟糕、差勁。

[71] 酪：熟爛。南四縣較罕用。南四縣語音 log﹨者，有「舉确」（破舊）和「絡食」（覓食）等詞。

[72] 「誄辭」：誌哀文字。

[73] 「狗賨仔」：狗出入的小洞。

[74] 掄：抒也。南四縣無此用法。

[75] 卵：當「禽類的蛋」解時，美濃客語通常稱「春 cun′」；稱男性生殖器官等「無硬殼的卵」時，才說「核卵 non﹨」之類。

[76] 「坐囹仔」：坐牢。美濃稱「坐監」。南四縣 long′音，語詞有「佷康」（寬鬆之意），美濃客語音讀為 nong′ kong′。

[77] 「㪚毛」：掉毛。㪚，脫也，南四縣又音 lod﹨。

[78] 「律不」：髒亂不整潔的樣子。

[79] 「佝稐竹」：佝僂竹。南四縣罕用此詞。

[80] 美濃客語除現代詞彙「郵輪」、「輪機」之類發 lun﹨外，餘均發成 lin˘（如「調輪」、「輪著你」）或 lien（「輪仔」），不發 lun˘或 nun˘。

[81] 「戲籠」：裝戲服的道具箱。

[82] 隆：狀聲詞。

（出處：研究者根據教育部《臺灣客家語拼音方案使用手冊》頁 26-28 整理而成）

表二：《客家語拼音方案使用手冊》[n]聲母音節表

字音	平聲		上聲	去聲	入聲	
	陰平	陽平			陰入	陽入
n	嗯[83]	你	嗯	嗯		
na	拿	林（文）	那	若[84]		
nab						納
nad					難[85]	
nag					嗅[86]	□[87] ▲
nai	嫻[88]	泥	奶（文）	奈		
nam		男	揇[89]	濫		
nan	懶[90]	難		難		
nang		囊[91]		躡		
nau	惱	鐃[92]	撓	鬧		
ne	餒[93]	呢[94]	呢	系		

---

83 嗯：語氣詞，聲調不拘。
84 「若係」：若是。美濃客語此詞多說「係講」、「係準」、「準講」等，若為此詞則「若」字多發陰平調成 naˊhe。
85 「難人」：溫度高到燙人。難，很燙。
86 「嗅人」：笑別人。嗅，笑也。北四縣用「笑 seu」，南四縣用「嗅」。
87 □：凹陷，如「凹腰」。
88 「阿嫻」：指疏懶、嬌生慣養的女孩子。
89 揇：抱。
90 懶：又音 lanˊ。
91 「腳囊肚」：小腿肚。
92 如「鐃鈸」。
93 「餒餒仔」：溫馴貌。南四縣作「餒餒呚」。
94 呢：語氣詞，聲調不拘。

neb[95]							
ned						笗	
nem◎[96]	渰[97] ▲	腍[98]	稔	腍[99]			
nen	□[100]	能		乳			
neu	撓	醹[101]	鈕	□[102]			
ni	你（文）	尼	汝	妮[103]			
nia							
niab							
niag							
niam							
niang							
niau	鳥（文）		嫋（文）				
nib							
nid							匿
nied							
nien							
nim							

---

[95] 字元有加網底者，代表此於聲母[l]有接此韻母（含韻頭、韻腹、韻尾）之音節，於聲母[n]時則無此結合。

[96] 「◎」代表於聲母[l]無接此韻母（含韻頭、韻腹、韻尾）之音節，於聲母[n]時則有此結合。

[97] 渰：滿也。南四縣作「滿」。

[98] 「腍腍」：不結實而有軟度的。

[99] 「腍乾」：半乾燥尚有軟度的。

[100] 「□鑼」：銅製大鑼，中有乳頭狀突起。另，美濃客語中有 nen´音，為「你等 n´ den´（或 ng´ den´）」二字之合音，其意為「你們」。

[101] 醹：濃稠也。

[102] 「□□」：大而不當，音 eu neu。

[103] 「嫋妮妮」：賣弄風騷。

nin				佞	
niu◎				芮[104]	
nio					
niog					
nion					
niong					
niu					
niug					
niung					
no		挼[105]	腦	糯	
nod					
nog					諾
noi					
non	暖（白）		暖（文）		
nong	瓟	囊	曩[106]	妄	
nu	努	奴	努（文）	怒	
nud					
nug				蠕	忸[107]
nui			餒（文）	內	
nun			搵[108]	嫩	
nung		農	弄	弄[109]	

---

[104] 芮：細小或緩慢吞嚥貌。
[105] 「挼圓粄仔」：搓湯圓。
[106] 「曩時」：昔日。
[107] 「打忸」：受驚的樣子。
[108] 搵：以手指搓揉。
[109] 「弄獅」；「弄來弄去」：鑽來鑽去。

（出處：研究者根據教育部《臺灣客家語拼音方案使用手冊》頁 29-31 整理而成）

　　從以上表一和表二所臚列的[l]、[n]的聲母音節表中，可以發現：

（一）聲母[l]連接韻母的音節形式較聲母[n]為多，計多出[- eb]、[- ia]、[- iab]、[- iag]、[- iam]、[- iang]、[- ib]、[- ied]、[- ien]、[- im]、[- io]、[- iog]、[- ion]、[- iong]、[- iu]、[- iug]、[- iung]、[- od]、[- oi]、[- ud]等音節；但聲母[n]連接韻母的音節亦有與聲母[l]不同者，如[- em]、[-iu]等。以此觀，聲母[l]與聲母[n]連接韻母的音節形式、數量不同，[l]、[n]的聲母不可能完全混用。

（二）美濃客語聲母由[l]變成[n]的音節組合，分別是「lam→nam」、「lan→nan」、「lang→nang」、「lem→nem」、「lon→non」、「long→nong」、「lun→nun」、「lung→nung」，即聲母[l]後加韻母[-am]、[-an]、[-ang]、[-em]、[-on]、[-ong]、[-un]、[-ung]時，美濃客語即變成發聲母[n]。亦即韻腹若為[a]、[o]、[u]，其後若加[n]、[ng]鼻聲韻尾，則聲母必定變為[n]；而韻腹為[a]、[e]時，若加雙脣鼻音韻尾[m]，也會改變聲母發音為[n]。唯後加韻母[-en]之客語，除表中所舉「楞」字外，並不多見；且此字南四縣罕用，故無從辨別其聲母在美濃客語中有否變化。

（三）並非所有韻尾收鼻音者均會改變聲母發音，如 liam、liang、lien、lim、lin、lion、liong、liung 等音節的組合，因聲母和鼻音韻母間有介音[i]，形成細音，聲母便不會改變發音。

（四）聲母[n]連接韻母的音節，不管其組合方式，除「懶」字外，幾乎不會變成以聲母[l]發音；但此「懶」字於《廣韻》為「落

旱切」[110]，聲母為來母字，原應發 lan′。

　　綜合言之，美濃客語並非完全[n]、[l]不分；只要後方接的韻母是洪音（a、e、o、u）的鼻聲韻母（m、n、ng），美濃客語聲母[l]必定變為[n]。今簡單整理其規律如下：[111]

（一）無鼻音韻母時，[l] ≠ [n]：如 liˇ（離）≠niˇ（尼），laiˇ（犁）≠naiˇ（泥），lab（臘）≠nab（納），le`（咧）≠ne`（呢）

（二）有鼻音韻母時，[l] = [n]：如 lamˇ（藍）=namˇ（南），lang（躪）=nang（另），lanˇ（蘭）=nanˇ（難），long（浪）=nong（浪）

（三）i（介音）＋鼻音韻母時，[l] ≠ [n]：liamˇ（鐮）≠niamˇ（南四縣無此音），liongˇ（量）≠niongˇ（南四縣無此音）

（四）u（介音）＋鼻音韻母時，[l] = [n]：如 lun（論）=nun（嫩），lungˇ（隆）=nungˇ（農）

此項發現，與鍾榮富所云：「美濃鎮內的確有 [n]、[l]不分現象，但是這種音變只發生在沒有介音且含有鼻音韻尾的韻母裡。」[112]不完全相符，因為[u]也屬介音，只是它是合口呼、洪音，而非像[i]（齊齒呼）、[y]（撮口呼，四縣客語將[y]發為[i]，故無此音）歸屬細音；而在介音[u]後「且含有鼻音韻尾的韻母裡」，還是會有 [n]、[l]不分的現象。

　　為何在「沒有介音且含有鼻音韻尾的韻母」的情況下，聲母[l]會

---

[110] 見《漢典》，http://www.zdic.net/z/1a/js/61F6.htm。

[111] 此項整理，根據鍾榮富編輯召集《福爾摩沙的烙印：臺灣客家話導論（上冊）》（臺北：行政院文化建設委員會，2001 年 12 月）頁 62 稍作修正。

[112] 鍾榮富編輯召集：《福爾摩沙的烙印：臺灣客家話導論（上冊）》（臺北：行政院文化建設委員會，2001 年 12 月）頁 62-63：美濃鎮內的確有 [n]、[l]不分現象，但是這種音變只發生在沒有介音且含有鼻音韻尾的韻母裡。再者，以目前的情況而言，六堆其他地區，如高樹（以高樹村、廣福村、建興村、廣興村為記音點）、佳冬（以佳冬寸、昌隆村、打鐵村為記音點）、長治（以崙上村、德協村為記音點）等地區的客家話而言，娘母與來母的分人一如其他四縣客家話，是區分[n]、[l]兩音的。易言之，[n]、[l]是絕對對立的兩個聲母。

變為[n]？其條件為何？鍾榮富認為這是美濃客家人的「語感裡，[n]和[l]只要是在具有鼻音韻尾的音節裡，就被認屬於同一個音位」[113]。由語音學的觀點上來看，所有子音可依據三大發音上的原則而分門別類。這三大分類原則分別是：（一）發音時有聲或無聲，意即濁或清（voicing）；（二）口腔中阻塞氣流通過的發音部位（places of articulation）；以及（三）氣流在口腔中被阻塞的方式（manner of articulation）。舉例來說，[b]這個音是濁雙唇塞音，其中，「濁」這個特徵指的是有聲，「雙唇」係指發音時，氣流被雙唇所阻擋因而無法通過，而「塞音」代表著氣流先在口腔中閉塞，繼而因發音部位的突然開啟而快速流出所產生的子音。

　[l]是舌尖邊音，[114][n]是舌尖鼻音，[115]兩者從發音語音學的角度而言，僅有氣流阻塞方式上的差異（即「邊音」與「鼻音」兩特徵的不同）。發音語音學上愈相似（即共有特徵愈多）的兩個音，愈有可能被混淆、相互代用、或產生同位音（allophones）的現象。故在美濃客語中[l]轉變為[n]的現象是有跡可循且合理的。

---

[113] 鍾榮富編輯召集：《福爾摩沙的烙印：臺灣客家話導論（上冊）》（臺北：行政院文化建設委員會，2001 年 12 月）頁 63：除竹頭背、吉東、及美濃地區外，大概只有萬巒（如四溝水）及麟洛（如竹圍村）等地有少部分客家人還有這種[n]、[l]不分的現象。……足見他們的語感裡，[n]和[l]只要是在具有鼻音韻尾的音節裡，就被認為屬於同一個音位。……[n]≈[l]……是為臺灣客家各次方言間的聲母差別之所在。

[114] 鍾榮富在介紹客語聲母[l]時云：「l：舌尖牙齦之邊音。所謂邊音是舌尖頂住牙齦後，氣流由兩邊竄出。臺灣有些客家方言不分[n]、[l]（所謂泥母與娘母不分），如 lam33（差勁客語叫做 lam33），lam11（藍），lam31（擁抱叫做 lam31），lam55（泥土很潮溼叫做 lam55），lap3（窟窿叫做 lap3），lap5（向人家要東西叫做 lap5）。」見鍾榮富編輯召集：《福爾摩沙的烙印：臺灣客家話導論（上冊）》（臺北：行政院文化建設委員會，2001 年 12 月）頁 47。

[115] 見《臺灣客家語拼音方案使用手冊》（臺北：教育部，2102 年 11 月）頁 5。

肆、結語

　　語言是承載文化的重要工具，它能表現使用族群的思維和文化底蘊；而且它是具有生命的活化體，它可以隨時接收環境周圍的新元素而不斷發展或變異，形成新的文化體。

　　從上述的探討中，可以發現美濃客語具有一些與六堆地區客語不同的特殊現象，有在詞彙上的不同、聲調變化上的差別和聲母變化上的殊異等。造成詞彙不同的原因，動詞「摵」的說法、稱謂詞「阿嬤」、「阿婆」的說法、名詞「春」和「卵」的說法，乃源於大陸原鄉而未受改變；連接詞「合」的說法，則是受到附近地區閩南語影響而改變；至於詞綴「－屎」的運用，則別出機杼，只有美濃地區使用，別無其他源頭。在聲調方面，美濃地區客語並無羅肇錦所指的四縣話「陰平變調」現象，亦無鍾榮富所云南四縣的「陽平變調」現象。在聲母變化方面，則出現聲母[l]後只要加上鼻音韻尾就會變成聲母[n]的奇特現象，這不僅是灣臺客語中所罕見，在目前所見早期大陸文獻或現代研究客語資料中亦未見，是以本文特別加以探究，發現美濃客語[n]、[l]不分有其條件：（一）無鼻音韻母時，[l]≠[n]；（二）有鼻音韻母時，[l]＝[n]；（三）i（介音）＋鼻音韻母時，[l]≠[n]；（四）u（介音）＋鼻音韻母時，[l]＝[n]，希望這樣的釐清，能為所謂的「美濃客語[n]、[l]不分」現象撥開誤解的迷霧。

參考文獻

王東：《一方山水一方人》，上海：華東師範大學出版社，2007 年 5 月。

房學嘉等著：《客家梅州》，廣州：華南理工大學出版社，2009 年 6 月。

屏東縣六堆文化研究學會編：《六堆客家語詞彙庫》，屏東：屏東縣六
　　堆文化研究學會，2012 年 11 月。

張維耿編著：《客方言標准音詞典》，廣州：中山大學出版社，2012 年
　　11 月。

教育部：《臺灣客家語拼音方案使用手冊》，臺北：教育部，2102 年 11
　　月。

陳修：《《客方言》點校》，廣州：華南理工大學出版社，2010 年 10 月。

黃釗：《石窟一徵》，臺北：臺灣學生書局，清宣統元年重印本，1970
　　年 11 月，景印初版。

楊時逢著：《臺灣美濃客家方言》，收錄在《中央研究院歷史語言研究
　　所集刊》，42 卷 3 期，1971 年，頁 405-466。

溫美姬：《梅縣方言古語詞研究》，廣州：華南理工大學出版社，2009
　　年 6 月。

練春招等著：《客家古邑方言》，廣州：華南理工大學出版社，2010 年
　　10 月。

謝留文：《客家方言語音研究》，北京：中國社會科學出版社，2003 年
　　12 月。

鍾榮富編輯召集：《福爾摩沙的烙印：臺灣客家話導論（上冊）》，臺北：
　　行政院文化建設委員會，2001 年 12 月。

羅香林：《客家源流考》，臺北：臺灣文藝出版社，1984 年 7 月，收錄
　　在羅翽雲《客方言》後附錄，【客家文物匯編 1】。

羅肇錦：《臺灣客家族群史【語言篇】》，南投市：省文獻會，2000 年
　　11 月。

羅翽雲：《客方言》，臺灣文藝出版社改稱《客家話》，臺北：臺灣文藝
　　出版社，1984 年 7 月，【客家文物匯編 1】。

D. Maciver 編著，　M.C. Mackenzie 修訂增補：《客英大辭典　A
　　CHINESE-ENGLISH DICTIONARY Hakka-Dialect》，臺北：南天書局
　　有限公司，2007 年 1 月，台一版 3 刷。

《漢典》http://www.zdic.net/z/23/js/86CB.htm

台灣旅遊景點地圖

http://travel.network.com.tw/main/travel/kaohsiungcountry/Cishan.asp，2013
年 9 月 8 日。

教育部《重編國語辭典修訂本》

http://dict.revised.moe.edu.tw/cgi-bin/newDict/dict.sh?cond=%A7Z&pieceLen
=50&fld=1&cat=&ukey=-1787477466&serial=2&recNo=71&op=f&imgFont=
1

教育部《臺灣客家語常用詞辭典》

http://hakka.dict.edu.tw/hakkadict/index.htm

維基百科

http://zh.wikipedia.org/wiki/客家

#.E4.B8.AD.E5.9C.8B.E5.A4.A7.E9.99.B8.E5.AE.A2.E5.AE.B6.E4.BA.BA.E
5.88.86.E5.B8.83

2013 年 11 月 7 日

熱烈執著的吶喊
——從〈愛拚才會贏〉到〈斷腸詩〉的情感表現

王瓊馨[*]

[*] 建國科技大學通識教育中心副教授

壹、前言

流行歌曲對於現實的直接描述和當下環境的揭露，往往能以最直接有效的形式來打動並開啟人們的心扉，外表似乎是淺易明白，內容中所蘊蓄的豐富象喻、多方的感慨、人生問題的沉思，卻是深遠幽微！或可引發歡欣鼓舞、或低眉默想、或感動飲泣等情緒，感發人們真摯深厚的豐富心靈，達到共感與共鳴，是人們精神匯聚的象徵與心聲的代言。早在詩經時代，帝王為了考察風俗的好壞，設采詩之官，以觀風俗，作為鑑戒教化之用。〈毛詩序〉云：

> 風，風也，教也；風以動之，教以化之。……上以風化下，下以風刺上。主文而譎諫，言之者無罪，聞之者足以誡，故曰風。[1]

宋・朱熹《詩集傳》也說：

> 風者，民俗歌謠之詩也。[2]

可知這種來自民間的歌謠，最能直接反映出人民的生活情狀、社會現實、風俗習慣、思想和感情等精神面貌，不僅可幫助執政者了解民情，作為施政的方針；有時執政者更可利用歌謠來歌功頌德、宣傳政教、加強統治。無怪乎「王者不窺牖戶而知天下。」[3]是以千載以來，對於

---

[1] 《十三經注疏・詩經》（2）（臺北：藝文印書館，1993年9月12刷），頁16上。
[2] 朱熹：《詩集傳・國風序》（臺北：蘭台書局，1979年）。
[3] 《漢書・食貨志》：「孟春之月，群居者將散，行人振木鐸徇于路，以采詩，獻之大師，比其音律，以聞於天子。故曰：王者不窺牖戶而知天下。」見楊家駱主編：《新校本漢書并附編二種二》（臺北：鼎文書局，1981年2月四版），頁1123。

這種民間歌謠，或質素自然、情意率真；或辭采瑰麗、託興深微，盡皆受到相當的重視。儘管詩歌體式隨著時代變遷而不斷嬗衍，其精神意脈卻能承先啟後，以深沉之思，發個人情志之靈光，收興發感動、陶冶人品之功，達到生生不已的詩歌生命之延續。是以流行歌曲的創作，雖不同於傳統古典詩的用語與體式，但隨順著時代的自然趨勢，透過精微新穎的文藝模式，以感知的生命與心靈的相通，來呈顯、醞釀出這個時代的背景、包括政治環境與社會狀況，乃至於瞬息萬變的國際情勢與西方思潮的衝擊等，都轉化為流行歌謠創作的內涵，成為人民共同的心聲，因而現代流行歌曲，無非是一部現代國風！

　　臺灣因政治上特殊的「際遇」，從 1895－1945 的日據殖民時期到戰後 1945－1987 的國民政府遷臺、戒嚴，皆嚴重影響著臺語歌謠的創作與傳唱。1987 年解嚴以來，臺灣社會出現了快捷的巨大變化，全球化經濟體系的逐步融入，隨著經濟體制的急遽轉型，導致了人們的生活方式、思想觀念及情感狀態的明顯改變，形成了新的現實文化氛圍和土壤。本文擬以陳百潭[4]在 1988 年發行紅遍大街小巷的〈愛拚才會贏〉及吳俊霖[5]（1968－）在 1998 年獲第十屆金曲獎「最佳演唱專輯獎」的〈斷腸詩〉的歌詞，來觀察這十年間，臺灣社會鮮明的時代敏感及價值取向和語言的轉變魅力外，從而見到人們心性世界中的感知感懷，對於文學情感表現形式的變遷與轉型。

---

[4] 陳百潭，男，台南縣六甲鄉人，作詞作曲者。創作的歌曲如「愛拼才會贏」、「酒國英雄」、「隨緣」、「愛情一陣風」、「勝利雙手創」，均為易學好唱、至今仍被大眾傳唱的台語經典歌曲。引自
　http://taiwanpedia.culture.tw/web/content?ID=10260，2013/10/10 資料。
[5] 伍佰（本名吳俊霖，1968 年 1 月 14 日－），台灣嘉義縣六腳鄉蒜頭村人，創作有大量知名的國語和台語歌曲，在台灣有「搖滾皇帝」、「搖滾天王」及「搖滾詩人」等稱號。http://zh.wikipedia.org/wiki/%E4%BC%8D%E4%BD%B0，2013/10/17 資料。

貳、〈愛拚才會贏〉的情感表現形式

〈愛拚才會贏〉發行於 1988 年，為一首家喻戶曉的臺語流行歌曲，由陳百潭填詞及作曲，歌手葉啟田[6]（1948－）主唱，其後也被多名歌手翻唱、或改編。本專輯發行於 1987 解嚴後一年，是臺灣社會接受開放新生活的頭一年。陳芳明（1947－）教授說：

> 穿越一九八七年的解嚴，台灣社會開始經驗有史以來最為開放的生活。最開放，當然是屬於一種相對性的說法。不過，從黨禁、報禁的解除，一直到國會全面改選與終止動員戡亂時期等等政治措施，等於是昭告世人，台灣不僅從國共內戰的陰影中擺脫，而且也從全球冷戰的結構裡卸下枷鎖。從來沒有一個時期像這個階段一般，擁有從容的空間重建台灣的歷史記憶。[7]

陳芳明教授以三大歷史階段的史觀，將臺灣文學史分成日據的殖民時期，戰後的再殖民時期，以及解嚴迄今的後殖民時期[8]。並認為從 1987解嚴後，文學上呈現多元蓬勃的現象。正因為剛從黨禁、報禁等種種戒嚴措施中走出來，臺灣社會歷經前所未有的開放，更隨著國際情勢與西方思潮的衝擊、全球化經濟體系融入導致經濟體制的轉型，〈愛拼才會贏〉歌詞以「又唱又喊」[9]的口號式表達，正可激勵鼓舞人民努力

---

[6] 本名葉憲修（1948 年 6 月 1 日－），藝名葉啟田，台灣嘉義縣太保市人，著名歌手，有「寶島歌王」之美譽。1964 年出道，以《愛拚才會贏》一曲成為龍頭巨星，出過 50 張以上的專輯，而歌曲達 1000 首以上。曾任中華民國第二及第四屆立法委員。2005 年末，復出並再發行新唱片《愛你未著我祝你幸福》。引自 http://twfilmgroup.lolforum.net/t1513－topic，2013/10/10 資料。

[7] 陳芳明：《台灣新文學史》（上）（臺北：聯經出版公司，2011 年 10 月），頁 39。

[8] 陳芳明：《台灣新文學史》（上）（臺北：聯經出版公司，2011 年 10 月），頁 30。

[9] 莊永明說：「〈愛拚才會贏〉是在民主腳步跨出大步前後，大家又唱又『喊』的一首歌和一句『口號』」見莊永明：《台灣歌謠追想曲》（臺北：前衛出版社，1999

打拚奮發向上之心。於是正值轉型後經濟起飛的當下，創造臺灣奇蹟
的這個階段裏，以格言口號式的歌詞鼓勵著各個階層的人們，抱定信
心，努力向上奮鬥，意境簡潔、好唱易學，因而廣獲民眾，甚至海外
華人的喜愛，至今仍為最受歡迎的臺語流行歌曲之一。也常被使用於
政治活動中，作為選舉造勢的歌曲。楊照（1963－）認為：

> 八○年代早期，……在台灣暢銷的時機和解嚴的威權崩潰若和
> 符節，似乎正說明了舊的集體、全面政治權威的消逝，在人心
> 上空出一塊不知如何安排的境地，許多人因此亟亟於尋找新的
> 秩序能夠賴以建立的基礎，轉向佛學、或更廣義地說轉向宗教，
> 是這整體「求序」現象中在散文裡表現得最清楚的一環。[10]

從過去的集體、全面性政治威權崩潰後，人們因此急切地尋找新的秩
序，更不知如何安排解放的心靈，對於「求序」觀念的迫切需要與導
引，〈愛拼才會贏〉就在這樣的時空背景下出現，迅速捕獲民心，馬上
成為家喻戶曉，人人朗朗上口的流行歌謠。小說家黃春明（1935－）
說過：

> 每首歌都有一個時代背景，有一個目標，歌才有力量。[11]

〈愛拼才會贏〉就是在解嚴後，人民積極努力打拚經濟，急切試圖改
善生活環境，擴大社會參與的時代背景下，醞釀產生「愛拼才會贏」

年 9 月新版一刷），頁 63。

[10] 楊照：《霧與畫：戰後台灣文學史論》（台北：麥田，城邦文化出版，2010 年 8
月），頁 422。

[11] 莊永明：《台灣歌謠追想曲》（臺北：前衛出版社，1999 年 9 月新版一刷），頁
160。

這樣確切的目標，雖「無奇闢之思，驚險之句」[12]，歌詞卻簡潔有力，語言不飾雕琢，不用難字、僻字，淺顯易懂，與戒嚴時期口號式的宣傳語相近似，因而迅速為普羅大眾所接納，更反應出從口號標語式的宣傳文學過渡的痕跡。〈愛拼才會贏〉歌詞如下：

> 一時失志不免怨歎
>
> 一時落魄不免膽寒
>
> 那通失去希望
>
> 每日醉茫茫
>
> 無魂有體親像稻草人
>
> 人生可比是海上的波浪
>
> 有時起有時落
>
> 好運歹運　總嘛要照起工來行
>
> 三分天注定　七分靠打拼
>
> 愛拼才會贏

「詩言志」[13]一直是傳統上對於詩歌的基本認知與理解，篇章中不僅將個人的悲歡喜怒盡情書寫，時代的治亂安危，以及作者的個人懷抱與理想，也隨著情感有意或無意的流露出來。歌詞中僅淺顯、簡單的 79 個字呈現，然其「志」的趨向與表現，契合人民內在心聲的呼應，與提振外在生活環境的企圖心，其道理的呈示，並未刻意遮掩隱喻，形式上更是不同於過去臺語歌謠三段式的寫作模式，以相同歌詞重複三

---

[12] 〔清〕沈德潛：《說詩晬語》：「古詩十九首，不必一人之辭，一時之作。大率逐臣棄婦，朋友闊絕，遊子他鄉，死生新故之感。或寓言，或顯言，或反覆言。初無奇闢之思、驚險之句，而西京（指西漢）古詩，皆在其下。」見 http://home.educities.edu.tw/f5101231/f84.html 2013/10/1 資料。

[13] 《十三經注疏・尚書・舜典》(1)（臺北：藝文印書館，1993 年 9 月 12 刷），頁 46 下。

次演唱,符合文學上「複沓」的形式,使得相同的意念結構重複再重複,其情緒目標的重複強調,更凸顯了文學的主題原理,詩意的張力更藉此隨著音樂逐步蔓延加強,其標舉的詩歌主題也就內化、深入人心。

在詩歌中最強調「興發感動」,也就是一種感動的力量。無論歷代的詩歌或僅就臺語歌謠而言,其感動的力量或得之於詩歌的體裁及內容,或得之於詞采美句,更深一層的使不同讀者、聽者、傳唱者雖遭遇與性格不全然相同,卻都能感同身受而引起共鳴。引發這種共鳴心理的過程,與時代背景息息相關,對於不同時代其用字、遣詞、謀篇、立意等種種表現方式也就有所差別,就不僅僅是作者自身的性格身世而已。〈愛拚才會贏〉成為一首家喻戶曉的流行歌曲,正是這種特殊時代背景因素使然。

參、〈斷腸詩〉的文學情感表現形式

歷經 1987 年的解嚴風潮,90 年代臺灣社會環境起了很大的變化,執政黨本身為總統副總統的提名分裂、「新黨」成立、資深國代企圖擴權及謀利、引發學運、示威遊行等;兩岸關係由通過「國統綱領」至飛彈試射;國際上蘇聯解體、合法引進外勞、女性意識擡頭等等。這種種環境情勢的改變,對於國內出版、視聽娛樂、電腦資訊業起了深遠的影響。陳芳明教授引史碧娃克(Gayatri C. Spivak)觀點認為:

> 解嚴後台灣作家的歷史記憶再建構,就不是史實的恢復,而是同時具有政治意義與美學意義的再呈現。也就是說,在政治上為了回應過去單元的、獨裁的權力壟斷,台灣作家在思考歷史問題時,勢將考慮到族群、性別、階級等的多元聲音。在美學

上，也是為了挑戰過去官方的意識形態與政策指令，作家也著
手開發曾經被壓抑的情感、欲望、思想等等的表達方向。[14]

意思是解嚴不只是一種執政措施，它的改變應該是：具有回應過去獨
裁、壟斷的政治意義，和曾經被壓抑的情感、欲望、思想等的美學意
義。具體而言，從政治專權的統治時代，有理想抱負的人民是抑鬱和
苦悶的，其情感的表達既不能直抒胸臆，更不敢以幽微窈眇的方式巧
妙表達，深怕引起有心人多餘的「遐思」，為自己或家人招來不測。解
嚴以後的變遷，不僅是社會各階層的自由開放，個人的感情也都在不
同程度上表現出超乎感官耳目的感受與觸發，將過去的困頓、抑鬱和
苦悶一舉傾瀉。然而因其戒嚴時間過長，其美學意義就不只是回應過
去而已，隨著國際的交流，新的社會問題和價值觀念的改變，連帶著
影響時代的審美意識和表現方式了。

　　從 1988 年的〈愛拚才會贏〉到 1998 年的〈斷腸詩〉，在時間上雖
僅僅相距十年，但就臺灣社會開放、價值取向與時代的敏感度，與戒
嚴時期相較可說有巨幅的差距，而年輕人所面臨的切身問題、文化語
言的遞變，更是不同於以往。以下我們就先來看看〈斷腸詩〉的寫作
方式。

　　〈斷腸詩〉的作詞、作曲者是吳俊霖，發行於 1998 年的《樹枝孤
鳥》專集中，選擇此首歌詞與〈愛拚才會贏〉作比較，有一個主要因
素，乃是因兩者皆為青年對於未來前途的期望與態度，從而比較解嚴
後十年間，社會變遷影響詩歌文學的情感表達方式。〈斷腸詩〉如是說：

　　　春夏交接的當時　　蟬聲哀啼響上天

---

[14] 陳芳明：《後殖民台灣：文學史論及其周邊》（臺北：麥田出版，2011 年 2 月），
　　頁 110。

蝴蝶折翅落大水　　路邊有斷頭的蜻蜓
下埔雷雨落滿墘　　日頭猶原光晴晴
照著南國的都市　　照著流浪的男兒
青春青春渡時機　　孤船有岸等何時
風雨停了愈空虛　　茫茫人生佗位去
青春青春渡時機　　孤船有岸等何時
想到心內小哀悲　　一種澀澀的滋味
東邊吹來雲一朵　　催阮不通歌過時
啊～～心稀微
啊～～斷腸詩

　　開頭以描述自然景觀的方式，寫春夏交替的時節，舉頭仰觀「蟬聲哀啼響上天」，低首俯視「蝴蝶折翅落大水，路邊有斷頭的蜻蜓」，十分巧妙地將自然景物作為喻託，蟬聲哀啼、折翅的蝴蝶、斷頭的蜻蜓，正是春夏交接的時節，寶島鄉間真切可感可見的景象，其形象深刻、而感受獨到，都帶有強烈無奈與感傷的情緒，更隱含著託身無所的淒涼和悲哀。這種觸發，正是心物相感應所引發的聯想，也是孔子所言「詩可以興」。從宇宙間的魚蟲鳥獸、花草樹木，都能體悟到生活當中的真義與樂趣，喻示了作者在現實環境中，只要稍不小心或努力，很容易被冷落或擯棄，隨著時光的波濤載浮載沉而無所作為。

　　接下來作者還是以景物寫起，「下埔雷雨落滿墘，日頭猶原光晴晴」，表述的是午後雷陣雨後，仍可見艷陽高照的快速轉變的自然景象。那突如其來的暴雨呀！都快把溝圳溢滿了起來，就像觸景傷情瞬間的淚水，可是那固執、不為所動的太陽，卻一點也不理會我的感受，依然明亮地照耀著大地，「照著南國的都市，照著流浪的男兒」，寫生活中雖遭受風吹雨打日曬的摧傷打擊，激起青年失志的悲慨，詞句中

充滿大自然變化的動感，與太陽恆星的堅持，更引發主角人物不甘罷休的掙扎、努力。而日頭比喻生活中無情的摧折與打擊，也撼動不了對理想抱負的堅持。

青春洋溢的年少時光是何等的珍貴，正是盡情發揮長才、伸展抱負，逞其志意之時，卻以無可奈何的「渡時機」任其無所依傍的、艱苦的、暫且的忍耐與等待。對於理想的嚮往與追求落空的無奈，也是另一種美好生命情態的浪擲。因而再次呼喊「青春青春渡時機」，認為「孤船有岸等何時」？內心當中的孤獨淒寂，何處是存身的歸宿與庇護之所呢？因而發出「風雨停了愈空虛，茫茫人生佗位去」，深沉、凝重的身世慨嘆。

年少初遇困境，一時之間哀怨與苦惱全湧上心頭，憑添了些微青澀的纏綿鬱結。所幸當此身心交倦之際，「東邊吹來雲一朵，催阮不通歇過時」。結尾的「雲一朵」突然改變了氣氛，好像可以因為雲朵的催促，給予無窮的希望和寄託，來完成自我價值的實現。

通篇以春夏交接之景為開端，以淡淡之筆娓娓道來，餘波盪漾，有不盡的言外之意，然取境高遠開闊，感情憂鬱悲愴，最終寄予絲絲厚望，情愫綿密悠長，留給讀者咀嚼回味。作為貫穿整首歌曲的點染或線索，其感慨也全在虛處，含蓄不露，免去了粗嚎叫囂，在流行歌謠的發展上，不能不稱是為一種新的境界。

肆、情感表現的異同

詩歌體式的不斷演進，由四言、樂府、古體、近體、詞、曲等，其表達方式與情態，更受到時代風潮的影響，王國維認為「一代有一代的文學」、「文體遞變說」的觀念，正是這種道理。從詩經開始，「賦、比、興」，成了中國詩歌傳達情感的三種型態，而後隨順時代風格、詩

歌體式或作家個人的生命情調，而展現了各種不同的表達樣貌與風格，葉嘉瑩教授就說：

> 文學風格之演進，卻幾乎如生命之成長一樣，是與時推移，無法阻遏的一件事。[15]

譬如唐代詩歌風格就有初、盛、中、晚的不同；宋代的詞不僅有南、北宋之分，且各有初期、晚期之別；元代的曲也是有初、晚期的風格迥異之說，就連晚近的清代的詩歌，更因時代變異的複雜，使得詩歌風格差異鮮明。因而，不同時期各有特色，此中不只是作者個人的才性氣質而已，時代因素更是影響甚大，因而「熟讀各代文學作品的人，自可一目了然於其演進之軌跡」[16]。

　　臺灣歌謠，自早期先民從唐山渡過黑水溝來到臺灣一併引進，曲調的來源有戲曲、說唱、唸謠、童謠等。如「都馬調」、「留傘調」是來自歌仔戲調；「牛郎織女」、「百家春」來自南北管；說唱藝術中的「勸世歌」；童謠中的「白鷺鷥」、「火金姑」等；又有反映當時人民生活的樂歌，如配合著農忙所唱的「牛犁歌」，飲酒划拳的「飲酒歌」，極富趣味性的「天黑黑」，江湖賣藥人所唱唸的「勸世歌」等。都充分地反映出當時人民的精神面貌。日據時期（1932～1945）的流行樂歌，呈現的當然是日式音樂教育的形式，因此流傳於基層社會的樂歌僅有像「歌仔戲」這種傳統戲曲。一直到了 1930 年代初期，因電影的輸入，遂有了〈桃花泣血記〉的臺語歌謠出現，其風行影響而有〈望春風〉、〈雨夜花〉、〈心酸酸〉、〈滿山春色〉、〈白牡丹〉等膾炙人口的歌謠陸續被創作發表。[17]

---

[15] 葉嘉瑩：《迦陵論詩》（下）（臺北：桂冠圖書公司，2000 年 6 月），頁 35。
[16] 葉嘉瑩：《迦陵論詩》（下）（臺北：桂冠圖書公司，2000 年 6 月），頁 36。
[17] 二戰時日本召集臺灣男子前去南洋當軍伕，將「雨夜花」改做「榮譽的軍夫」、

　　二次大戰以後（1945～1980），描寫婦女殷切盼望流落海外參戰的
臺籍日本兵返鄉，而有〈望你早歸〉的產生。而〈補破網〉也成了戰
後編補希望，迎向光明的心曲。國民政府遷臺後，有〈燒肉粽〉藉由
小販的生活訴說心聲，為弭平省籍情結而有〈杯底不能飼金魚〉的創
作。這段時間的歌謠創作，大多選擇將日本歌曲填上臺語歌詞，直接
對外發行，習慣性地被稱為「混血歌曲」[18]，也成為當時臺語歌曲的主
流，如文夏（1928－）、葉俊麟（1921－1998）、莊啟勝（1927－2004）
為最多產量的作者。而這些歌曲也在民眾的心中留下了深刻的印象，
如〈黃昏的故鄉〉、〈孤女的願望〉、〈媽媽請您也保重〉、〈苦海女神龍〉
等，至今仍時常能聽到人們傳唱。[19]

　　1987 年宣布解嚴以來，使得過去民間社會長期承受政治、文化的
壓抑情節，得以宣洩抒發。從 1988 年〈愛拼才會贏〉提供了長期孤寂、
苦悶的大眾所需的激勵之歌後，到 1998 年伍佰的〈斷腸詩〉，這十年
間臺語歌謠解脫束縛，展現了蓬勃的生機，如 1989 年底，陳明章（1956
－）、王明輝等人組成「黑名單工作室」，出版了「抓狂歌」，為九〇年
代的臺語歌曲掀起了新旋風，率真的將社會百態融入歌詞中，強而有
力地把臺灣社會政經混亂的現象，赤裸裸的呈現出來。1990 年由林強
（1964－）演唱的「向前走」又開啟了另一個新的局面，國人對於臺
語歌曲則漸由欣賞、接納而肯定，歌詞內容趨向反映社會現實情況，
結合充滿活力的搖滾曲風與旋律，反映出當時年輕人對現實社會的感
受，同時亦表露出其樂觀面對的心態。1990 年，陳明章推出首張個人
專輯「下午的一齣戲」，利用傳統五聲音階的音樂型式，唱出具有現代
味道的臺灣歌謠。這張專輯中，陳明章不僅將琵琶、嗩吶、南胡等傳
統樂器編入歌曲中，同時也利用吉他、提琴等西方樂器演奏，創造出

　　「月夜愁」改做「軍夫之妻」，使這些優美的臺灣歌謠變得不倫不類。
[18] 參酌 http://residence.educities.edu.tw/abcbbs/start.htm，2013/10/16 資料。
[19] 參酌 http://residence.educities.edu.tw/abcbbs/start.htm，2013/10/16 資料。

個人獨特的音樂曲風。1992 年，林強推出「春風少年兄」專輯，陳昇（1958－）與黃連煜（1960－）組成「新寶島康樂隊」，以演唱臺語及客語歌曲為主，開啟了「新母語歌謠」風潮中的獨特路線。首張同名專輯「多情兄」一曲，混雜了臺語與客語，為臺語歌壇注入新的元素。之後，並加入具有排灣族血統的新成員阿 VON，注入原住民音樂，讓這些新臺語歌曲的樂風更加豐富。

　　同年，伍佰以本名吳俊霖推出首張個人專輯「愛上別人是快樂的事」，將 80 年代藍調、搖滾及雷鬼等西洋流行樂風，呈現在此張混雜國、臺語的作品中。1994 年，蔡振南（1954－）製作「多桑」電影原聲帶，並使得「多桑」主題曲獲得肯定，奪得第三十一屆金馬獎最佳電影歌曲的獎項。1995 年，蔡振南推出首張個人專輯「生命的太陽」，專輯中有許多是早已廣為傳唱的臺語歌曲，專輯中「母親的名叫台灣」一曲，不僅喚醒本土意識，更觸動人們的心靈深處，令人印象深刻。1995 年，臺灣樂團「濁水溪公社」推出首張專輯「肛門樂慾期作品輯」，使用粗俚辭彙描述社會亂象，曲風則是結合民謠、那卡西，並加入布袋戲的口白，風格獨特。1997 年，臺灣樂團「亂彈」推出首張專輯「希望」，專輯中國、臺語交錯，歌詞內容敘述真實生活體驗，曲風則將臺灣民間南北管音樂與西洋搖滾樂風結合，引起各界矚目。1998 年，伍佰推出《樹枝孤鳥》首張臺語專輯，運用完美、典雅的辭彙，搭配民謠、舞曲及搖滾等曲風，並融合現代電子音樂，為臺語歌打造出新的生命。這張專輯不僅獲得第十屆金曲獎最佳演唱專輯獎，銷售量亦達 60 萬張，可說是名利雙收，叫好又叫座。這段期間，伍佰的知名代表歌曲則包括〈愛情限時批〉、〈世界第一等〉、〈斷腸詩〉、〈煞到你〉及〈空襲警報〉等。[20]

　　由上述可知臺語流行歌曲在這十年間可謂品類複雜，因社會型

---

[20]　參酌 http://jackli51.pixnet.net/blog/post/56054380 2013/10/15 的資料。

態、價值觀的改變，年輕人受到新觀念的洗禮而廣泛吸收，以本土意識為根基，融入傳統與西洋的曲風，激盪出熱愛環境、關切生命的樂章。〈愛拼才會贏〉與〈斷腸詩〉的創作正好相距十年，其間歌曲的迅捷演變超過以往的數十年，然兩首歌的風格和意象上，卻有如國風一般，它們的共同點茲分述如下：

一、具詩歌言志的特性

最早的詩是附屬於樂的[21]，一旦它脫離了「樂」之後，其自身的美感特性就發展出另一套系統來，《詩經》就是一個很好且典型的例子。因此「詩言志，歌永言」則成為歷代詩歌的不變法則。〈愛拼才會贏〉與〈斷腸詩〉這兩首詩歌也保有這樣的美感規範與準則，其歌詞的語言平易近人，都是以「努力向上」想要「出頭天」、「成功」為其基調的支持和志向的引導。由「言志」的性質和內涵而言，其藝術創作的表現和重心，與倫理教化、社會規範的群眾性格有著相當的關連性。

二、熱烈執著的情感

〈愛拼才會贏〉與〈斷腸詩〉這兩首詩歌同樣有著真摯誠懇的情感，皆不走消極與頹廢的路線，透過詩歌的語言，讀者可感受其所蘊涵的熱烈執著的心理活動，而其美感型態，正是創作者強烈的表達出對未來理想生活的渴求，這種意向性不但肯定了詩歌的情感激盪，且容易引人融入現實生活的真實狀況。這是一種實地的風氣與社會教化，更是文化教養下的產物，因而影響人民生活與政治社會的實際情狀，也就是在個人真實遭遇的狀況下，也反映了政治社會的基本現實。

---

[21] 《尚書·舜典》中云：帝曰：「夔！命汝典樂，教冑子。直而溫，寬而栗，剛而無虐，簡而無傲。詩言志，歌永言，聲依永，律和聲。八音克諧，無相奪倫，神人以和。」　夔曰：「於！予擊石拊石，百獸率舞。」由這段最早談論詩的言論，柯慶明教授認為「詩」明顯的附屬於「樂」。見柯慶明：《中國文學的美感》（臺北：麥田出版，2000 年），頁 80。

由此意向性的活動，在整個似乎類似的時代背景裡，雖有個人才性的差異，然其所表現出不為環境或遭遇所屈折的精神，以及永遠保持熱烈執著的情感，正是這十年間臺灣人民意志的共同寫照。

雖有著共同的意志與情感，然兩首詩歌之間仍有著諸多的個別差異，諸如抒情表現、內容情意以及章法、句法和語法結構，也有著不同的呈現，可分為以下三點述說：

（一）激昂直述與委婉蘊藉的情感展現

〈愛拚才會贏〉以激昂直述的方式表達，一開頭勾畫出一時的不如意的背景環境，以勸說的方式淺明易懂、容易掌握，然後以堅忍的精神，努力戰勝惡劣的環境，以及必須為自己做一番事業的勤勤懇懇的精神作結。詩歌中以一種激昂、充滿自信的勇氣呈現，表現出意氣風發的精神狀態，增添詩歌中新的感發力量，聽聞者無不跟著熱烈吶喊。是「直指其名，直敘其事」的寫作方式，與早期軍歌口號有著異曲同工之效。因此，筆者認為這是戒嚴時期的政令宣傳到解嚴抒情文學的一種過渡。

〈斷腸詩〉歌詞中的志向是透過委婉的事物，如「蟬聲哀啼、折翅的蝴蝶、斷頭的蜻蜓」來比擬，深怕自身的才華志向不能夠完成，最後淪落像這些事物的悲慘命運，以具體的象喻，引起豐富的聯想。生命之中每個人都唯恐志意無成、生命落空，因而這種比喻使聽者引發某種心靈映像的觸動，卻又很難說清楚其觸動的緣由，詩歌意蘊十分豐美精深，可讓聽者一再低迴反覆，咀嚼回味。寫的內容主題也是時下年輕人甫從校園出來，面臨工作不定、前途未卜的普遍境遇，然其時代與個人命運的結合，竟以如此溫厚含蓄，不露鋒芒的委婉形式表達，成為是撼動人們心靈最深刻的類型。

（二）情感意志的外塑與內發

古者「上以風化下，下以風刺上」，是所謂詩歌的作用，以此觀點來看〈愛拼才會贏〉和〈斷腸詩〉這兩首詩歌，前者的意志型態是外來的強制入侵式的展現，也就是站在類似「上以風化下」的立場來寫作的，箇中受到傳統的道德規範與整個社會的政教觀點的影響，以激昂直述的方式說理，雖有挫折應有不屈的信念，以堅定不變的口號告訴人們唯有踏實的努力，才有成功的可能，是以外在強烈的信念，塑造人們必須相信的定理──愛拼才會贏、愛拼一定贏！

〈斷腸詩〉的情感，則有「怨誹而不亂」的展現，以主動訴說式的表明前途的茫然，詩中雖有等待與無奈，然作者的性情修養與對人生理想的堅持，藉著景象傳達心思與情感狀態，形成特殊的美感趣味。當中不具有任何道德倫理的論斷，沒有任何明顯的指陳，然其意向的追求，自然合於社會的認可，個人的理想志意也得以充分發揮，語言簡潔精煉，所傳達的情思卻是更繁複而精確。其情境的營造與象徵，具「畫意」的景象在美感的品質上，既可單獨提供美感的觀照與品味，又可兼與「詩情」的結合，使讀者在品賞上得到情、意、象的充分滿足。

（三）寫作技巧

在寫作上，〈愛拼才會贏〉以直接說理的方式呈顯，以簡單的 79 個字，重複三次演唱，是這種「複沓」形式的表現，從〈國風〉、〈小雅〉開始就有很典型的例子，這種形式「或許是來自音樂的發展與需要」[22]。詩歌中這種複沓的型式，將其「愛拼才會贏」的意念與情緒一再增強，令聽聞者籠罩在其情緒的氛圍之中。而〈斷腸詩〉以敘事的

---

[22] 柯慶明語，他並舉〈碩鼠〉〈將仲子〉為例來說明複沓的型式。見柯慶明：《中國文學的美感》（臺北：麥田出版，2000 年），頁 82－83。

方式寫作，於複沓型式的使用僅「青春青春渡時機，孤船有岸等何時」這兩句，很明顯的其吟詠玩味的美感體驗，與空間的無限延伸感也就不同。

　　而詩歌中常以「譬喻」或「隱喻」來揭示某種蘊含的旨趣，也是文學上常用的技巧。在〈愛拚才會贏〉中僅以兩處「無魂有體親像稻草人」、「人生可比是海上的波浪」簡單的明喻，令人一目瞭然，其意象的呈現當然也再清楚不過了。而〈斷腸詩〉中卻大量地使用，如「蟬聲哀啼、折翅的蝴蝶、斷頭的蜻蜓」，以近乎「興」的方式來喻示所見到景物的聯想；「下埔雷雨落滿垺，日頭猶原光晴晴」看似敘事，實則藉此景象，更加擴大其意蘊；「孤船有岸等何時」、「東邊吹來雲一朵」中，孤船、雲朵等的使用，使聽者直接沉浸在由「興」而到「象」的意識與景像的洪流中，而其中所蘊蓄的幽微綿杳的精神意涵，則無端誘使人一唱再唱而三唱，忍禁不住發出「文已盡而意有餘」的低眉詠歎！

伍、結語

　　由以上的探討，我們很清楚的了解到，社會環境背景對於詩歌本身的影響甚鉅，由剛解嚴時，人民的焦點在於社會經濟，甚至一時間內也有無所適從的「失序」感，〈愛拚才會贏〉應時而產生，對於當時民心的提振，居功厥偉。經過十年的自由開放，各行各業自由競爭，加上本土意識的崛起，國際間各種文化的相互交流與鎔鑄，連流行的歌曲也相互觀摩學習，臺語歌曲終於找到了它的新樣貌。於是乎有了各種不同的組合，國、臺、客語、原住民語、英文及日語等，相互融合，曲風上也是中西合璧、傳統與現代兼具。因此，在歌詞的寫作上則更趨近於細膩、繁複。何懷碩教授就說：

　　人類有許多新事物、新進步只是對於過去的事物的新檢定所引
起的嚮慕促發出來的。[23]

儘管這種新事物、新組合是多麼的異於過去，然而，其中不變的是人
民一顆熱烈執著向上的心，這也是活力臺灣源源不斷的泉源。

---

[23] 何懷碩：《創造的狂狷》（臺北：立緒出版社，1998 年 10 月），頁 28。

Note

國家圖書館出版品預行編目資料

聯藻於日月　交彩於風雲——2013年近現代中
國語文國際學術研討會論文集／國立屏東大學
中國語文學系編. ――初版.――臺北市：五
南, 2015.07
　　面；　公分
ISBN 978-957-11-8188-2 (平裝)
1.漢語　2.中國文學　3.文集

802.07　　　　　　　　　　　104011463

4X05

聯藻於日月　交彩於風雲
2013年近現代中國語文國際學術研討會論文集

編　　著 ― 國立屏東大學中國語文學系

發 行 人 ― 楊榮川

總 編 輯 ― 王翠華

主　　編 ― 黃惠娟

責任編輯 ― 蔡佳伶

出 版 者 ― 五南圖書出版股份有限公司

地　　址：106台北市大安區和平東路二段339號4樓

電　　話：(02)2705-5066　　傳　真：(02)2706-6100

網　　址：http://www.wunan.com.tw

電子郵件：wunan@wunan.com.tw

劃撥帳號：01068953

戶　　名：五南圖書出版股份有限公司

法律顧問　林勝安律師事務所　林勝安律師

出版日期　2015年7月初版一刷

定　　價　新臺幣450元